1603년! 편수청에 찬진한, 임진왜란 경상도 사적에 대한 조사 기록서

역주 譯註 난적휘찬 亂蹟彙撰

역주자 신해진(申海鎭)

경북 의성 출생
고려대학교 국어국문학과 및 동대학원 석·박사과정 졸업(문학박사)
현재 전남대학교 인문대학 국어국문학과 교수

저역서 『역주 퇴재선생실기』(역락, 2009)
　　　『역주 회당선생문집』(역락, 2009)
　　　『장풍운전』(지만지, 2009)
　　　『소대성전』(지만지, 2009)
　　　『역주 성은선생일고』(역락, 2009)
　　　『역주 창의록』(역락, 2009)
　　　『한국고소설의 이해』(공저, 박이정, 2008)
　　　『조선후기 몽유록』(역락, 2008)
　　　『권칙과 한문소설』(보고사, 2008)
　　　『서류 송사형 우화소설』(보고사, 2008)
　　　『조선중기 몽유록의 연구』(박이정, 1998)
이외 다수의 저역서와 논문

역주 譯註 난적휘찬 亂蹟彙撰

초판 인쇄　2010년 3월 23일
초판 발행　2010년 3월 30일
원저자　신 흘
역주자　신해진
펴낸이　이대현
편　집　권분옥·이소희·추다영·이태곤
펴낸곳　도서출판 역락
주　소　서울 서초구 반포4동 577-25 문창빌딩 2층
전　화　02-3409-2060(편집부), 2058(영업부)
팩　스　02-3409-2059
등　록　1999년 4월 19일 제303-2002-000014호
이메일　youkrack@hanmail.net

정　가　30,000원
ISBN　978-89-5556-810-3 93810

1603년! 편수청에 찬진한, 임진왜란 경상도 사적에 대한 조사 기록서

역주 譯註 난적휘찬 亂蹟彙撰

申 仡 원저
申 海 鎭 역주

역락

▌머리말

선조에 좋은 것이 있는데 알지 못하면 밝지 못한 것이요,
알면서도 후세에 드러내어 전하지 못하면 어질지 못한 것이다.
先祖, 有善而弗知, 不明也 ; 知而弗傳, 不仁也.

《성은선생일고(城隱先生逸稿)》를 역주하면서 "꿋꿋하고 올곧은 양반선비의 삶과 정신을 목도했다."며, 성은공의 엄정함과 단호함은 심중한 무게를 지닌 것으로서 무언의 가르침을 들었다고 고백한 적이 있다. 이 고백은, 당시 방백이자 완평부원군(完平府院君)이었던 이원익(李元翼)에게 올렸던 성은공의 편지를 보고난 뒤의 감회에서 이루어졌었다. 다음의 글은 성은공 신흘(申仡 : 1550~1614)이 계묘년(1603)에 쓴 편지 전문이다.

이번에 임진란 중 겪은 도내의 사적을 지어 올리라는 명을 삼가 받들고자 하건대, 이것은 실로 당시의 공론(公論)과 관계된 것이요, 후일 역사 기록의 근거가 되는 것이라, 비록 글 잘하는 사람에게 맡겼어도 감히 감당하지 못할 것이거늘 저같이 고루하여 견문이 좁은 자야 말할 필요가 있겠습니까? 요즈음 질병이 찾아들어 정신이 쇠하고, 대수롭지 않은 것을 보고 듣는 것조차도 제대로 할 수가 없사옵니다. 이 같은데 찬록(撰錄)하는 것을 어찌 쉽게 받아들여서 시행하겠다고 하겠습니까?

대개 눈과 귀로 직접 보고 들은 것을 근거하면 앞뒤 사이에 잘못되거나 빠지게 될 것이고, 다른 공적이든 사적이든 기록물을 의지하면 그것들 사이에 모순이 있을 것이오니, 서둘러서 책을 엮는 것은 옳지 않은 것으로 사뢰옵니다. 후세에 분명한 기록을 전하고자 하신다면, 당시 직무에 종사한 자들을 찾아서 널리 들어야 하고, 당시에 문서와 장부를 관장한 자들을 찾아서 관련 서류를 세밀히 보아야 할 것이되, 새로 들은 것이 있으면 곧바로 기록해야 하고, 새로 본 것이 있으면 반드시 베껴야 합니다. 다시 한 곳에 들어가서 거듭거듭 서로 비교하여 헤아려 살핀다면, 을(乙)이 간혹 옳고 갑(甲)이 되레 그르며, 저것이 바르고 이것이 의심스러울 수도 있으니, 의혹의 단서는

하나라도 취해서는 아니 되며 근거가 없는 것은 버려야 하옵니다.

그러므로 각 항목의 사건들은 반드시 공사(公私)의 기록이 모두 부합하고 전후가 한 곳에서 나온 듯 서로 합치된 연후에만 감히 그것을 취하여 분명한 기록으로 삼았습니다. 비록 잠시 부합하고 잠시 같은 것이라 하더라도 하나같이 모두 수록하였는데, 이런 것들은 아주 작은 영예이지, 오래도록 기억하여 옳고 그름을 따져야 할 것들입니다. 책을 만들었다가 다시 뜯은 것이 두세 번에 이르렀을 때는 오히려 스스로 옳다 여기지 않고, 학식이 넓고 행실이 바른 사람에게서 질정을 받아 마침내 빠진 것을 보태고 채워서 책을 만들고는, 사람을 시켜 정서토록 하여 바치옵니다.

오호라! 임진년(1592)부터 무술년(1598)까지 7년간 겪었던 참상은 본도(本道)가 최고로 심하였으니, 귀가 놀라고 눈에 참혹한 것이 어찌 백 가지 천 가지뿐이었겠습니까? 오늘날 수집한 것이 있지 않다면 당시에 겪었던 수많은 사건들이 장차 민멸되어 전하지 않을 것인바, 한 달이 가깝도록 정력을 쏟아서 거칠게나마 한 권의 책을 만들었습니다. 간혹 성공하거나 실패한 사적 때문에 은미하게 평가하고, 간혹 책명(策命)에 따라 변화가 있더라도 사실 그대로 기록했으니, 권선징악에 관계된 것이면 비록 우리 고장의 미추(美醜)가 드러날지라도 반드시 기록했고, 사적이 잊기 어려운 것이면 다른 도(道)와 이해관계가 생길지라도 더러 붙였사옵니다. 사적을 아름답게 여겨 올린 경우는 좋아하여서 아첨한 것이 아니요, 사적이 말썽스러워 올리지 않은 경우는 곧다는 소리를 듣고자 곧음을 빙자한 것이 아니옵니다.

흩어져 있는 글들을 상고하고 똑같은 공론들을 참고하였지만, 뜻만 컸지 제대로 되지 않은 간단한 책자가 되었을 따름입니다. 허식으로 칭찬하는 부질없는 글들은 빼고, 얻은 것의 하나를 취하여 글을 다듬고 정리하였습니다. 의심스럽더라도 만일 오직 합하(閤下)께서 외람되이 채록한 것을 헤아려주신다면 매우 다행이겠습니다.

—『역주 성은선생일고』, 2009, 88~89면

당시 이 편지를 받아본 이원익은, "근거가 넓으면서 정밀하고, 글의 이치도 전아하며, 깊이 체득할 만한 기사로 갖추어졌으니, 진실로 좋은 사관의 자질이로다." 하였다고 한다. 나도 작년에 『역주 성은선생일고』을 간행하며, "병환 중이면서도 얼마나 사려 깊고 치밀하게 또한 객관적으로 일을 처리하였는지 알 수 있는 편지"라 하면서 임진왜란 때의 경상도 사정을 알려주는 매우 중요한 문건일 것인데 인멸되어 그 실상을 알지 못하는 안타까움을 표한 적이 있다.

그 안타까움을 전해들은 족숙(族叔) 신기효(申基孝)와 족손(族孫) 신후근(申厚根)이 간행되지 않은 가제본을 찾아 보내왔다. 이때까지만 해도 간행된 형태의 문집만을 본 터라, 이 미간행 가제본의 출현은 망외의 일이었다. 특히, 신후근은 몽산공(夢山公) 신돈식(申敦植 : 1848~1932)의 내손(來孫 : 증손의 손자)이다. 몽산공이 1909년 성은공 문집을 간행할 때는 문필이 다 거두어지지 않아서 문집명을 '성은선생일고(城隱先生逸稿)'라 했던 것으로 보인다. 그러다가 지금으로서는 도저히 알 수 없지만, 그 이후 어느 땐가 성은공의 문필을 거둘 수 있었던 것 같다. 곧, 이 책에 영인된 자료가 바로 그 것이다. 가제본을 보면, 두 권으로 된 기존 문집의 권1은 그대로 두되 새로 거둔 4편의 글을 보충하고, 새로운 권차(卷次)인 권2와 권3을 만들어 ≪난적휘찬≫을 배치하고, 기존의 권2를 권4로 옮기는 구상을 했던 것으로 짐작된다. 몽산공이 성은공 문집을 새롭게 간행하려 했다고 보는 것은 영인 자료를 보면, '견원집(見元集 : 원집에 보인다.)'이라는 기록이 있고, 속집으로서의 권차를 설정하지 않고 곧장 권2로 했으며, 문집명을 '성은선생문집'이라 하고 있기 때문이다. 현 시점으로서는 이 정도의 짐작만 할 뿐, 간행하지 못한 그 적절한 이유는 알 수가 없다. 아무튼 몽산공이 얼마나 선조의 문필을 찾기 위해 부단히 애썼는지 알 수 있으며, 그 노고에 후손으로서는 옷깃만을 여밀 뿐이다. 또한 이 중요한 문건을 인멸하지 않고 보관해오다가 기꺼이 복사해서 보내준 성의에 정중히 고마움을 표한다.

≪난적휘찬(亂蹟彙撰)≫은 전란을 겪은 지 5년이 지난 시점에서 당시의 기록물들을 참고하고 견문한 바를 보태어 찬진한 것이다. 임진왜란과 관련된 기록물을 보면, 왜군의 포로로 있으면서 기록한 것을 제외하고는 대부분 관군이나 의병으로 참전하면서 겪은 것들이다. 이를테면, 이순신(李舜臣 : 1545~1598)의 ≪난중일기(亂中日記)≫(1592.5.1~1598.1.4 기록), 이로(李魯 :

1544~1598)의 ≪용사일기(龍蛇日記)≫(1590~1593), 정탁(鄭琢 : 1526~1605)의 ≪용사일기≫(1592.7.17~1593.1.12), 조경남(趙慶南 : 1570~1641)의 ≪난중잡록(亂中雜錄)≫(1582~1610), 류성룡(柳成龍 : 1542~1607)의 ≪징비록(懲毖錄)≫ 등이다. 또 순수 피란기로서 도세순(都世純 : 1574~1653)의 ≪용사난중일기(龍蛇亂中日記)≫가 있기도 하다. 그런데 ≪난적휘찬≫은 개인의 체험기가 아닌 점에서 이것들과 다르다. 당시의 기록물들을 서로 견주고 견문한 바를 꽤 이른 시기에 기록한 역사적 사료라는 점에서 값진 것이라 하겠다. 따라서 성은공의 역사적 사료에 대한 취택시각을 살필 수 있으리라 본다. 또한, 무엇보다도 임진왜란 당시 경상도 사적을 엄밀히 살피는 데 기여할 수 있을 것으로 생각된다.

2002년 한국연구재단(당시 한국학술진흥재단)으로부터 수주한 대형연구과제를 3년간 수행하며 친분을 쌓은 전북대학교 사학과 하태규 교수께서 나의 어려운 청탁을 받고 ≪난적휘찬≫에 대해 평가하는 글을 기꺼이 써 주신 것, 진심으로 감사드린다. 끝으로 편집을 맡아 수고해 주신 역락 가족들의 노고에도 심심한 고마움을 표한다.

17세기를 전후한 난세를 만나 부친은 임진왜란 경상도 사적을 꽤 이른 시기인 1603년에 엄정하게 조사하여 기록한 ≪난적휘찬≫을 남겼고, 그 아들은 정묘년과 병자년의 양 호란 때 몸소 의병을 일으켜 의병장으로서 체험한 ≪창의록≫을 남긴 바, 그 후손으로서 선조의 이 훌륭한 업적을 한글문화의 권역으로 이끌어내고 드러내는 데에 미천한 힘이나마 보탤 수 있어서 기쁘게 생각한다. 대방가의 질정을 기다리면서 임란사와 의병사 연구에 밑거름이 되기를 희망한다.

2010년 3월
빛고을 용봉골에서 신해진 謹識

▌차 례

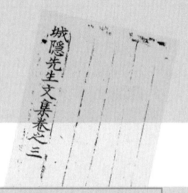

城隱先生文集卷之三

일러두기

이 책은 다음과 같은 요령으로 엮었다.

1. 역문은 직역을 원칙으로 하되, 가급적 원전의 뜻을 해치지 않는 범위 내에서 호흡을 간결히
   하고, 더러는 의역을 통해 자연스럽게 풀고자 했다.

2. 원문은 저본을 충실히 옮기는 것을 위주로 하였으나, 활자로 옮길 수 없는 **古體字**는 **今體字**로
   바꾸었다.

3. 원문표기는 띄어쓰기를 하고 **句讀**를 달되, 그 구두에는 쉼표(,), 마침표(.), 느낌표(!), 의문
   표(?), 홑따옴표(' '), 겹따옴표(" "), 가운데점(·) 등을 사용했다.

4. 주석은 원문에 번호를 붙이고 하단에 각주함을 원칙으로 했다. 독자들이 사전을 찾지 않고도
   읽을 수 있도록 비교적 상세한 **註**를 달았다.

5. 주석 작업을 하면서 많은 문헌과 자료들을 참고하였으나 지면관계상 일일이 밝히지 않음을
   양해 바라며, 관계된 기관과 여러분들께 진심으로 감사드린다.

6. 이 책에 사용한 주요 부호는 다음과 같다.

   1) ( ) : **同音同義** 한자를 표기함.
   2) [ ] : **異音同義**, **出典**, 교정 등을 표기함.
   3) " " : 직접적인 대화를 나타냄.
   4) ' ' : 간단한 인용이나 재인용, 또는 강조나 간접화법을 나타냄.
   5) < > : 편명, 작품명, 누락 부분의 보충 등을 나타냄.
   6) 「 」 : 시, 제문, 서간, 관문, 논문명 등을 나타냄.
   7) ≪ ≫ : 문집, 작품집 등을 나타냄.
   8) 『 』 : 단행본, 논문집 등을 나타냄.

번　역

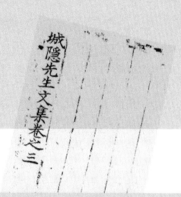

난적휘찬 상

무자년(戊子年 : 1588) 봄, 일본은 귤강광(橘康光)과 현소(玄蘇) 등을 보내서 화친(和親)을 요청하고 뒤이어 화사(和使)를 초청하였다. 경인년(庚寅年 : 1590) 봄에 조정은 통신사(通信使)를 보내기로 의논하고, 황윤길(黃允吉)을 상사(上使)로, 김성일(金誠一)을 부사(副使)로, 허성(許筬)을 서장관(書狀官)으로 삼으니, 마침내 떠났다. 사신 일행이 멀리서 굴욕을 겪었는데, 그 사실을 안 사람들은 걱정하였다. 신묘년(辛卯年 : 1591) 봄에 사신 일행이 돌아왔는데, 이들이 이국에 지조와 절개를 굽혔다는 소식을 두고 반목하니, 조야(朝野 : 조정과 민간)가 몹시 염려하였다.

이보다 먼저, 영해(寧海) 지역은 개미떼(蟻蟲)가 바다를 덮고 나오더니, 그 절반은 죽어서 바닷가에 쌓여 있고 나머지 절반은 날아가서 하늘 높이 흩어졌다. 비안(比安) 관아도 역시 개미떼가 마치 진(陣)을 친 것처럼 좌우로 나뉘어서 서로 오랫동안 싸우더니 간혹 목이 부러진 채 죽어 있었다. 청량산(淸涼山) 밑의 물도 말라 버렸다. 변괴가 이처럼 일어나니, 사람들은 더욱 의심하고 두려워하였다.

임진년(壬辰年 : 1592) 여름 4월 13일

왜적 50만 명이 부산에 쳐들어오다.

소서행장(小西行長)과 가등청정(加藤淸正)이 선봉장이고 현소(玄蘇)가 모주(謀主)였는데, 대장은 그 이름을 모른다. 이날, 첨사(僉使) 정발(鄭撥)은 군사를 거느리고 절영도(絶影島)에서 사냥을 했는데, 사후선(伺候船 : 정찰선)이 와서 보고하기를, "왜선 수백 척이 곧바로 부산포(釜山浦)로 향하고 있습니다." 하자, 정발은 해마다 조공(朝貢)하러 보내오는 배로 여기고 처음에는 방비책을 세우지 않았다. 조금 있다가 사후선이 다시 보고하기를, "수많은 배들이 무리를 짓고 바다를 덮어 오고 있습니다." 하자, 정발은 급히 군사를 이끌고 성에 들어갔다. 성문이 겨우 닫혔으나, 왜적들은 이미 상륙하고 말았다.

4월 14일

성은 함락되고, 정발(鄭撥)이 죽다.

이보다 먼저, 경주(慶州)에 사는 진사 손엽(孫曄)이 향시(鄕試)에 합격하여 산당(山堂)에서 경전을 공부하고 있었다. 어느 날 꿈속에서 시키는 사람이 없는데도 한 산에 도달했다. 그 산은 자못 높고 가팔랐지만 웅장하고 수려해서 기어올라 꼭대기에 도달하니, 꼭대기에는 여덟 층계가 있었다. 층계 위에는 여덟 노인들이 서열대로 앉아있었는데, 모두 의관이 훌륭하고 모습과 거동이 범상치 않았다. 손엽은 별계(別界)의 신선일 것으로 생각하고 가르침을 받들고자 하여, 이에 오르기를 다하고서 층계로 내려가 제1층 아래에 다가가니 서열이 엄격한지라 올라갈 수가 없었다. 그리하여 무릎을 꿇고서 아뢰었다. "저에게는 늙으신 아버지가 계시는데, 여러 번 국시(國試)에 낙방했음에도 매번 손씨(孫氏) 가문의 영달을 기대하시는지라 이번에도 또 향시(鄕試)에 응시해야 하니, 대인(大人)께 저의 장래 운수를 듣기 바랍니다." 여덟 노인들은 서로 뒤돌아보며 빙그레 미소만 지을 뿐 한참 동안 아무 말이 없었다. 그러다가 맨 끝에 앉아 있던 노인이 말했다. "임진년에 대란(大亂)이 일어나서 사람 죽이기를 삼[麻] 베듯하여 피가 천 리에 흐를 것이다. 너는 과거에 급제하려고 하지 말고, 미리 깊은 산에 곡식을 쌓아두고 전란을 피하도록 하라." 손엽은 꿈에서 깜짝 놀라 깨어나더니만 망연자실 물러앉으며 책을 덮고 긴 한숨을 지었다. 곁에 있던 중이 물었다. "진사 나리께서 전일에는 자못 힘써 책을 읽으시면서 그냥 지나치며 쉬는 법이 없었는데, 어찌하여 오늘은 이처럼 책을 덮으십니까?" 손엽은 이에 자기가 꾼 꿈을 이야기했는데, 이때에 와서 과연 그대로 되었다고 하겠다.

4월 15일

왜적이 동래(東萊)를 함락시키다.

부사(府使) 송상현(宋象賢)이 죽었고, 교수(敎授) 노개방(盧盖邦)도 역시 죽었으며, 대장(代將) 송봉수(宋鳳壽), 조방장(助防將) 홍윤관(洪允寬)·안윤헌(安潤獻), 양산 군수(梁山郡守) 조영규(趙英圭) 등이 모두 죽었다. 울산 군수(蔚山郡守) 이언성(李彦誠)은 시체 더미 속에 거짓으로 죽은 척하고 숨어 있다가 살

길을 찾아 돌아왔다.

절도사(節度使) 이각(李珏)은 동래성에 입성하면서 부산이 함락되었다는 소식을 듣자마자 성을 버리고 빠져나가려고 했다. 그러자 송상현이 이각에게 "고립된 성이 위급한데, 주장(主將)이 구원하러 왔다가 성을 버리고 가는 것은 옳지 못하나이다."고 했지만, 이각은 듣지 않았다. 성안에 있던 사람들은 실망하였고, 사기가 크게 꺾이게 되었다. 성이 함락되려 하자, 송상현은 관대(冠帶)를 갖추고 홀로 남문 성루(南門城樓)에 나아가 앉았는데 안색은 조금도 변하지 않았으나, 생각이 부모에게 미치자 부채에다 시 한 수를 지었다.

고립된 성을 적이 달무리처럼 에워쌌는데　　　　　　孤城月暈
대진을 구할 방법이 없으니,　　　　　　　　　　　　大陣不救
임금과 신하의 의리는 중하게 여기고　　　　　　　　君臣義重
부자의 은의는 가볍게 여겼나이다.　　　　　　　　　父子恩輕

송상현은 이 시를 노비에게 주어서 본가에 보내었다고 한다. 그 후 죽음에 임해서 왜적을 꾸짖기를, "이웃나라와의 교류에도 나름대로 도리가 있는데, 우리가 그대들에게 잘못한 것이 없었거늘 그대들은 어찌 이 같은 짓을 한단 말이냐?" 하고는 끝내 조금도 굽히지 않았다.

어떤 이는 말하기를, "송상현은 망건이 벗겨지고 말을 탄 채로 남문에서 죽었다."고도 한다. 송상현에게 첩이 둘 있었는데, 한 명은 포로로 잡혀갔고 또 한 명은 굴복하지 않고 저항하다가 죽었다. 이들은 모두 함경도 기생이라고 한다. 천한 기생들이 절의에 죽었으니 사부(士夫)에 견준다면 그 또한 예양(豫讓)과 유사한지라 가상하게 여길 뿐이다.

이각(李珏)의 군대는 소산역(蘇山驛)에 머물렀는데, 동래가 함락되었다는 소식을 듣고서 병영(兵營)으로 빨리 돌아갔다. 이각은 겁이 많아 허둥지둥 어쩔 줄을 몰라서 군령(軍令)을 제대로 시행하지 못하고 군사를 함부로 죽였다. 군사들이 많이 두려워하고 군중(軍中)이 자주 놀라게 되자 자신들을 통솔하는 장수인 이각을 죽이려는 사람이 생기게 되었다. 이때 우후(虞侯) 원응두(元應斗), 안동 판관(安東判官) 윤안성(尹安性), 영일 현감(迎日縣監) 홍창세(洪昌世) 등은 모두 왜적을 방어하고 지키려는 뜻이 있었으나, 이각만은 넓은 들판에 진을 쳐서 적을 대응하는 것보다 더 좋은 것이 없다고 해놓고 성을 버리고 달아나서 자신의 종적을 감추니, 그의 훗일은 알지 못한다. 소문에 의하면 이각이 임진(臨津)에 이르렀을 때, 조정이 경상도 감사 김수(金睟)의 계(啓)에 의거하여 효수시켰다고 한다.

이보다 먼저, 병영에는 한 진무(鎭撫 : 무관 벼슬)가 자못 영리하였는데, 이각이 일찍이 그를 믿고 일을 맡겼던지라 위급한 상황에서 관아로부터 면포(綿布) 30바리를 꺼내어 책임지고 운반해놓으라 하였다. 진무가 꺼리는 기색을 보이자, 이각이 대노하여 그 자리에 군율을 범했다 하여 목을 베어버렸다. 이로부터 군대의 상황이 매우 좋지 않았는데, 그 처자식들은 지금도 그 일을 이야기하면 때때로 눈물 흘린다고 한다.

양산(梁山)의 관노(官奴) 황응정(黃應貞)이 포로가 되었다가 살아 돌아와서 말하기를, "왜적이 글을 써서 '너의 나라[高麗]를 위해 방어하면 무엇 할 것인가? 불과 20일이면 틀림없이 서울에 들어갈 것이라.'고 했다." 한다.

4월 16일

왜적이 양산(梁山)을 함락시키다.

이때 좌수사(左水使 : 수영에 위치) 박홍(朴泓)이 부산과 동래가 함락되었다는 소식을 듣고 먼저 영루(營壘), 군기(軍器), 군량(軍糧) 등을 불태우고 동쪽의 변방을 경유하여 어둠을 타고 경주의 남쪽 노곡역(奴谷驛)으로 퇴진했으

으며, 양산마저 함락되었다는 소식이 들려오자 경주성(慶州城)으로 퇴진했
는데, 왜군이 경주성으로 곧장 향하여 쳐들어옴을 보고는 도망치니 어디
로 가버렸는지 알지 못하였다. 수일 안에 연달아 성 3개가 함락되고, 흉적
의 칼날이 지나는 곳마다 진영(陣營)들은 절로 무너졌다. 이로부터 왜적들
은 이로운 때를 틈타서 국토를 휩쓸었는데, 길을 나누어 승승장구하여 마
치 무인지경을 들어가듯 하였다. 한 대열은 바닷길을 경유하여 전진하였
는데 우도(右道)의 연해에 있는 여러 군(郡)들을 연달아서 함락하였고, 또
한 대열은 곤양(昆陽 : 경남 사천의 옛 명칭)에서 전진하였는데, 곧바로 경주
로 향하였고 그리고 영천(永川), 신령(新寧), 군위(軍威), 비안(比安), 인동(仁同),
함창(咸昌), 문경(聞慶) 등을 거쳐서 조령(鳥嶺)을 넘었다. 또 한 대열은 영산
(靈山), 창녕(昌寧), 현풍(玄風), 고령(高靈), 성주(星州), 개령(開寧), 금산(金山) 등
을 거쳐서 추풍령(秋風嶺)을 넘었고, 또 한 대열은 밀양(密陽), 청도(淸道), 대
구(大邱), 인동(仁同), 선산(善山) 등을 거쳐서 또한 조령을 향하였다.

4월 24일

왜적이 상주(尙州)로 곧장 쳐들어가다.

순변사(巡邊使) 이일(李鎰)의 군대가 상주 북천(北川)에 있었는데, 왜적이
갑자기 들이닥치자 허둥지둥 어쩔 줄을 몰라서 서로 짓밟고 짓밟혔다. 북
천에 있던 깊은 구덩이에 쌓인 시체가 산더미와 같았다. 이때 사근 찰방(沙
斤察訪) 김종무(金宗武)가 죽었고, 종사관(從事官) 홍문 수찬(弘文修撰) 박지(朴
箎)는 산골짜기로 도망쳤다가 함창(咸昌) 사람인 인언룡(印彦龍)을 만나서 말
하기를, "나는 18세에 장원급제하여 임금의 은혜를 성대하게 입었건만, 이
번에 막료(幕僚)가 되어 와서 교지를 받아보니 정녕 전쟁은 이미 불리해졌
는지라, 장차 무슨 면목으로 다시 임금님의 얼굴을 뵙겠나." 하고는 스스
로 목을 찔러 죽었다 한다.

경주에 사는 무인(武人) 조위(曹瑋)는 이일(李鎰)을 따라 참전했다가 패하

자, 홀로 말을 타고 갑장산(甲長山)으로 피해 들어갔다. 이때 상주의 남녀 백성들도 다투어 달아나느라 길을 메우니, 말갈기를 휘어잡고 당겨도 말이 앞으로 나아갈 수가 없었다. 조위가 장검을 휘둘러 삼 베듯 피란민들을 무수히 베었지만 산은 높고 말은 지쳐버렸다. 왜적의 칼날이 곧 들이닥치려 하자 말을 버리고 무성한 나무에 올라가 나뭇가지 위에 기대앉았더니, 왜적들이 대부분 그냥 지나가서 끝내 죽임을 당하지 않았다. 어둠을 틈타서 산으로 들어갔지만 갈 길을 잃어버려 그 다음날에야 한 사찰 아래에 이르렀더니, 말 한 필이 있는데 곧 어제 탔던 말이었다. 마침내 그 말을 타고 경주를 향하였는데, 의성(義城)을 경유하게 되면서 옛 친구를 만나 이 이야기를 들려주고 허리에 찬 장검을 꺼내어 보여주니, 장검의 검붉은 핏자국이 끔찍스러워서 차마 볼 수가 없었다고 한다.

당초 이일(李鎰)이 상주에 있을 때 왜적이 이미 가까이 다가왔는데도 군중(軍中)에서는 아무도 알지 못했다. 개령현(開寧縣) 사람이 와서 왜적이 온다는 정보를 알려주었으나, 이일은 오히려 사람들을 의혹케 한다며 목을 베었다. 그 사람이 죽음에 임하여 억울함을 하소연하며 말하기를, "청컨대 나를 우선 가두었다가 내일 아침에 왜적이 오지 않으면 그때 목을 베어도 늦지 않습니다."고 했지만, 이일은 듣지 않았다. 그 날 밤 왜적이 상주에 진격했는데, 강원도(江原道) 영월군(寧越郡) 군관(軍官) 김충민(金忠敏)이 남이 알아보지 못하는 옷차림을 하고 몰래 이곳저곳 탐문하여 전황(戰況)을 알렸다고 하니, 곧 4월 16일이었다.

안동 부사(安東府使) 정희적(鄭熙績)이 군사를 이끌고 영천(永川)에 이르렀다가 왜적의 세력이 치성하다는 소식을 듣고는 말하기를, "오늘의 도적은 왜놈이 아니로다." 하더니 두려워서 허둥지둥 도망가 일직현(一直縣)에 이르렀는데, 그 사람이 날랜 말을 타고 치달리는 것을 보았으면 매우 놀랐을 것이다. 채찍질을 가하며 달리더니 안동부에는 들어가지 않은 채, 한 품관(品官)을 자기 집에 잠시 살게 하고 관아에 있는 식구들만 성(城)을 나오도록 재촉하여 곧바로 길주(吉州)로 도망갔다. 아, 안동진관(安東鎭管)의 부사(府使)는 지위가 높은 관원이고 희적도 또한 이름 있는 선비이거늘, 그의 행동거지는 이와 같았다. 인근의 수령들이 그것을 듣고 본받아서, 어떤 이는 산골짜기로 도망쳐 숨고 또 어떤 이는 달아나 자기 집으로 돌아갔다. 이런 까닭에 백성들은 창고를 깨부수어 곡식과 돈 같은 물건들을 날마다 가져갔으며, 패하고 돌아온 병졸들은 관가의 창고까지 약탈하여 가져갔다. 이따금씩 관군의 여러 장수들이 지나가다가 밥 해먹을 식량이 없으면 민가에서 빼앗아 먹었으니, 그 기율이 없는 것이 이와 같았다.

당초 안동 판관(安東判官) 윤안성(尹安性)은 군사를 이끌고 병영에 도착하니 이각(李珏)이 달아난 뒤였다. 안성이 힘을 다해 왜적을 방어하자, 그의 아들들은 속히 피하기를 청했다. 안성이 말하기를, "남아가 죽으면 죽었지 어찌 달아날 수 있단 말이냐."고 했다. 여러 장수들은 모두 흩어져 달아나버리고, 안동부(安東府)로 돌아왔지만 희적(熙績)이 이미 달아난 뒤여서 관부(官府)도 주인이 없고 민가도 텅 비어 있었다. 그래도 안성은 몸소 북을 치며 군사를 소집하여 성을 지키려고 했으나, 이미 흩어진 백성들을 다시 모을 계책이 없자 끝내 관부를 버리고 달아났다.

용궁 현감(龍宮縣監) 우복룡(禹伏龍)은 후퇴하는 자를 베는 장수로서 병영[下道]으로 내려가고 있었다. 이때 하양군(河陽軍) 5백여 명이 방어사(防禦使)의 소속이었는데 방어사를 받드는 일로 병영에서 올라오다가 경주 모량역(毛良驛)에 이르렀다. 복룡이 그들을 보자 거짓 떠도는 말에 홀려서 왜적의 선봉인가 의심하여 모두 죽여 버리니 무려 4백여 명이나 되었다. 우복룡이 죽이려는 데 마음이 있었을지라도 비난할 수 없지만, 저들로서는 실로 아무런 죄가 없었다. 사람이 억울하게 죽은 것이 대개 이러한 것들이다.

○ 애초에 관찰사(觀察使) 김수(金睟)는 동래가 함락되었다는 소식을 듣고 밀양(密陽)으로 퇴각하여 있었는데, 왜적이 밀양을 침범하려고 하자 '절제(節制)를 맡은 장수가 포위된 성 안에 있어서는 아니 된다.'고 생각하였다.

바로 더 나아가지 못하고 영산(靈山)으로 물러났다가 곧바로 초계(草溪)로 향하였고, 그 후에 가야산(伽倻山)으로 후퇴하였다가 지례(知禮)로 도망쳐 머물러 있으면서 도순찰사(都巡察使)의 지휘만 받고 있었다.

4월 28일

도순변사(都巡邊使) 신립(申砬)이 충주(忠州) 달천(㺚川)에서 패전하다.

이로부터 흉악한 왜적들의 기세가 온 국토를 휩쓰니 더욱 막아낼 수가 없었다. 본도(本道 : 경상도)에 머물러 있는 왜적은 직함을 가칭하여 자신들을 일본 사신이라고 부르면서 도로를 횡행하는데 더 이상 바랄 것도 없고 아무런 거리낄 것도 없었다. 순찰사(巡察使) 김수(金睟)가 외진 곳에 숨어 있다가, 뒤이어 근왕병(勤王兵) 천여 명을 이끌고 경성(京城)으로 달려갔다가(곧 5월 16일이다.), 호서(湖西)와 호남(湖南) 두 순찰사(윤국형과 이광)의 근왕병과 함께 모여 용인(龍仁)에서 왜적에게 대패하고는(곧 6월 5일이다.) 본도 경상도로 돌아왔다.(곧, 6월 17일이다.) 도내(道內)의 호령을 오랫동안 주장해야 할 이가 없었는지라(이때 도사(都事) 김영남(金穎男)이 순찰사를 대신하여 공무를 보았다.), 여러 군(郡)의 인신(印信)을 찬 자들도 깊숙이 산속으로 숨어버리고, 병부(兵符)를 찬 자들도 내지에서 꼼짝달싹하지 않으니, 인심이 각기 흩어지고 토적(土賊)들이 다투어 일어나서 곳곳마다 서로 잡아 죽이는 것이 끝이 없었다. 이 때문에 서방의 소식이 끊겨 알지 못하는지라 떠도는 말이 흉흉하여 사람들이 나라가 존재하는지 오랫동안 알지 못했다가, 비로소 임금의 수레가 서쪽으로 파천(播遷)하였다는 소식을 들었으니 곧 4월 그믐날 4경(새벽 1시~3시)이었다.

5월 3일

왜적이 도성(都城) 안으로 들어갔다는 소식이 이르다.

임금님이 송도(松都)를 떠나시어 금교역(金郊驛 : 황해도 금천군에 있는 역)에서 유숙하시고 끝내 의주(義州)로 향하셨다. 이후로 남쪽의 백성들은 너무도 절망하였고 더욱이 죽어야 할 곳을 알지 못했다. 시간이 얼마 지나지 않아 안집사(安集使) 김륵(金玏)이 경상 좌도에 와서 머물며 교지(敎旨)를 널리 알리는 포유문(布諭文)을 지어서 안동(安東) 등 몇몇 곳을 수습하고, 약간의 군사로 복병을 두어 왜적의 통로를 차단하는 방책을 마련하니, 이로부터 민간이 비로소 나라의 호령을 듣기 시작하였다.

5월 29일

왜적이 군위(軍威)를 불태우고 약탈하다.

의성의 봉양면 쌍계천(雙溪川) 마을[장대리]은 사망자가 거의 70여 명이었다. 품관(品官) 정태을(鄭太乙)의 처 박씨(朴氏)는 자신의 두 딸과 함께 죽임을 당했다. 박씨는 일찍이 개 한 마리를 길렀었다. 왜적이 쳐들어왔을 때 마을사람들은 모두 흩어졌는데, 부자(父子)와 부부 사이라도 서로 돌아볼 수가 없었다. 들판이 시체로 덮이자 개들이 그것을 찢어발겨 먹으니, 시신이 온전한 곳이라고는 거의 없었다. 박씨의 개는 주인의 시체 곁을 떠나지 않고 지키면서 뭇 개들이 달려들면 사납게 으르렁거려 쫓고, 까마귀와 솔개 떼들이 달려들면 역시 똑같이 쫓았는데, 태을이 2일 만에 비로소 돌아오니 박씨의 시신만 온전하였다. 사람들이 기이하게 여겼다.

이 일이 있기 전, 같은 마을에 사는 품관 신씨(申氏)는 마을의 대소인을 이끌고 왜적을 방어하기로 약속했었다. 그런데 이날 일찍이 왜적이 장대리를 향하니, 신씨와 두서너 명의 정병(精兵)들이 쫓아가면서 활을 쏘아댔다. 얼마 시간이 지나지 않아 두 왜적이 말을 타고 다가오자 신 품관도 말을 몰아 앞으로 나아가 고산(孤山)의 천변(川邊)에 이르러 마주하니, 서로간의 거리는 겨우 10보 정도였다. 왜적이 칼자루를 잡고 곧장 달려들어서 신 품관을 향하여 던지니 신 품관이 겨우 피했고, 왜적이 또 작은 칼을 뽑고서 머리를 숙이고 곧장 달려드는지라 신 품관이 활을 쏘았다. 그러자 왜적은 땅에 거꾸러졌다가 곧 일어나서 조금 전에 던졌던 칼을 집으려고 하였다. 신 품관이 또 활을 쏘니, 왜적의 가슴에 명중되어 왜적은 그 자리에서 죽었다. 나머지 왜적은 마침내 군위로 달아났는데, 본 마을에서 20리 정도 떨어져 있었다. 끝내 전군(全軍)이 와서 약탈하고 살상한 만행의 비참함은 차마 말할 수가 없었다. 왜적은 인가들을 모두 부수어 한곳에 쌓아두고 신 품관이 죽였던 왜적의 시신을 거두어 함께 태웠다. 왜적들은 늘어서서 절하고 곡(哭)하다가 갔다. 이날 장정이 민첩하게 또 왜적 한 놈을 쏘았다.

○ 경상 우도에서는 왜적이 거제도(巨濟島)로 쳐들어오자, 현령(縣令) 김준민(金俊民), 율포(栗浦) 권관(權管) 이찬종(李纘宗)이 바다로 내려가서 맞이하여 싸우니 왜적은 마침내 달아났다.

○ 개령(開寧)에 사는 인의(引儀) 최진(崔縉)의 처 나씨(羅氏)는 산에 있다가 왜적을 만났는데, 왜적을 꾸짖는 소리가 입에서 끊어지지 않다가 죽임을 맞이했다. 나씨는 부장(部將) 응규(應奎)의 딸로 일찍이 부도(婦道)로써 명성이 있었는데, 끝내 열행(烈行)으로 죽었다고 한다. 고성(固城)에 있는 나응벽(羅應壁)과 응규(應奎)는 형제 사이이다. 아들과 며느리 세 사람도 역시 절의에 죽었으니(뒤에서 상세히 보인다.), 한 집안에서 여러 사람이 이와 같이 절의에 죽은 것은 세상에 아주 드문 경우이다.

○ 안집사(安集使) 김륵(金玏)이 전 검열(撿閱) 김용(金涌)을 안동 수성장(安東守城將)으로, 훈련 봉사(訓鍊奉事) 권희순(權希舜)을 의성(義城) 수성장으로, 박사(博士) 황서(黃曙)를 풍기(豊基) 수성장으로, 전 현령 이유(李愈)를 예천(醴泉) 수성장으로, 유학(幼學) 박연(朴淵)을 의흥(義興) 수성장으로 삼아서 한 고을 군무(軍務)를 각자 담당하게 하였는데, 대개 여러 고을의 수령들이 모두 도망갔기 때문이다.(이때 각 고을은 대부분 수령이 없다는 것을 안집사가 듣고서 이와 같이 군무를 맡긴 것이다.) 안집사 김륵은 대장으로 용궁(龍宮) 현감 우복룡(禹伏龍), 영천(榮川) 군수 이알(李瀚), 봉화(奉化) 현감 황시(黃是), 예안(禮安)

현감 신지제(申之悌) 등을 파견하여 각 읍의 군병을 거느리고 예천(醴泉)에 주둔케 하였는데, 이알과 황시는 병이 나서 본래의 직책으로 돌아갔고, 복룡과 지제만 군사를 거느리고 변고를 기다렸다.

6월 15일

용궁 지역에서 만난 왜적에게 패하여 군사 대부분이 죽다.

복룡 등은 거의 위태하다가 요행히 화를 면했다. 다음날, 왜적은 예천과 안동 등지를 쳐들어갔고, 오래되지 않아 예안을 밀고 들어갔다.

○ 이때 각 고을의 수령은 안집사의 분부를 좇아서 본가(本家)에 갔다가 오기도 하고 강원과 충청에 갔다가 오기도 했으니, 대개 이때 조정이 도망간 수령들을 불러들여 모으기에 급급하여 너그럽게 용서하라는 교지를 내렸기 때문이다.

5월 23일 임금의 교지를 받들어 작성한 편지글에, 「어렵고도 위태로운 즈음을 당하여 구차스러운 일이 많은 것은 또한 사세가 그렇게 하도록 한 것이라 어쩔 수 없는 것이다. 각 고을의 수령 가운데 난리를 당하여 도피한 자는 일체 불문에 붙일 것이니 스스로 나와서 맡은 일을 수행하도록 하라.」고 하였다. 이때 예안 현감 신지제, 용궁 현감 우복룡 등은 관할 지역을 잠시도 떠나지 않고 지켰다. 그런데 복룡은 토적(土賊)을 많이 잡아들였는지라 그들로부터 해를 입을까 염려하여서 하루에도 세 번씩 변복을 하고 멀리 나가지 못하면서도, 지방관으로서 적에게 죽을 마음이 있다고 하였다.

군위(軍威)가 적의 수중으로 들어가자, 의성(이전에도 늘 오고가며 불태우고 약탈하였다. 이때에 이르러 군사가 나뉘어 옮겨 주둔했으니 곧 26일이었다.)의 사인(士人) 김치중(金致中)은 왜적이 의성현(義城縣)으로 쳐들어온다는 소식을 듣게 되어 마을에서 활을 쏠 줄 아는 자들을 불러 모아 매복시켜 방어할 계획을 세웠다. 어느 날, 왜적이 그 마을로 돌진해 오는 것을 보더니 사방에서 피리를 불게 하여 동시에 추격하고 활을 쏘도록 하자, 왜적은 깃발을 버리고 달아났다. 그 다음날도 왜적이 또 쳐들어오자 또한 쫓아가면서 쏘았고, 그 다음날도 역시 그와 같이 하였다. 왜적은 여러 번 퇴각한 것을 통분히 여겨 그 다음날 날이 밝기도 전에 전군(全軍)이 와서 포위하니 정세가 매우 위급해졌다. 치중은 자기 부모를 등나무 덩굴 아래에 모셔두고, 처자식들에게 말하기를, "차라리 죽을지언정, 의(義)를 더럽히고 욕보이는 짓을 했다는 소리를 듣고 싶지 않다."고 하였다. 그리고는 아우 치화(致和), 얼제(孽弟 : 서아우) 치윤(致潤), 종제(從弟) 치홍(致弘)과 치강(致剛) 등과 함께 활을 쏘며 왜적에게 대항했다. 치홍과 치강이 각각 왜적 한 놈씩 계속하여 향해 활을 쏘니 시위 소리와 함께 모두 거꾸러졌고, 치윤도 활을 쏘아 왜적 한 놈을 명중시켰다. 이에 왜적이 일시에 탄환을 쏘자, 치화가 맞아서 죽었다. 치중과 그의 처 신씨(申氏), 치강의 처 권씨(權氏)는 높이가 30장이나 되는 벼랑 꼭대기에 다다르자, 치중이 먼저 뛰어내렸고 그의 처 신씨와 권씨도 울면서 말하기를, "한 번 죽는 것이야 피할 수 없지만 젊은 나이가 애석도 다." 하고는 함께 뛰어내렸다. 그의 노비 복분(卜粉)도 소매를 붙잡고 울면서 말하기를, "상전께서는 어디로 가시려 하십니까?" 하고는 역시 따라서 뛰어내리니, 시체가 시냇가에 쌓였다. 왜적은 의관을 벗지도 않은 치중을 보고 그가 장수인 것으로 여기고 더욱 노하여 난도질을 해서 머리와 사지가 분해되었다.(곧, 7월 1일이었다.) 권씨의 몸은 등덩굴에 감겨서 얕은 여울에 떨어져 턱이 손상되고 이가 두 개 부러졌지만, 왜적이 물러간 후에 구호하니 소생하였다. 노비의 처 옥금(玉今)이 자기의 지아비가 해를 입은 것을 보고 또한 물에 투신하여 죽었다. 치중은 어려서 시례(詩禮)를 익혔고 몸가짐도 매우 삼갔으며, 일찍이 선생과 선배들의 문하를 왕래함에 사람들이 매우 추앙하였으며, 안동에 사는 신구정(申九鼎)의 딸에게 장가들었다. 난리를 만나 짧은 시간에 절의가 쌍으로 이루어지고 지극히 우매한 복분(卜粉) 같은 자도 또한 죽을 곳을 알았으니, 한 집안의 평소 수양함이 있지 않았다면 능히 이러할 수가 있으랴.

○ 의성에 사는 손몽각(孫夢覺)의 딸은 군위에 사는 훈도(訓導) 김광우(金光瑀)의 처인데, 광우가 왜적에 의해 죽자 손씨도 곧장 물에 투신하여 죽었다.

○ 좌도(左道)에서 순찰하는 왜적이 주둔한 곳은 의성(義城), 군위(軍威), 인동(仁同), 영천(永川), 대구(大邱), 밀양(密陽), 경주(慶州), 창령(昌寧), 현풍(玄風), 부산(釜山), 동래(東萊) 등의 고을이었다. 우도(右道)는 선산(善山), 상주(尙州), 당교(唐橋), 개령(開寧), 금산(金山), 성주(星州), 단성(丹城), 창원(昌原), 진주(晉州), 김해(金海), 웅천(熊川), 진해(鎭海), 고성(固城) 등의 고을이었다. 그중에 부산, 김해 등의 고을은 왜적의 소굴로 가장 확고한 곳으로 오랫동안 근거지였으며, 당교 같은 곳은 왜적이 둔(屯)을 벌여서 친 곳인데 대략 보루와 목책을 보수하였지만 인접 고을을 노략질하고 병력을 시위함으로써 스스로를 엄호하고 보위했을 뿐이다.

그런데도 사람들 중에 흥적의 화를 두려워하기도 하고 기아(飢餓)에 몰리기도 하여 구차히 살려고 한 자가 종종 있었다. 가령 김해(도요저(都要渚) 마을은 예로부터 낙동강 연변의 큰 고장인데, 왜란 초기부터 왜적에 붙어서 앞잡이 노릇을 하고 평소의 원수를 갚기도 했다. 한 서원(書員)은 일본에 들어가서 농지 세(稅)를 마련했다.), 창원(왜적은 전라감사(全羅監司)를 자칭했고, 향리(鄕吏) 현희준(玄希俊)은 그 전라감사의 배리(陪吏)라 자칭하고 관리의 도착 날짜를 알리는 선문(先文)을 지어서 기생 등을 차출해 모두 왜적에게 들여보내기도 했다.), 진주, 단성, 초계, 개령, 선산, 인동, 동래, 영산 등의 사람들이다. 심한 경우는 판관(判官)이라 자칭하기도 했고, 향소(鄕所)라 자칭하기도 했고, 왜적의 앞잡이가 되기도 했고, 세미(稅米 : 왜적이 뱀 먹기를 좋아했기 때문에 간혹 하루 종일 뱀을 잡아서 세미를 대신하기도 했다.)를 반출하기도 했다. 그때 밀양 부사(密陽府使) 박진(朴晉)은 선산으로 가서 왜적을 정탐하러 갔다. 양반 홍언심(洪彦深)이란 자가 박진을 왜장으로 의심하여 곧바로 꿇고서 손을 모아 빌기를, "새 상전이시여, 새 상전이시여. 살려주소서, 살려주소서."라 하자, 박진은 아무런 대답을 하지 않고 칼을 휘두르니, 그 자는 왜의 글을 꺼내어 보여주었다고 한다.(곧, 4월 29일의 일이다.) 본부(本府)의 사람도 대부분 이와 같았는데, 특히 심한 자가 김치대(金致大)였다.

그 가운데 상주, 대구, 영천 등에서는 왜적이 둔을 친 지가 꽤 오래 되었지만, 단 한 사람도 왜적에게 붙어서 앞잡이가 된 자가 있다는 소식이 들리지 않았다. 사람의 천성이 선하다는 것을 어찌 믿지 않을 수 있으랴. 조정은 그 사실을 듣고서 기뻐하며 복호(復戶 : 부역이나 조세를 면제하는 일) 하는 특전을 베풀었다. 그런데 창원도 역시 왜적에게 붙어서 앞잡이 노릇을 한 자가 없었다 하여 읍호(邑號)를 승격시키니, 사람들은 지금까지도 통분한다.

이때 성주의 승려 찬희(瓚熙)는 왜장과 마주 앉아서 글로써 응답하더니, 백성들을 불러 모아 환곡(還穀)을 마음대로 나누어 주었다. 이에 교수(敎授) 배덕문(裵德文)이 승려를 잡아다가 순찰사에게 보내어 목을 베도록 하였다.

○ 포의(布衣) 곽재우(郭再祐)는 의령(宜寧)에서 의병을 일으켰다. 처음에 그는, 감병사(監兵使)들이 지휘하면서도 왜적들로 하여금 함부로 쳐들어오게 하니, 이에 분개하여 그들을 베려고 하였다. 그리고 자기의 가산을 털어 군졸들을 모으니 향리에 살고 있던 장문장(張文長) 등 네다섯 명을 모을 수 있었고 생사를 같이하기로 약속을 맺었다. 그러자 그의 아내가 말하기를, "어찌하여 이러한 개죽음을 하려고 하십니까?" 하자, 곽재우는 크게 노하여 칼을 빼어 죽이려고 하였다. 그의 형도 집안이 망할 것이라며 만류했으나, 곽재우는 듣지 않았다. 그리하여 자기 가산을 전부 내어 군사를 먹일 군량미로 삼고, 아내와 자식의 의복조차도 군졸의 아내들에게 다 주었으며, 그의 처자식을 그의 매부인 허언심(許彦深)의 집에 맡겼다. 드디어 몸을 돌보지 않고 군진(軍陣) 사이로 모집한 장사 30여 인을 거느리고 가면서 왜적을 치겠다고 큰 소리를 치자 향리 사람들이 듣고는 모두 미쳤다고

여겼다.

　그때 마침 왜적의 배를 만났다. 곽재우는 붉은 옷[紅衣]를 입고, 종이에
‘천강홍의 곽장군(天降紅衣郭將軍)’이라는 몇 글자를 써서 화살에 매도록 하
여 적선을 향해 쏘게 하였다. 배에 있던 왜적들이 엉덩이를 쑥 내밀어 마
구 두드리면서 여기에다 쏘라고 비웃으며 떠들어대니, 곽재우는 곧 활을
쏘아서 과연 왜적의 엉덩이를 명중시키자 적선이 마침내 도망쳤다. 향리
사람들이 이 사실을 듣고 크게 놀라면서 무슨 일이든 함께 할 수 있겠다
고 여겼고, 드디어 서로 모여들어 하루가 채 되기도 전에 100여 명에 이르
러서 그들을 먹일 식량이 없었다. 이때 마침 초계(草溪)와 의령(宜寧) 두 고
을은 모두 싸움에 패하여 관청이 비어 있어서, 곽재우는 초계와 신반현(新
反縣)의 창고에 있는 곡식을 내어 군사들에게 먹였다.(또 진주의 전세선(田稅
船) 4척을 빼앗았다.) 곽재우는 평소 군대의 일을 꽤 알고 있어서, 군대를 배
치하는 일을 처리하는데 기율이 있었으니, 선비와 백성들이 다투어 모집
에 서로 응하였다.

　이로부터 전 장령(掌令) 정인홍(鄭仁弘)이 합천(陜川)에서 기병하고, 전 좌
랑(佐郎) 김면(金沔)이 거창(居昌)과 고령(高靈)에서 기병하였다. 전 목사(牧使)
오운(吳澐 : 곽재우의 소모관(召募官)이 되었다.), 전 현령(縣令) 조종도(趙宗道), 정
자(正字) 권제(權濟), 정자 윤선(尹銑), 그리고 전치원(全致遠), 노흠(盧欽), 권란
(權鸞) 등 모두가 왜적 토벌에 뜻이 있으니 명성과 세력으로 서로 도와서
일시에 간성(干城)으로 의지하였다.

　이때 부제학(副提學) 김성일(金誠一)이 우도 병사(右道兵使)로 좌천되어 내
려오던 도중에 왜적의 선봉들을 만나게 되었는데, 곧바로 말에서 내려 걸
상에 걸터앉았다가 군관(軍官 : 그 이름은 잊었다.)으로 하여금 활을 쏘게 하
니, 앞에 오던 왜적이 명중되어 죽자 나머지 왜적들은 도망쳤다. 김성일이
병영에 도착한 지 불과 며칠이었지만 풍채가 우뚝하니, 군사들과 백성들
이 그를 의지하고 중하게 여겼다. 김성일은 이윽고 자신을 체포하여 잡아

들이라는 어명이 있었으나, 중도에 사면을 받고 경상도 초유사(慶尙道招諭
使)로 좌천되었는데 강우(江右)에 제일 먼저 도착하여 큰 군대의 깃발로 지
휘하니, 나이 많은 어른들이 이마에 손을 얹고 기대를 하였다. 이때 곽재
우가 신반현(新反縣) 등 창고의 곡식을 마음대로 내어 군사들에게 준 연유
로 합천 군수 전현룡(田見龍)이 도둑이라고 논하여 보고하자, 우병사(右兵使)
조대곤(曺大坤)이 명을 내려 곽재우를 체포하였다. 이 때문에 곽재우의 관
할 하에 있던 여러 병졸들이 대부분 뿔뿔이 흩어지려고 하였다. 김성일이
그 지방에 도착한 당일에 곧바로 글을 보내서 곽재우를 불러들이고(단성(丹
城)에 있으면서 부르니, 곽재우가 나아가서 뵈었다.) 진실로 깊이 권하니, 곽재우
군대의 사기가 다시 진작하게 되어 잇따라 왜적을 물리쳤다.

○ 충의위(忠義衛) 이봉(李逢)이 함창(咸昌)에서 기병하여 전 좌랑(佐郎) 정
경세(鄭經世)를 소모관(召募官)으로 삼고, 진사 김각(金覺)이 상주(尙州)에서 기
병하여 정자(正字) 이준(李埈)을 소모관으로 삼았다. 양군이 명성과 세력으
로 서로 도와서, 만났을 때 베어죽이거나 사로잡은 왜적이 매우 많았다.

○ 조정은 밀양 부사(密陽府使) 박진(朴晉)을 승진시켜 경상 좌도 병사(慶
尙左道兵使)로 삼았다. 애초에 박진은 김수(金睟)의 근왕군을 따라 온양(溫陽)
까지 갔다가 병사(兵使)로 임명하는 교지를 공경히 받들고 군관(軍官) 이사
언(李士彦) 등 30여 명을 거느리고 먼저 강우(江右)에 도착했다. 6월 15일,
고령(高靈)에서 밤에 낙동강(洛東江)을 건너고 현풍(玄風)을 경유해서 밀양(密
陽)·풍각현(豊角縣)에 당도하여 흩어진 백성들을 불러들이니 거의 500여
명이나 되자, 청송(靑松)과 그 밖의 곳으로 방향을 바꾸었다.

이때 왜적들이 관대(冠帶)를 착용한 사람을 보기만 하면 관원(官員)이나
양반으로 여기고 반드시 끝까지 추적하여 체포해서 죽였다. 때문에 사람
들은 어른과 아이를 막론하고 모두가 폐양자(蔽陽子 : 일종의 패랭이)를 써서
왜적을 피하는 한 방편으로 삼았다.

박진은 병사가 된 이후로 비로소 흑립(黑笠)을 쓰고 의관을 갖추었는데,

그 풍채가 사람들의 이목을 잡아끌었다. 때문에 벼슬하지 않은 선비들도 또한 흑립을 썼다.

이때 이각(李珏)은 이미 병영에서 도망쳤고, 인신(印信)도 잃어버렸고, 서쪽 길도 완전히 막혀버렸다. 새 인신이 내려오기 전에는 각 관아에서 박진의 전령(傳令)을 보고 잘못 전달된 것이라고 여기고 번번이 의심할 수밖에 없었다. 영해 부사(寧海府使) 한효순(韓孝純)이 청송에 도착하여 박진을 직접 뵙고서야 마침내 본부(本府)에서 반포한 인신을 보내고 그것을 사용하게 했다. 그 이후로 민심이 비로소 안정되었다.

의병장 곽재우는 영산(靈山)에 있는 왜적을 포위하고 있었는데, 왜적이 만약 포위망을 뚫고 달아난다면 붕괴된 곳은 곽재우 자신이 마땅히 그 책임을 지기로 여러 의병장들과 약속했다고 한다. 마침 곽재우는 왜적의 길목을 지키고 있는 처지에 지리적 형편상 타고 들어올 틈이 있었는데 왜적은 과연 포위망을 뚫고서 곧바로 달아났고, 달아나는 왜적을 맹추격하니 탄환을 비 오듯 쏘아대어 우리 군대가 일시 무너져 흩어졌다. 곽재우의 관할 하에 있던 병사들이 곽재우를 옹위하여 왜적들로 하여금 근접하지 못하게 하니, 왜적도 또한 머뭇거리며 감히 당돌하게 접근할 수가 없었다. 곽재우는 이내 기(旗)를 휘둘러 말을 돌려서 마치 적진을 향하여 가려는 것처럼 하였지만, 그 지형에 맞게 군사를 마음대로 쓰면 적의 입장에서 승패가 뒤집힐 수도 있는 형국인지라, 왜적의 생각으로는 재우가 거짓으로 패하여 무너진 척하며 이 형국에 부합하는 계책으로 도중에서 기다리고 있다가 습격할 수도 있다고 여기고, 마침내 군사를 퇴각시키고 멀리 달아났다. 이 때문에 우리 군대가 모두 온전히 돌아왔으니 그의 용병술을 귀신같다고 칭송하였고, 이미 패했던 데서 다시 온전하게 하니 또한 군사들의 마음을 이같이 하여 샀다고 한다. 이때 횡행하는 왜적 수천 명이 날이 저물자 창녕(昌寧) 지역에서 진을 쳤다. 재우는 밤중에 병사들로 하여금 각자 화구(火具)를 가지고서 남모르게 가도록 하여 적이 둔(屯)을 친 근방에 이르자 일시에 횃불을 밝히고서 북을 치며 떠들어대고 징을 치며 진격하고 화포 소리까지 아울러 내었다. 왜적들이 놀라고 두려워하며 겁을 먹고 어찌할 줄 모르다가 군기(軍器)들을 다 그대로 버려두고 달아나니, 우리 군사들은 그 군기들을 다 거두어서 돌아왔다.

○ 영산(靈山)에 사는 양반 공휘겸(孔撝謙)이란 자가 난리 초반에 왜적에게 빌붙어 함께 서울로 갔다가 자기 집에 편지 보내기를, 「내가 응당 경주 부윤(慶州府尹)이 되거나, 아니면 밀양 부사(密陽府使)는 충분히 될 수 있을 것이오.」 하고, 또한 주상전하를 범하는 말이 있음을 곽재우가 듣고 몹시 분개하였다. 어느 날 공휘겸이 제 집에 돌아왔으나, 재우는 휘겸을 죽이려고 잡아들이는 데 어려움을 겪어야 했었다.

이때 그 마을 사람들은 모두가 왜적에게 빌붙었고, 마을 밖에 나무 팻말을 세워놓고는 횡행하는 왜적이 침범하지 못하게 하여 우리나라 사람은 오랫동안 발을 붙일 수가 없었으니, 사소한 소식이라도 있으면 반드시 왜적과 서로 통해야 했다.

훈련 봉사(訓鍊奉事) 신초(辛礎)는 역시 영산(靈山) 사람으로 평소에 휘겸을 잘 알고 있었다. 곽재우는 용맹스러운 병사들로 하여금 길가에 매복케 하고, 신초로 하여금 휘겸을 유인하여 사로잡아 오도록 하였다. 신초가 휘겸의 집에 이르러 설복하기를, "요즈음 세상 돌아가는 일을 보건대 회복할 형세는 만무한지라, 나와 동지 몇 사람이 그대와 더불어 함께하기를 바라네." 하였다. 휘겸이 메아리가 호응하듯 기꺼이 좋다고 하자, 신초가 말하기를, "그대는 나와 함께 나가세. 아무개를 뵙고 상의하는 것이 좋겠네." 하였다. 휘겸이 정말로 밖으로 나오자, 용맹스러운 병사들이 그를 결박하여 곽재우 앞에 바쳤다. 휘겸은 재우와의 관계가 형제 항렬이라 혹여 용서받을 수도 있을 것으로 생각했다. 그러나 재우가 먼저 휘겸의 팔다리 하나

씩을 베니, 휘겸이 말하기를, "만약 내 몸을 더 베지 않으면 살아날 수 있을 것이다."고 했다는데, 끝내 참수해 버리자 사람들이 모두 쾌하게 여겼다. 이때에 거세고 사나운 남의 집 종들이 노비와 주인 간의 분수를 알지 못하고 주인을 배반하고 횡포를 부리는 경우가 많았는데, 심한 자는 칼질을 하기도 하고 간음을 하기도 하므로, 곽재우가 들을 적마다 즉시 잡아다 놓고 그 주인에게 알리고는 모두 죽였다. 이로부터 민심이 비로소 안정되었고, 다시는 상전을 범하는 자가 있지 않았다.

○ '전라 순검사(全羅巡撿使)'라고 칭하는 왜적이 정암진(鼎巖津)을 건너야겠다는 격문(檄文)을 돌렸는데, 그 격문에는 「맞이하는 자는 안전하고, 항거하는 자는 죽으리라(迎者安, 拒者斬.).」고 씌어 있었다. 모든 사람들이 어쩔 줄 모르며 항간(巷間)의 의견이 통일되지 않았다. 곽재우가 이에 분연히 크게 꾸짖기를, "감히 말하노니, 적을 맞이하는 자는 죽으리라." 하고, 적에게 보내는 격서에 쓰기를, 「천자께서 네놈들이 우리나라를 침범하려 한다는 사실을 들으시고 미리 홍의장군(紅衣將軍)을 보내어 정예병을 거느리고 도중에 습격하도록 하셨노라.」 하였다. 그리고는 곧바로 한 사람에게 붉은 옷[紅衣]으로 갈아입혀 산 위에서 내달리게 하고, 또 다른 한 사람에게 같은 색깔의 옷을 입혀 말을 타고 산 위로 치달리도록 하여, 서로 바라보이는 땅을 달리게 하였더니 능히 산골짜기를 날아 넘는 듯했다. 저쪽에서 사라지면 이쪽에서 나타나고, 이쪽에서 사라지면 저쪽에서 나타나는 왕래 동작이 깜짝할 사이인지라, 왜적이 몹시 이상히 여기다가 마침내 놀라 흩어져 강을 건너지 못했다. 그러자 칠원현(漆原縣)의 영포역(靈浦驛)을 경유해 추풍령(秋風嶺)을 거쳐 충청도(忠淸道)로 들어갔던 흉포한 왜적이 퇴각하니, 군의 사기가 크게 떨쳤음을 들은 자들은 기세가 배나 되었다.

○ 의병장 김면(金沔)은 강물을 따라 내려오는 왜적의 배 2척을 만났는데, 한 척은 배를 고스란히 포획하고 왜적의 목을 벤 것이 80여 급(級)이나 되었다. 그 포획한 배에 실려 있는 물건들에는 내탕(內帑 : 왕실의 재물을 보

관하던 곳)에서 예부터 비장(秘藏)했던 진귀한 보물들이 있었고, 광묘(光廟 : 세조)의 어휘(御諱)가 씌어진 장지, 제복(祭服) 2벌, 적사(赤舃 : 임금의 예복에 신는 붉은 신) 1벌도 또한 있었다. 사향(麝香)·청견(靑絹) 등의 물건과 같은 것도 모두 세가(世家)들의 물건이었고, 다른 물건도 이에 걸맞았다. 이로부터 군대의 사기가 더욱 떨치게 되었고 백성들의 기세도 백 배나 되었다.

김수(金睟)는 논계(論啓)를 통해, 갑옷과 투구 및 병기 등 여러 가지 물건들을 군졸들에게 나누어 주게 하여 그것으로 군사들을 권면하고 상을 주는 방도로 삼도록 해달라고 하고, 그 나머지 견단(絹段) 등은 남원(南原)으로 실어 보내서 깊이 보관하게 했다가 길이 열린 후에 올려 보내겠다고 했다 한다.

6월 18일

왜적의 배 3척이 상류에서 내려오다가 2척은 침몰하고, 1척은 노가 풀어진 채로 떠내려갔는데, 의병장 곽재우가 배를 고스란히 포획하고 왜적의 목을 벤 것이 27급(級)이나 되었다.

대개 강우(江右)의 의병은 강가에 목책(木柵)을 설치하기도 하고 쇠뇌[弓弩]를 설치하기도 하여 상황에 따라 지혜까지 쓰는 까닭에 왜적을 강가에서 잡거나 죽이는 것이 많았다. 김수(金睟)의 계(啓)를 보면, '의령 가장(宜寧假將) 곽 아무개가 보고해 온 것에 의하면'이라고 했다 한다. 그런데 다만 김수는 17일에 운봉(雲峰)에서 함양(咸陽)에 도착했고, 곽재우는 18일에 왜적의 목을 벤 공이 있었더라도, 같은 날에 일어난 것이리라. 곧 김수가 함양에 돌아온 첫날은 바로 곽재우가 격문을 돌려 김수의 죄상을 들추어 따지던 날이니 결코 보고했을 까닭이 없고, 임금께 올린 글은 마땅히 근거한 바가 있을 것이므로 이와 같이 모두 기록한다.

○ 현풍(玄風)에 사는 품관(品官) 곽재훈(郭再勳 : 郭超(곽초)의 아들)이 왜적을 피해 산에 숨어 있다가, 어느 날 발각되어 왜적이 그를 죽이려 했다. 그의 아들 결(潔), 호(浩), 청(淸), 형(泂) 등 4형제가 자신들의 목숨으로써 대신

하겠다고 애걸하자, 왜적은 곧장 결(潔) 등 4형제를 참수하고 재훈은 놓아주었다. 곽재훈은 대를 이을 다른 자식이 없었으나 아들 결(潔)에게 서자(庶子)가 있어서 지금 그 제사를 받는다고 한다. 당시 흉포한 왜적의 칼날이 닥치자 부자(父子)이든 형제(兄弟)이든 자신만 살기에 급급했지 서로를 살피지 않았다. 심한 자는 자식이고서 자신의 부모를 버리니 사람의 도리라고는 조금도 없었으나, 결(潔) 등 4형제는 아버지를 대신하여 죽었으니 지극한 효성이라 할 것이다. 그러나 사람들이 이를 알지 못하는지라, 현풍현의 사림들이 글을 지어 환히 드러내고자 하고 지금까지도 실천하지 못하고 있지만 칭찬하며 감탄하고 있다 한다.

○ 곽재우가 생각하기를, 김수(金睟)는 두 차례에 걸쳐 도(道)의 감사(監司)를 하면서 민심을 이반케 한 자로 이미 지나간 일은 이야기할 것이 못된다고 여겼으나(성을 쌓을 때에 도내의 인심을 크게 잃었다.), 왜적이 동래(東萊)에 이르자 밀양(密陽)으로 후퇴하여 통솔하는 데 방법이 어긋났으니 왜적들로 하여금 성을 함락하게 했으며, 왜적이 밀양에 침입하자 영산(靈山)으로 달아났고, 초계(草溪)로 선회하여 향하다가 가야(伽倻)로 돌려 도망갔다. 왜적이 상주(尙州)를 통과하자 거창(居昌)에 숨어 있으면서 흐리멍덩한 장계(狀啓)를 올려 임금님을 기만하였는데, 그 장계에 이르기를 「조령(鳥嶺)은 지킬 수 있으나 (임금님을 지키기 위해) 그냥 맡겨 두고 가옵니다.」고 했다. 이로 인해 영남 지역은 온통 손쓸 틈도 없이 무너져서 마침내 왜적의 소굴이 되었다. 왜적이 조령을 넘어오고 임금의 소식이 아득하게도 들려오지 않자, 자기 몸 붙일 곳이 없음을 스스로 알고서 근왕해야 함을 칭탁하고 도망쳐 운봉을 넘어갔다. 중도에서 낭패를 당하여 돌아갈 길이 없게 되자 부끄러움도 잊고 치욕도 참고서 얼굴을 들고 다시 와 호령하며 지휘권을 발동하니, 의병들이 흩어져 버리려는 마음을 갖게 되고 초유사로 하여금 다 이룩하게 된 공을 망치게 만들었다.(이상은 모두 재우가 올린 초유(招諭) 및 격내문(檄內文)을 취하여 발췌한 것이다.)

마침내 통문(通文)을 여러 고을에 돌려 김수의 죄를 성토하고, 초유사(招諭使) 김성일(金誠一)에게 편지를 올렸는데, 그 편지의 대략은 다음과 같다.

「제(齊)나라의 성(城) 70여 개가 이미 함락되었으나 전단(田單)은 거(莒)와 즉묵(卽墨)을 가지고도 제나라를 수복하는 터전으로 삼았으며, 당(唐)나라의 양경(兩京)이 이미 함락되었으나 곽자의(郭子儀)는 고립된 군사를 가지고도 당나라의 종사를 복원케 하였습니다. 지금 영남 일대가 비록 왜적에게 함락되었을지라도 좌우의 여러 고을들이 아직도 안전한 곳이 많고 당당한 국가의 용사들이 구름떼처럼 많으니, 감사(監司)된 자가 진실로 하루라도 충성스럽고 장렬한 마음을 떨치고 비분강개한 말을 하여 백성들의 마음을 감동시킨다면 의리로써 부응할 자가 또한 반드시 많을 것이고, 임금님의 원수를 하루도 되지 않아서 복수할 수 있을 것입니다. 일찍이 한 고을이라도 순찰하거나 한 가지의 책략이라도 내놓으면서 의병을 일으키는 것은 능히 못하면서, 다른 고을로 도망쳐 넘는 것은 오히려 따라가지 못할까 두려워하니, 오랑캐와 금수 같은 이런 심보는 차마 할 일이 못되옵니다. 저는 반드시 합하(閤下)께서 임금게 아뢰어 김수의 목을 베고 그 목이 거리에 걸리는 것을 기다린 후에야 용맹스런 장정들을 거느리고 합하가 있는 곳으로 가겠습니다.」

마침내 상소(上疏)하여 김수의 잘못을 논하였다. 또 김수에게 격문을 돌렸는데, 그 격문의 대략은 「행재소가 막혀 아득하고 소식이 통하지 않아 국법이 시행되지 않기 때문에 너의 머리가 아직도 온전하도다.」고 했으며, 또한 쳐서 없애버리려는 뜻이 있었다.

김수(金睟)도 마침내 초유사(招諭使)에게 공문을 보내어서 법에 의거하여 곽재우를 가두어 매도록 하고, 또 사유를 갖추어서 상계(上啓)하였는데 그 대략은 다음과 같다.

「내지(內地)에 성을 쌓으면서 향교에 다니던 생도들을 한꺼번에 많이 징발한 것이 신(臣)이 원망을 듣게 되는 근원이온데, 이 때문에 세상물정을 거듭 격화시킨 것입니다. 문덕수(文德粹)의 상서(上書)는 온 도의 사람들 대부분이 이성(異姓)의 조카 이로(李魯)의 조종이었다고 생각하고, 신(臣)도 전에 장계(狀啓)에서 미미하게나마 그 뜻을 드러냈습니다. 이로가 소신을 해치고자 한 것을 어찌 잠시인들 잊을 수 있었겠습니까. 국운이 불행하여 왜적의 기세가 창궐함이 이 지경에 이르렀으니 신(臣)의 죄는 만 번이라도 죽어 마땅하오나, 이 기회를 틈타 백방으로 날조하고 모함함이 이르지 아니한 데가 없습니다. 그리고 이로의 딸을 첩으로 삼아 사위가 된 곽재우는 무뢰한 3백여 명을 거느리고 초계(草溪) 관가의 창고에 가득히 쌓여 있던 쌀과 밀가루 및 찹쌀가루・기름・꿀 등을 훔쳤습니다. 또 사창(司倉)의 창고 문을 부수고 군량과 각종의 곡물을 자신의 도당들에게 나누어 주었습니다. 의령(宜寧) 신반현(新反縣)의 창곡(倉穀)을 또 셀 수가 없을 정도로 훔쳐 가졌고, 진주(晉州)의 전세선(田稅船) 4척에 있던 것도 거두어서 개인 창고에 넣어두고 못된 무리들에게 나누어 주며 은혜를 베푸는 바탕으로 삼았습니다. 곽재우가 정말로 국가를 위해 의병을 일으켜서 이끌고 왜적을 토벌코자 하여 군량미가 없었다면, 마땅히 수령에게 알리거나 신(臣)이 있는 곳에 보고하여 법에 따라 받아가서 먹였어야 했으나, 그렇게 하지 않고 마음대로 겁탈하였으니 극악한 왜적이 하는 짓과 다를 바가 없사옵니다. 신(臣)은 그가 패악한 마음을 지녔음을 훤히 알고 있었습니다. 그러나 왜적을 토벌하기에 급했고, 또한 그가 마음을 돌려서 선(善)을 따르길 바랐는지라 각 관아에 통유(通諭)하여 그로 하여금 나타나도록 하되, 천천히 그 결말을 보아가며 다시 치계(馳啓)하려 했습니다. 그런데 곽재우는 병사(兵使) 조대곤(曺大坤)의 체포령을 신(臣)의 사주(使嗾)에서 나온 것으로 잘못 알고는 흉악하고 참혹한 말을 공공연히 김성일(金誠一)이 있는 곳에서 입 밖으로 뱉어냈고, 신(臣)이 보낸 영리(營吏)를 죽이려고까지 했으나, 뒤이어 성일이 극력 말려서 실행하지 못했다 합니다. 미천한 신하가 변변치 못한 뜻이지만 그를 진정시키는 데 있었는지라, 불쾌한 감정을 말로든 얼굴빛에든

드러내지 않고 도리어 그를 칭찬하고 장려하도록 장계를 올렸습니다. 그러나 그는 쌓인 원한을 해소하지 못하고 낙방한 유생들을 꼬여내어 무리를 모으는데 날로 늘어나니 무리 이름을 '의병(義兵)'이라 부르면서, 겉으로는 왜적을 토벌하는 흔적을 보이고 속으로는 불측한 계략을 품고 있습니다. 그들을 잘 모르는 사람은 의병으로 여기지만, 잘 아는 사람은 그들에게 응당 제압하기 어려운 걱정거리가 생길 것으로 염려하여서 자제들에게 준엄한 분부를 내려 그들 틈에 끼이지 못하도록 한 사람도 많습니다. 신(臣)이 일찍 처치하지 못했던 것은 형편상 쉽사리 처리하기가 어려운 점이 있었기 때문입니다. 그런데 지금에 와서 보니, 먼저 소신 막하의 병사들에게 격문을 보내어 자객들이나 하는 짓인 소인을 암살하도록 겁주었고, 또 신(臣)의 죄를 들추어 따지는 통문을 여러 고을 사람들에게 돌려서 장차 군사를 일으켜 난동을 부리라고 부추겼는데, 만일 고을사람들이 그것을 따르지 못하게 하는 수령이 있으면 그 수령까지도 함께 죽이겠다는 뜻도 통문 속에 언급하였습니다. 그리고 소신에게도 격문을 보내었는데 그 흉측하고 악한 말은 입으로는 말할 수 없으나, 기한을 정해 놓고 성을 쌓느라고 백성들을 학대함이 혹독하였고, 통솔하는 데 있어 그 방법이 어긋나서 왜적들로 하여금 마구 들어오게 하였다는 것이 신(臣)의 저지른 죄라 하옵니다. 성을 쌓은 한 가지 일은 신이 굳이 말할 것이 못되옵니다. 왜적들로 하여금 마구 들어오게 하였다는 것은 과연 신(臣)의 죄이겠습니까? 태평성대 100년 동안 사람들은 전쟁을 알지 못했는지라, 군졸들은 적의 기세만 바라보고도 먼저 흩어져 달아나고 변방의 장수들이 패배한 것이 어찌다 신(臣)의 통솔하는 방법이 잘못되어서 그런 것이겠습니까? 변란이 발생한 이후로 각 항목의 관할은 이미 치계(馳啓) 중에 갖추어져 있으며, 관할의 득실(得失)은 모두 어람(御覽)을 거친 것입니다.

지난 4월 15일 이른 아침, 신(臣)이 진주(晉州)에 있으면서 왜적이 침범했다는 소식을 듣고 계본(啓本 : 임금에게 아뢸 때 제출하던 문서)을 갖추어 보고

한 후 낮에 출동하였습니다. 가는 도중에 부산(釜山)과 동래(東萊) 두 진(鎭)이 연달아 함락되었다는 소식을 듣고서도 밤낮을 가리지 않고 재촉하여 16일 저녁에 황급히 밀양(密陽)에 도착했던 것입니다. 그러니 이는 동래의 함락을 듣고서 밀양으로 바삐 달려 들어간 것이지, 동래에서 퇴각하여 도망쳐온 것은 아닙니다. 그곳에서 성을 지키며 변란을 대기하려고 했으나, 신(臣)이 만약 그 성에서 포위를 당한다면 동서로 계책을 통하여 서로 응하고 도울 수 있는 길이 없어지는 것입니다. 때문에 왜적이 본부(本府)의 작원(鵲院)을 침입했다는 소식을 듣고는 퇴각하여 영산(靈山)을 지켰고, 밀양을 지키지 못했다는 소식을 듣고는 또 초계(草溪)로 퇴각하였고, 왜적이 이미 김해(金海)를 함락시키고 초계의 길로 향하려 한다는 소식을 듣고는 합천(陜川)으로 옮겨가서 주둔하였고, 왜적이 성주(星州)를 침범했다는 소식을 듣고는 고령(高靈)으로 달려갔고, 왜적이 금산(金山)으로 향했다는 소식을 듣고는 지례(智禮)로 달려갔던 것은, 가까이에 있으면서 서로 응하고 도우려는 계책이었던 것입니다. 왜적이 지례의 지역 안으로 침범하여 비로소 거창(居昌)에 이르렀는데, 거창은 실로 이때 중간 지역에 위치해 있었습니다. 신(臣)이 그곳에 주둔해 있었던 것은 가까이에 있으면 서로 응하고 도우려는 계책이었지만, 변란이 생긴 이후로 가야산(伽倻山)에는 한 번도 가까이 가보지 못했습니다.

왜적이 영로(嶺路)를 넘어 충주(忠州)에서 여러 장수들을 또한 패배시키고 곧장 서울로 들어갈 상황이 바로 눈앞에 임박했는지라, 이 일을 생각하면 울음과 눈물이 함께 나와 다른 일은 계획할 겨를이 없었습니다. 타고 남은 병기와 군사를 수습하여 호남 감사(湖南監司) 이광(李洸)과 근왕하는데 합세할 뜻으로 절차에 따라 장계를 올리고 군사 1300여 명을 거느리고 운봉현(雲峰縣)에 당도했던 것입니다. 그런데 김성일(金誠一)을 통하여 비로소 어가(御駕)가 서쪽으로 파천하여 경성이 이미 텅 비어 있다는 소식을 들은 데다, 이광도 이미 군사를 전주로 퇴각시켰는지라, 신(臣)이 고립된 군사를 거느리고 단독으로 가기에는 전쟁의 상황이 매우 어려웠고, 김성일이 또한 회군하기를 권고하였으니, 도망쳐 넘은 것이 아님은 분명한데도 도리어 근왕을 칭탁하고 도망쳐 운봉을 넘어갔다 하여 신(臣)의 죄로 삼고 있습니다.

군사를 거느려 근왕한 것을 도망쳤다고 한다면, 의병을 일으켜 왜적을 물리친 자들은 끝내 어떻게 하려는 것이겠습니까. 저 정인홍(鄭仁弘)과 김면(金沔)이 의병을 일으킬 기병 모의를 할 때 열 가지 책략을 조목별로 아뢰느라 오가며 상의했는데, 군량과 군기(軍器)에 대한 대책과 공문서 수발에 관한 처리 등 신(臣)에게 문의해서 결정하지 않은 것이 없습니다. 합천 의병장 손인갑(孫仁甲)은 바로 신(臣)이 임명하여 배정한 사람으로 그의 처사는 조금도 동요됨이 없었으니, 진실로 곽재우의 황당한 처사와는 비교할 수가 없습니다. 신(臣)이 본도로 돌아온 후에 온갖 소소한 일이라도 일일이 문서로 보고하였고, 다른 곳에 있던 의병들도 이와 같이 하지 않는 사람이 없었으니, 만일 조금이라도 흩어지려는 마음이 있었다면 그들이 기꺼이 이와 같이 했겠습니까. 의병들에 관한 일은 모두 김성일과 상의하여 확정하고 처치하였지, 조금도 독단적으로 못하도록 흔들거나 막은 일이 없었으니, 이른바 초유사가 다 이룩하게 된 공을 망치게 만들었다고 한 것도 역시 거짓입니다.

하물며 현재 생존해 있는 여러 장수들을 통솔하고 의병들을 규합하여 군현(郡縣)을 수복해서 풍전등화와 같은 나라를 구하라는 임금의 뜻이 간절하셨으니, 이른바 의병이라는 것을 신(臣)이 어찌 호령하고 지휘할 수가 없겠습니까. 그런데도 저런 식으로 말하고 있으니, 그 마음을 알기 어렵지 않습니다. 설사 그가 세상의 전하는 말 때문에 오해하여 모르고 못된 짓을 저질렀다 하더라도 반란을 일으킨 것과 다름이 없고, 그가 왜적을 토벌한 공이 있다손 하더라도 끝내 죄를 가리기가 어려울 것인데, 하물며 이로(李魯)와 문덕수(文德粹) 등은 모두 성이 다른 일가로서 서로 연결된 사람이니 세 사람의 서운함에다 권세까지 끼게 된 것입니다. 이로(李魯)는 날마다 곽재우 곁에 있으면서 모해를 가르치느라 온 힘을 다하고 흉계를 실행하기 바랐던 것은 의심할 바가 없습니다. 화(禍)가 될 계기가 이미 일어났으니, 신(臣)의 생사는 아마도 열흘 안에 결딴날 듯합니다.」

이에, 김성일은 두 사람 사이를 주선하고자 김수(金睟)에게 글을 보내면서 김주(金澍)·윤기(尹箕) 등의 고사(을묘왜변 때, 전라감사 김주가 영암군(靈巖郡)에서 다른 곳으로 달아나려고 하자, 수원(水原) 전 부사(前府使) 윤기가 마침 유생(儒生)의 신분으로서 포위된 영암성에 있다가 칼을 뽑아 베려고 하였는데, 김주는 전혀 노하지 아니하고 담소로 대처하였다. 논자는 지금까지 윤기의 용기를 칭찬하고, 김주가 능히 용납하였던 것을 장하게 여긴다.)를 인용하여 선처하도록 하였고, 곽재우에게 글을 보내 간곡히 타일렀으며, 그리고 사유를 갖추어서 상계(上啓)하였는데, 그 대략은 다음과 같다.

「곽재우가 의병을 일으켜서 왜적을 토벌한 일은 이미 여러 차례 계달한 바 있습니다. 그러나 뜻밖의 변고가 미처 생각지도 못한 데서 나와 마땅한 처리 방법을 알지 못하여 몹시 근심하고 있습니다. 곽재우는 바로 고(故) 통정대부(通政大夫) 곽월(郭越)의 아들로서 성질은 질박하고 꾸밈이 없으며, 부모의 상을 치름에 있어 슬픔을 다하여 이웃에서는 자못 효행을 칭송하였습니다.

왜적의 변란이 일어난 초기에 병사(兵使)와 수사(水使)가 서로 뒤질세라 도주하자 개연히 분노하였고, 감사 김수(金睟)가 초계(草溪)로 향하는 데 이르자 곽재우가 분연히 말하기를, "병사가 도망쳤는데도 형벌을 내리지 않더니, 또 감사가 왜적이 좌도(左道)에 출현하고 있는데도 초계로 퇴각해 도망쳤으니 감사를 베는 것이 옳도다." 하면서 칼을 뽑아 길목에서 그가 지나가기만을 기다리고 있었는데 고을 사람들이 힘써 말리자 그만두었습니다. 그 후에 병사(兵使) 조대곤(曺大坤) 등 모두가 무너져 열흘 사이에 왜적이 서울을 침범하자, 곽재우는 팔뚝을 걷어붙이고 의분을 이기지 못하여 말하기를, "이런 무리들이 왜적을 호위하여 서울로 들어가게 하여 임금님께 화를 끼친 것이니 모두 베는 것이 옳도다." 하였습니다.

그때 의령과 초계가 모두 싸우다 패하여 관아가 텅 비었으며, 의령 관아의 창고는 이미 불타고 약탈당했는지라, 곽재우는 의병들에게 먹일 양식이 없자 초계 및 신반현(新反縣)의 창고에 있던 곡식을 내어 군사들을 먹였습니다. 싸울 때면 붉은 비단[紅綃]을 착용하고 당상관의 전립(氈笠) 차림을 갖추고는 스스로 '홍의천강장군(紅衣天降將軍)'이라 불렀습니다. 말을 달려 적진을 유린하는데 오가는 것이 눈 깜짝할 사이인지라 왜적들이 일제히 철환(鐵丸)을 쏘아도 맞힐 수가 없었습니다. 혹은 말 위에서 북을 치며 천천히 가도록 하여 행진하는 절도로 삼기도 하고, 혹은 사람을 시켜 피리도 불고 호드기도 불기도 하고, 혹은 산 숲속에서 호각도 불고 북을 시끄럽게 치기도 하고, 혹은 곳곳에 복병을 두고 사람이 없는 것처럼 조용히 있다가 왜적이 오면 쏘아 죽이기도 하고, 혹은 왜적의 배를 한쪽으로 몰아 해안가에 다다를 때까지 추격하여 쏘기도 하는데, 어느 날이고 싸우지 않는 날이 없고 싸우면 반드시 승리를 거두었습니다. 왜적을 벤 것이 모든 장수 가운데서 가장 많았고, 쏘아서 죽인 왜적은 그 수를 알 수 없을 정도였습니다. 왜적들도 역시 곽재우를 '홍의장군'이라 부르면서 감히 해안에 올라와 도적질을 하지 못하니, 의령(宜寧)과 삼가(三嘉) 두 고을의 백성들은 모두 생업이 안정되어 농사에 힘써서 오곡의 풍성함이 평소와 다름이 없었습니다. 도내(道內)의 나머지 성들이 보존된 것은 곽재우의 공이 많았습니다.

그런데 갑작스레 삼도(三道)의 군대가 수원(水原)에서 무너졌다는 소식을 듣더니, 곽재우는 흡사 미친 사람처럼 위험하고 못된 말을 수없이 지껄여댔습니다. 순찰사(巡察使)가 글을 보내 공적을 칭찬하고, 임금께 장계를 올려 그의 공을 아뢰었는데도, 곽재우는 여전히 마음을 돌리지 않았습니다. 사람들이 혹여 화를 입을 것이라고 경계하면 반드시 칼자루를 잡고 성을 내곤 하였습니다. 이번에는 갑자기 두 차례나 순찰사의 영문(營門)에 격문

(檄文)을 보내어 그 죄를 낱낱이 늘어놓고는 죽여 버리겠다고 큰소리쳐대자, 순찰사가 신(臣)에게 공문을 보내왔습니다. 하여 의령의 관원을 시켜 잡아가두라 하고, 신이 가만히 생각해보니 곽재우가 실제로 역심(逆心)을 품고 있다면 지금 바로 정병(精兵)을 장악하고 있는지라 한 사람의 역사(力士)로는 잡힐 바가 아니고, 만약 역심을 품고 있지 않다면 편지 한 장으로도 족히 깨우칠 수 있으리라 여겼습니다. 그리하여 곧바로 곽재우에게 친서를 보내어 여러 가지로 비유하며 깨우쳤고, 김면(金沔)도 또한 글을 보내어 경계하였더니, 곽재우는 곧 마음을 돌이켜 타이르는 말에 잘 따랐으며, 진주(晉州)가 위급하다는 소식을 듣고는 군사를 이끌고 달려가 구원하고자 전진하였습니다.

곽재우는 일개 도민(道民)으로서 감사[道主]를 범하려고 심지어 감사의 죄를 성토하는 격문을 보내었으니, 비록 제 스스로는 나라를 위해 분개하다가 이 지경에 이르렀다고 하지만 난동을 부린 백성에 가까운지라 곧 죄를 물어 없애는 것이 마땅합니다. 그러나 곽재우는 온 나라가 함몰되었어도 능히 고립된 군사를 가지고 용맹을 떨치며 왜적을 무찔렀는지라, 도내(道內)의 남은 백성들이 그를 간성(干城)으로 의지하고 있는데, 이제 와서 그가 제 멋대로 지껄인 말 때문에 곧바로 그를 베어 죽이면, 보존하고 있는 남은 성마저 왜적을 막을 계책이 없어져 군사와 백성들은 그의 죄를 알지 못한 채 한꺼번에 무너져 흩어질 것이 자명했습니다. 그러므로 신(臣)이 미봉책이기는 하지만 그의 마음을 진정시키고자 재삼 경계하고 타일렀더니 이미 순종하였습니다. 그리고 그만 순찰사(巡察使)에게 죄를 지었는데, 아마도 순찰사가 그것을 용납하기가 어려워 다른 변고를 일으킬 듯합니다.

대체로 곽재우의 일은 비록 미친 사람처럼 망령되었지만 그의 마음만은 실로 다른 뜻이 없습니다. 그러니 감사도 김주(金澍)가 대처한 바와 같이 하면 곧 안정되고 아무 일도 없을 것입니다. 그러므로 김수(金晬)에게 글을 보내어 선처하도록 하였으니 걱정할 만한 변고는 없을 듯합니다. 그러나 다만 김수가 곽재우를 반역자(叛逆者)라고 이미 장계를 올려 아뢰었고, 또 다른 사람들을 지목하여 사주하였다고 말하였는데, 이것으로써 죄를 가한다면 그가 죄에 승복하지 않을 뿐만 아니라 온 도의 민심을 수습하기가 어려울 듯하니, 몹시 마음이 아프고 절박합니다. 그가 충의로 분발한 상황과, 용맹을 떨치며 왜적을 물리친 공적 등은 온 도에 널리 알려져 아동과 주졸(走卒)들까지도 모두 '곽장군(郭將軍)'이라며 칭송하고 있습니다. 또 듣건대, 그가 용병술에 뛰어나고 장수의 재질을 지녔다고 하니, 만약 미친 사람처럼 망령된 짓을 한 것에 대한 주벌을 조금만 늦추어 주시면 끝내 반드시 보답이 있을 것입니다.

그리고 또 아뢰옵건대, 신(臣)은 불행하게도 임명을 받은 후에 두 번이나 이 같은 변고를 겪었습니다. 4월 중에 호남의 운봉현(雲峯縣)으로 가는 길을 잡고 있는데, 호남사람들이 순찰사 이광(李洸)이 근왕(勤王)하는데 늦장을 부린다고 하여 죄를 물어야한다면서 신(臣)에게 비밀리에 말하는 자가 있었습니다. 신(臣)은 대의를 가지고 설득하여 그의 의기를 꺾도록 하고, 곧바로 김수와 의논하여 이광에게 알려 대비하라고 말하려 했더니, 김수가 말하기를, "그 자는 근왕하는데 늦장을 부린 것에 대해 죄를 묻고자 한 것이니 의로운 선비라고 할 수 있소. 만약 그 사람을 죽인다면 온 도의 민심이 더욱 격해질 것이니, 이광이 있는 곳에 알려서는 아니 되오."라고 하여, 신(臣)은 그의 말을 좇아 그만두었습니다. 이번에 곽재우의 일도 바로 저번의 일과 유사합니다. 김수가 진실로 호남사람들에게 대처했던 의리로써 곽재우를 대처한다면, 일은 처리하기가 어렵지 않을 것입니다.」

이렇게 운운하면서, 곧 김성일이 곽재우와 주고받은 편지 및 김면(金沔)이 곽재우를 경계한 편지를 함께 베껴서 임금께 들려 드렸다. 이 때문에 곽재우는 그의 뜻을 펼 수 있었으니, 사열을 엄히 하고 상황에 맞춰서 계책을 통하여 서로 응하고 도울 수 있도록 하여 낙동강을 오가는 왜적을 쳐부수기도 하고, 창원(昌原)에 있는 왜적을 공격하기도 했다.

단성(丹城) 사인(士人) 김경근(金景謹)은 일찍이 기개와 절조로써 자부했고, 김수(金晬)도 역시 기개와 절조로써 스스로 추어올렸다. 김수가 가야산(伽倻山)에 들어갔을 때, 경근이 왜적을 토벌할 계책을 바치면서 산에서 나와 진격해야 한다고 했다. 김수는 경근을 마주하여 밤새토록 말하면서도 왜적을 토벌하는 일에 대해서는 한 마디도 않고, 오로지 영남 선비들의 기풍이 그지없이 하찮다는 것, 감사를 해치고자 꾀했다는 것, 대궐에 소를 올린 것 등의 말을 하느라 입을 다물지 못했다고 한다. 처음에 김경눌(金景訥)이 김수의 군관(軍官)이었는데 곽재우에게 격문을 보내오자, 곽재우가 마침내 답하기를, 「의병과 역적의 분수는 하늘과 땅이 알 것이며, 옳고 그름의 판단은 공론에 달렸느니라. 오로지 김수의 도당은 말로 할 수 없거든 떳떳한 양심을 구함이 옳을 것이로다.」하였다. 경눌은 경근의 형이다.

○ 초유사 김성일이 올린 장계에 이르기를, 「영남과 호남의 민심이 근왕(勤王)하면서 왜적을 토벌하지 못했다 하여 순찰사(巡察使)에게 허물을 돌리고 있습니다. 본도(本道 : 경상도)는 곽재우가 감히 감사에게 격문을 보냈지만 이를 겨우 진정시켰으나, 호남은 광주 목사(光州牧使) 권율(權慄) 등이 도내에 순찰사의 죄를 따지는 통문을 돌리자 순찰사 이광(李洸)이 공무를 수행할 수 없게 되어 왜적을 토벌하는 일을 아예 염두에 두지 못하고 있습니다. 만약 이러한 때 왜적들이 다시 침범해 온다면 방어할 만한 힘이 전혀 없습니다.」고 아뢰었다.

이광(李洸)의 격문을 보건대, 왜적에게 관심이 없는 자일뿐만 아니라 게을러서 제대로 에워싸지도 못하여 사람들의 나무람과 책망에서 면할 길이 없는 자이니, 애석하도다.

○ 6월, 고성(固城)에서 왜적이 사천(泗川)으로 와 주둔하면서 진주(晉州)를 위협하다가 성을 십여 겹 둘러싸고 남강(南江) 건너편에 쳐들어오니, 초사(招使) 김성일이 그때 진주에 있으면서 군관 중에서 용감하고 건장한 10여 명을 시켜 빠른 기병(騎兵)의 한 무리를 이끌고 남강의 건너편까지 추격

해서 치게 하니, 왜적이 낭패하여 사천으로 되돌아갔다. 김성일이 마침내 군사를 나누어서 연일 진격하도록 하여 사천성 아래에 바짝 다가가 왜적들이 나무하는 것을 할 수 없게 하자, 왜적들이 퇴각하여 고성으로 되돌아가니, 남강변의 걱정거리가 해소되었다. 또 전 군수(郡守) 김대명(金大鳴)을 도소모관(都召募官)으로 삼아 생원 한계(韓誡)・정승훈(鄭承勳)과 함께 동남 방면으로 가서 의병을 모으게 하여 600여 명을 모집한 다음, 고성의 의병장 최강(崔堈) 등과 합병(合兵)하고는 성에 바짝 다가가 적을 유인하기도 하고 복병을 매복시켰다가 밤중에 공격하기도 하니, 왜적이 버티지 못하고 오래지 않아 무너져서 웅천(熊川)・김해(金海) 등지로 모두 달아났다. 김대명 등이 마침내 군사를 거느리고 창원의 마산포(馬山浦)에서 변고를 기다렸다.(처음에 김성일은 본주(本州)의 위급한 상황으로 말미암아 좌병사(左兵使) 박진(朴晋)에게 공문을 보내어 단기(單騎)로 와서 구원해달라고 청했다.)

○ 좌병사(左兵使) 박진(朴晋)이 청송(靑松)・진보(眞寶) 등지에서 흩어진 군졸들을 불러 모으자 메아리가 응하듯 호응하는 자가 많아져서 조금씩 모양을 갖추게 되어 군대를 안동(安東)으로 옮기니, 본부(本府)에 있던 왜적이 풍산(豊山)으로 옮겨 주둔하다가 얼마 되지 않아 퇴각하였다. 박진이 안동에 주둔한 것은 구담(龜潭)에 있는 왜적을 토벌하려고 형세를 세밀히 살피기 위함이었지만 끝내 토벌하지 못하고 마침내 아랫길로 향하니, 사람들이 자못 서운해 하는지라 사인(士人) 몇 사람이 요로(要路)에 있는 자에게 서신을 올려 물었더니, "구담은 무력을 쓰기에 적당한 곳이 아니니(앞은 긴 강에 임해 있고, 뒤는 큰 산이 가로막고 있으며, 동서로는 길이 나 있다.), 함부로 움직이면 병사들만 개죽음할 뿐이라."고 답했다. 당시에는 지레 겁을 먹고 자신의 안위만을 도모한 것으로 생각했는데, 이제 그 형세를 보니 혹 그러한 듯하다.

박진은 항상 정병(精兵)을 구담(龜潭)에 보내어 밤을 틈타 진천뢰포(震天雷炮)를 쏘게 하였다. 또 듣건대, 강원도에 있는 왜적들이 구관현(駒串峴)·영양(英陽) 등의 구역을 침범하자 군병을 나누고 장수를 정하여 길목을 막으니, 왜적이 마음대로 왕래할 수가 없었다고 한다.

의성(義城) 전 감찰(監察) 신심(申伈)이 향병(鄉兵)을 결성하여 군위(軍威)에 있는 왜적을 토벌코자 열흘 사이에 수백 명을 모으고, 사유를 갖추어 초유사(招諭使)에게 서찰을 올렸다.

○ 영해 부사(寧海府使) 한효순(韓孝純)이 토포사(討捕使)로 승진되어 제수되었다. 애초에 효순이 장기(長鬐) 현감 이수일(李守一), 영일(迎日) 현감 홍창세(洪昌世), 흥해(興海) 군수 최보신(崔輔臣), 청하(淸河) 현감 정응성(鄭應聖), 영덕(盈德) 현령 안진(安璡) 등과 더불어 적을 치기로 약속했는데, 그때 왜적이 강원도에서 동쪽으로 와서 계속 주둔하며 몰래 엿보고 엿보다가 영해 등지를 침범해 왔다. 효순이 군관(軍官) 장욱(張旭)과 박언국(朴彥國) 등을 매복케 하여 맞아 쳤는데 장욱은 죽고 박언국은 실종되어 대패했지만, 왜적이 그래도 이내 도망가니 사람들은 두 사람의 공이라고 여겼다. 이수일 등과 같이 칠포 만호(漆浦萬戶) 문관도(文貫道)도 또한 지킨 공과 토벌한 공이 모두 있었다. 이보다 먼저 관도는 대가(大駕)가 서쪽으로 파천(播遷)하였다는 소식을 듣자 서쪽을 향해 재배하고 통곡하였는데, 이를 들은 사람이면 그를 의리 있다고 여겼다.

○ 초유사 김성일이 선비들 가운데 유식한 자들을 가려 뽑아서 소모관(召募官)에 임명하고 무예의 재주가 있는 자를 가장(假將)으로 삼았다. 훈련봉사(訓鍊奉事) 권응수(權應銖)가 의병을 일으켜 왜적을 토벌하였는데, 그의 관할 하에 응모한 자들은 모두 한때 무사들로서 영천(永川)에 사는 정대임(鄭大任)과 함께 왜적을 토벌하니, 사로잡거나 베어죽인 자가 자못 많았다. 김성일은 이에 권응수를 의병대장에 임명하였다.

○ 생원(生員) 신방즙(辛邦楫), 충순위(忠順衛) 성천희(成天禧), 정자(正字) 성

안의(成安義), 유학(幼學) 곽찬(郭趲) 등이 군사 700여 명을 모으고 매복토록
하여 왜적을 쳐서 계속적으로 귀를 베어 바쳤다. 보인(保人) 조열(曹悅)과 성
천희 등은 천여 명의 군사를 합하여 창녕의 왜적을 포위하고 종일토록 서
로 싸우는데, 왜적 한 놈이 백마(白馬)를 타고 나오며 자칭 고을 원님이라
하자 그놈을 쏘아 그 자리서 죽게 하였다. 그런 지 2일 후에 왜적은 목책
(木柵)을 불태우고 달아났다.

○ 의병장 김면(金沔)이 거창(居昌)의 의병을 거느리고 본현의 경계를 지켜
서(본현의 현감 정삼변(鄭三變)과 함께 우지현(牛旨峴)에다 쇠뇌[弓弩]를 설치하여 왜
적이 쳐들어오지 못했다.) 금산(金山)과 무주(茂朱)의 왜적을 방비하였고, 전 주
부(主簿) 손승의(孫承義)와 전 수문장(守門將) 제말(諸沫) 등이 나누어 고령(高靈)
을 지켜서 성주(星州)의 왜적을 막았고, 가수(假守) 정인홍(鄭仁弘)과 거제 현
령(巨濟縣令) 김준민(金俊民) 등이 합천(陝川)을 지켰고, 전 군수 곽율과 가장(假
將) 전 만호(萬戶) 정언충(鄭彦忠)은 이대기(李大期)와 전치원(全致遠) 등이 일으
킨 의병들을 거느려 함께 초계(草溪)를 지켜서 무주 및 강가에 왕래하는 왜
적을 방비하였고, 훈련 봉사(訓鍊奉事) 윤탁(尹鐸)은 학유(學諭) 박사제(朴思齊)
가 모집한 의병을 거느려 의령(宜寧)과 정암진(鼎巖津) 및 신반현(新反縣)을 지
켰고, 곽재우 및 훈련 봉사 권란(權鸞)은 자신들이 모집한 의병과 전 목사(牧
使) 오운(吳澐)이 모은 의병을 거느려 영산(靈山) 아래 위의 여울을 지켜서 창
녕(昌寧)·영산·현풍(玄風) 및 강가에 왕래하는 왜적을 막았고, 함안 군수(咸
安郡守) 유숭인(柳崇仁), 칠원 현감(漆原縣監) 이방좌(李邦佐), 사천 현감(泗川縣監)
정득렬(鄭得悅), 곤양 군수(昆陽郡守) 왕광악(王光岳) 등은 각기 자신의 임지로
돌아와서 싸우고 지킨 공이 많았다. 때문에 왜적이 감히 함부로 침범할 생
각을 하지 못했으니, 이는 초유사 김성일이 통솔한 덕분이다.

○ 의병장 김면이 전 부사(府使) 서예원(徐禮元) 등을 이끌고 지례현(知禮
縣)에서 왜적을 불 지르며 공격하고 창고 안에 들어 있는 왜적을 태워 죽
이니, 살아남은 왜적들이 도망쳐 금산(金山)으로 되돌아갔다. 김면이 다시

화구(火具)를 갖추어서 금산의 의병 소모관(召募官) 박사(博士) 여대로(呂大老)
와 가장(假將) 권응성(權應星) 등과 함께 금산에 있는 왜적을 협공할 계획을
세웠다.

○ 전라 감사(全羅監司)라고 칭하는 왜적이 창원(昌原)에서 곧바로 함안(咸
安)으로 향하면서 의령(宜寧)의 정암진(鼎巖津)을 건너고자 하다가 곽재우(郭
再祐)에게 막혀서 건너지 못하자 곧 금산(金山)으로 갔지만 김면에게 퇴각을
당하였고, 지례를 거쳐 무주현(茂朱縣)으로 향하다가 충청도(忠淸道)의 왜적
과 합세하여 금산(錦山)으로 들어갔다.

○ 어지(御旨)의 서장(書狀) 내에, 「요동(遼東)에서 대거 출발한 정병 5만
명이 강변에 머물면서 성원하려 하고, 광녕 양총병(廣寧揚總兵)이 중국에 귀
순한 오랑캐 5천 명을 거느리고 먼저 와서 왜적을 치려하고, 조 총병(祖總
兵)·곽 유격(郭遊擊)·왕 유격(王遊擊)이 각기 수천의 병마(兵馬)를 거느리고
이미 압록강을 건넜고, 사 유격(史遊擊)은 정예부대 1500명을 거느리고 선
봉이 되었다. 산동도(山東道) 수군 10만으로 하여금 바닷길을 통해 곧바로
왜적의 소굴로 쳐들어가게 하였는지라, 만약 본국 연안의 여러 섬을 지나
갈 때면 바닷가의 군대와 백성들이 아마도 동요할 수 있을지어다. 그러니
3도(道) 연안해의 여러 군(郡)들은 이와 같은 뜻을 가지고 방(榜)을 붙여 깨
우쳐서 모두 이 일을 미리 알게 하라.」하였다.

이로부터 남도의 백성들은 생기가 도니, 김성일이 올린 장계에 이르기
를, 「삼가 듣건대, 명나라 군대가 장차 이를 예정이어서 나라를 회복할 기
약이 있다 하시니, 신이 만약 그 사이에 죽지 않아 어가가 되돌아오고 왜
적이 평정되는 날을 보게 된다면, 비록 군량만 허비한 죄로 만 번 죽는다
해도 후회하지 않을 것입니다.」고 했다.(이보다 먼저, 임금이 개성에 있을 때,
유근(柳根)을 청병사(請兵使)로 삼아 요동에 보냈고, 중국 사신이 드디어 왔다.)

초유사 김성일이 좌도 순찰사(左道巡察使)가 되었는데, 이때 성일은 우도
(右道)에서 임명 소식을 들었다. 왜적을 토벌하지 못하였으니 은혜를 저버

리고 나라를 저버린 크나큰 죄를 지었는데도 도리어 또 한 지방을 살피는 순찰사를 맡겨주신 것에 감격하여 임금에게 아뢴 글은 이렇다.

「삼가 살피건대, 임명하신 날짜는 이미 오래되었는데도 교서(敎書)와 인신(印信)이 아직 내려오지 않았으니, 반드시 이는 왜적 무리들이 설쳐대어 길이 막혀서 통행하기가 어려워 그런 것인 듯합니다. 좌도(左道)는 이미 함락되었습니다. 신(臣)이 비록 건너가더라도 할 만한 일이 없으나, 이곳에 있으면 그래도 극히 일부 지역은 버틸 수가 있습니다. 그러나 명령이 이미 내려졌으니 신하의 의리상 감히 지체하여 머물 수가 없습니다. 곧바로 숨어 엎드려 있는 좌도의 수령들에게 통문을 이미 보내어 틈을 보아 저를 마중 나오도록 하였으니, 저는 그에 대한 보고가 이르면 칼을 잡고 강을 건너가 목숨도 기꺼이 바치려 합니다.」

이때 우도(右道)도 역시 이미 함락되었는데도 성일이 이렇게 말한 것은 처음부터 의병을 주관하고 왜적의 무리들을 토벌하여 강우(江右) 일대가 그래도 기율이 있어 좌도(左道)처럼 고통 속에 빠지는 데까지 이르지 않았기 때문에 잠시 머물러서 그의 일을 완성하고자 한 것이라 한다.

7월 5일

김성일이 강을 건너 강좌(江左)로 떠나려 하자, 강우(江右)의 의병들은 머물고 떠나지 말기를 청함이 매우 간절했다. 성일은 그 청을 허락지 않고 생각하기를, '합천(陜川)으로 향하다가 불의에 왜적을 치고 감물창(甘勿倉)으로 향하리라.' 하고 마침내 낙동강을 건너니 의병들도 뒤좇았으나 미치지 못했다.

7월 6일

금슬산(琴瑟山)에서 오동원(梧桐院)에 있던 왜적의 길을 지나 한낮 무렵에 달려서 경산(慶山)에 도달하고 하양(河陽)에 이르렀을 때 조정이 우도 순찰사(右道巡察使)로 고쳐 제수했다는 소식을 듣고 곧 다시 우도로 향했다.

토포사(討捕使) 한효순(韓孝純)으로 좌도 순찰사(左道巡察使)를 삼았는데, 그는 나갈 때면 자줏빛 도포를 입고 나팔과 호각을 불며 방백(方伯)의 위의(威儀)를 성대히 차리고 다녔는데, 왜적이 성 위에 올라가 바라보아도 조금도 두려워하는 기색이 없었다. 이때 명을 받은 지방 관원들이 늘 샛길로 다니기 때문에 툭 트인 거리와 큰길에는 사람이 없게 된 지 오래되었는데, 효순이 순찰사가 된 이후로 각 고을을 순찰하며 살피니 도로가 비로소 개통되었고, 사람들은 그 행차를 바라보며 다시 우리 관원들의 위의를 보게 되는 기쁨이 있었다.

7월 27일

경상도 신민에게 내리는 교서(이때 행재소가 막히고 아득하여 임금님의 말씀을 전달받기가 드물었는데, 교서의 내용이 간곡하여 본 사람은 감격하지 않은 이가 없었다.)가 본도에 내려왔는데, 그 교서는 다음과 같다.

「정인홍(鄭仁弘)에게 제용감 정(濟用監正)을, 김면(金沔)에게 합천 군수(陜川郡守)를, 박성(朴惺)에게 공조 정랑(工曹正郎)을, 곽율(郭赳)에게 예빈시 정(禮賓寺正)을, 조종도(趙宗道)에게 장악원 첨정(掌樂院僉正)을, 이로(李魯)에게 성균관 전적(成均館典籍)을, 노흠(盧欽)에게 사포서 별제(司圃署別提)를, 곽재우(郭再祐)에게 유곡 찰방(幽谷察訪)을, 권양(權瀁)에게 예빈시 별제(禮賓寺別提)를, 이대기(李大期)에게 장원서 별제(掌苑署別提)를, 배덕문(裵德文)에게 사재감 정(司宰監正)을 제수하여 표창하고 장려하노라.」

김성일은 이 교서를 다 읽고 나서 비 오듯 눈물을 흘렸다. 조금 있다가 장계를 올렸는데, 그 대략은 다음과 같다.

『당초에 김면(金沔)은 고령(高靈)·거창(居昌)에서 의병을 일으키고, 정인홍(鄭仁弘)은 합천(陜川)에서 의병을 일으켰는데, 두 의병군은 각기 왜적을 쳐서 위세가 자못 떨쳐졌으며 형세 또한 치성하였습니다. 그런데 김면은 성상의 은혜를 입어 합천 군수에 제수되고, 정인홍은 제용감 정에 제수됨에, 고령·합천·거창 세 고을의 의병은 각기 자신들의 장수를 잃게 되어 해이해지지 않을 수 없고 왜적을 토벌할 뜻까지 없으니 참으로 작은 걱정인 것만은 아닙니다. 그러니 우선 사태가 진정되기를 기다리는 동안, 각기 그들의 의병들을 거느리고 이전대로 왜적을 치게 하고, 사태가 진정된 뒤에 부임하게 하는 것이 시기(時機)에 합당할 듯합니다. 전 군수 곽율(郭赳日)은 지금 초계(草溪)의 가수(假守)가 되어 직무를 잘 보아 군사와 백성들이 사랑하여 떠받들면서 모두들 정식 수령이 되기를 바라고 있는데다 새 군수 정눌(鄭訥)은 있는 곳조차 알지 못하니, 청컨대 곽율을 본군의 군수로 삼으소서.」

성일의 이 장계는 좌도 순찰사가 된 후에 올린 까닭에 그 장계의 서두에 이르기를, 「신이 이미 좌도의 감사가 되었으니 우도(右道)는 마땅히 아뢸 것이 아니겠지만, 단지 소신(小臣)이 처음부터 의병들을 주관하였으니 지금 만일 일상적인 규정을 핑계대고 우려되는 기미를 보고도 아뢰지 아니한다면 실로 신하된 의리가 아닐 것입니다. 그러므로 외람됨을 무릅쓰고 한두 가지 조목별로 진달하오니, 직분을 뛰어넘는 것이라는 혐의를 받을지라도 피하지 않는 바입니다.」고 했다. 날짜의 차례를 살펴보니 6일 하양(河陽)에 이르러 이미 조정에서 우도 순찰사로 고쳐 제수했다는 소식을 들었는데 이 장계가 27일 이후에 있으니 그 이유가 상세하지 않다. 생각건대, 6일이 날짜의 잘못이거나 아니면 전한 자의 실수인 듯하다.

○ 우수사(右水使) 원균(元均)이 왜적의 배를 처음 만나서 아군의 배를 모조리 침몰시키고는 육지로 올라가서 장차 도망치려 하자, 만호(萬戶) 이운룡(李雲龍)이 도망치지 말고 머무르기를 간청하였다. 원균이 마침내 공격하고자 꾀하며, 전라 좌수사(全羅左水使) 이순신(李舜臣)과 우수사(右水使) 이억기(李億祺)에게 구원을 청했다.(이때 왜적이 아직 전라도를 침범하지 않았기 때문

에 이순신 등이 본영에 있으면서 변란을 기다린 것이다. 지금 김성일의 장계에 의하면 원균이 본진(本鎭)을 버린 뒤로 전라 좌수사와 우수사의 수군에게 구원을 청했다는 말은 있지만 이운룡의 일은 없다.) 이순신 등이 군사를 이끌고 구원하기 위해 와서는 지휘하고 호령하는 것이 대부분 자유자재여서 세 차례나 수전(水戰)을 벌여 모두 대승을 거두었으니, 왜적의 목을 벤 것이 수백 급(級)이고, 격파시킨 왜적의 배가 백여 척이며, 불에 타거나 물에 빠져 죽은 왜적은 그 수효를 셀 수가 없었다.

특별히 큰 배 한 척이 있었는데, 선상에는 층루(層樓)가 있고 그 높이가 삼사십 자[尺]이며 10여 명을 앉힐 수 있었다. 밖에는 붉은 깁 휘장이 드리워져 있고, 안에는 금은으로 장식된 병풍이 있었다. 생김새가 아주 견고하여 쳐부수기가 쉽지 않았으니, 이는 바로 왜적의 수군장(水軍將)이 탔던 배였던 것이다.

이 배에서 금색의 둥근 부채 한 자루를 찾았는데, 한쪽 면의 중앙엔 '6월 8일 수길이 서명함(六月八日秀吉着署).'이라고 씌어 있었고, 오른쪽에는 '우시 축전수(羽柴筑前守)'의 5자가, 왼쪽에는 '타정류구수전(龜井流求守殿)'의 6자가 씌어 있었다. 아마도 이것은 수길이 축전수에게 신표(信標)로 해준 물건이고, 베여 죽은 왜장(倭將)은 바로 축전수였을 것이라 한다.

원균의 배는 비록 작지만 돌격을 잘했다. 이순신의 배는 거북이 형상과 같았는데, 그 위에는 매우 견고한 것이 덮여 있고 또 전투에 나가기 편리했던 까닭에 왜적으로서는 격파할 수가 없었다. 참획한 것이 매우 많았는데, 대체로 이순신은 지휘한 공이 있고, 원균은 쳐들어가서 죽인 공이 있었다. 하지만 원균은 이순신이 공을 이루지 못했다며 비방하고, 이순신은 원균이 계략을 펼치지 못했다며 비방했는데, 승전을 보고할 때 이순신이 오로지 승전한 공을 자기의 계략에 의한 것으로만 아뢰었지 원균에 대해서는 일체 논급(論及)하지 않았다. 이에 원균이 앙심을 품고 서로 공을 다투었으나 끝내 공 다툼에서 패하자, 여론이 잦아들었다.

○ 정자(正字) 유종개(柳宗介), 진사(進士) 정세아(鄭世雅), 한림(翰林) 김해(金垓) 등은 인근의 동지들과 합하여 의병을 일으키기로 계획했다. 노비 가운데 건장한 자를 내거나 관군 가운데 흩어져 달아난 자를 거두기도 하여 항오(行伍)를 채우고 '향병(鄕兵)'이라 부르면서, 관군과 협력하기도 하고 복병을 두어 길목에서 왜적을 치기도 했다. 이때 의성(義城), 의흥(義興), 군위(軍威), 안동(安東), 예안(禮安) 등지의 사람들도 각기 향병을 일으켰으나 병력이 극히 미약하여 마침내 일직현(一直縣)의 이정(里亭)에서 모이기로 했다. 일직 사람들이 소를 잡아놓고 기다리고 있었다. 드디어 김해(金垓)를 대장으로 삼고, 길을 나누어 복병을 두되 좌우위(左右衛)의 장수가 관장하기로 약속했는데, 좌위(左衛)는 전 감찰(監察) 신심(申伈)이 관장하고, 우위(右衛)는 생원 김익(金翊)이 관장하였다. 머리에 흰 깃을 꽂아서 구별한 향병의 위용은 의기(義氣)로 가득했는데, 비록 나이가 많아서 활을 쏘고 말을 타는데 뛰어나지 않을지라도 자원한 병사들이었다. 또한 갑옷과 투구로 무장한 병사가 아니라서 그들이 왜적과 만나서 비록 이긴 공은 없었으나, 이때가 서천(西天)이 멀리 떨어져 있어 임금님의 말씀이 좀처럼 미치지 않자 국사를 맡은 사람들이 그럭저럭 노닥거리며 세월을 보내고 있고, 허다한 병졸들은 흩어져 달아나서 통솔되지 않고 있었던 때다. 이에 의병의 함성이 한번 울려 퍼지자 사람들은 죽을 곳을 알게 되었고, 나약한 자도 굳건한 뜻을 지니게 되었으며, 겁쟁이도 용맹을 알게 되었으니, 이는 당시의 한 가지 다행한 일이었다. 그러나 관가는 논의할 것이 있으면 번번이 서로 견제하고, 심지어 거사할 즈음에 이르러서도 도리어 서로를 방애하는 것이 많았으니, 이는 진실로 당시의 공통된 병통이었다.

○ 의병장 권응수(權應銖)가 정대임(鄭大任)과 정세아(鄭世雅) 등과 함께 영천(永川)에 둔(屯)을 치고 있는 왜적을 공격하여 무찔러서 거의 다 죽였다. 승전하는 데 공을 세워 군대의 명성을 조금이라도 떨친 것은 실로 이때가

처음이었다. 조성(曹珹) 및 신해(申海) 등도 의병을 이끌고 달려왔고, 의흥(義興)의 홍천뢰(洪天賚)도 의병을 거느리고 구원하기 위해 왔는데, 동시에 달려와서 공격하여 능히 사태를 구제한 공이 있었거늘, 그 뒤에 조정이 포상하면서 유독 홍천뢰만 포상하지 않자 사람들이 모두 안타까워했다.

○ 병사(兵使) 박진(朴晉)이 가선대부(嘉善大夫)에 올랐으나, 사람들은 그의 공이 아니라고 생각했다. 이때 박진은 안동에 있으면서 권응수(權應銖 : 이때 박진의 군관이었다.)에게 <경상 좌순찰사 한효순(韓孝純)의> 명을 전달하여 거사를 하도록 했다. 대개 권응수와 정대임의 책략을 사용했기 때문이다. 실로 주장해서 지휘한 일은 없었으나, 각 진(陣)으로 하여금 명령을 듣고 굳게 기일을 약정하도록 한 것이 어찌 우두머리 장수의 힘이 아니었으랴. 여론이 좀 과한 듯하다.

영천 군수(永川郡守) 김윤국(金潤國)은 임금님의 초상[晬容]을 호송해서 가야한다고 핑계 대며 관아를 버리고 달아났다. 임금님의 초상은 예안(禮安)에 봉안되었는데, 김윤국은 달아나서 충청도에 가 있었다. 영천 사람들은 안집사(安集使)로 하여금 충청도까지 뒤쫓아 가서 본가에 있는 김윤국을 그의 임지로 돌아오도록 하게 했는데, 그 일행이 영남을 넘기 전에 권응수가 이미 거사를 일으켰고 승전을 보고하려 할 때 김윤국의 일행이 비로소 영천군에 도착했기 때문에 태수(太守)로서 공신(功臣)의 반열에 들어 당상관(堂上官)에 올랐다. 신녕 현감(新寧縣監) 한척(韓倜)도 깊은 산속에 숨어 있다가 권응수에게 힘입어 역시 당상관에 올랐다. 그때의 상벌을 믿을 수 없음이 대개 이와 같은지라, 여론은 지금도 울분을 더할 뿐이다.

8월

○ 병사(兵使) 박진(朴晉)이 경주(慶州)에 둔(屯)을 치고 있는 왜적을 토벌하고자 하여 중로병(中路兵) 거의 2만여 명을 이끌고 싸웠으나 기회를 놓쳐 대패하고 돌아왔다. 의기를 떨쳐 일어났던 의사(義士)들인 생원(生員) 정의

번(鄭宜藩), 윤취선(尹就善), 최인제(崔仁濟), 유학(幼學) 이득린(李得麟) 등 수십여 명이 죽었다. 정의번과 그의 아버지 정세아(鄭世雅)는 같이 싸움터로 들어가서 왜적을 사살한 것이 많았지만, 세아가 자기의 말(馬)을 잃어 부자에게는 다만 말 한 마리만 있게 되자 아버지는 아들에게 말을 양보하고 아들은 아버지에게 말을 양보하다가 결국 세아가 말을 타고 겨우 빠져나왔으나 의번은 해를 입고 죽었으니 당시 부자의 정이 어떠했으랴. 의번은 신의가 두터운 선비로 동료들이 중히 여겼으나, 처참하게 죽은 지 하루가 지났는데도 끝내 의번의 시신을 찾지 못했다. 그러자 세아는 의번을 평소에 알고 지내던 사람들에게서 의번의 시를 모아 '시총(詩塚)'을 만들고자 했으나 옛 법이 아니라고 하여 마침내 그만두었다고 한다.

이때 온 도의 인심을 다소 강하게 하고 군대의 명성을 조금이라도 떨친 것은 영천의 승리가 감동시켰기 때문이었다. 그런데 이번에 대병을 일으켰다가 여지없이 패하여 인심이 갑자기 꺾였으니, 무슨 일이 이다지도 불행하단 말인가.

박진은 안강현(安康縣)으로 군대를 돌려 주둔하면서 군사들로 하여금 밤을 틈타 포를 쏘게 하고 중요한 길목에 복병을 두어서 왜적들이 마음대로 다닐 수 없게 하였다. 9월에 왜적은 부산으로 옮겨갔다.

도내에서 왜적을 토벌한 것으로 이름이 알려진 사람은 밀양 봉사(密陽奉事) 김태허(金太虛), 군위(軍威) 장사진(張士珍), 의성 감찰(義城監察) 신심(申心), 함안(咸安) 안신갑(安信甲)이다.(안신갑은 왜적에게 죽은 그의 아버지를 위해 복수하려는 뜻을 지니고 있다가 칼날과 화살을 무릅쓰고 왜적을 만나기만 하면 반드시 쳐들어가서 베어죽인 자가 무려 육칠십 명이나 되어 크나큰 공을 막 이루려는 찰나에 갑자기 왜적에게 죽임을 당했다.) 또 고성(固城) 최강(崔堈), 울산(蔚山) 장오석(張梧石), 성주(星州) 도성(陶姓) 등도 모두 두드러지게 일컬을 만한 자들이다.(이때 왜적을 토벌한 것으로 이름이 알려진 사람은 진실로 이에서 그치지 않지만, 이 밖에는 겉과 속이 다를 수도 있는 까닭에 이와 같이 기록할 뿐이다.) 상주목사(尙州牧使) 김해(金澥)는 깊은 산속에 피해 있다가 왜적을 만나 죽임을 당했다.(김해가 왜적에게 해를 입어 죽었다고 사람들의 말이 많았다. 또한 김해는 일찍이 순찰사에게 보고하기를, "우리나라 사람들이 종이로 가면을 만들어 쓰고 왜적을 끌어들였다."고 한 것은 상주 사람들이 왜적에게 아부하여 풀려났다는 소식을 들을 수가 없으니 너무 과하지 아니한가.)

이 해에 농사는 전폐하였는데, 적로(賊路)의 옆에 있는 고을 같은 경우는 농사에 실패한 것이 더욱 심했다. 산으로 들어간 자들은 모두 굶주렸고, 들판에 있는 자들은 모두 왜적들에게 도륙당하고 말았다.

9월 27일

부산과 김해에 있던 왜적은 노치(露峙)에서 넘고, 웅천(熊川)에 있던 왜적은 안씨현(安氏峴)에서 넘어 창원(昌原)을 침범하였는데, 병사(兵使) 유숭인(柳崇仁)이 관군과 의병을 이끌고 왜적을 맞아 쳤지만 실패하고, 이튿날 흩어진 군사들을 모아 왜적과 싸웠지만 또 패했다. 왜적 80여 명이 곧장 창원으로 쳐들어가서 고을의 촌락들을 불 지르며 약탈하고는 남쪽에 있는 사화촌(沙火村)에 가서 둔(屯)을 쳤다. 유숭인이 모든 장수와 병졸들과 함께 마산포(馬山浦)에 진을 치자, 이튿날에 왜적이 합세하여 광산(光山)을 넘어 함안(咸安) 읍내에 둔을 쳤다. 순변사(巡邊使)가 진격하려고 하는 차에 형세가 진격할 수 없음을 알고는 정진강(鼎津江)을 건너서 진주(晉州)를 거듭 쳐들어가려는 계획을 세웠다.

10월 1일

왜적이 함안군(咸安郡)의 동남쪽 지역을 불태우며 약탈을 하고나서 곧 군사를 이끌고 곧바로 부다현(富多峴)을 넘었다. 부다현은 함안과 진주의 경계이다. 이곳에 진주(晉州), 사천(泗川), 곤양(昆陽), 하동(河東), 단성(丹城), 산음(山陰) 등 여러 군(郡)들이 합세하여 매복하였지만, 다치거나 죽은 자가 심히 많아서 끝내 무너져 달아났다. 왜적은 부대평(富大坪)에서 유숙하고, 이튿날 소촌(召村)에 옮겨 둔을 치고, 3일 아침에 삼탄(三灘)을 건너서는 부대를 나누어 진주를 향했는데, 한 부대는 마현(馬峴)을 넘고, 또 한 부대는 불천(佛遷)을 넘어서 곧장 진주를 공격했다.

왜적이 넘어올 때, 유숭인(柳崇仁)이 성에 들어가 함께 왜적을 방어하고자 하였다. 그러자 목사(牧使) 김시민(金時敏 : 진주의 판관(判官)이었는데 목사로 승진되었다.)이 이때 성에서 변란을 대기하고 있다가 생각하기를, '병사(兵使)가 성에 들어오면 이는 주장(主將)을 바꾸는 격이니, 반드시 통솔하는 것이 어긋날 것이라.' 하고, 곧 "왜적이 근방에 이르러서 성문을 이미 닫고서 대비하고 있는데, 여닫는 찰나에 왜적이 갑자기 쳐들어올 염려가 있으니 병사께서는 밖에서 도와주는 것이 옳습니다."고 말하며 거절하였다.

곽재우(郭再祐)가 김시민이 유숭인을 성에 들이지 않은 말을 듣고 감탄하기를, "이 계책이 족히 진주성을 온존하게 보존하였으니 진주 사람의 복이로다." 하였다. 유숭인이 성 밖에서 힘써 싸웠지만 성 아래서 죽었다.

7일간 왜적과 힘써 싸우는 동안 이기거나 패하기를 거듭하여 다치거나 죽은 자가 거의 천여 명이었으나 마침내 왜적이 패하여 물러났다. 이때 성이 며칠 동안 포위되었는데, 통솔이 다시 엄밀해지자 포로가 된 사람들 가운데 풀려났어도 일본에 있는 자가 경상도 감사에게 글을 보내오면서 왜적의 내부 사정을 상세히 전하며 진주성을 방어했던 일을 언급하기를, "왜적들은 중국말[華音]을 전혀 알지 못하는데, 오직 진주 판관 김시민의 이름을 거명하며 그의 발음이 중국인의 발음과 조금도 차이가 없다고 늘 다투어 칭찬하였다."고 했다 한다.

이때 김시민과 그의 식구들이 지리산에 숨어 피해 있었는데, 김성일이 이르기를, "대장의 몸이 되었으면 마땅히 처자식과 함께 성 안에서 생사를 같이해야 하나니, 임시로 살 집을 지어놓고 그 위에 장작더미를 쌓아놓았다가 불이 났으면 당연히 불 속으로 뛰어들어 스스로 죽는 것도 다행일지라. 그렇게 할 수 없다면 처자식과는 따로 지내야 하느니라." 했다. 막 왜적이 성을 포위하였다. 곽재우가 정병(精兵) 10여 명으로 하여금 각자 10여 개의 횃불을 들게 하여 향교 뒷산에 숨어 있다가 포를 쏘면서 북을 치고 함성을 지르게 하고 성 안에 있는 사람들도 서로 호응하게 하였다. 그 후에는 성 안에 있는 사람들의 말소리도 왜적들은 산 위에서 나는 큰 함성 소리로 알아듣고 마침내 군대를 나누어서 이튿날 드디어 물러갔다.

10월 16일

왜적의 장수 청정(淸正)이 회령부(會寧府)에 쳐들어오다.

이곳에서 왕자 임해군(臨海君)과 순화군(順和君) 및 시신 판서(侍臣判書) 황정욱(黃廷彧), 승지(承旨) 황혁(黃赫), 전 병사(兵使) 이영(李瑛), 전 영의정(領議政) 김귀영(金貴榮) 등이 모두 포로가 되었다. 김귀영은 (이홍업 대신) 교체되어 돌려보내졌고, 두 왕자 및 여러 신하들은 남하시켜 왜적의 소굴에 강권으로 들여보내졌다. 체찰사(體察使) 류성룡(柳成龍)이 함경도에 있을 때 왕의 분부가 있는 편지글을 받았는데, 「사람을 모집하여 요로에 있는 자들을 탈취해 오도록 했으나 끝내 성공하지 못했도다. 이러한 상황에 이르렀으니 어찌할꼬.」 하셨다 한다. 오래지 않아 평양에서의 승전 소식이 들리니, 어리석은 보통 사람도 좋아라고 뛰지 않는 사람이 없었다.

○ 처음부터 장사진(張士珍)은 그의 형 사규(士珪)를 위해 복수할 뜻을 품고서 손바닥에 침을 뱉고 봉기하여 요충지를 지켰다. 그 후 가장(假將)이 되어서 본현(本縣)의 군사를 이끌고 인동(仁同)을 왕래하는 왜적들을 대부분 죽였다. 그러자 왜적이 하루는 마차현(麻差峴)에 복병을 많이 두고, 두세 명의 용렬한 왜놈으로 하여금 소를 끌어가는 것처럼 꾸며서 군위(軍威)로 향해 가도록 했다. 고을사람 중에 주손(朱孫)이란 자가 장사진에게 활을 쏘도

록 부추기니, 사진은 '저 왜적이 고군(孤軍)으로 길을 갈지라도 결코 무심한 것은 아닐 터이니 가벼이 행동해서는 아니 된다.'고 생각했다. 이에 주손이 말하기를, "장군은 가장(假將)이 되었거늘 몇 안 되는 왜적을 보고도 겁을 먹으니 이것이 어찌 가장으로 할 짓이란 말이오?" 하자, 사진이 즉시 큰 소리로 활을 쏘라고 하였다. 그때 사방에 매복해 있던 왜적들이 다 함께 일어났다. 사진이 있는 힘을 다하여 활을 쏘니 죽은 왜적이 심히 많았으나, 왜적은 어지러이 철환(鐵丸)을 쏘아댔어도 맞는 사람이 없었다. 하지만 날이 저물고 화살이 다 떨어졌는데, 왜적이 배후에서 갑자기 들이닥쳐 베고 활을 쏘아대니 사진이 힘이 다하여 해를 입고 죽었으며, 왜적도 난도질을 당한 채로 물러났다. 이로부터 인동의 왜적들이 오가며 살해하고 약탈해도 사람들은 조금도 두려워하거나 꺼려하지 않았다. 조정은 사진에게 통정대부(通政大夫)를 추증하였다.

○ 청송 부사(青松府使) 정신(鄭愼)은 정사를 하는 것이 포악하고 잔악하며, 심지어 사족(士族)의 부녀자까지도 감옥에 가두어 한 고을이 비다시피하여 왜적이 지나간 곳보다도 더 심하였다. 사람들이 몹시 괴로워하는데도 간혹 중신(重臣)들은 살피러 왔다가도 뿌옇게 흐려 보이지 않는 듯 지나쳐 가버리고, 순찰사도 알면서 그대로 방치해 두니, 여론이 들끓었다.

11월

○ 좌수사(左水使) 이유의(李由義)가 행재소에서 벼슬을 제수 받고 내려왔다. 본영(本營)의 수군이 흩어져 도망간 사실을 듣고는 더 이상 수로(水路)를 쓸 수 없게 하여 변란을 대비하는 계책으로 삼고, 안동(安東), 의성(義城), 의흥(義興) 등지에 머물고 있으면서 순찰하는 왜적을 차단할 계획을 세웠는데, 경주(慶州)와 안강(安康) 지역으로 옮겨갈 방안을 찾고 있었다. 얼마 안되어 변방 장수로 경질되어 갈 텐데, 내지에서 머뭇머뭇 거리며 비록 임지에 오래 있은들 또한 무엇을 할 수 있겠는가.

○ 곤양 군수(昆陽郡守) 이광악(李光岳)이 홀로 왜적의 작은 배 1척을 만나서 머리를 벤 것이 5급이나 되었다.(김수(金粹)의 장계에 의하면 이 일은 4월 30일의 일인데, 잘못되어서 여기에 있다.) 대개 이광악은 왜적을 만나게 되면 반드시 자신이 먼저 나섰고 군졸들도 모두 힘써 싸웠으므로 왜적을 베어 죽인 것이 매우 많았다. 조정이 특별히 당상관으로 승진시켰다.

○ 경상도 우수사(右水使 : 그 이름은 모른다. 주석자 주 : 원균을 가리킴)는 왜적이 거제(巨濟)에 쳐들어온다는 소식을 듣고는 우후(虞侯 : 그 이름은 모른다.)로 하여금 본영을 지키게 하고 백천사(百川寺)로 달려갔는데, 우리나라의 어선을 왜적의 배로 잘못 알고 노량진(露梁津)에 미리 내려서 황급히 달아났다. 우후가 홀로 본영에 남아 있다가 왜적이 옥포(玉浦)를 침범하려 한다는 소식을 듣고 온 성 안의 늙은이와 어린이들을 나가도록 독촉해도 겁에 질려 쉽게 나가지 못하자, 활을 당겨 쏘아대어 임신한 두 여인이 한 화살에 맞아서 죽기도 하였고, 무고하게 죽은 자가 이보다 더 심할 수가 없었으며, 남해(南海) 섬의 모든 벼슬아치들도 소문만 듣고도 흩어져 달아났다. 현령(縣令) 기효근(奇孝謹)은 스스로 창고의 곡식을 불 지르고 성을 내던지고 달아났는데, 쌀 수만 섬과 염세(鹽稅)로 납세한 포목(布木) 수천 동(同) 등 전부가 잿더미가 되어 버렸다. 그런데 그 후로 몇 년이 지났는데도 왜적은 쳐들어오지 않았다. 당시에 장수 노릇을 한 자들이 일 처리한 것이 대부분 이와 같았다.

○ 도내에 왜적이 침범하지 않은 곳으로 좌도(左道)는 영천(榮川), 풍기(豊基), 봉화(奉化), 진보(眞寶), 청송(靑松), 영덕(盈德), 청하(淸河), 흥해(興海) 등의 고을이다. 왜적이 비록 침범했어도 방화와 약탈만은 면하여 조금 완전한 곳은 안동(安東), 예안(禮安), 여천(呂川), 영해(寧海) 등의 읍이다. 영천(永川)과 경주(慶州) 같은 곳은 예전에 번화했던 읍이어서 비록 병화를 겪었어도 물력이 그리 줄어들지는 않았다. 우도(右道)에서 왜적이 침범하지 않은 곳은 산음(山陰), 안음(安陰), 함양(咸陽), 단성(丹城), 거창(居昌), 삼가(三嘉) 등의 관

내이다. 의령(宜寧)과 진주(晉州) 같은 곳은 비록 병화를 겪었어도 또한 물력이 보존되었으니 좌도의 경주와 영천과 같은 경우이다. 의병과 관군들이 왜적을 막아낸 것에 힘입어 약간의 읍을 보전할 수 있었고, 군량과 무기도 대부분 그곳에서 나왔는데, 훗날 위급할 때를 대비할 수 있었다.

○ 경주가 왜적의 소굴과 가장 가까웠으므로 그 고을 사람들은 적정(賊情)을 살필 수가 있고 왜적을 잡아 참수하는데 용감하였다. 판관(判官) 박의장(朴毅長)은 이에 그 정예한 군사를 골라서 전대(前隊)와 후대(後隊)로 나누어 옷 위에다 '정충(精忠)' 두 글자를 써주고 왜적을 찾아내어 토벌하도록 한 까닭에 사로잡은 왜적이 매우 많았고, 그가 벼슬이 높아져도(판관에서 부윤으로, 다시 병사로 승진했다.) 친히 싸움터에 들어가지 않은 적이 없어 승전 소식이 또한 많았다.

난적휘찬 하

계사년(癸巳年 : 1593)

군사들 가운데 살아남은 병사 또한 굶주림에 시달리고 있고, 대단한 세도를 지닌 가문일지라도 곡식 한 말도 없었으며, 굶어죽은 주검이 길에 가득하니 그 끔찍스러움을 차마 볼 수 없었는데, 설상가상으로 전염병까지 대단하여 열의 여덟아홉이 죽었다. 몸뚱이가 아직 식지도 않았는데 살을 도려내기도 했고, 도로를 혼자 걸어가는데 노약자이면 강자에게 잡아먹히기도 했다. 심한 경우는 피붙이도 서로 해치고 죽였으며, 부모와 자식도 서로 버렸다. 이를테면 청도(淸道) 사람은 젖먹이 아이를 나무뿌리에 매어두기도 하고 바위 굴 속에 버려두기도 하였으니, 저절로 죽도록 내버리는 경우가 비일비재했다. 이때 순찰사(巡察使) 한효순(韓孝純)이 정성을 다하여 피난민들을 구제하고, 선비들을 대우함에 있어 더욱 도타우니, 이에 힘입어 살아난 자가 매우 많았다.

○ 좌병사(左兵使) 박진(朴晉)이 병을 이유로 체직(遞職)을 청하여 권응수(權應銖)가 대신했다. 이때 토적(土賊)들이 다투어 일어나서 곳곳마다 서로 잡아 죽이자, 권응수가 뒤쫓아 가서 잡은 것이 자못 많았다. 하루는 산양(山陽)의 장시(場市)를 포위하여 20여 명을 사로잡아서 베어죽이고 시신을 강물에다 던져버렸다. 이 시기에 권응수는 군대의 위세를 힘써 세우려 살육한 바가 많은 지 오래 되었다. 도원수(都元帥) 김명원(金命元)은 이 일로 논핵받아 파직되고, 고언백(高彦伯)이 그 자리를 대신했다.

○ 장기 현감(長鬐縣監) 이수일(李守一)이 밀양 부사(密陽府使)로 승진하였다가, 또 얼마 되지 않아 좌수사(左水使)로 승진되어서 각 포구의 변장(邊將)들을 이끌고 장기 지역의 포이포(包伊浦)에 진(陣)을 치고는 어선을 불러 모으고 또 배 만드는 장인으로 하여금 전선(戰船)을 많이 만들게 하여 변란을 기다렸다. 마침 왜적의 배 7척이 도포(桃浦)를 침범해 왔는데, 이수일 등이

사로잡아 베어죽인 왜적이 매우 많았지만, 축산포(丑山浦) 만호(萬戶) 오사청(吳士淸)이 왜적의 탄환에 맞아 죽었다. 이수일은 가선대부(嘉善大夫)에 올랐고, 여러 장수들도 각각 품계가 올랐는데 차등이 있었다. 수일의 마음가짐이 자못 청렴하고 근신하여 군사와 백성들이 진심으로 복종하였다.

○ 3월에 관보(官報)를 보니, 임금님이 3월 3일 송 시랑(宋侍郎 : 이름은 모른다. 주석자 주 : 宋應昌임.)을 영접하기 위해 영유(永柔)에서 숙천(肅川)으로 거둥하였다가, 시랑이 지나간 후에 영유로 돌아왔는데, 점차로 명나라 군사가 진격하겠다고 했다 한다. 이로부터 남도의 백성들은 왜적의 티끌을 깨끗이 쓸어버리고 임금님께서 서울로 되돌아오는 경사를 날마다 바라고 있었다.

○ 좌수사(左水使) 이수일(李守一)이 각 진(鎭)의 변장(邊將)들을 이끌고 감포(甘浦)에 주둔하였다. 이때 칠포(漆浦) 만호(萬戶) 문관도(文貫道)가 본포(本浦)에서 감포로 가고 있었는데, 왜적의 배 1척이 일본에서 부산으로 향하다가 바람이 순조롭지 못하여 장기(長鬐)에 잘못 정박하자, 문관도와 군관(軍官) 조인수(趙仁壽)가 포위하여 사로잡았다. 왜적의 배에는 다른 무기는 없고 도롱이 등속만 있어 불태워 버렸는데, 왜적의 배가 불꽃에 별안간 휩싸이자 왜적은 미처 어떻게 해볼 수가 없었고, 베어 죽거나 사로잡힌 왜적이 거의 30여 명이나 되었다. 화약, 쌀, 포목, 일본 옷 등속은 모두다 배로 운반해 놓고 이수일에게 보고했다. 이수일은 우후(虞侯 : 이름은 잊었다.)가 온전한 배를 포획한 것으로 하여 포상을 아뢰는 장계(狀啓)에 문관도 이름 아래 2명을, 조인수 이름 아래 1명을 써넣었다. 이 때문에 조정은 특별히 포상하여 우후는 당상관으로 승진시키고, 문관도도 벼슬을 올려서 얼마 되지 않아 하양 현감(河陽縣監)이 되었으며, 조인수는 허통(許通)시켰다. 그런데 문관도가 왜적을 베어 죽이거나 사로잡았을 때 우후는 감포에 있어서 그 일을 같이 한 적이 없는데도, 수일이 사실인 것처럼 꾸며서 장계로 임금을 속이는 일이 이처럼 심해졌다. 당시의 여러 장수들 중에는 수일이

자못 청렴하고 근신하여 이름이 났었는데도 오히려 이와 같으니, 그 밖의 다른 사람이야 또 말해서 무엇 하겠는가.

○ 대구 부사(大邱府使) 윤현(尹晛)이 공산(公山)에 있으면서 대구의 왜적을 토벌하고자 했으나 성과가 없자, 보령(保寧)의 농소(農所)로 옮겨 가기 위해 3월 22일 낙동강을 건너다가 인동(仁同)의 왜적을 만나 대패하였다. 그러자 그의 처와 며느리, 손자 세 사람이 강에 투신하여 죽었다.

윤현은 임진란 초기부터 공산의 동화사(桐華寺)에 있으면서 왜적을 조치하여 잡은 공이 많이 있었다. 경상 좌도와 우도가 서로 길이 막혔을 때 순찰사(巡察使) 김수(金睟)가 사람을 시켜 샛길로 가서 좌도의 일을 물으면 윤현이 조목조목 아뢰었다. 이때 하양(河陽)이 홀로 왜적의 화(禍)를 면했는데, 창고의 곡식 및 온갖 물건들을 김수가 동화사에 옮겨 놓도록 하고 지키게 했다고 한다.

○ 서울의 왜적이 주둔지에서 철수하여 내려왔는데, 유격(遊擊) 심유경(沈惟敬)의 계책에 따라 그들을 타일러서 떠나도록 했다고 한다. 왜적은 상주(尙州)에 주둔하였다. 4월 28일, 선전관이 표신(標信)을 지니고 와서 전하기를, 「중국 군대가 왜적을 추격하며 이미 서울에 입성하였고 계속 뒤를 쫓아 공격할 것이라.」고 하니, 남도의 백성들은 모두 고개 숙여 기다렸다.

○ 4월 29일, 우도 순찰사(右巡察使) 김성일(金誠一)이 진주에서 역병에 걸려 죽으니, 강우(江右) 지역의 일이 잘못되고 말았다. 공은 안동(安東) 사람으로 자는 사순(士純)이다. 그는 학가산(鶴駕山)을 마주하며 살았는데, 학가산은 안동의 동남 방면에 있는 산인 까닭에 그것을 취하여 호를 삼았으니 '학봉(鶴峯)'이라 하였다. 어려서부터 기풍과 절개를 스스로 지켰고, 퇴계(退溪)의 문하를 드나들며 그의 학문이 이루어졌다. 갑자년(1564)의 진사시에 급제하였으며, 정묘년(1567)에 임금이 즉위하여 시행한 증광시(增廣試)에 급제한 이로 공도 그중의 한 사람이었다. 일찍이 대궐에서 임금님의 글을 대신 짓는 시초(視草)를 하고, 상대(霜臺)에서 시비곡직을 가리고, 전조(銓曹:

吏曹)의 좌랑(佐郞)에 제수되고, 호당(湖堂)에서 사가독서(賜暇讀書)를 하고, 상국(上國)인 명나라에 사신으로 가서 전대(專對 : 모든 질문에 응답함)하고, 일본에 통신사절(通信使節)로 다녀왔다. 아! 세상길이 험난하기 그지없어 그의 학문을 다 펼치지는 못했지만, 임금의 융숭한 대우가 있었으니 또한 천년 만에 한 번 있는 기회였다고 하겠다.

전권을 위임받은 장수로서의 군사 기략은 공에게 있어서야 사소한 일이었고, 관직에 있어서는 너나가 없었고 평탄할 때나 험난할 때나 절개가 굳건했으며, 전쟁터에선 갑옷 대신에 가벼운 옷을 입은 저 진(晉)나라 장수 양호(羊祜)와, 송(宋)나라 변방에서 대범(大范)이라 불린 범옹(范雍) 같았다. 공은 의병들이 태산(泰山)같이 의지하고 존중히 여기는 중망의 대상이었고, 왜적들로 하여금 군대의 위용을 요동하기 어렵게 하였으니, 장부가 할 일로 이 또한 족하였다. 진유(眞儒)라서 맞설 만한 상대가 없었다 하여도 어찌 빈말이랴. 애석도다, 저 촉한(蜀漢)의 제갈량(諸葛亮)이 5월의 심한 더위에 남방의 노수(瀘水)를 건넌 것처럼 했는데, 얼마 지나지 않아서 피를 토하는 병을 얻어 빨리도 죽었다. 우리야 다만 너무도 서러이 비통할 뿐이나, 나라가 병들고 야윌까 하는 걱정이 생겼다. 하늘이여 신이시여, 어찌하여 이 지경에 이른단 말입니까. 그의 정기가 흩어져 우레로 변하여서 왜적의 간담을 떨어뜨리려는 것이었던가. 아니면 맺혀서 산악으로 변하여서 우리나라를 웅장하게 하려는 것이었던가.

공이 우도 순찰사가 되어 돌아가려고 강우(江右)로 건너려는데, 시국이 갈수록 위태로워져 사람들이 매우 위험하게 여겼다. 그의 자제들이 의성(義城)까지 전송하자, 공이 이르기를, "내 한 몸 왕실에 바쳤거늘 무엇으로도 은혜를 갚을 길이 없었는데, 내가 죽는 날에는 너희들도 곧 당연히 죽어서 의로운 가문이 되면 족하리로다." 하며 얼굴빛이 편안하였다. 마침내 고삐를 잡고 임지로 떠나갔다가 56세에 죽자, 사인(士人) 오장(吳長)이 곡(哭)하였는데 그 제문(祭文)은 다음과 같다.

「늠름하게 충성과 신의를 지녔던 군자 凜凜忠信之君子
간절하게 사직에 곧고 충실했던 신하. 懇懇社稷之純臣
묘당에선 준엄한 말로 십 년 주석신이었고 廊廟危言作柱石者十載
풍진에선 의리 앞세워 천 년 강상 펼쳤도다. 風塵仗義揭綱常於千春
사람에게 내린 덕은 대단히 온전하더니, 於人已全
하늘에 달린 목숨은 어찌 그리 인색한가. 在天何嗇
나 오장이 그전에 총애를 받았다 해도 長得幸有素
말로 애통함은 사사로운 애통함이 아니네. 言痛非私
바라보매 푸른 하늘 높은 곳에 홀로 있으니 仰蒼天而獨高
생각하니 백성들은 무슨 복이 이런가.」 念生民之何祿

공이 병들었다는 소식을 듣고 초가(草家)에서 계집종이 와 병을 문안하려고 들어가 뵙기를 청하자, 공이 말하기를, "병영의 안은 여자가 들어오는 곳이 아니다."고 하면서 끝내 거절했다. 공이 죽은 후에 이 사실을 들은 사람들은 애석해 했는데, 특히 진주 사람들은 눈물을 흘리기까지 한 것은 공이 그곳에 오래 있었기 때문일지라.

○ 5월 10일, 순찰사(巡察使) 한효순(韓孝純)이 중국 군대를 맞이하는 일로 문경(聞慶)에 가려했지만, 상주(尙州)의 왜적이 물러갈 뜻이 없기 때문에 샛길로 해서 견탄참(犬灘站)에 도착했는데, 상도(上道)의 각 고을도 모두 따랐다.

○ 5월 15일에 유 유격(劉遊擊 : 이름은 잊었다.)이 절강(浙江)의 포수(砲手) 3천 명을 이끌고 조령(鳥嶺)을 넘어 문경에 도착했다. 유 유격은 맑게 근신하고 엄격히 세밀한 것으로 유명했다. 제독 장군(提督將軍) 이여송(李如松)이 대병을 이끌고 조령을 넘어 문경에 도착했는데(안보(安保)의 길 위에 노루 2마리가 있었는데, 이여송이 화살 한 개를 가지고 말 달리며 쏘아서 모두 사로잡았다. 활 쏘고 말 다리는 재주가 저 초(楚)나라 양유기(養由基)일지라도 이보다 더 뛰어날 수 없을 것이라고 했다.), 그 수효가 6,7만이라 하기도 하고 10만이라 하기도 했다.

대제학(大提學) 이덕형(李德馨)이 접반사(接伴使)로서 왔다. 5월 17일, 이여송이 바로 군사를 돌이켜서 조령을 넘어 경성으로 향하니, 사람들이 서운해 하였다.(이덕형은 글을 지어 회군하지 말라고 청했다.) 처음 이 제독이 회군하려 하면서 본국(本國 : 조선을 말함)에 병마가 없음을 핑계하고 기꺼이 왜적을 토벌하기 위해 진격하려 하지 않았다. 그러므로 송 시랑(宋侍郎)은 그것이 사실인지 아닌지 조사하려고 중국 관원 및 선전관(宣傳官)과 통사(通事)를 보내와서 병마와 수군의 수를 순찰사에게 물었다. 여송은 물러나서 경성(京城)에 있고, 시랑은 안주(安州)에 있었으며, 오직 총병(摠兵) 조승훈(祖承訓), 유격(遊擊) 갈봉하(葛逢夏), 이 총병(李總兵), 장 유격(張遊擊)만이 견탄(犬灘)에 주둔하고 있었다.

○ 왜적이 군대를 철수하여 퇴각한 이후, 한 진(陣)은 서생(西生)에 주둔하고 또 한 진은 김해(金海)에 주둔하였는데, 김해는 소서행장(小西行長)이 관할하고 서생은 가등청정(加藤淸正)이 관할하였다.

○ 중국 군대가 왜적을 추격하여 남쪽으로 내려오다가 도내에 나뉘어 주둔했다. 총병(總兵) 장군 오유충(吳惟忠)은 1만 명의 군사를 거느리고 팔거(八莒)에 주둔하였고, 총병(總兵) 장군 유정(劉綎)은 1만 5천 명의 군사를 거느리고 상주(尙州)에 주둔하였으며, 갈(葛) 유격·장(張) 유격·조(祖) 총병(摠兵)은 각각 군사를 거느리고 역시 상주에 주둔하였고, 유(劉) 유격은 군사를 거느리고 선산(善山)에 주둔하였으며, 오(吳) 유격·참군(叅軍) 낙천근(駱千斤)은 각각 군사를 거느리고 경주(慶州)에 주둔하였다. 그 뒤에 유정은 팔거로 옮겨 주둔하였고, 오유충은 신녕(新寧)으로 군대를 옮겼다. 그 나머지 여러 장수들 가운데 군사를 거느리고 이리저리 옮긴 장수도 많았는데 그 이름과 병사의 수를 지금 이루다 기록할 수가 없다. 책사(策士)로서 이리저리 옮긴 자도 많았는데, 시를 잘 짓기도 하고 문장에 능하기도 하여 때때로 편집해서 전파함에 자못 볼 만한 것이 있었다. 이름이 척금(戚金)이란 자가 있었는데 중국의 척계광(戚啓光)의 후손이다. 계광이 전에 절강(浙江)의 왜적을 능히 방어했었던 전법이 ≪기효신서(紀效新書)≫에 있는데 지금 우리나

라에 시행되고 있다. 척금은 청렴결백으로 스스로를 지켰으니 매우 가상하게 여겨져 탄복하는 바인데, 오유충도 역시 그러했다. 유격 사대수(査大樹)는 이(李) 제독의 막하였는데, 왜적을 쏘는 데 능하여 승부를 결정지었고 용맹은 짝할 사람이 없었다고 한다.

이때 중국 군대는 군의 기세가 당당하여 왜적을 단번에 취할 수 있었으나 불행하게도 벽제(碧蹄)에서 처음으로 그 기세를 상실하였고, 대장 이 제독(李提督)도 몇 번 위태로웠지만 다행히 벗어났다. 평양(平壤)에서의 승전을 계기로 왜적을 매우 쉽게 보고 경솔히 싸우다가 패한 이후로, 일을 임할 때면 위태롭게 여기고 의심을 품는 걱정이 많아져 머뭇거리며 진격하지 않고 왜적을 보고만 있는 폐단이 생겨났다. 그런데도 남북의 여러 장수들은 평양에서의 승전한 공을 다투느라 오랫동안 서로 마음을 합하지 않았다. 이로부터 장수들의 마음이 태만해지고 병사들의 사기가 좌절되어 커다란 계획이 늦추어짐으로써 왜적들로 하여금 물러나 그대로 보전할 수 있게 만들었다. 왜적들이 나누어 본도(本道)에 주둔하고 또한 돌아가 지키게 되자, 다시는 토벌할 계획을 세울 수 없게 되었다.

○ 하도(下道)의 각 고을은 경주(慶州) 등지에 출참(出站 : 전곡과 역마를 주기 위하여 사람을 내보내는 일)하였고, 중로(中路)의 각 고을은 상주, 선산, 팔거 등지에 출참하였으며, 전라도의 각 고을은 힘을 합하기 위해 와서 기다렸다. 이때가 흉년 끝인지라 군량 등을 공급하기가 번거롭고 과중한 데다 관청의 창고가 이미 바닥나고 백성들의 고혈조차도 연달아 고갈되니, 국사를 맡은 관리들은 군수 물자가 모자라는 것을 걱정하였다. 심지어 중국 군대로부터 질책과 벌을 받은 관아(官衙)들이 비일비재했다.

○ 어렵고도 위태로운 때에 구차스러운 일이 많았다. 조정이 논공행상(論功行賞)의 규정을 마련하면서 적을 노획한 것으로 기준했는데, 양반과 잡류(雜類), 공사천(公私賤)을 막론하여 왜적 한 놈을 노획한 자는 과거에 급제한 것으로 인정하고, 두 놈을 노획한 자는 6품에 등용하고, 세 놈을 노획

한 자는 당상관(堂上官)에 품계를 올리고, 왜적의 장수를 노획한 자는 녹훈(錄勳)하면서 가선대부(嘉善大夫)로 품계를 올렸다. 심지어 전곡(錢穀) 또는 전마(戰馬) 등을 바치는 자에 관한 정사(政事)는 모두 일시적으로 부득이한 임시방편적인 것인데, 그것이 군량을 조달한 것도 또한 많았을 것이다. 그러나 요행으로 벼슬길에 오르는 것이 한 번 열리게 되자, 속임수가 그 사이에 일어나 벼슬의 칭호가 자못 남발되어서 지위의 높고 낮음을 분별하기가 혼란스러웠다. 심한 경우는 굶주린 백성의 머리를 베어서 왜적의 머리로 속여 상주기를 요구한 일이 있었는데, 군공(軍功)으로 출세한 자는 흔히 이런 수법에서 나왔다. 이를테면 의흥(義興) 지역에서 굶주린 백성 두 사람의 머리를 베어 터럭을 깎아버리고 머리만을 가지고 갔다. 순찰사가 의흥현의 현감으로 하여금 조사하게 하였는데, 곧 수령으로서 군공을 요구한 자의 소행인 듯하나, 확실하지 않아 마침내 덮었다. 이때 의성 현령(義城縣令) 정희현(鄭希玄)은 조방장(助防將)을 겸한 터라 계첩(啓牒 : 일종의 보고서류)이 그의 손에 달렸었는데, 왜적의 머리를 베어 바치고 급제한 사람이 다른 군진(軍陣)에 비해 배나 많았고, 관가에서 잔치를 베풀어 그들을 축하해 주었다. 그때 전 충청 순찰사 윤국형(尹國馨)이 의성현에서 군색하게 살고 있었는데, 시를 지어 그 일을 조롱하였다.

굶주린 백성의 머리 위에 계화가 폈고	飢民頭上桂花生
산 사람을 죽이느라 온통 머리 잘랐도다.	其死其生摠斷頭
고을 원님의 잔치자리엔 술이 있는 줄 알건만	太守慶筵知有酒
어찌 남은 술로 우는 귀신 위로하지 않는가.	盍分餘瀝慰啾啾

뒤에 체찰사(體察使) 이원익(李元翼)이 그 일을 듣고서 장차 자세히 조사하기 위해 의성현으로 하여금 홍패(紅牌 : 붉은 종이에 쓴 과거 급제증)를 먼저 거두어들이고 온 고을의 선비들을 모이도록 해서 사실을 조사하게 했지만 또한 밝히기가 어려워서 중지되고 말았다. 몇 년이 지난 뒤에 조정이 서울

에서 복시(覆試)를 시행하며 전례대로 과거의 급제자를 부르자, 그 무리들은 다행으로 여겼다.

○ 진주(晉州) 사인(士人) 한응(韓膺)은 사예(司藝) 한여철(韓汝哲)의 아들이다. 집에서는 효성과 우애로써 칭송되었고, 친구 사이에는 강직과 신의로써 서로 허여하였는데, 불행히도 일찍 죽으니 사람들은 대부분 애석하게 여겼다. 그가 죽었을 때 둘째 딸이 16세였는데, 상여를 끌어당기면서 울부짖으며 가슴 무너지는 듯 애통해하다가 기절하여 다시 깨어나기를 두 번이나 했고, 큰아버지를 섬기게 되어서는 조심하고 삼가는 것이 자신의 아버지처럼 했다. 한 노비가 있었는데 큰아버지에게 원망하는 말을 하자, 이에 크게 꾸짖으며 말하기를, "너는 나를 큰아버지의 자식으로 여기지 않는 것이더냐? 내가 자식 대우를 받고 있는데도, 네가 내 부모의 잘못을 말하는 것은 나를 무시한 것이로다." 하고는 마침내 쫓아내고 가까이하지 않으면서 늙도록 그 노비를 보지 않으려 했다.

변란이 일어난 초기에 여자들이 왜적의 치욕을 피하려고 꾀를 낸 방법이 궂은 옷을 입고 때 묻은 얼굴로 다니는 것이었는데, 처자는 홀로 큰 소리로 말하기를, "죽고 사는 것은 천명에 달린 것이지, 구차하게 피한다고 해서 될 일이 아니다." 하였다. 늘 큰아버지를 좇아서 다니다가 어느 날 저녁에 큰아버지가 있는 곳을 잃어버렸는데, 길은 좁고 남자들이 많아서 옷자락이 서로 닿는 치욕을 겪게 되자 곧 자결하려 하였고, 그것을 알아차린 사람이 구해내었다. 6월 16일에 왜적이 갑자기 온 마을에 들이닥치자 마을사람들은 모두 깊은 산속으로 피하여 들어갔다. 처자는 더 깊이 못 들어갈까 염려하여 마침내 다른 산으로 옮겨 가려다가 중도에 왜적을 만나 쫓기는 바가 되었다. 처자는 분개하여 꾸짖다가 죽었는데 나이가 21살이었다. 몸을 욕되게 하느니 영예롭게 죽은 것은 여자의 곧은 절개이다. 사람들이 대부분 난리를 당하여 죽는데, 그 죽음이 이 처자의 죽음과 같겠는가. 처자가 평소에 일찌감치 자기 몸을 지키는 것을 대절(大節)로 정한 사람이었음에야. 아버지의 상을 당해서는 너무나 애통하여 거의 죽을 지경에 이르렀고, 노비가 큰아버지를 원망하자 자신을 무시하는 것이라며 꾸짖었고, 남자의 옷자락과 서로 닿자마자 자결하려 했으니, 그녀의 소양(素養)은 알 만한 것이었다. 왜적을 몹시 꾸짖고 죽은 것이 어찌 하루아침의 계획이었으랴. 오호라! 그 처자는 어질었도다.

○ 고성(固城)에는 나씨 성을 지닌 사람으로 응벽[羅應璧]이 있었는데, 성을 지킨 명망 있는 집안이었다. 문(文)도 무(武)도 익히지 않고 농사에 힘썼으며 제사를 근신하게 지내고 일가친척들과 화목하니, 사람들은 덕 있는 사람이라고 칭송했다. 두 아들이 있었으니 언계(彥繼), 언린(彥繡)이고, 이응성(李應星)이란 사위가 있었다. 언계의 처 노씨(盧氏), 언린의 처 권씨(權氏), 응성의 처 나씨(羅氏)는 모두 나이가 젊고 예뻤다. 일찍이 부인들은 사로잡힌 일을 이야기하게 되면 이맛살을 찌푸리며 말하기를, "죽어야 하면 죽으면 된다. 어찌 죽기를 두려워하여 사로잡혀 끌려갈 수 있단 말이냐?" 하였다. 그 후 세 부인은 3일에 걸쳐 왜적을 만나게 되자 모두 큰 소리로 꾸짖으며 굽히지 않다가 죽임을 당했다. 만일 세 부인들이 말이야말로 그녀들의 행실을 돌아본다고 생각했다면, 자신들의 말에 부끄럽지 않았던 사람들이었다. 바닷가의 집에서 태어나 자라며 예의(禮義)를 가르치지 않았는데도 큰 절의를 세우고 그 명성을 이룩하였으니 타고난 바탕이 아름다운 것이고, 교화하지 않아도 의기가 일어남은 진실로 명확한 의론이다. 절개와 의리가 짝을 이룸은 옛사람들이 탄복하는 바인데, 한 집에서 딸과 며느리 3인이 처음 서로 함께 약속하고 종국엔 그 말대로 실행하였으니 시아버지이자 아버지의 후한 덕이 감동하게 함이 있었을 것이로다. 나씨의 처가 부모를 섬기고 일가친척을 대접할 때 효성과 우애로서 극진하였으니 감화받은 것이 있었을 것이었다.

○ 향병 대장(鄕兵大將) 김해(金垓)가 경주에서 변란을 기다리다가 6월 19일 병으로 죽었다. 대략 상여 뚜껑만 갖추고 예안(禮安)으로 돌아와 장사지

냈다.

○ 6월 21일에 두 왕자가 왜적의 진중(陣中)에서 나왔고, 이영(李瑛) 및 황정욱(黃廷彧)과 황혁(黃赫)의 부자도 나왔는데, 유격(遊擊) 심유경(沈惟敬)의 구원에 힘입은 것이었다. 이보다 먼저, 중국 장수(경략군문 병부시랑 송응창) 가 성씨가 담(譚)인 한 장관을 중국의 사신이라 하여 부산으로 들여보낸 지 얼마 되지 않아서 두 왕자가 나왔다. 이영이 왜적의 진중에 있으면서 두 왕자를 모시는데 변함없이 군신간의 예를 그대로 좇아서 행하니 왜적들이 대부분 탄복했다고 한다. 두 왕자의 각 부인들은 남루한 의상을 입고 미투 리를 신고 들판에 지붕 없이 앉아있어 행색이 처량하니, 이를 본 사람마다 눈물을 흘렸다. 일행이 견탄(犬灘)에 이르렀을 때 수령들이 신발을 구하기 도 하고 옷을 짓기도 하여 가져다드렸다. 두 왕자가 본국의 관아에서 제공 한 물품들을 보고는 자못 감격하고 기뻐하는 빛이 있었고 사람들을 대하 고는 눈물을 머금었다. 두 부인도 비로소 나와 몽두의(蒙頭衣)를 벗고서 좌 우의 사람들에게 이르기를, "우리는 오랫동안 왜적의 소굴에 있어서 본 것 이라고는 모두 괴물이었는데, 지금에서야 우리나라 사람들을 보니 무엇으 로서 개두(盖頭) 차림을 해야 할꼬?"라 했다고 한다. 당초 왜적들이 왕자들 을 사로잡고 우리를 협박했을 때와 왕자들을 돌려보내주며 우리에게 요구 했을 때, 그 사이에 오고간 것에 대해 식자들은 모두 우려했다.

○ 동래(東萊)와 양산(梁山)의 왜적이 바다와 육지에 가득 차서 밀양으로 향하는 길에 진주를 침범하려고 하자, 의병장 조회익(曹晦益)이 이를 순찰 사 전라 병사(全羅兵使) 최경회(崔慶會)에게 보고했다. 창의사(倡義士) 김천일 (金千鎰), 복수장(復讐將) 고종후(高從厚), 충청 병사(忠淸兵使) 황진(黃進) 등이 각기 군대를 거느리고 달려와서 우도(右道)에 차자(箚子)를 올린 것은 진주 가 위급하였기 때문이다.

○ 독포사(督捕使) 박진(朴晉) 및 이응성(李應聖), 겸 삼도 방어사(三道防禦使) 이시언(李時言) 등이 밀양에 주둔하고 있었고, 도원수(都元帥) 김명원(金命元)

이 경주에서 대구로 옮겨 주둔하고 있었고, 도체찰사(都體察使) 류성룡(柳成龍) 및 군량 독운어사(軍糧督運御使) 윤경립(尹敬立) 등이 본도에 도착했다.

○ 양호(兩湖)의 병사(兵使) 및 의병 등이 진주로 모여서 진주의 군대와 합세하여 성을 막아낼 계획을 세웠다. 이보다 먼저, 심유경(沈惟敬)이 합종연횡(合縱連橫)과 같은 계책을 마련하느라 적진을 출입하는 것이 한 집안의 부자간 같았다. 이때에 이르러 심유경이 진주의 여러 장수들에게 통지하기를, 「왜적이 진주를 이전의 패한 일로 감정을 품고 지금 반드시 함락시키고야 말 것이니, 짐짓 성을 비우는 것보다 더 좋은 것이 있을 수 없다.」고 했으나 여러 장수들은 성을 굳게 지키기로 하고 달아나지 않았다.

하루는 영산(靈山), 함양(咸陽), 의령(宜寧) 등지에 둔을 치고 있던 왜적이 한꺼번에 들고일어나 곧바로 진주를 쳐들어갔는데, 중국 장수들은 달려와 구원할 생각을 하지 않았다. 진주 사람들이 요충지대를 지켜줄 것을 청하였는데, 각 도의 군사들이 다투어 달려왔으나 여러 장수들은 진주 사람들의 말을 듣지 않는지라, 각 도의 군사들은 동쪽과 남쪽 방면을 나누어 지키고 진주의 군사들은 서쪽과 북쪽 방면을 나누어 지키기로 했다. 정예병으로 말하면 진주 군사보다 더 나은 군사가 없고, 지세에 익숙하기로 말하면 또한 진주 군사보다 더 나은 군사가 없는데도 도리어 진주 군사를 후방에 쉬도록 배치하고는 각 도의 군사들로 하여금 요충지를 지키게 한 것은 대개 여러 장수들이 이전의 승전한 일을 보고 공명심에 불탄 것인데, 공을 다투느라 일을 그르치고 있었다.

목사(牧使) 서예원(徐禮元)은 이미 1592년에 죽은 김시민(金時敏)을 이어 진주 목사를 대신했으나, 자못 백성들의 마음을 얻지 못하고, 위급한 때를 만나기만 하면 놀라 무너지고, 일을 처리하는 것이 뒤죽박죽이고, 밤낮으로 처자식을 보며 울기만 하니 군대 안의 분위기는 절망으로 빠졌고, 성 안의 여러 장수가 명령의 계통이 서있지 않아서 각기 통솔하며 자기 뜻대로만 하여 군령이 제대로 시행될 수가 없었다. 충청 병사(忠淸兵使) 황진(黃

進)이 군대에 관한 일을 다소 알자 성 안의 사람들이 믿고 의지하였는데 먼저 탄환에 맞아 죽었다. 이로부터 성 안이 혼란에 빠져서 기율을 회복할 수 없었는데, 왜적은 밤낮으로 군사를 교체해가며 번갈아 공격하였다. 그래서 우리 병졸들은 밤낮으로 단지 의심하고 두려워하는 마음만 있고, 피곤하여 선 채로 자다가 때로는 자빠지기도 하였다. 더구나 하늘도 도와주지 않아 큰 비가 연일 쏟아져서 쳐들어오는 적을 막는 것이 날로 부실해지고 성이 흙같이 절로 무너지니 29일이 되어서 성이 함락되고 말았다.

전라병사(全羅兵使) 최경회(崔慶會), 우후(虞侯) 성영건(成永建), 창의사(倡義士) 김천일(金千鎰), 복수장(復讐將) 고종후(高從厚), 김해 부사(金海府使) 이종인(李宗仁), 진주 목사(晉州牧使) 서예원(徐禮元), 판관(判官) 성수경(成守慶), 전 군수 고득뢰(高得賚), 거제 현령(巨濟縣令) 김준민(金俊民), 태안 군수(泰安郡守) 우귀수(禹龜壽) 등은 죽어서 공을 이루었다. 비록 공은 이루지 못했지만 서로 버티며 여러 날 동안 왜적을 죽인 것이 매우 많았고, 함락될 때까지 죽기로써 지켰던 구구한 충의도 역시 사람들로 하여금 생각하게 한다. 당초 왜적이 침범하려 할 즈음에 진주 사람들은 모두 진주성이 견고하다고 여겼고, 또한 이전에 승전한 일을 보고 심지어 사족의 집안사람들까지도 아주 많이 성 안에 들어와 있다가 졸지에 여지없이 대패하고 말았던 것이다. 더욱이 애통하고 안타까워할 만한 일은 이미 이 지경에 이르렀는데도 중국 군대는 진격하지 않고 근처에서 수수방관만 하며 승패가 결정 나기를 기다렸을 뿐 끝내 한 명의 군사도 보내어 구원하지 않은 것인데, 이는 심유경의 계획에 따른 것이다.

○ 이때 중국의 여러 장수들은 의견이 한결같지 않아 강온이 맞서서 대사를 그르쳤는데, 이미 왜적은 전라도를 넘보고 있었다. 그들은 진주성 싸움에 또한 위험을 무릅쓰고 오지도 않았으니, 푸른 하늘이여 도대체 누구 때문인가.

○ 도원수(都元帥) 김명원(金命元)은 중국 군대를 좇아 우도(右道)에 있었

다. 우리나라 군대의 형편은 너무나 허술하여서 진주성이 매우 위급한 때에 원수(元帥)가 어디에 주둔하고 있는지, 무슨 일을 하고 있는지 알지 못했으므로 답답하여 전라 순찰사(全羅巡察使) 권율(權慄)로 대신하게 했다. 이때 우순찰사(右巡察使) 김륵(金玏)이 김성일(金誠一)의 뒤를 갈마들어 대신했는데, 진주가 함락된 이후로 다시 손쓸 수 없는 지경이 되었다. 난리 법석 속에 잔학하게 굴며 거두어들이는 것이 좌도(左道)에 비해 몹시 심하여 당사자로서 걱정이 배나 되었다. 이로부터 중국 군대가 진영(陣營)을 연결해서 벌여놓고 오랫동안 결정하지 않았는데, 거의 물력을 감당할 수가 없어서 근근이 조치하고 있었다. 온갖 지공(支供)에 대한 일이 크게 부족한 데에 이를 것 같지는 않았지만, 좌도와 우도의 몇몇 읍들이 온전하여 겨우 힘을 쓸 수 있었다.

○ 9월에 좌순찰사(左巡察使) 한효순(韓孝純)이 우도순찰사(右道巡察使)를 겸하게 되었다.(어지(御旨)의 서장(書狀) 내에, 「지난달 나누어 설치한 좌도순찰사와 우도순찰사는 각기 기각지세(掎角之勢)를 통솔하되 힘을 합하여 왜적을 방어하기 위함이었는데, 지금 이후로 경(卿)이 그것을 겸하여 좌도와 우도의 일을 살피도록 하라.」고 했다 한다.) 도체찰사(都體察使) 류성룡(柳成龍)이 윤두수(尹斗壽)를 갈마들어 대신했는데 도원수(都元帥) 권율(權慄)과 함께 팔거(八莒)의 중국 군대 진영에 머무르고 있었다.

○ 겨울에 수사 독전 선전관(舟師督戰宣傳官) 도원량(都元亮)이 서울에서 내려왔는데, 충청 우후(忠淸虞侯 : 이름은 모른다.)와 함께 충청도의 배 만드는 장인 30여 명을 이끌고 와서 강원도(江原道) 월송포(越松浦)의 소나무를 벌목하여 전선(戰船) 9척을 만들었다.

도원량은 잘못 이해하는 것이 많아 분에 넘치는 짓을 했다. 때마침 전 영의정 이산해(李山海)가 어떤 일로 죄를 받아 평해(平海)에 있을 때 그의 실책을 많이 말했는데, 원량이 후에 과연 죄를 입었다고 한다.

갑오년(甲午年 : 1594)

봄에 기근이 점점 깊어져서 거의 다 죽거나 도망갔고, 친인척을 서로 죽이는 변고가 지난해보다 심해졌고, 목면(木綿) 1필(匹)의 값이 조(租) 1두(斗)였는데 다른 물건들도 이와 같았다. 책을 읽는 선비라 할지라도 역시 짐을 지거나 이고 곡식을 사거나 팔아서 그들의 생활을 유지하였는데, 세속에서는 이들을 '장시 문사(場市文士)'라 일컫지만 단번에 급제할 만한 사람이라고 한다. 이때 조정은 사람들 살리기에 급하여 관청의 규정 내에 다른 사람의 노비를 구제하여 살린 자는 자기의 노비로 삼을 수 있다고 하였다. 때문에 간혹 다른 사람의 노비를 기르게 된 자가 전례(前例)에 따라 이를 증명하는 문서를 제출하여서 후일에 증빙할 자료로 삼도록 했지만, 그 이후에 송사(訟事)가 꽤 많아졌다.

○ 도원량(都元亮) 등이 만든 전선(戰船)이 강원도에서 좌수사(左水使)의 군진(있었던 곳이 동래의 남촌인데 지금은 수영이다.)으로 돌아와 정박하였다. 수사(水使) 이수일(李守一)이 배에 필요한 물건을 갖추고서 도원량 등과 합세하고 동래의 바닷가[東邊]에 낙오한 조무래기 왜적들을 많이 사로잡아 죽였다. 얼마 되지 않아 중국의 사신들이 왕래하고 있어서 시기로 볼 때 적세가 약간 잦아들었기 때문에 원량이 부름을 받고 서울로 올라갔다.

○ 서생포(西生浦)의 왜적들이 틈을 보아 몰래 경주의 안강현(安康縣)에 침입하자 중국군이 추격하다가 대패했다. 중국군의 전사자가 거의 400여 명이 되었고 오 유격(吳遊擊)은 겨우 자기 몸만 빠져나왔다. 안강현의 길 위에 하나의 구릉이 있는데 그것은 해골을 묻은 곳으로 이를 본 사람이면 상심하였다.(어떤 이는 이 사실을 지난해의 가을에 일어난 일로 여기기도 한다.)

좌도와 우도에 있는 여러 진(陣)의 왜적 장수들이 겉으로는 화친하기를 요청하는 것처럼 보이면서 속으로는 흉악한 꾀를 실행하였다. 그리하여 사자(使者)가 끊임없이 왕래하고 있는 데도 틈만 나면 몰래 침입해오는 것이 끝이 없었던 것인데, 가령 며칠 전에 서생포의 왜적이 경주로 침입했던 것이 바로 그것이다.

○ 좌병사(左兵使) 고언백(高彦伯), 방어사(防禦使) 김응서(金應瑞), 별장(別將) 권응수(權應銖) 등이 경주에 군대를 주둔시키고 때를 기다리고 있었다.

○ 우병사(右兵使) 김면(金沔)은 전술이 비상하여서 군사들과 백성들이 믿고 의지하였는데, 오래잖아 병 때문에 교체되자 애석해하였다.

○ 처음 김태허(金太虛)는 박진(朴晉)의 군관(軍官)이었다가 울산(蔚山)의 가수(假守)가 되어 군병을 모집하고 정탐하여서 순찰하는 왜적을 사로잡아 목을 벤 것이 꽤 많았는데, 그것으로 인해 울산의 실제 군수가 되었다. 울산군 사람들이 가장 가까이에 있는 왜적의 소굴에 대해 저들의 사정을 두루 알고 사로잡아 죽이는 데 용감했던 것은 경주 사람들과 똑같았다. 태허가 울산군 사람들을 충분히 훈련시키고 지휘한 까닭에 왜적을 베어죽인 공이 여러 장수들 가운데서 가장 많았다.

○ 곽재우(郭再祐)를 진주 목사(晉州牧使)로 삼았다. 곽재우는 진주에 오래 있지 않고 곧 직책을 버리고 고향으로 돌아갔다. 일찍이 친하게 지내는 사람들에게 말하기를, "국가의 은혜가 지극히 중한데, 내가 몸 둘 곳을 알지 못한다."고 했다 하더니, 진주 목사가 되었음에도 문득 돌아갈 뜻을 굳히고 말하기를, "고양이를 기르는 것은 쥐를 잡기 위함인데, 다행히도 지금 왜적이 조금 물러났으니 내가 할 바가 없다."고 했다 한다. 이때 여러 장수들은 날마다 공 다툼으로 일삼느라, 틈이 생기게 되는 실마리가 날마다 생겨나 서로 대립함이 그치지 않았는데, 곽재우만은 홀로 그렇지가 않았다. 대개 왜적을 토벌한 것은 국가를 위해서 한 것이지 자신을 위해서 한 것이 아니었을 것이니, 토벌한 공의 크고 작음은 논할 것이 아니었다. 이 때문에 향병(鄕兵)과 관병(官兵)이 서로 알력이 있었다는 것을 듣지 못했다. 이 또한 보통사람들이 따를 바가 아니나 그를 옛사람과 비교해 보면, 나무

아래로 물러가 있는 것은 부끄러울 것이 없었다.

○ 서생포(西生浦)의 왜적들이 틈을 보아 몰래 경주에 침입해왔는데, 병사(兵使) 고언백(高彦伯) 등이 모두 도망쳤으나 별장(別將) 권응수(權應銖)만이 홀로 왜적을 맞아 돌격하였고 말을 바꿔가며 번갈아 탄 지 오래되자, 왜적은 기세가 꺾였고 서생포의 둔(屯)으로 되돌아갈 수 있게 해줄 것을 요구하면서, 우리의 군사가 길목을 지키고 있다가 뒤에서 칠까 염려하여 한 장관(將官)이 호송해주기를 간청하고는, 들어주지 않으면 마땅히 있는 힘을 다하여 싸워서 죽고 사는 것을 결단하겠다고 했다 한다.

권응수가 출신(出身) 권황(權滉)으로 하여금 호송해서 가게 하니, 권황은 호랑이 굴에 들어가는 격이라 염려하여 심지어 울면서 사양했으나 끝내 마지못하여 하는 수 없이 왜적을 지경 밖까지 호송해주었다. 이에 왜적은 장검(長劍)을 선물로 주면서 가고 보내는 데 자못 예의가 있었다고 한다. 사람들은 권응수의 이번 일로 왜적을 위압한 공이 있었다고 칭송하였다. 권황은 별장이었다가 조금 후에 의성 현령(義城縣令)이 되었는데, 그가 정사를 펼침은 자못 볼만한 것이 있었다. 글을 배우다가 성취하지 못한 채 영유무과(永柔武科)에 오른 자이다.

○ 광주(光州) 사람 김덕령(金德齡)은 용기와 힘이 뛰어났다. 때마침 부모의 상중(喪中)에 있으면서 의리에 분발하여 군사를 일으키고 주현(州縣)에 격문을 띄웠는데 나라를 위해 왜적을 토벌하려는 뜻이 있었다. 이때 세자(世子 : 광해군을 일컬음)가 호남(湖南)에서 나라를 다스리고 있다가 곧 재주를 시험하였는데, 덕령은 쇠 갑옷을 3겹으로 입고, 쇠 손잡이 칼 두 자루를 쥐었다. 칼의 길이가 2장(丈) 반이고, 한 자루의 무게는 30근(斤)이며 또 한 자루의 무게는 24근이었다. 칼자루를 쥔 손에는 쇠몽둥이[鐵椎]가 매달렸는데 무게가 40근이었다. 투구를 갖추고 활과 화살을 찬 채로 말을 타고 달리는데도 빠르기가 평상시와 같았고, 얼어붙은 광한교(廣漢橋) 위는 얼음이 은빛처럼 흰 데도 말 달리는 것이 귀신같았다. 또 말을 채찍질하여 산

에 오르면서도 칼을 휘둘러 나무를 베고, 지나간 좌우의 푸른 소나무가 어수선하게 흩어지는 것이 마치 구름 같았다. 마침내 '익호장군(翼虎將軍)'이라는 이름을 하사하였는데(덕령의 어머니가 꾼 꿈에 큰 호랑이가 등 뒤에 날개가 돋은 듯했는데, 마침내 잉태하여 덕령을 낳았다고 한다.), 대개는 왜적을 만나면 범같이 으르렁 거린다고 해서 이른 것이다. 임금님이 또 '충용장군(忠勇將軍)'이라는 이름을 하사하였는데, 대개 충성과 또한 용맹이 있음을 이른 것이다. 그리하여 임금이 하사한 이 이름을 가지고 두 개의 큰 깃발을 만들어서 좌우로 나누어 세웠는데, 하나는 '충용(忠勇)'이란 글자를 쓰고 다른 하나는 '익호(翼虎)'라는 글자를 썼으며, 또 첩서(捷書)엔 익호의 형상까지 그렸다. 이 사실을 듣고서 사람들은 기세가 등등하였으나 왜적들은 간담이 떨어졌다. 휘하의 여러 군사들은 모두 호남의 용맹스러운 사람들이었다. 그들이 진주(晉州)에 오자 남방의 사람들은 만리장성(萬里長城)처럼 의지하였지만 국사를 맡은 관리들은 서로 도와주지 않았다.

군졸이 굶주리다가 달아나자, 어떤 한 재상(宰相)이 그들을 잡아오는 일로 김덕령의 군진(軍陣)에 이르러서 무용(武勇)을 보이라며 청하자, 덕령이 말하기를, "이곳은 좁은 곳으로 알려져 있으니 상국(相國)은 내일 낮 점심때 아무 곳에 기다리시오."라고 했다 한다. 그 다음날 약속한 곳에 무용을 시험해 보이려 끝내 가지 아니하였는데, 사람들이 그 까닭을 물으니 대답하기를, "나는 대장이자 원수(元帥)이라. 순찰사(巡察使) 외에는 지휘 받을 사람이 없는데 어찌 상신(相臣)에게 통제 받아야 할 까닭이 있으랴."고 했다. 재상은 달아난 군졸을 잡아오지 못하게 되었지만 심기의 평온을 되찾았다가 탑전(榻前)에서 면대하게 되자 범을 기르는 후환을 염려하는 말 등을 하였다. 처음에 서울에서 내려왔을 때부터 또한 어떤 그 재상도 있었는데, 달아난 군졸들을 잡아 보내게 했다. 덕령이 생각하기를, '대궐 안에서는 정당(政堂 : 판서를 일컬음)이 중하고 밖에서는 장군이 중한 것이로구나.' 하고는, 마침내 한 번 읍하고 잡으러 갔다.

○ 김응서(金應瑞)가 우병사(右兵使)로서 군대를 거느리고 의령(宜寧)에 주둔하였는데, 사람됨이 자못 일에 민첩하였다. 왜적을 끌어들여 휘하에 많이 두고 말을 타게 했다. 당초에 사람들은 그의 실책(失策)이 필경엔 심복(心腹) 만들기일 것으로 의심했는데, 투항한 왜적들로 하여금 왜적을 토벌하게 하여서 그 공적을 많이 보였다. 이때 각 진(陣)들이 대부분 꾀어내는 것을 일삼아서 왜적들이 많이 항복하였는데 수십 명씩 떼를 짓기도 하고 사오십 명씩 떼를 짓기도 하여 길마다 늘어서 있었다. 그 폐해가 적지 않아 없애버리려는 즈음에 더러는 도리어 칼을 빼드는 경우가 많아서 나라 안의 근심거리가 이루다 말하기 어려웠고 또한 왜적의 정세를 알지 못하여 마침내 금하였다. 지금에 와서 이를 본다면, 감독하는 일의 어려움을 피하여 눈앞의 안전만을 일시 취한 것에 불과하다.

○ 왜적의 여러 장수들은 각자 화친(和親)을 요구했는데, 소서행장(小西行長)이 화친을 요구한 것은 병사(兵使) 김응서(金應瑞)가 응대하고, 가등청정(加藤淸正)이 화친을 요구한 것은 승장(僧將) 유정(惟政)이 응대하게 하였다. 유정은 서생포(西生浦)를 왕래하고 김응서는 창원(昌原)을 왕래하였는데, 가등청정은 소서행장을 헐뜯고 소서행장은 가등청정을 헐뜯어서 물과 불이 서로 용납하지 않는 그런 모습을 보이니 마치 서로를 용납하지 않을 것 같았다. 그렇지만 가등청정은 우리가 그들과 화친하기를 요구하고, 소서행장은 우리가 그들과 화친하기를 요구하는지라, 중국의 장수와 우리나라의 여러 장수들은 간혹 이 기회를 이용하여 두 왜장을 이간질하였지만 끝내 효험이 없으니 진실로 그들의 마음이 도대체 어떤 것인지를 알 수가 없었다.

이때 삼도(三道)의 수군들이 한산도(閑山島)에 모여 진(陣)을 치고 있었는데, 수군들이 자못 정밀하고 예리하게 방비한 공이 육군 진영의 여러 장수들의 그것보다 훨씬 나았다. 왜적 속에 요시라(要時羅)라는 왜놈이 있어서 일찍이 김응서의 진영을 출입하였다. 하루는 요시라가 와서 알리기를, "아무 날 마땅히 수군을 어느 곳에서 작전하고 있으면 소서행장이 귀국(貴國)의 수군과 협력하여 가등청정을 중도에서 맞아 공격하려 하나이다."라고 했다.

이보다 먼저 가등청정이 일본에 갔었다. 요시라가 와서 기다리라고 약속한 날이 바로 가등청정이 일본에서 바다를 건너 돌아오는 때이었다.

김응서가 그 말을 믿고 요시라와 함께 수군이 있는 곳에 가서 여러 장수들과 약속하고 돌아왔다. 얼마 지나지 않아 수군 전군(全軍)이 부산에 이르자 왜적이 곧 맞아 싸워서 아군의 배 2척이 패하여, 명성과 위세가 이지러지고 손상됨이 매우 심했다. 대개 요시라는 왜놈이 지난날 출입했던 것은 우리의 허실을 엿보고 수군의 형세를 알아내기 위함이었는데, 김응서가 그 계교에 걸려들었던 것이니 애석하였다.

○ 8월, 순찰사(巡察使) 한효순(韓孝純)이 오랫동안 군중(軍中)의 수고로움으로 인해 생긴 병을 이유로 순찰사 직을 교체해주기를 청하였다. 홍이상(洪履祥)이 대신했는데, 양곡을 대납(代納)할 법령을 세워서 각 고을의 유식한 이로써 일을 처리할 만한 사람들이 관장하게 하였다. 조정의 신하, 생원과 진사, 서민 등이 각자 미곡을 내되 빈부에 따라 차등이 있게 하였다. 처음에는 자못 사람들의 말들이 있었으나, 오래 되어서 마침내 제자리 잡고 군수 물자 마련에 도움이 적지 않았다. 사람들이 그 좋은 점을 칭송하는데도 오래지 않아 바로 폐지하였는데, 조정(朝廷)이 폐지하기로 결정하고 어떤 계획을 세웠는지 알지 못한다.

○ 전쟁이 계속된 지가 몇 년이 되자, 군포(軍布)를 받아들이는 방법이 다양해졌다. 한효순(韓孝純)이 순찰사였을 때는 연군(鍊軍)을 속오군(束伍軍)이라 하고, 홍이상(洪履祥)이 순찰사였을 때는 선승군령(選勝軍令)을 조련군(組練軍)이라 하였는데, 겉으로 내세우는 이름은 하나가 아니지만 실제로는

하나였다. 병졸로 선발된 사람은 모두 농가의 농부들이었는데, 건장하고 용감한 사람은 적었으며 나약하고 용렬한 사람이 많았다. 그런데도 위에 있는 사람들은 매번 늘리기에만 힘써서 1대(隊)가 늘어났는데, 으레 범민(凡民)들로 되어 있었다. 1대(隊)의 폐단은 병졸 한 명이 달아나면 그 화가 범민 한 명에게 미치고, 범민 한 명이 달아나면 그 화가 한 마을에 미치었으니, 아비가 자식을 편안히 하지 못하고 형이 동생을 안전하게 해주지 못하였다. 이러한 폐단은 지지난해와 그 다음해가 같지 않고, 그 다음해가 또 금년과 같지 않으니 내내년은 또 어떻게 될지 알지 못한다. 병권(兵權)을 관장하는 관청은 헛되이 장부만 갖고 있고, 받들어 시행하는 관리는 한갓 겉치레가 될 뿐이었으며, 게다가 병란이 발발한 이래로 국경을 경비하는 데에 힘쓸 일이 많았다. 병졸의 목숨을 좌지우지하는 권한을 쥐고 있는 자가 자격이 없는 사람인 까닭에 현재 장부에 있는 병사는 또 베 공출(供出)에 시달려, 누런 구름이 비낀 성새(城塞) 위에서 활을 쏘고 있어야 할 군사들이면서도 가난한 백성[下戶]들 집에서 베 짜다가 피륙을 찢어발기며 원망하는 소리를 자주 들었다. 심지어 진법(陣法)을 연습하는 대회 같은 경우도 남을 대신 시켜서 점검(點檢)을 받는 자가 많았다. 최근 몇 해 사이 백성을 병적(兵籍)에 의해 관리하는 병민(兵民)의 폐단이 대개 이와 같으니 식자(識者)들이 한심하게 여겼다.(이 한 마디는 오직 갑오년의 일만 아니고 그 앞뒤 해의 폐단을 통틀어 이른 말이다.) 전란이 계속되고 흉년이 들어 군대와 나라가 재정이 탕진되자, 해당 관청이 공명첩(空名帖)을 많이 만들어 각관(各官)과 각도(各道) 및 각진(各陣)에 나누어 보내서 장관(將官)이 사람들을 모집하며 주게 했다. 그리하여 살아 있는 사람은 명예직을 얻고 죽은 사람은 증직(贈職)을 받았는데, 어떤 사람은 쌀과 콩을 내기도 하고, 어떤 사람은 비단 베를 내기도 하고, 어떤 사람은 소와 말을 내기도 하여 군수 물자에 보탠 것이 역시 적지 않았다. 애석하도다, 관작(官爵)과 명기(名器 : 벼슬자리)는 성왕(聖王)이라도 아꼈거늘, 봉행(奉行)하는 자들은 삼가지 않아 농간과 거짓이 따라서 일어났으며, 더러는 주고 빼앗는 것이 마치 한 집안의 물건을 다루는 듯했다. 그들이 직첩(職帖) 보기를 지푸라기 같이 하니, 옛날에 이른 바 '대장군(大將軍)의 고신(告身 : 직첩)이 겨우 한번 취하는 것과 맞바꾸게 되었다.'고 한 것과 가까웠다.

  ○ 중국군의 여러 군영은 그 남은 군량을 미루어서 자기들에게 있고 없는 것을 교역하였는데, 여러 고을 백성들이 다투어 서로 왕래하며 저당잡거나 팔아서 생계를 유지하였다. 중도의 각 고을 사람들은 팔거(八莒) 군영에 나아가서 팔기 위해 물품을 머리에 이거나 등에 짊어진 자들이 길에 늘어서 있었다.

  벼슬하지 않은 선비들도 역시 많이 그렇게 하였는데, 중국 군인들이 그러한 선비들을 알아보면 '수재(秀才)'라 일컬으며 매우 후하게 대우했다고 한다.

을미년(乙未年 : 1595)

정월에 조정이 팔거현(八莒縣)의 유정(劉綎) 군영 안에 소집되어 있는 백성들로 하여금 둔전(屯田)을 경작하게 하여 감사(監司)가 그 곡식을 창고에 보관하도록 한 것이 대구 부사(大邱府使) 박홍장(朴弘長)과 군관(軍官) 전계신(全繼信)이 둔전관(屯田官)이 된 까닭이었는데, 계신이 풍년대작을 잘 요량하여 곡식을 거둔 것이 매우 많았다. 이때 각진(各陣) 및 각관(各官)은 모두 둔전을 갖고 있었는데, 그것이 군수 물자에 보탠 것이 적지 않았다고 하지만 폐단 또한 적지 않았다.

○ 순찰사(巡察使) 홍이상(洪履祥)이 또 의승법(義勝法)을 마련하고, '분의국(奮義局)'이라 이름하여 각 고을의 유식한 이 가운데 일을 처리할 만한 사람들이 관장하게 하였다. 젊고 기운 센 남자들은 의승군(義勝軍)이 되고 늙고 나약한 사람들은 의승(義勝)의 양식을 운반하는 군[糧運軍]이 되었다. 병란이 일어난 지가 몇 해가 되어서 해야 할 근본적인 일들이 흐트러지자, 관리들은 각기 자신의 의견을 제기하여 규정을 세우고 조치한 것의 가짓수가 한두 가지가 아니었는데, 오직 양식을 대신 지급하는 의승 등은 각기 편리함을 얻었다고 한다.

○ 1월 26일, 진 유격(陳遊擊 : 유격의 이름은 잊었다.)이 왜적의 군중(軍中)으로부터 나와서 고령(高靈)에 도착했는데, 순찰사 홍이상이 가서 위로했다. 이보다 먼저, 유격은 왜놈을 선유(宣諭)하고 화친(和親)을 허락하는 일로써 왜적의 군중에 들어갔었다.

○ 2월에 좌도 순찰사와 우도 순찰사로 나누어서 서성(徐渻)을 우도 순찰사로, 홍이상을 좌도 순찰사로 제수했다.

○ 예안현(禮安縣) 분천(汾川) 마을의 애일당(愛日堂) 앞 시냇물이 고갈되었다.(임진란 전에 청량산(淸凉山) 밑의 물은 고갈되었지만 분천은 곧 청량의 지류인

데도 그 물이 마르지 않았었는데, 지금에야 고갈되니 사람들이 이를 걱정하였다.)
왜적의 배가 밤을 틈타 연일현(延日縣)의 직전도(稷田島)에 침범해 왔다. 수
사(水使) 이수일(李守一)이 현감(縣監) 홍창세(洪昌世)와 합세하여 이들을 잡아
죽였다. 이수일이 얼마 뒤에 모친상 소식을 듣고 급히 본가(本家)로 돌아가
자, 우후(虞候) 김응충(金應忠)이 대신해서 본영(本營)을 지켰다.

○ 4월에 유격(遊擊) 심유경(沈惟敬)이 초계(草溪)에서 급히 밀양(密陽)으로
향했다. 심유경은 변란이 일어난 초기부터 왜적의 군중(軍中)을 출입하였는
데, 그가 왜적을 설득하는 과정에서의 곡절을 사람들은 알 수가 없었다.
순찰사 홍이상이 밀양의 역참(驛站)에 달려가 도착했는데, 심유경의 일행이
이미 먼저 도착해 있었다. 소서행장(小西行長)이 이들 일행을 먼저 문안할
왜놈을 보내어 월랑포(月浪浦)에서 영접하게 하였고, 24일에는 준마 100여
필을 보내어 영접하여 수행하도록 했다. 배신(陪臣) 황신(黃愼)도 일행을 따
라 김해(金海)의 왜적 소굴로 들어갔다.

○ 좌수사 이수일이 상중(喪中)에도 벼슬자리에 나아가 본영에 돌아왔다.

○ 6월, 우의정(右議政) 이원익(李元翼)이 체찰사(體察使)가 되었고, 부사(副
使) 김륵(金玏), 종사관(從事官) 남이공(南以恭)이 모두 경상도에 도착했다. 온
갖 시행과 조처들이 대부분 민심에 부합했고, 군사의 훈련도 조금씩 모양
을 갖추게 되었다. 백성들이 그 은택을 받으니, 마른 뼈에 살을 붙이고 생
명을 살려주신 은혜가 온 도에 젖어들었다. 영(營)을 성주(星州)에 설치하여
더러는 영에 머물며 지휘하고, 더러는 관할지역을 돌아다니며 살피기도
했는데, 성주 목사(星州牧使) 허잠(許潛)이 청렴하고 근신하여 이름이 났고
치적이 가장 현저하여 호령할 방책을 짜내자 대부분 그의 계책을 받아들
였다. 대개 이원익은 마음으로 일을 맡아 보는 것이 견고했고, 평소에 처
신하는 것이 공손했으며, 간략하고 적절한 것을 따르는 데 힘썼다. 만약
초야의 선비가 일에 임해서 거침없으려면 분명하게 범할 수 없는 의리가
있어야 하는데, 혹자가 말하기를, "자애롭고 찬찬함은 그지없으나 난리를

평정할 재주는 부족하다."고 했다.(혹자의 말은 곧 강우 지역의 선비가 올린 상소문에 있는 말이다.) 이 해의 여름은 보리가 큰 풍년이 들었고, 무명 1필(匹) 값이 삼사 곡(斛)이 되었다. 몇 년 동안 굶주렸던 백성들이 비로소 생기가 있었다.

○ 중국의 사신 이종성(李宗城)과 부사(副使) 양방형(楊方亨)은 풍신수길(豊臣秀吉)을 책봉하는 일로 중국 황제의 조서(詔書)와 인신(印信)을 가지고 왔다. 부사 양방형이 서울에서 호남으로 내려왔는데, 7월에 가야산(伽倻山)에 도착하여 부처에게 절을 하는데 몹시 공손하였다. 부사의 하인이 종사관(從事官) 이광윤(李光胤)에게, "그대들은 어찌하여 절을 하지 않는가." 하니, 이광윤이 대답하기를, "우리나라 사람은 공자에게 절할 줄은 알아도 부처에게 절할 줄은 모른다." 하였다.(나중에 상사(上使) 이종성이 내려와서도 역시 절을 하니, 대개 중국 사람이 부처를 숭상함이 이와 같았다.) 접반사(接伴使) 이항복(李恒福)이 양방형의 일행을 따라 밀양(密陽)에 이르러 1개월을 머무르다가 부산으로 들어갔다. 경상도의 각 고을이 있는 힘을 다하여 출참(出站 : 전곡과 역마를 주기 위하여 사람을 내보내는 일)하였는데, 접대한 물품의 비용이 대군(大軍)에 보급한 물품의 비용보다 만 배나 더 했다.

○ 가을 당시에 큰 부역(賦役)이 번거롭게 있어서 백성들이 견디지 못했지만, 농사가 풍년이 되어서 공사 간에 모두 풍족해진 까닭에 온갖 책응(責應 : 책임지고 물품을 내어주는 것)을 하는 데 있어 궁핍하지 않았다.

○ 10월에 정사(正使) 이종성(李宗城)이 서울에서 내려왔는데, 장관(將官) 60여 명과 시중드는 종이 거의 350여 명이었다. 접반사(接伴使) 김수(金晬)가 수행했다. 그런데 통사(通使) 남모(南某 : 이름은 잊었다. 주석자 주 : 南好正 임.)가 제 멋대로 날뛰며 형편없이 구는 것이 순찰사(巡察使) 홍이상(洪履祥)을 을러서 근수배신(跟隨陪臣)으로 부산에 들어가게 하려 했다. 홍이상은 방백(方伯 : 관찰사)으로서 접반사 일행과 똑같지가 않은 데다, 부산은 우리가 시중들어야 할 곳이 아니었으므로 말을 타고 달아났다. 정사(正使)가 접반

사로 하여금 쫓게 했으나 미치지 못했다.

이때 성씨가 항씨(項氏)인 사람이 독리관 월안(督理官月鴈)이 되었는데 스스로 항우(項羽)의 후손이라 일컬으며 우악스럽고 사납기가 짝이 없었다. 그러나 정사 일행이 문관(文官)으로 대우하며 자못 존경해준 까닭에 그는 횡포를 부리는 것이 거리낌이 없어서, 출참(出站 : 전곡과 역마를 주기 위하여 사람을 내보내는 일)하는데 각 고을이 더욱 괴롭게 여겼다.

좌도와 우도에 있었던 왜적의 군진(軍陣)들을 곳곳마다 불 지르고 철수하여 부산에 모두 모여서 바다를 건너려는 계획이 있었으나, 가등청정(加藤淸正)만은 서생포(西生浦)에 있으면서 소서행장(小西行長)과 공을 다투는 것이 서로 격렬하여 바다를 건너가려 하지 않았다고 하는데, 교활한 거짓이 심했던 것이다.

병신년(丙申年 : 1596)

　　정사(正使) 이종성(李宗城)이 왜적의 소굴에 있다가 밤을 틈타 앞장서 달아났는데, 통사(通事) 남모(南某)가 이를 알고 몹시 놀라서 역시 달아나 경주(慶州)로 돌아왔다. 이때 김수(金晬)가 경주에 있다가 또한 놀라고 두려워하여 남모와 함께 말을 타고 서울로 올라가버리자, 온 도의 민심이 두려워함이 자못 심했다. 이종성이 산속으로 숨어 들어갔다가 며칠이 지난 뒤 경주 지역에 득달하였는데, 며칠을 먹지 못한 탓에 기운이 몹시 쇠약하고 앉지도 서지도 못했다. 촌민들이 그의 모습을 보고 밥상을 드리고 관아에 알렸다. 작은 대가마[竹轎]로 메고서 가게 했는데 의성(義城)을 거쳐 서울로 향하자, 왜적들이 사방에서 추격했으나 미치지 못했다.

　　이종성이 의주(義州)에 도착하여 중국의 조정에 사유를 알렸는데, 간략히 말하자면 "겁을 낸 소치이니 처벌을 기다린다고 했다." 한다. 그 글은 자못 볼만 하였는데, 대개 종성은 시와 문장에 능했다. 그가 왜적의 진중(陣中)에 있을 때도 늘 책상 앞에 앉아 책을 읽고 있었음은 ≪창옥관집(滄玉舘集)≫이 세상에 유행하는데 그 서문에 상세히 서술되어 있다고 한다. 이종성이 도망쳐서 돌아온 이후에, 적진으로 나온 자가 몇 권을 소매 속에 넣어서 나왔는데 한 종사관(從事官)이 얻고서는 참으로 읽을 만하다고 했다 한다. 종성이 일찍이 한 번 읊조려 자신의 심회를 밝혔는데 다음과 같다.

금강 봄물이 혼자 잔잔히 흘러가나	錦江春水自潺潺
만 리 외로운 기러기는 날 수가 없네.	萬里孤鴻不可拚
아득히 바라보노니 고향은 어드메인고	目斷故鄕何處是
새삼스레 놀라노라 이역 땅서 어느 때나 돌아갈거나.	心驚異域幾是還
사신이 점점 시름을 더하는 기색 깨닫노니	皇華轉覺添愁色
좋은 술인들 어찌 나그네의 시름을 해소할 수 있으랴.	綠酒何能解客顔
머리 긁적이며 망망한 바다 밖에서 부모를 그리나니	搔首雲山滄海外

가을바람 부는 하룻밤에 귀밑털 희끗희끗하여라.　　　　　　秋風一夜鬢成班

　시에 능한 것이 이와 같았으나 전대(專對 : 타국에 사신으로 가서 모든 질문에 응답함.)에는 능하지를 못하여 황제의 명(命)을 도리어 욕보였다. 이에 소문을 기록하여 아울러 여기에다 갖추노니, "애석하도다. 이 한 가지만을 흠잡아야 할 따름이랴." 같이 쓸 뿐이다.

　이때 부사(副使) 양방형(楊方亨)은 홀로 태연히 동요하지 않고 일 처리하는 것이 조용하였는데 정사(正使)의 잘못을 분개하여 말하니, 왜적이 이종성을 우습게보고 양방형을 존경하였다. 남모(南某)가 서울로 이르러 거짓말을 지어내어 인심을 동요시키다가 끝내 죄 값을 치르고 죽으니 사람들이 마음속으로 통쾌하게 여겼다. 중국 조정은 양방형을 상사(上使)로, 심유경(沈惟敬)을 부사(副使)로 삼아 일본에 들여보냈다.

　○ 좌수사(左水使) 이수일(李守一)은 벼슬을 갈아 별장(別將)이 되어서 체찰사(體察使) 이원익(李元翼)의 영하(營下)로 배속되었다. 이보다 먼저, 웅천 현감(熊川縣監) 이운룡(李雲龍)은 동래 부사(東萊府使)로 승격되었다가 이때에 이르러 좌수사로 승격되었다. 이때 동래 변방의 왜적들이 중국의 사신을 따라 바다를 건너자, 좌도 수군들이 울산(蔚山)의 염포(鹽浦)로 나아가 진을 치고 전선(戰船)과 무기들을 갖추어서 때를 기다렸다. 두모포(豆毛浦)와 서생포(西生浦)는 가까운 포구의 변장(邊將)들이 군사를 옮겨 지켰다.

　○ 이때 조정이 험한 곳을 점거하고 성을 지키는 것을 상책(上策)으로 여겨서 각 도로 하여금 크게 산성을 쌓도록 하자, 경상도는 체찰사 이원익이 그 일을 주관하였다. 그래서 명산을 두루 살피고 그 산의 형편대로 맞춰 되도록 넓게 지키게 했는데, 좌도는 안동(安東)의 청량산(淸凉山), 의흥(義興)의 공산(公山), 인동(仁同)의 천생산(天生山), 경주(慶州)의 부산(富山), 창녕(昌寧)의 화왕산(火旺山), 청도(淸道)의 용문산(龍門山) 등과, 우도는 문경(聞慶)의 왕

모산(王母山), 선산(善山)의 금오산(金烏山), 의령(宜寧)의 벽견산(碧犬山), 삼가(三嘉)의 악견산(嶽堅山), 진주(晉州)의 정개산(鼎盖山), 단성(丹城)의 동산(東山), 함양(咸陽)의 황석산(黃石山) 등으로 이미 지형이 좋은 곳을 구하여 각기 일정한 역할을 수행하고 있었다. 그런데 도원수(都元帥) 권율(權慄)은 또 진주와 초계(草溪)의 경계 안에 있는 산에 성 두 개를 쌓으려고 노약자들을 몰아내어서 매우 위험한 곳에 살게 함으로써 사람들의 마음을 대단히 거슬렀는데, 대개 지세의 험준함이 인화(人和)만 못한 것이다. 당시 식견 있는 사람들은 민심을 정확히 살피고 그렇게 하는 것이 무익함을 훤히 알았으나, 위에 있는 사람들은 하나같이 고집하여 민심이 순조롭게 위로 전달되지 못했다. 이때 여러 장수들도 역시 전투에 나아가 공격하는 것을 좋은 것으로 여겼기 때문에 모두가 산성을 차지한 채 지키기만 하는 데서 오는 잘못을 말했다. 하지만 체찰사가 일체 독촉만 엄히 하니, 여러 장수들이 어찌할 수가 없어서 겉으로는 개축(改築)하는 척하지만 속으로는 왜적을 만나면 성을 차지한 채 굳게 지키려는 뜻이 진실로 없었다. 병졸들도 이와 같은 사실을 알고 있어서 역시 굳게 지키려는 뜻이 없었다. 방어사(防禦使) 곽재우(郭再祐)가 현풍(玄風)에서 지형을 살펴 석문 산성(石門山城)을 쌓으려고 했는데, 서북쪽으로는 낙동강을 끼고 있고, 또한 도중에 있어서 좌우에 있는 왜적간의 응원을 심하지는 않더라도 막고 끊을 것이고, 낙동강 왜적의 길을 역시 끊어놓을 수가 있어서 참으로 하늘이 만들어준 요새지였다. 체찰사와 도원수는 곽재우에게 장수의 재목이 있음을 평소 알고 있던 터라 일을 도모할 수 있을 것으로 여겼으면서도 힘써주지 아니하여 곽재우의 계획이 이루어질 수가 없었으니 애석하였다.

○ 우도 순찰사(右道巡察使) 서성(徐渻)이 교체되어 가고, 좌도 순찰사(左道巡察使) 홍이상(洪履祥)도 역시 교체되어서, 나주 목사(羅州牧使) 이용순(李用淳)을 승격시켜 도순찰사(都巡察使) 겸 좌도·우도 순찰사로 제수하였다.

○ 충청도(忠淸道) 역적(逆賊) 이몽학(李夢鶴)이 형벌을 받아 죽었고, 장군

(將軍) 김덕령(金德齡)이 이몽학과 내통했다는 혐의로 잡혀서 혹독한 국문으로 죽었다. 김덕령을 잡아들이라는 명을 내렸던 당초에 임금이 그를 잡지 못할까 염려하자, 승지(承旨) 서성(徐渻)이 나아와서 말하기를, "신(臣)이 영남(嶺南)에 있을 때 많이 보아서 서로 친합니다."고 했다 한다. 그리하여 임금이 서성에게 가서 잡아오도록 명하고, 서성은 진주(晉州)에 도착하여 비밀히 목사(牧使) 성윤문(成允文)을 시켜서 체포하도록 했다. 성윤문은 군관(軍官) 강극명(康克明)을 덕령의 군영(軍營)에 보내어 간절한 마음으로 만나보고자 하는 뜻을 전하자, 덕령이 말하기를, "마침 병을 앓고 있는 중이라, 나중에 뵈올 수 있기를 기다리겠습니다."고 했다 한다. 그러자 강극명이 온화한 말로 무리하게 청하였고 덕령이 마침내 갔다. 성윤문이 덕령을 맞이하여 윗자리에 앉히고는 잡아들이라는 명을 알리자, 덕령이 말하기를, "영공(令公)도 역시 저를 이처럼 기다리셨습니까." 하고는 뜰 아래로 내려가 명을 받아들였는데, 담소하기를 여전히 하면서 태연하였다. 임금 앞에서 범죄가 다스려졌을 때, 임금도 역시 그의 용기와 지략을 아꼈으나 역당(逆黨)과 서로 연좌된 진술이 24명의 초사(招辭)에서 나온 까닭에 끝내 죽음을 면하지 못했다. 아마도 역적들이 덕령의 이름을 빙자하여 그의 무리를 꾀여서 이런 일이 있게 된 것이리라. 이때 경향(京鄉) 각지의 대소 백성들은 모두 그가 죄가 없음을 알았으나, 조정의 논의는 각자 달라서 끝내 한 마디 구원해주는 말이 없었으니, 애석하도다. 대개 덕령은 용맹스러웠을 뿐만 아니라 평소에 시서(詩書)를 좋아했는데, 그가 진주에 있을 때 담론을 주고받은 자들이 모두 강우(江右)의 선비들이었으니 그 사람됨을 알 수 있다. 그런데 애석하게도 그가 젊어서 일을 경험하지 못하고 여러 장수들의 마음도 얻지 못했다. 일을 같이한 자들도 실정이 아닌 말을 거짓으로 지어내어서 사람들로 하여금 의심을 품게 하고, 여러 장수들도 구실을 삼아 핑계만 되어서 끝내 죄가 아닌 것으로 처벌을 받아 죽으니, 경향 각지의 사람들 모두가 아깝게 여겼고 오래도록 잊지 않았다. 일찍이 친하게 지내는

사람에게 말하기를, "사람들이 역적을 체포하지 못했다며 나를 책망한다고 해서 아! 감히 혈기만 믿고 함부로 날뛸 수 있으랴. 한두 명의 조무래기 역적들을 사로잡는 것은 대장의 체면이 아니고 또한 내가 바라는 바도 아니다."고 했다 한다. 덕령이 죽음에 임해서 말하기를, "신(臣)이 시종일관 나라를 위했으므로 임금에게는 진실로 저버린 바가 없으나, 단지 나라의 어지러움을 푸느라 모친상에 상복을 입지 못하여 불효를 저지르고 죽는구나." 했다 한다.

○ 이때 주장(主將)을 나누어 정하여서 각각 산성(山城)을 지키게 했는데, 경주(慶州)의 부산(富山)은 좌병사(左兵使) 성윤문(成允文)이 주관하고, 영천 군수(永川郡守) 홍계남(洪季男) 등이 각각 군대를 거느리고 지켰다. (홍계남은 충청도 사람으로 용력(勇力)이 뛰어난 데다 적도(賊徒)를 많이 죽여서 군수로 발탁되었는데, 온 도의 사람들이 간성(干城)으로 의지하였으나 오래지 않아 병이 들어서 교체되었으니, 애석하도다.) 의령(宜寧)의 벽견산(碧犬山)은 우병사(右兵使) 김응서(金應瑞)가 주관하고, 함양(咸陽)의 황석산(黃石山)은 김해 부사(金海府使) 백사림(白士霖)이 주관하고, 청도(淸道)의 용문산(龍門山)은 충청 방어사(忠淸防禦使) 박명현(朴名賢)이 주관하고, 의흥(義興)의 공산(公山)은 순찰사(巡察使) 이용순(李用淳)이 주관하고, 선산(善山)의 금오산(金鳥山)은 선산 부사(善山府使) 겸 조방장(助防將) 배설(裵楔)이 주관하였다. 배설이 경상우수사(慶尙右水使)로 교체되어 간 후에 성주 목사(星州牧使) 이수일(李守一)과 상주 목사(尙州牧使) 정기룡(鄭起龍) 등이 주관하였다. 기실 체찰사(體察使)가 제 집처럼 죽음을 무릅쓰고 지켜야할 곳으로 삼았기 때문에 다른 성을 순시하는데 더욱 힘을 기울였다. 진주(晉州)의 정개산(鼎盖山) 등과 같은 여러 산성도 역시 각각 주관하는 이가 있었으나, 체찰사와 순찰사가 늘 도맡아 다스렸다. 도내(道內)의 군량(軍糧) 및 범민(凡民)의 개인 양곡 등을 의흥의 공산에 쌓아둔 것이 모두 2만여 섬이고, 화약 2천여 근과 무기도 역시 이와 맞먹었다. 선산의 금오산에 쌓아둔 군량과 무기도 역시 이와 비슷했고, 의령의 벽견산 등과

같은 여러 산성도 쌓아둔 것이 역시 많았다. 이용순은 대구에 있으면서 늘 공산을 왕래하며 중요한 일들을 지휘하였는지라, 말하기 좋아하는 사람들이 이용순을 가리켜 '대구의 순찰사요, 공산의 만호라.'고 했다 한다.

○ 10월 29일, 순찰사 이용순이 근수배신(跟隨陪臣) 황신(黃愼) 등을 만나 일본에 있으면서 보내온 서신에 이르기를, 「화친하는 일은 이루어지지 않았고, 가등청정(加藤淸正)은 관백(關伯)을 이미 사직하고 자기 집에 와 있으면서 다시 서생포(西生浦)의 옛 진(陣)을 점거하려고 합니다.」고 했다 한다.

○ 12월 4일, 체찰사(體察使) 이원익(李元翼), 부사(副使) 한효순(韓孝純), 도원수(都元帥) 권율(權慄), 순찰사(巡察使) 이용순(李用淳)이 성주(星州)에서 회합하여 들을 맑게 치우고 사람이나 물자를 모두 성 안으로 들이는 방책을 세우자, 민심이 몹시 놀라서 어찌할 줄 모르는지라 식견이 있는 선비들이 글을 지어 그 방책이 옳지 않음을 말하기도 했지만, 체찰사와 여러 재상들은 군이 거절하고 받아들이지 않으면서 제일 먼저 옳지 않음을 주창한 사람들을 죄주려는 데 이르러 민심이 더욱 답답해졌다.

○ 12월 19일, 중국의 사신이 바다를 건너와 부산에 이르렀다. 정사(正使) 양방형(楊方亨)이 왜적의 진영(陣營)에서 나오는데, 접반사(接伴使) 이항복(李恒福), 순찰사(巡察使) 이용순(李用淳)이 소산참(蕭山站)에 나아가 맞이하고 좌도의 수백 명 왜적 무리가 앞에서 인도하고 나왔다. 부사(副使) 심유경(沈惟敬)은 그믐날 합천(陜川)에 도착했다. 대개 예로부터 난리를 만난 나라가 대부분 '화(和)'자로 그르쳤는데, 우리나라가 바로 그 전철을 밟고 몸을 낮추어 절개를 굽혔다. 중국 사신이 좋은 소식을 품은 것을 보지 못한 데다 적이 쳐들어 올 환란이 썩 가까운 앞날에 또 닥쳐오자, 인심이 염려하고 두려워함이 이에 이르러 극도에 달했다.

정유년(丁酉年 : 1597)

정월, 중국 조정의 병부(兵部)에서 보낸 칙서(勅書)가 왔다. 중국의 황제가 심유경(沈惟敬)으로 하여금 우리나라에 머무르며 왜놈의 사신을 잘 타일러서 화친을 맺은 후에 들어오라고 했다 한다.

○ 1월 15일, 왜적 장수 가등청정(加藤淸正)이 바다를 건너와서 서생포(西生浦)를 점거하자, 좌도의 수군은 퇴각하여 포이포(包伊浦)에 진을 쳤고, 들을 깨끗하게 치우고 사람이나 물자를 모두 성 안으로 들이라는 명령이 성화(星火)보다도 더 급하니 겁에 질려 숨을 죽인 백성들이 어찌해야 할 줄을 몰랐다.

○ 순찰사(巡察使) 이용순(李用淳)이 관아의 권속을 이끌고 산성으로 들어가자, 수령들과 사서인(士庶人)들도 하나같이 모두 계속해서 들어갔다. 이때 순찰사가 군대의 위신을 힘써 세우느라 조금만 기한에 미치지 못하면 형구(刑具)가 낭자하고 한결같이 군율(軍律)대로 시행하니, 각 고을의 수령들이 또한 대부분 형장(刑杖)을 맞았다. 하루는 세 고을의 수령이 관청 마당에 잡아들여져 갓이 벗겨진 채 심문을 당하고 있는데, 웃기를 잘했던 손씨(孫氏) 성을 가진 이가 마침 몸뚱이가 작고 초라한 수령이 머리가 풀린 채로 죄과를 진술하는 꼴이 앙당그레 한 것을 보고는 큰 소리로 웃었다. 그러자 순찰사가 노하여 말하기를, "군령(軍令)이 바야흐로 엄하거늘 너희들이 나를 두려워하지 않고 비웃으며 업신여김이 이와 같으니 너무나 가증스럽구나." 하고는 곤장을 치는데, 손씨가 형틀에 엎드려서도 태연히 미소를 지으며 응대하기를, "저는 본디 웃기를 좋아하는지라 두려워할 만한 것이 있어도 저의 웃음은 그치지 않습니다."고 하니, 온 산성의 사람들은 기이한 이야기라고 여겼다.

이때 체찰사(體察使) 이원익(李元翼)이 경주(慶州)의 부산(富山)에 이르자 사람들 대다수가 원통함을 호소하는 말이 심했는데, 군령을 거스르고 저버리는 짓을 앞장서서 저지른 안천서(安天敍) 등 4인을 베어서 군대 안에 조리돌리게 하니 성안이 숙연해졌다. 몇 달이 지난 뒤, 성은 넓은데 군졸이 적기 때문에 형세가 방어하고 수비하기가 어려워서 마침내 무기와 군량을 철수하여 의흥(義興)의 공산(公山) 산성으로 옮겨 놓게 했다.

○ 대구 사람(곧 호남 유랑민인데, 이때 대구 지역에 있었다.)으로 공산 산성에 응당 들어가야 할 자가 군율(軍律)을 어겨서 순찰사 이용순이 그를 참하려고 하자, 그의 동생이 나아가 말하기를, "저의 형은 처자식이 있고 선조(先祖)의 제사를 받들어야 하는지라 한 집안에서 우러러보는 자가 많으니 죽는다면 애석한 일이옵니다. 저는 홀몸으로 살아서 돌보아 주어야 할 사람이 없는지라 형을 대신해서 죽어도 괜찮으니 벌을 주어 죽여주소서." 했다. 순찰사가 말하기를, "네놈의 동생은 네놈의 죄를 대신해서 받기를 청하는데 네놈은 모르는 체하니, 이는 우애가 없는 것이로다." 하고는 또 참했다.

○ 장계인(蔣啓仁 : 승려 惟政)은 이보다 먼저 가등청정(加藤淸正)의 진영에 드나들었는데, 이때에 이르러 임해군(臨海君)을 대신하여 한 통의 서찰을 지어서 가등청정에게 답했다. 이홍발(李弘發)도 역시 일찍이 소서행장(小西行長)에게 드나들었다. 두 사람이 모두 서생(書生)으로 자못 응대(應對)하는 데 민첩하였으므로, 조정은 그들로 하여금 두 적장을 달래어 충돌로 빚어지는 전화(戰禍)를 늦추도록 하는 약한 면모를 보였다. 당시에 나라를 운영하는 데 물정을 모르는 것이 대부분 이와 같았다.

○ 순변사(巡邊使) 이빈(李贇)이 의령(宜寧)에 와서 머물렀다가 오래지 않아서 돌아갔는데, 그가 왔다가 가면서 또한 무슨 일을 하였는지 알 수가 없다.

○ 통제사(統制使) 이순신(李舜臣)은 얼마 전 수군이었던 까닭에 서인(庶人)으로 폐해졌지만 백의종군(白衣從軍)하고, 원균(元均)은 이순신을 대신해서

한산도(閑山島)에 진을 쳤다. 원균은 평소 이순신에게 유감이 있었던지라 그의 마음은 이순신이 실패하면 흐뭇하게 여겨서, 매사에 이순신이 한 것은 반드시 반대만 하다가 휘하 장수들의 마음을 완전히 잃어버렸다. 체찰부사(體察副使) 한효순(韓孝純)이 순시하러 한산도에 도착하였는데 세 도의 수군장[舟師將]이 울부짖고 온 진(陣)이 와서 하소연하니, 삼도절도사(三道節度使)가 그 사실을 알고 그렇게 하지 못하도록 금했다. 그 후에 순찰사 종사관(巡察使從事官) 신지제(申之悌)가 한산도에 들어가 그 실정을 자세히 살피고 돌아와서 말하기를, "원균은 여러 장수들의 마음을 크게 잃어 군대의 형편이 모두 어그러져서 위급한 때에 전혀 어떻게 해 볼 수가 없습니다. 이러한 상황을 담은 서찰을 체찰사 막하(幕下)에 올렸는데, 그것이 제대로 전달되었는지 알지 못하지만 참으로 작은 걱정이 아니옵니다."고 했다 한다.

오래지 않아 왜적이 막 우리 수군을 침범하려 했다. 7월 15일, 원균이 3도의 수군을 이끌고서 영등포(永登浦)에 나아가 진을 치고 왜적을 맞이하여 처리한 조치들은 군율을 많이 어겼다. 도원수(都元帥) 권율(權慄)이 즉시 수군에 도착하여 원균을 잡아들여서 곤장을 쳤다. 원균이 몹시 분하여 술을 마시고 흠뻑 취했다. 이때 왜적이 이미 가까운 곳에 쳐들어왔는데도, 원균은 밤새도록 잠에 빠져 있었다. 여러 장수들이 어찌해야 할지 계교를 다투어 물어도 원균은 잠에 떨어져서 일어나지를 않았다. 척후선(斥候船 : 정찰선) 5척이 이미 왜적들과 만났는데, 잠깐 사이에 5척의 배가 불길에 휩싸여 있었다. 수군들이 비로소 놀라고 겁내어 '척후선이 바야흐로 왜적으로부터 화를 입은 것'이라고 생각했는데, 곧바로 척후선이 만났던 왜적도 이미 자취를 감추어 버렸다. 불길에 휩싸였던 5척의 배는 빈 배를 불태워서 우리 수군들로 하여금 의심하도록 한 것이었다. 새벽빛이 밝으려 하자 왜적이 포를 세 방 쏘아 포 소리가 바다를 진동시켰다. 원균이 비로소 일어나 몹시 놀라서 넋을 잃었다가 급히 배를 끌고 물러나면서 표기(標旗)를 휘둘러 여러 전투선으로 하여금 나아가 싸우도록 했으나, 여러 전투선이 따르지 않으니 할 수 있는 일이 없었다. 새로 만든 배 40척이 사로잡히자 수군들이 마침내 무너져서, 원균은 고성(固城)에 배를 대었고 여러 전투선은 각각 흩어졌다. 우수사(右水使) 배설(裵楔)이 휘하의 군대를 거느리고 달아나 한산도로 돌아와서는 군량과 무기를 싣고 호남으로 향했다. 전라 우수사(全羅右水使) 이억기(李億祺)와 별장(別將) 김완(金浣)이 왜적과 서로 마주쳤는데, 억기는 힘에 부쳐서 패하게 되자 물에 빠져 죽었고, 김완도 역시 죽었다고 한다. 얼마 후에 들건대, 적에게 사로잡혔던 자들이 그 후에 과연 살아 돌아왔다고 한다. 대개 변란이 발생한 이후로 나라 안의 군대가 점차로 모양새를 갖추게 된 것은 수군만한 것이 없고, 지형이 험하고 견고하기는 한산도만한 것이 없었는데, 이처럼 여지없이 대패하자 민심이 크게 무너지게 되었다. 원균이 죽었다고 보고되었는데, 혹자가 말하기를, "그가 구차하게 목숨을 잇고자 단신으로 달아나는 것을 별장(別將) 주몽룡(朱夢龍)이 보았다."고 하나 그 진위는 알지 못한다. 도원수(都元帥)가 이순신(李舜臣)으로 하여금 수군에 가서 흩어진 병졸들을 수습하게 하자, 순신이 노량진(露梁津)에 갔다. 배설이 이미 먼저 도착해 있었는데 병을 핑계대고 나오지 않자, 순신이 감정을 품고 돌아갔다. 며칠이 지난 뒤에 조정이 이순신을 통제사(統制使)로 삼으니, 순신이 명을 받들고는 소매를 떨치고 말하기를, "배설은 지금도 나를 기다리는 것이 며칠 전과 같을쏘냐?" 하고, 마침내 호남으로 향했다. 이순신은 대장(大將)으로서 그의 말이 이와 같았으니, 사람들이 그를 매우 낮추어 보았다.

배설은 이억기를 구하지 않고 싸우다 패하자 구차하게 살기를 도모했기 때문에 죄를 입고 감옥에 갇혔다가 금산(金山) 지역으로 망명도주했다. 몇 년이 지난 후에, 도원수 권율이 군위 현감(軍威縣監) 이규문(李奎文) 등으로 하여금 군위(軍威)와 선산(善山)의 군대를 거느리고 그를 잡아오게 하여 함거(檻車)에 실어서 서울로 보내니 거열(車裂 : 죄인의 몸을 두 대의 수레에 갈라 매어 좌우로 찢어 죽이는 형벌)을 시켜 조리돌렸다. 이규문은 당상관(堂上官)으로 승격했다. 규문은 배설과 평소 잘 알고 지냈던 까닭에 그를 사로잡을 수 있는 방법을 알고 있어서 권율에게 넌지시 알렸던 것이다. 권율은 때마침 선산(善山) 지역에 주둔하고 있었다. 배설이 우수사(右水使)였을 때 늘 권율을 못마땅하게 여겼다고 한다.

진주는 적로(賊路)와 가장 가까워서 산성(山城)이 먼저 무너졌다.

○ 우병사(右兵使) 김응서(金應瑞)가 군대를 거느리고 벽견산성(碧犬山城)에 들어가 지켰는데, 왜적이 의령(宜寧)에 이르렀다가 즉시 산성을 포기하고 달아났다.

○ 곽재우(郭再祐)가 의병을 이끌고 화왕산성(火旺山城)에 들어가 지켰다. 애초에 성안이 궤멸되어 흩어져 있어서, 재우는 사졸(士卒)들에게 규율을 엄하고 분명히 하여 진정시키려고 애썼다. 오래 되지 않아서 그의 동생 재지(再祉)에게 딸린 수노(首奴)가 군율을 범하여 형벌을 받으려는데 재지가 울면서 말리자, 재우가 말하기를, "네가 군율을 범했어도 나는 마땅히 형벌을 줄 것인데, 네 노비임에랴."고 했고, 그의 어머니가 나와서 말리자, 재우가 말하기를, "성안 사람들의 생사는 성을 지켜내는가 여부에 달려 있고, 성을 지켜낼 수 있는 성패는 군령에 달려 있으며, 군령이 시행되고 시행되지 않는가는 이 노비에게 달려 있는데, 이 노비를 만약 그냥 놓아준다면 나랏일은 어떻게 되겠습니까? 성안 사람들의 생사는 어떻게 되겠습니까? 그러니 형벌 주는 것을 그만둘 수가 없습니다." 하고는 마침내 노비를 참하자, 군대의 안이 숙연했다. 때문에 왜적은 이 성을 마침내 침범하지 못할 것을 알고 그냥 지나가버렸다. 재우는 즉시 자기의 노비로 문서를 작성하여 자기의 동생에게 주어서 어머니의 마음을 위로했다. 처음 의병을 일으켰을 때 의병이 많은데도 자기의 매부인 허가(許家 : 許彦深)의 노복(奴僕)들을 차출하여 군사로 삼았지만, 허씨(許氏)는 능히 입을 열어서 제지하지 못했다고 한다. 허씨는 의령의 부자인데 군량도 그 집에서 많이 내놓았다.

이때 곽재우는 집에서 생활하고 있다가 변란 소식을 듣고 곧 의병을 일으켰다. 얼마 되지 않아, 계모의 상(喪)을 만나서 글을 올려 사직할 것을 청했고, 복(服)을 마친 후에는 우도 병사(右道兵使)가 되어서 한결같이 성을 지키는데 힘썼다. 그런데 이때 국가는 오로지 수군을 의지하매 장차 군사가 없는 장수가 될 지경인데, 방백(方伯)이 자기의 청(請)을 따르지 않을 뿐만 아니라 또 성을 지키려는 계획이 저지되자, 재우가 분연히 말하기를, "싸우려 해도 군사가 없고, 지키려 해도 산성이 없으니, 이것이 우리로 하여금 왜적이 이르면 달아나게 하는 것이다. 어찌 평일에는 편안히 누리다가 왜적이 이르면 끝내 달아나는 병사(兵使)가 될 수 있으랴. 왜적이 이르면 달아나기보다는 차라리 기회를 엿보아 떠나는 것이 낫다."고 하고는 즉시 글을 올려놓고 명도 기다리지 않고 떠나 가버렸다. 어떤 사람이 일찍이 묻기를, "오늘날 누가 장수라 할 만합니까?" 하자, 재우가 대답하기를, "김덕령(金德齡)이다. 용력(勇力)은 관우(關羽)와 나란할 만하고, 몸은 옷을 가누지 못할 듯하고 말은 경솔히 하지 않으나 한 번 하면 반드시 쓸 만하니, 진실로 장수 재목일러라." 하였다. 김덕령도 곽재우를 일컫기를, "입으로는 그의 마음을 다 말할 수 없다."고 했다 하는데, 만일 서로 돕게 했다면 공이 전혀 없을 리가 없었으나, 중도에 억울하게 죽었으니 참으로 애석한 일이었다. 곽재우는 현풍(玄風) 사람으로 일찍이 모친을 여의었지만 외가에 의탁하여 의령(宜寧)의 신반현(新反縣)에 살았는데, 친가와는 80여 리 떨어져 있었다. 날마다 할 수는 없었을지라도 저녁에 와서 잠자리를 보아 드리고 새벽이면 문안을 드렸으며, 유리걸식하는 사람들이 도로에서 앞뒤에 서로 끊어지지 않았을 정도로 즐비했는데도 맛있는 음식을 얻으면 반드시 가져다 드렸다. 어려서부터 뜻이 크고 기개가 있었는데, 집안 살림살이에 관심이 없었고 오직 책 읽는 것으로써 부친을 기쁘게 하는 데만 힘써서, 제자백가(諸子百家)와 사서(史書)와 경전(經傳)을 섭렵하지 않은 것이 없었다. 글 솜씨를 겨루는 시험장에서 자기의 큰 뜻을 펼 수 없으면 이미 썼던 것도 그대로 쓰지 않았고, 자기의 마음에 맞지 아니하면 요행을 믿고서 마음을 움직이지 않고 쓰지 않았음이 대개 이와 같았다. 부친의 상을 당하자 집에 들어가지 아니하고 3년간을 묘막에서 생활했으며, 계모를 섬기는 것도 부친께서 생존해 계실 때처럼 변함이 없었다. 그러다가 과거를 위한 공부를 모두 다 포기하고 병가(兵家)와 관련된 책들을 두루 읽었는데 사람들이 그 이유를 묻자, 이에 대답하기를, "병가는 지혜를 이끌어내고 기병(奇兵 : 적이 예측할 수 없는 기묘한 전술로 기습하는 군대)과 정병(正兵 : 잔꾀를 부리지 아니하고 정정당당하게 싸우는 군대)으로 끝없이 변화할 수 있으니, 이 때문에 즐겨 본다."고 했다 한다. 임진란이 일어났을 때 순사장(巡使將 : 金睟를 가리킴)이 강서(江西) 지역으로 달아났다는 것을 듣고 무계(茂溪)에서 칼을 쥐고 건너오기를 기다렸지만 이미 지나가버린 뒤여서 개연히 여겨 왜적을 토벌하기로 마음을 먹었는데, 이때가 임진란이 발생한 지 겨우 10여 일이었다. 인심이 흉흉하니 모르는 사람은 그가 변하였나 의심하고, 아는 사람은 이 사람이 집에 있으면서 부모를 섬김이 효성스러웠으므로 세상이 어지럽다고 해서 의롭지 못한 일을 위해 자기의 뜻을 반드시 바꾸지 않을 것으로 여겼지만, 모르는 사람이 아는 사람보다 훨씬 더 많았다. 곽재우는 꽤 불안하여 깊은 산골로 들어가서 스스로 안전할 계책을 삼고자 하기도 했다. 때마침 고을 사람인 오운(吳澐)이 큰 소리로 허락하여 소모관(召募官)이 되어서 한 고을을 알아듣도록 잘 타일러 2000여 명을 모집하였는데, 노약자는 빼내어 보(保)를 삼고 군기(軍器)를 주조하여 전투에 쓰게 하였고, 부자는 군량(軍糧)을 변통하여 내었으니 곽재우의 기세를 도왔다고 한다. 이것은 전후의 일을 통털어 이야기한 것이다.

바다에 있던 왜적이 사천(泗川), 남해(南海), 순천(順天)을 거쳐서 남원(南原)을 침범했는데, 중국의 장수 양원(楊元)이 대군을 이끌고 굳게 지키고 있어서 왜적이 여러 번 전진했다가 퇴각했다. 며칠이 지난 후에 왜적들이 합세하여 공격하자 8월 15일에 남원성이 함락되었는데, 양원이 간신히 단신으로 탈출했고 부사(府使) 정씨(鄭氏) 성을 가진 사람이 죽었다.

○ 왜적이 황석산성(黃石山城)을 포위하자, 수비하던 장수 백사림(白士霖)이 허둥지둥 어찌할 바를 알지 못하여 군대가 절로 무너졌는데, 산성이 함락되기 직전에 군수(郡守) 조종도(趙宗道)와 안음 현감(安陰縣監) 곽준(郭䞭)이 죽었다. 백사림이 애초에는 조종도와 곽준과 함께 생사를 같이하기로 했다. 그런데 사태가 급박하자 백사림은 알리지도 않고 달아났는데, 두 사람은 백사림과 약속이 있었기 때문에 끝내 달아나지 않고 성안에서 죽었다. 백사림이 위로는 국가를 배반하고 아래로는 두 사람을 배반하였는지라 여론이 매우 분하게 여겼던 까닭에 죄 값을 치렀으나 겨우 죽음만은 면했다. 조종도는 일찍이 나라를 위해 죽을 뜻을 지니고 있어서 죽기 전에 시를

지었었다.

> 공동산 밖에서 사는 것도 오히려 즐거웠지만　　崆峒山外生猶幸
> 장순·허원처럼 성을 지키다 죽는 것도 영광일세.　　巡遠城中死亦榮

　이 시구가 있었으니, 대개 그는 평소의 뜻이 그러했던 것이다. 곽준도 또한 쓸 만한 사람이었는데, 어려서 시(詩)와 예(禮)를 익히고 늦게 현감으로 나와 만난 때가 좋은 시절이 아니어서 홀로 충렬(忠烈)을 떨친 무사(武士)였다. 백사림처럼 놀라 두려워 겁을 먹기도 하고 저처럼 일개 서생으로서 죽음을 무릅쓰고 지키기도 하던 두 아들이 떠나지 않고 곁에 있었는데, 곽준이 말하기를, "나야 왕의 신하라서 죽는 것이 당연하나, 너희 둘은 물러가 몸을 보전하는 것이 좋겠구나." 하자, 두 아들이 말하기를, "어찌 아비는 죽어야 하고 자식은 달아나야 한다는 이치가 있겠습니까?" 하고는 마침내 함께 죽었다. 그리고 딸도 있었는데, 이때 이미 시집을 간 몸이라 산성을 나와서 자기 짝을 찾았으나 찾지 못하고 말하기를, "나의 부모가 성 안에서 죽어 있거늘, 나는 뻔뻔스럽게도 성 밖에 나와 가장(家長)의 시신이 있는 곳을 찾았지만, 지금 나는 이미 따라야 할 가장이 없으니 차라리 죽어야겠구나." 하고는 마침내 스스로 목매어 죽었다. 이를 목격한 성 안의 사람들의 칭찬하는 것이 그치지 않았다. 순찰사(巡察使) 종사관(從事官) 신지제(申之悌)가 보고한 장계(狀啓)에 이르기를, 「아비는 충성을 위해 죽었고 아들은 효도를 위해 죽었으며 딸은 정절을 지키다 죽었으니, 한 집안에서 평소에 닦아둔 소양(素養)이 있지 않고서는 어찌 이렇게까지 할 수 있겠사옵니까?」 하였다. 조정은 듣고 가상히 여겨서 조종도와 곽준을 제사지내도록 하고 각각 증직하였다.

　○ 도원수(都元帥) 권율(權慄)이 영남과 호남을 왕래할 때는 여러 장수와 군사들을 대우하는 데 특별히 도량이 있었으나, 이때에 이르러서는 속수

무책이었다. 왜적이 일보 전진했다가 일보 후퇴하고 있었는데, 지난날 행주 산성(幸州山城)에서 처리한 것과는 너무나도 달랐으니, 시기가 불리해서 그랬던 것이런가. 때로 아름답고 나긋나긋한 여자와 노래를 부르고 술을 마시기도 하는 한 군관(軍官)이 동료의 방에서 여자와 음란한 짓을 하였다. 그 동료가 이 일을 크게 배척하여 벌주기를 청하였는데, 권율이 말하기를, "죄는 마땅히 처벌해야 할 것이다." 하고는, 마침내 시를 짓게 하고 쌀 한 말로 술을 빚도록 하여 벌례연(罰禮宴)을 벌였다. 권율이 휘하의 장수와 군사를 대우하는 것이 대개 이와 같았다.

○ 체찰사(體察使) 이원익(李元翼)은 우병사(右兵使) 김응서(金應瑞)가 산성을 포기하여 군율을 범하자 벌을 주려고 했으나, 도원수(都元帥) 권율(權慄)이 면죄도록 잘 변호하고는 곧 풀어주었다. 김응서는 처벌을 두려워하여 왜적을 토벌하는 데에 힘을 쏟았지만 강우(江右) 지역의 왜적에게 여러 차례 패배하자, 여론이 노하여 그를 죄주려 했다. 이때 동산성(東山城)을 수비하던 장수 안늑(安玏)이 성을 굳게 지킬 계획을 세우고는 왜적이 여러 번 침범해도 조금도 움직이지를 않으니, 김응서가 안늑을 곤장치고 그 수령을 파면시켰다. 권율도 화왕 산성(火旺山城)에 전령(傳令)하여 그 수령을 파면하고, 또 공산성(公山城)에 전령하여 그 수령을 파면하였다. 이로부터 각처의 산성의 수령이 일시에 모두 파면되었는데, 간혹 뜻있는 수령이 있어서 성을 보호하고 지키려고 해도 형편을 보아 대처해야 했고, 상급 관청의 명령에 핍박받아야 했던지라 역시 모두 철수하여 산골로 깊이 들어가 숨어버렸다. 여러 해를 경영하는 동안 백성들의 고혈을 짜고 백성들의 몸뚱이를 괴롭히며, 이의를 말하는 자는 죄주고 달아나는 자는 베어죽이면서까지 하여 산성을 쌓아놓더니, 하루아침에 철수하는 것에 오히려 따라가지 못할까봐 두려워하니 그 마음은 또한 유독 어떤 마음이었을까. 옛날 사람이 이르기를, '나중에는 백해무익할지라도 처음에 살피지 않을 수 없다.'고 하였으니, 체찰사의 이번 조치는 시초에 잘 계획해야 한다는 뜻에 꽤

어긋났는지라, 사람들은 이를 옥에 티로 여겼다.

○ 순찰사(巡察使) 이용순(李用淳)이 공산성(公山城)에 있으면서 양산(梁山)의 왜적이 밀양(密陽)을 거쳐 장차 대구(大邱)를 침범하려 한다는 소식을 듣고 휘하에 있는 약간의 병사를 몸소 매복시켜 왜적을 맞아 싸우려는 계획을 세웠다. 막하(幕下)에 말리는 자가 불가능하다고 하였는데도, 끝내 가서 왜적을 맞아 싸웠지만 대패하였다. 이 소식을 들은 사람들 중에 비웃는 자가 있었으니 바로 승장(僧將) 유정(惟政)이었다. 처음에는 동맹에 참여케 해놓고는 관군이 패하고 유정이 맨 뒤에 남았을 때 여러 장수들이 구하지 않고 달아나버리자, 유정이 그들의 그릇되었음을 분개하여 말하였다.

이때 병사(兵使) 성윤문(成允文)이 여러 장수와 군사들을 거느리고 역시 전장(戰場)으로 달려갔는데, 별장(別將) 류응수(柳應秀)가 죽었다.

○ 왜적이 호서(湖西)로 향한 후에, 영남의 사람들은 서쪽 변경의 전황(戰況)이 어떠한지 알지 못했다. 오래지 아니하여 왜적들이 중국 군사를 만나 퇴각하여 영남으로 돌아왔다. 곧, 경리(經理) 양호(楊鎬)가 왜적이 경성(京城)을 침범하려 한다는 것을 듣고서 하루에 이틀 길을 달려가고 여러 장수들을 엄히 단속하며 군대의 위세를 크게 떨치게 한 것이 왜적의 기운을 꺾는 공이었다. 그러나 영남에서 들은 바로는 이보다 먼저 어떤 왜적이, 아무 날에 군사를 일으키고 아무 날에 충주에 도착하고 아무 날에 어느 곳에서 군대를 사열할 것이라는 말을 했다고 하는데, 왜적이 돌아가는 것이 이 말과 서로 꼭 들어맞았다. 생각건대 왜적의 당초 계획이 이러했는지 모르겠다.

○ 9월 10일쯤, 왜적이 몹시 급하게 돌아갔다. 영남 사람들은 뜻밖에 변란을 만나서 달아나기도 전에 왜적이 갑자기 흉봉(兇鋒)을 휘두르며 쳐들어왔는데, 이르는 곳마다 함부로 참혹하게 마구 죽였다. 죽여서 불에 태우기도 하고, 살가죽을 벗겨내서 걸어두기도 하고, 코와 귀를 잘라내고 살려두기도 하였으니, 그 참혹함은 차마 볼 수가 없었다. 금오산성(金烏山城)과 공

산성(公山城) 두 산성은 군량을 쌓아둔 곳인데 일시에 불이 나서 사람들이 멀리서 바라만 보고도 간담이 떨어졌다. 왜적의 일진(一陣)은 금산(金山)에서 성주(星州)를 거쳐 김해(金海)로 돌아갔고, 다른 일진은 상주(尙州)에서 의성(義城)을 거쳐 도산(島山)으로 돌아갔는데, 지나가는 곳마다 서로 교전을 하지 않았다. 오직 상주 목사(尙州牧使) 정기룡(鄭起龍)만이 왜적을 맞아 싸워 많이 죽였으며, 성주 목사(星州牧使) 이수일(李守一)과 우병사(右兵使) 김응서(金應瑞)가 역시 왜적의 후미를 공격하여 많이 죽였다. 상주의 왜적이 의성으로 향했는데, 때마침 순찰사(巡察使) 이용순(李用淳)의 관군이 의성현을 멀리 바라볼 수 있는 곳에서 연기를 피웠으나 잠깐 사이에 이미 경내(境內)로 들어왔다. 왜적이 지나가는데 성질이 급하고 사나워서 빠르기가 이와 같았다.

마침 좌병사(左兵使) 성윤문(成允文)이 남쪽에서 와 이르렀는데, 북병군(北兵軍) 가운데 말을 잘 타고 활을 잘 쏘는 자로 하여금 왜적의 길목을 차단하게 하고 황룡동(黃龍洞) 산에서 왜적의 선봉을 만나 쫓아가며 쏘아 죽인 왜적이 8명이었다. 나머지 왜적들은 곧장 도망갔다.

의성현에서 유경춘(柳景春)의 미망인 강씨(康氏)가 3명의 왜적을 만났는데, 앞에서 당기고 뒤에서 밀며 협박하여 데리고 가려했지만 강씨가 따르지 않자 죽였다. 이때 왜적의 행군이 모두 육로(陸路)로만 이루어졌는데, 좌수사(左水使) 이운룡(李雲龍)이 도원수(都元帥) 권율(權慄)의 지휘를 받고 있었기 때문에 권응수(權應銖), 성윤문(成允文), 경주 부윤(慶州府尹) 박의장(朴毅長), 영천 군수(永川郡守) 최한(崔漢)과 함께 합세하여 창암(蒼巖)에서 왜적을 맞아 사살한 것이 자못 많았으나, 수군 우후(水軍虞侯) 최봉천(崔奉天)이 왜적의 탄환에 맞아 죽었다. 이때 도원수 권율이 안동에 있으면서 문중 친족 모임을 크게 열어 기생을 끼고 실컷 마셔댔다.

정기룡(鄭起龍)은 청렴하고 조심성 있는 사람으로 이전부터 왜적을 토벌한 공이 많이 있었던 까닭에 임금께서 그를 특별히 가상히 여기고 애지중지하여 금단(錦段)을 하사하였다. 기룡은 즉시 그의 모친에게 드리고, 그 나머지는 팔아서 군사들에게 음식을 주어 위로하였다. 후에 승진하여 우병사(右兵使)가 되어서 시행한 온갖 조처들이 꽤 볼 만한 것이 있었다. 권응수(權應銖)도 병사(兵使)가 되었을 때 왜적을 죽인 바가 많았다. 이들은 대개 한미한 집안의 출신으로 갑자기 무거운 직책과 군사들을 통솔하는 권한을 쥐고 그렇게 하지 않을 수 없었던 까닭은 끝내 적의 칼날을 무릅쓰더라도 감히 선비들보다 뒤처질 수가 없어서였는데, 변란 후의 전공(戰功)은 그만한 짝이 실로 흔하지 않았다. 애석하게도 탐욕스럽다고 욕되이 사람들의 모함을 받아 오랫동안 감옥에 갇혀 거의 탈출할 수가 없었는데, 조정이 왜적을 죽인 공이 많다고 하여 응수를 석방해 주었다.

선산 사인(善山士人) 박수일(朴遂一)은 효자(孝子) 진사(進士) 박운지(朴雲之)의 아들인데, 어려서부터 학문과 덕행으로 알려졌지만 왜적을 만나 죽었다. 그의 선친이 남긴 글과 일기 등이 그의 품속에 있었는데, 그가 평소에 쌓아온 소양을 볼 만했다고 한다.

○ 이때 북병(北兵 : 중국군)이 오랫동안 경상도에 머물며 저지른 노략질은 거의 견딜 수가 없었는데, 대개 그들의 습성이 그러하였다.

○ 가야산(伽倻山)에는 팔만대장경(八萬大藏經)이 있었는데, 정여립(鄭汝立) 역적(逆賊)의 변이 일어났을 때는 경판(經版)꽂이 가운데 어느 열(列)의 일부에 물기가 있어서 마치 사람에게 땀이 약간 맺혀 있는 듯했다. 임진년에는 땀기가 조금 더 많았고, 병신에도 또 약간의 땀기가 있었다. 현풍현(玄風縣) 뒷산 정상의 대견사(大見寺)에 석불(石佛)이 있었는데, 신라 때 산에 있던 큰 돌로 불상(佛像)을 새겨 만든 것이다. 부처의 영묘한 감응은 경판과 같았는데, 왜적이 현풍현에 쳐들어왔을 때 땀기가 다른 때보다 배나 되어 부처가 입고 있는 가사(袈裟)와 좌탑(坐榻)을 지탱하고 있는 기둥나무까지 축축하였다. 나무와 돌은 감각이 없는 물건이거늘 감응하는 것이 이와 같았으니 그 이치를 알 수 없었다. 아마도 대란이 일어날 이변을 알리기 위해 어쩌면

감각이 없는 물건을 빌려서 그런 것이었으리라.

○ 10월, 중국의 여러 장수들이 왜적을 토벌할 계획을 세웠다. 조정은 많은 배를 조처하여 대비하였고, 체찰사(體察使) 류성룡(柳成龍), 비변사 당상(備邊司堂上) 유영경(柳永慶), 총관사(摠管使) 윤승훈(尹承勳), 검찰사(檢察使) 성영(成泳) 등으로 하여금 군량을 마련하게 하자 이들은 모두 경상도로 왔다. 이들이 각기 여러 고을을 호령하였는데, 누구를 따라야 할지를 몰라 마을들의 술렁거림은 날로 심했다. 하루는 체찰사(巡察使) 종사관(從事官) 성안의(成安義), 호조 정랑(戶曹正郎) 이영도(李詠道)가 그 일을 전담하였는데, 공명고신(空名告身 : 이름 쓸 곳을 공란으로 두고 직책만 기록한 직첩)으로 사람을 모집하여 곡식을 바치게 하거나, 논밭에 물리는 세금이 많고 적음에 따라 수량을 헤아려 내게 하거나, 집의 재산이 가난하고 부유함에 따라 분담해야 할 책임을 정해서 내게 하였다.

이때 경상도는 그 동안에 두 번이나 병화를 겪어 물자가 이미 바닥이 났는지라 애초에는 어찌할 계책이 없었는데 한 달이 못되어 9만여 섬을 마련하였다. 남도의 물자가 이로부터 다소 안전해졌다. 또한 선비들이 나라 일에 마음을 다하지 않거나 힘을 다하여 서로 돕지 않았으면 그 어찌 이에 이르렀으랴.

○ 12월 14일, 제독(提督) 마귀(麻貴)와 총병(總兵) 오유충(吳惟忠)은 각기 대군을 거느리고 조령(鳥嶺)을 넘어 안동(安東)에 와서 주둔하였다. 15일에는 경리(經理) 양호(楊鎬)가 군사 5천 명을 거느리고 용궁(龍宮)에 도착했는데, 접반사(接伴使) 이덕형(李德馨)과 순찰사(巡察使) 이용순(李用淳)이 수행했다. 22일에는 경리의 군대가 이동하여 경주(慶州)에 이르러서 군사들을 독려하여 거사하였다. 23일에 밤을 틈타서 행군하였는데(행군할 때, 길가에 있던 사람들은 전혀 듣지도 알지도 못하다가 지휘하는 깃발을 보고서야 행군임을 알았다. 군법의 신중하고 빈틈없음이 이와 같았다.) 곧장 도산(島山)으로 향하면서 군사를 백년암(百年巖) 근처에 감추어 두었다. 왜적의 선봉부대인 천여 명

의 기마병이 갑작스럽게 나타났는데, 중국군이 돌아와서 공격하여 모두 다 죽였다. 날랜 기운으로 곧바로 성 밖에 이르러서 뇌천벽력포(雷天霹靂炮)를 쏘아대자, 왜적들은 창졸간에 어떻게 조처할 수가 없어 성 안으로 달아났다. 유격 장군(遊擊將軍) 진인(陳寅)이 선봉으로서 앞장서서 힘써 싸우며 성 안으로 들어가다가 왜적의 탄환에 맞아 성 밖으로 떨어졌다. 왜적이 금은(金銀)과 같은 물건들을 성의 안팎에다 내던지자, 중국군들이 다투어 줍느라 날이 어두워져서 쳐부수기가 쉽지 않게 되어 징을 울리고 물러났다. 중국 장수는 고립된 성이라 한눈에 날짜를 정해놓고 쳐부술 수 있을 것으로 여기고는 우리나라 군대와 함께 여러 겹으로 포위하고서 왜적이 저절로 곤궁하게 되어 나와서 항복하기를 기다렸다. 그러나 그날 밤 왜적은 무기를 크게 준비하여서 성을 방어하고 지키는 것에 매우 견고하게 하고, 석포(石炮)를 마구 쏘아대서 맞은 사람은 모두 죽었다. 우도(右道)에 둔을 치고 있던 왜적이 비늘처럼 잇달아 차례차례 구원하러 오고, 게다가 날씨까지도 불리하여 겨울비가 날마다 연이어 내리자, 중국 군대가 들판에서 형편상 오래 버티기는 곤란하여 다음해 1월 4일까지 군대를 퇴각시켜야 했다. 옛사람이 말하기를, "사나운 호랑이가 머뭇거린다면 벌이나 전갈이 끼치는 해(害)만도 못하며, 맹분(孟賁) 같은 천하장사도 여우처럼 의심하고 주저한다면 아이들이 달라붙는 것만 못하다."고 했다. 그리하여 병가(兵家)에서는 기회를 놓치지 않고 속히 공격하는 것을 귀히 여기는데, 중국군은 왜적이 던져준 재물을 줍는 것에 바빠서 바로 그들의 계획에 따라 시일이 지연되었고 끝내 기회를 놓치고 말았던 것이다. 그래서 왜적으로 하여금 안으로는 방어하고 지키는 데 준비하도록 하고 밖으로는 자신들의 무리를 끌어들여 구원하게 한 이때에 이르러서는 아무리 지모가 있는 자라 할지라도 어찌할 방도가 없었다. 허의후(許儀後)가 말한 바 있는, '모름지기 재빨리 공격해야지 우두커니 앉아서 그들이 죽기를 기다려서는 아니 되며 시간이 오래되면 위태하다.'고 한 것이 또한 사실이 아니랴.

허의후는 중국 사람으로 신미년(辛未年 : 1571)에 배를 타고 광동(廣東)을 지나다가 포로로 잡혀 일본의 살마(薩摩) 지역에 있었는데, 왜적에게 중국을 침범하려는 계획이 있음을 듣고서, 신묘년(辛卯年 : 1591) 가을에 중국 조정에 상소(上疏)하여 왜적에 대한 몇 갈래의 내부 사정을 상세히 알려 미리 환란을 방비하게 했다고 한다.

처음에 진인(陳寅)이 총상을 입고서 곧장 돌아가려고 상도(上道)를 향해 가다가 신령(新寧)에 도착하여(이때는 섣달 그믐날이었다.) 우리나라 사람을 보고 말하기를, "내가 비록 왜적의 탄환에 맞았을지라도 성 안으로 떨어졌다면 우리 군대는 반드시 죽기를 각오하고서 싸웠을 것이나, 내가 성 밖으로 떨어지자 우리 군대가 스스로 퇴각해버렸으니, 이것이 너희 나라가 불행히도 복이 없게 된 소치일지라." 했다.

이때 좌수사(左水使) 이운룡(李雲龍)이 중국 수군과 함께 해상에서 때를 기다리다가 밤을 무릅쓰고 배를 띄웠는데, 다대포 첨사(多大浦僉使) 양덕인(楊德仁) 및 중국군 20여 명과 포수 초관(砲手哨官) 1명이 바람으로 인해 배가 전복되어 한꺼번에 물에 쓸려서 빠져 죽었다. 수군이 울산(蔚山) 방어진(方魚津)에 진격하여 드나들며 군대를 사열하였는데, 경리(經理)가 퇴각하여 경주(慶州)에 주둔하다가 곧장 연일(延日)의 통양강(通洋江)으로 군진을 뒤로 물렸다는 소식을 들었다.

무술년(戊戌年 : 1598)

중국군이 북쪽으로 퇴각할 때 지나는 곳이면 대부분 노략질을 당했던 데다, 안동(安東) 등지에 돌아와 주둔하는 데서도 응하기 어려운 상황이 한둘이 아니라 매우 많아서, 어떤 서생이 서찰을 지어 그 폐단을 아뢰었다. 중국 장수는 즉시 불침번 30명을 보냈는데, 각 마을에 나누어 보내어서 규율을 어긴 군사들을 잡아오게 하여 크게 꾸짖고, 그 가운데 가장 심한 자를 가려내어 죽이려 하자 접반사(接伴使)들이 구해내고야 말았다. 중국 장수가 말로는 표현하지 않았을지라도 얼굴빛은 실로 기뻐하지 않았는데(서찰에 과오를 저지른 것으로 인용된 병사는 불을 좋아하면 스스로 자기를 불사르는 재앙을 면하지 못하는 것과 같다고 한 말이 본래의 뜻에서 아주 벗어났는데도 중국 장수는 보고 뜻이 있어 지은 것으로 여겼다.), 오래지 않아 예천(醴川)으로 옮겨 주둔하였다. 중국 장수는 곧 경리(經理) 양호(楊鎬)인데, 얼마 되지 않아서 교체되어 갔다. 만세덕(萬世德)이 와서 대신하였는데, 그가 실시한 조처들은 자못 여론이 불만스럽게 여겼다. 나라의 안팎에서 양호를 생각함이 그치지 않았다.

○ 이때 중국군이 도내에 나뉘어 주둔하였는데, 관리들은 군수 물자가 부족한 것이 걱정거리였다. 조도사(調度使) 심우정(沈友正)이 교체되어 가고 순찰사(巡察使) 종사관(從事官) 성안의(成安義)가 대신하였다. 성안의는 일처리를 잘하여서 다방면으로 조처하여 대비하자 군국(軍國)이 이것에 힘입어 군수 물자가 궁핍하지 않았고, 호조 정랑(戶曹正郎) 이영도(李詠道)도 힘을 다하여 마련하고 또 군량을 공급하는 데에 급하여 더러는 어쩔 수 없이 하는 일이 있었다. 그러나 병란이 일어나서 여러 해 동안 군수 물자가 궁핍하지 않도록 조절할 수 있었던 것은 대부분 그들의 공 때문이었다.

○ 3월, 유격장(遊擊將) 섭사충(葉思忠)이 예천(醴泉)에서 의성(義城)으로 군

대를 옮겼다. 유격은 절강(浙江) 사람으로 마음가짐이 청렴하고 근신하며 군사를 통솔하는데 규율이 있었고, 그의 휘하의 군사들도 모두 영남 사람들이었으므로 자못 취할 만한 것이 있었다. 4월, 의성현(義城縣) 사람들이 그를 위해 나무 기념비를 세워서, 저 주(周)나라 문왕(文王)의 선정에 감사하여 문왕이 쉬었던 감당(甘棠)나무를 자르지 않았던 것과 같은 뜻을 나타냈다. 이때 중국 장수들이 머무는 곳마다 기념비가 세워져 덕을 기린 것이 많았지만, 간혹 세워주기를 요구하는 뜻이 있어서 어쩔 수 없이 세운 것도 역시 많았다. 안동의 마귀(麻貴)를 기린 기념비 같은 경우가 그것인데 조롱하는 사람이 많았다.(마귀는 일찍이 예천(醴泉)에 주둔하면서 성전(聖殿)에 가서 잠자는 데다, 군사들을 단속도 하지 않아 마음대로 노략질했다.)

4월, 순찰사(巡察使) 윤승훈(尹承勳)이 병으로 인하여 사직하고, 정경세(鄭經世)가 대신했다. 경리(經理) 만세덕(萬世德)이 여러 장수들을 나누어 양남(兩南 : 영남과 호남)에 나가 주둔케 하는 것으로서 군사를 휴식시켰다가 거사를 도모하려는 계획을 세웠는데, 제독(提督) 유정(劉綎)은 전라도에 나가 군대를 주둔하고 제독 동일원(董一元)은 우도(右道)에 군대를 주둔하고 제독 마귀(麻貴)는 좌도(左道)에 군대를 주둔하게 되어, 유정은 이덕형(李德馨)이 접반하여 가고 동일원은 이충원(李忠元)이 접반하여 가고 마귀는 장운익(張雲翼)이 접반하여 갔다.

마귀가 처음 예천에 주둔하였을 때 관사(官舍)를 꺼리고 뜻에도 맞지 않아서 성전(聖殿)으로 옮겨 거주하려고 위패(位牌)들을 옮기도록 재촉하자, 순찰사 정경세가 글을 지어 그 불가함을 말했다. 이에 접반하는 무리의 여러 사람들이 꾸짖고 저지하며 말하기를, "너희 나라에서는 위패가 우리나라 장수보다 더 귀하단 말이오? 어찌 그리도 지식 없음이 이와 같단 말이오?" 하였다. 끝내 어찌할 수가 없어 위패들을 서원에다 옮겨 봉안했고, 마귀는 성전에 거주하는데 태연자약했다. 당시의 접반사 및 역관들은 마땅히 꾸짖고 벌을 주어야 함에도 아직 그렇게 했다는 소문을 듣지 못했으니, 그 기율이 없음은 알만했다.

장운익(張雲翼)은 병으로 인하여 교체되어 갔고, 부제학(副提學) 김우옹(金宇顒)이 와서 대신했다. 얼마 되지 않아서 경리(經理)가 제독(提督)을 부르자 갔다가 오래지 않아서 돌아왔는데, 판서(判書) 이광정(李光廷)이 접반하여 갔다. 7월에 와서 의흥(義興)에 주둔하였다가 8월에 도산(島山)을 포위했지만 끝내 불리하였는데, 비록 대패는 아니라 할지라도 군사들이 부상을 입은 것 역시 많았다. 그러나 마귀는 싸움터에서 살아온 자라서 어려울 때면 가볍게 움직이지 않는 것이 패전하지 않는 것임을 알았는데, 가벼이 사천(泗川)에 진격했다가 여지없이 대패하고 필마(匹馬)로 도망하여 돌아와서 사람들로부터 조롱을 받았던 동일원(董一元)과 비한다면 하나같이 어찌 그리도 동떨어졌단 말인가. 유정(劉挺)은 순천(順天)의 왜적과 여러 날을 서로 버티다가 크게 승리한 것으로 알려졌지만 실제로는 왜적을 쳐서 죽인 공이 없었는데, 사람들은 이에서 비로소 지난날 유정의 선한 모습은 진실이 아니었음을 알았다.

이때 좌수사(左水使) 이운룡(李雲龍)이 수군을 이끌고 감포(甘浦)에 주둔하며 때를 기다렸다.

○ 통제사(統制使) 이순신(李舜臣)은 수군이 대패한 뒤를 이은 터라 흩어진 배들을 수습하고 군사들을 훈련하는 데 치밀하고 빈틈이 없었다. 호남에 있었을 때 졸지에 왜적을 만나게 되자 적의 길목을 막아 차단하고 사로잡아 죽이니 왜적은 곧 퇴각하였다. 또 중국 수군과 합세하여 군사들의 기세가 크게 떨쳤는데, 사천(泗川) 등지에 둔(屯)을 치고 있던 왜적들과 대전(大戰)을 치러 그들을 베어 죽였다.

얼마 뒤, 이순신이 왜적의 탄환에 맞아 죽게 되자 아들과 조카 등을 불러 말하기를, "승패의 승기(勝機)는 순간에 결판나는 것이니, 내가 만약 죽으면 군심(軍心 : 군사들의 마음)을 필시 그르칠 수 있다. 그러니 너희들은 부디 거애(擧哀 : 초상난 것을 알림)하지 말고 하나같이 내가 지휘하는 것처럼 하여라."고 하니, 아들과 조카 등은 아닌 게 아니라 그 말대로 하고 승패를 결정지은 후에야 비로소 죽음을 알리자, 중국 장수가 장하게 여겼다.

이때 중국 수군 유격장(水軍遊擊將) 진린(陳璘)이 수군을 이끌고 맞아 싸웠지만 수군은 모두 패하고 진린이 타고 있는 배만 온전하였다. 그런데 왜적이 사방에서 함께 모여들자, 진린은 앞장서서 좌충우돌하며 홀로 왜적의 수많은 전함을 감당해야만 했다. 왜적이 북치고 소리 지르며 배를 이끌고서 칼을 메고 돌진했는데, 진린이 이에 여러 사람의 함성인 것처럼 큰 소리를 치며 독려하자 흩어졌던 군사들이 모두 모여들어서 불화살을 쏘아 왜적의 전함을 모조리 태우니 왜적이 마침내 퇴각하여 갔다. 진인은 그제야 육지에 내려 자리를 깔고 누워버렸는데, 우리나라 장수와 군사들이 나아가 위로하자, 이에 말하기를, "싸우도록 독려하는 것으로서 자신을 위한 계책으로 삼은 것뿐인데, 무슨 감사할 것이 있겠는가?"고 했다 한다. 진린이 배 한 척으로서 수백 명의 왜적을 감당해낼 수 있었던 것은 통솔하는 데 규율이 있고 힘을 합쳐서 토벌할 수 있는 자가 있지 않고서야 능히 할 수 있었으랴. 지난날 가령 중국 장수들이 모두 진린과 같이 했다면, 싸우면 어찌 이기지 못했을 것이며 공격하면 어찌 취하지 못했을 것이랴.

이순신은 뿔뿔이 흩어진 것을 수습하고 난 뒤에 자신의 죽음을 아끼지 않고 계속해서 싸우도록 독려할 것을 그 아들에게 권면하였고, 그 아들은 아버지의 뜻을 능히 이어서 끝내 크게 이겼으니, 죽지 않은 충성스런 혼백 응당 역시 눈을 조용히 감았으리라. 후에 순찰사(巡察使) 한준겸(韓浚謙)이 지은 시에 이르기를, '부대에서 부질없이 이통병(李統兵)을 상심하네.'라 했다.(이때 거제 현령(巨濟縣令) 안항(安衖)이 공이 있어 당상관으로 품계가 올랐다.)

10월, 안찰사(按察使) 양(梁 : 이름을 모른다.)이 서울에서 내려와 성주(星州)에 주둔했는데 접반사(接伴使) 윤국형(尹國馨)이 수행했다. 순찰사 정경세(鄭經世)가 군량(軍糧)을 채우지 못했다 하여 안찰사 관아에서 문책을 받았다.

11월, 정경세가 중국 조정의 대관(大官)이 영남으로 내려온다는 소식을 듣고 함창(咸昌) 지역으로 달려갔는데 풍질(風疾)에 걸렸다. 6일에는 급사중(給事中) 서(徐 : 이름을 모른다.)가 내려오고, 7일에는 정주사(丁主事) 응태(應泰)가 내려왔으며, 10일에는 어사(御史) 진효(陳效)가 내려왔는데, 모두 경주(慶州)로 향했다. 대관들이 연일 내려오는 연도(沿道)의 각 고을은 그들에게 바쳐야 하는 음식 및 인부와 말 등 때문에 문책과 벌을 받는 백성들이 많았으니, 사람들의 어렵고 힘든 처지가 점점 더 나빠져 갔다.

응태는 일찍이 우리나라의 사람을 그럴듯한 간계로 어려운 지경에 빠지게 한 적이 있었는지라, 그 얼굴을 보기만 하면 그의 살코기를 씹고자 했지만 남방(南邦) 사람이 글을 지어서 응태가 무함(誣陷)한 것을 변호했다. 급사중(給事中) 서관란(徐觀瀾 : 원전에는 이름을 모르는 것으로 되어 있음.)과 어사(御史) 진효(陳效) 두 사람 모두 그 실상을 알고 크게는 정응태를 신임하지 않았다. 임금께서도 중국 조정에 아뢰었는데, 그 주문(奏文)은 아랫사람에게 짓도록 했다.

11월 18일, 도산(島山)의 왜적이 철수하여 돌아갔고, 우도(右道) 및 순천(順天)의 왜적도 뒤이어서 철수하여 돌아갔다. 평양(平壤) 전투 이후에는 비록 크게 승리한 것이 없었을지라도 회유하고 몰아내어 마침내 우리나라가 회복되고 종묘사직(宗廟社稷)이 다시 안정된 것은 모두 중국 군대의 힘이요, 중국 황제의 은혜이니 아! 우리나라 사람들은 어찌 보답해야 하랴. 이때 판서(判書) 이호민(李好閔)이 어사 진효의 접반사 일행으로서 갔던 월성(月城)의 첨성대(瞻星臺)에서 보이는 대로 읊은 시 한 수가 있다.

천고토록 왕업(王業)이 일어난 이 땅	千古興王地
멧부리들엔 봉황새가 와서 춤추던 곳.	崗巒鳳舞來
밝은 아침 해가 남쪽에 이르니	明朝日南至
간밤에 왜적이 동쪽으로 돌아갔구나.	昨夜賊東迴
음풍농월(吟風弄月)의 시선(詩仙)이 떠나가자	風月詩仙去

관산(關山)의 피리 소리 애처롭기만 하나	關山玉笛哀
평생 옛일을 애도하려는 뜻	平生弔古意
한번 불기 위해 누대 위에 올랐더라.	一笑強登臺

 이때가 왜적이 퇴각한 지 2일이 지난 뒤였고 바로 동지(冬至)였던 까닭에 두 구로 지어졌다고 하니, 바로 역사적 사실을 소재로 해서 쓴 시[詩史]라 하겠다.

 좌수사(左水使) 이운룡(李雲龍), 좌병사(左兵使) 성윤문(成允文), 방어사(防禦使) 권응수(權應銖), 별장(別將) 한명년(韓命年)이 왜적의 후미를 쳐서 토벌하기 위해 수륙으로 합세하였다. 이운룡이 포획한 왜적 및 배에 실린 노새들을 중국의 서 급사(徐給事)와 진 어사(陳御史)에게 바쳤다. 여러 장수들이 도산(島山)과 부산(釜山) 등에 있던 왜적의 여러 소굴을 순시하고(여러 곳에 있던 왜적의 소굴은 성채(城寨)가 견고해서 사람의 힘으로는 할 바가 아니었는데, 그 중에도 죽도(竹島)가 가장 견고했고, 부산이 그 다음, 서산(西山)이 또 그 다음, 도산이 가장 덜 견고했으니, 이로 보건대 소서행장(小西行長) 등은 대개 감당하기 어려운 왜적이었다. 진 어사가 도산에 도착하여 말하기를, "하늘이라고 쳐부수기가 어려웠겠다."고 했다 한다.) 마침내 서울로 올라갔다. 중국 군대는 그대로 경상도에 더 오래 머무르다가 하나둘씩 철수하여 서울로 돌아갔다.

원문과 주석

亂蹟彙撰　上

萬曆[1]戊子春, 日本使橘康光・玄蘇來請成[2], 因要和使。庚寅春, 議送通信使, 以黃允吉[3]爲上使, 金誠一[4]爲副使, 許筬[5]爲書狀官, 遂行。冠盖[6]遠屈, 有識傷之。辛卯春還, 降節殊邦[7], 消息反惡, 朝野深以爲慮。

(先是, 寧海[8]地, 有蟻蟲, 蔽海出來, 其半死積水邊, 其半飛散戾天。比安[9]衙中, 亦有羣蟻, 分左右, 有似結陣形, 相戰久之, 或斷頭以死。清凉山[10]底水告渴。變怪如此, 人益以疑懼。)

---

1) 萬曆(만력) : 명나라 神宗의 연호(1573~1615).
2) 請成(청성) : 화친을 요청함.
3) 黃允吉(황윤길, 1536~?) : 본관은 長水이고, 자는 吉哉이며, 호는 友松堂이다. 1558년 사마시에 합격하여 진사가 되고, 1561년 진사로서 식년문과에 병과로 급제하였다. 여러 벼슬을 거쳐 1583년 황주목사를 지내고, 이어 병조참판을 지냈다. 1590년 通信正使로 선임되어 부사 金誠一, 書狀官 許筬과 함께 수행원 등 200여 명을 거느리고 대마도를 거쳐 오사카로 가서 일본의 關伯 豊臣秀吉 등을 만나보고 이듬해 봄에 환국하여, 국정을 자세히 보고하였다. 서인에 속한 그가 일본의 내침을 예측하고 대비책을 강구하였으나, 동인에 속한 김성일이 도요토미의 인물됨이 보잘것없고 군사준비가 있음을 보지 못하였다고 엇갈린 주장을 하여 일본 방비책에 통일을 가져오지 못하였다.
4) 金誠一(김성일, 1538~1593) : 본관은 의성이고, 자는 士純이며, 호는 鶴峰이다. 1564년 사마시에 합격했으며, 1568년 증광 문과에 급제하였다. 1577년 사은사의 서장관으로 명나라에 가서 宗系辨誣를 위해 노력했다. 그 뒤 나주목사로 있을 때는 大谷書院을 세워 김굉필・조광조・이황 등을 제향했다. 1590년 通信副使가 되어 正使 黃允吉과 함께 일본에 건너가 실정을 살피고 이듬해 돌아왔다. 이때 서인인 황윤길은 일본의 침략을 경고했으나, 동인인 그는 일본의 침략 우려가 없다고 보고하여 당시의 동인정권은 그의 견해를 채택했다. 임진왜란이 일어나자, 잘못 보고한 책임으로 처벌이 논의되었으나 동인인 유성룡의 변호로 경상우도 초유사에 임명되었다. 그 뒤 경상우도 관찰사 겸 순찰사를 역임하다 진주에서 병으로 죽었다.
5) 許筬(허성, 1548~1612) : 본관은 陽川이고, 자는 功彦이며, 호는 岳麓・山前이다. 1594년 이조참의로 승진되었으며, 이듬해 대사성・대사간・부제학을 역임하였다. 이어 이조참판을 지내고 전라도안찰사로 나갔다가 예조와 병조의 판서에 제수되었으며, 그 뒤 이조판서에까지 이르렀다. 1607년 선조의 遺敎를 받게 되어 세인들이 顧命七臣이라 칭하게 되었다.
6) 冠盖(관개) : 사신 일행.
7) 殊邦(수방) : 異國. 여기서는 일본을 가리킨다.
8) 寧海(영해) : 경북 영덕군 영해면.
9) 比安(비안) : 경북 의성군 비안면.
10) 清凉山(청량산) : 경상북도 봉화군 재산면 남면리, 명호면 북곡리와 안동시 예안면 경계에 있는 산.

壬辰 夏 四月 十三日

倭賊五十萬兵, 來犯釜山。平行¹¹⁾將淸正¹²⁾爲先鋒, 玄蘇¹³⁾爲謀主, 大將失

---

11) 平行(평행) : 平行長. 小西行長(고니시 유키나가, ?~1600)을 가리킴. 무장으로 豊臣秀吉 밑
   에서 전공을 세웠고 임진왜란 때 1만 8,000명의 병력을 이끌고 加藤淸正보다 한발 앞서
   제1진으로 부산진성을 공격하였다. 조선의 鄭撥 장군이 지키는 부산포성을 함락하고 동
   래성을 함락시켰다. 이후 일본군의 선봉장이 되어 대동강까지 진격하였고 6월 15일에
   평양성을 함락하였다. 그러나 1593년 명나라 장수 이여송이 이끄는 원군에게 패하여 평
   양성을 불 지르고 서울로 퇴각하였다. 전쟁이 점차 장기화되고 명나라를 정복할 가능성
   이 희박해지자 조선의 이덕형과 명나라 심유경 등과 강화를 교섭하였으나 실패하였다.
   이후 명나라와 강화를 위한 교섭에 노력을 계속하였지만 그의 강화교섭 계략이 발각되
   어 도요토미 히데요시의 정복야욕을 더욱 자극하였다. 1596년 강화교섭이 최종 실패로
   끝나자 1597년 정유재란 때 다시 조선으로 쳐들어 왔으며 남원성 전투에서 조선과 명나
   라 연합군을 격퇴하고 전주까지 무혈 입성하였으며 순천에 왜성을 쌓고 전라도 일대에
   주둔하였다. 1598년 도요토미 히데요시가 사망하고 철군명령이 내려지자 노량해전이 벌
   어지는 틈을 이용해서 일본으로 돌아갔다.
12) 淸正(청정) : 加藤淸正(가토 기요마사, 1562~1611)을 가리킴. 임진왜란 때 도요토미 히데
   요시의 명령으로 고니시 유키나가와 함께 조선을 침략하였다. 그는 한반도 동쪽의 함경
   도로 진격로를 선택하여 북진하였고 전쟁 초반 조선의 왕자인 임해군과 순화군을 포로
   로 사로잡았다. 이후 명나라, 조선과 교섭을 시도했으나 고니시 유키나가와의 반목과 조
   선군의 강력한 반격에 밀려 전황이 날이 갈수록 일본군에게 불리해지고 남쪽으로 후퇴
   하여 서생포 지역으로 근거지를 옮겼다. 1593년에는 서생포 왜성을 완성하고 중요거점
   으로 삼았다. 1596년에는 도요토미 히데요시에게서 귀환 명령을 받고 일본으로 돌아간
   다. 하지만 1596년 지진이 났을 때 도요토미 히데요시를 도운 공이 인정되어 1597년 정
   유재란 때 다시 150여 척의 일본군을 이끌고 조선을 재침하도록 명령을 받았다. 정유재
   란 시에는 주로 전라도 지역을 공격하였다. 그는 울산에 지구전을 펼칠 수 있는 성을 쌓
   고 울산성 전투에서 농성을 벌였으나 조선과 명나라 연합군에게 포위당하여 식량과 물
   부족으로 병사의 대다수가 제대로 싸워보지도 못하고 패전하게 되었다. 1598년 되자 서
   생포 왜성이 명나라의 마귀제독에 의해 함락되었고, 결국 도요토미 히데요시가 죽자 조
   선에서 패전한 모든 병력을 일본으로 후퇴하였다.
13) 玄蘇(현소, ?~1612) : 하카다[博多] 세이후쿠사[聖福寺]에서 승려 생활을 하던 중 대륙
   침략의 야심을 품은 도요토미 히데요시[豊臣秀吉]의 부름을 받아 그 수하로 들어갔다.
   1588년 조선에 드나들며 자국의 내부 사정을 설명하고, 일본과 修好관계를 맺고 通信使
   를 파견하라고 요청하였다. 1590년 정사 黃允吉, 부사 金誠一, 서장관 許箴 등의 통신사
   일행이 일본의 실정과 도요토미의 저의를 살피기 위하여 일본으로 갈 때 동행하였으며,
   이듬해 다시 입국하여 조선의 국정을 살피고 도요토미의 명나라 침공을 위한 교섭활동
   을 하였다. 1592년 임진왜란이 일어나자 고니시 유키나가[小西行長]가 이끄는 선봉군에
   國使와 역관 자격으로 종군하였다. 이후 임진강을 사이에 두고 조선과 명나라의 연합군
   과 대치할 때 일본측 고니시의 제의로 이루어진, 中樞府知事 李德馨 등과의 강화회담에
   참여하는 등 일본의 전시외교 활동에 종사하였다.

其名。是日, 僉使鄭撥[14], 率軍出獵于絶影島[15], 候船[16]告："倭般數百隻, 直向本浦." 撥以爲歲遣來朝之般, 初不爲之備。俄而, 再告曰："衆船作綜, 蔽海而來." 撥急引軍入城。城門自閉, 賊已登陸矣。

十四日

城陷撥死。

(先是, 慶州居進士孫曄[17], 得中鄉解[18], 在山堂治經。一日有夢, 若於無使中, 得到一山。其山頗高峻雄秀, 攀登至上, 上有八層階。階上, 有八老人序坐, 衣冠甚偉, 儀度不凡。曄意謂別界神人, 欲承下風, 乃登盡下階, 抵第一層下, 則階級有截[19], 欲上未能。乃跪而言曰："曄有老父, 而累屈國試, 每孫庭望, 今又參鄉貢, 願從大人得將來來命道." 八老人, 回顧微哂, 不言者久。俄而, 坐末一老人, 乃曰："壬辰大亂作, 殺人如麻, 血流千里。汝勿爲及第, 預積粟深山, 以避兵塵." 曄覺來, 惘然退坐, 掩卷長歎。傍有一僧, 請曰："進士前日, 頗勤苦讀書, 未嘗放過, 何今日廢讀如是?" 曄乃陳其夢, 至是果驗云。)

---

14) 鄭撥(정발, 1553~1592)：본관은 慶州이고, 자는 子固이며, 호는 白雲이다. 1579년 무과에 급제, 선전관이 되고, 곧바로 해남현감・거제현령이 되었다. 이어 비변사의 낭관이 되었으며, 위원군수・훈련원부정이 되었다. 1592년 折衝將軍의 품계에 올라 부산진첨절제사가 되어 방비에 힘썼다. 이해 4월에 임진왜란이 일어나 부산에 상륙한 왜병을 맞아 분전하였으나 중과부적으로 마침내 성이 함락되고 그도 전사하였다. 이때 첩 愛香은 자결하였고, 노비 龍月도 전사하였다.

15) 絶影島(절영도)：부산광역시 영도구에 속하는 섬.

16) 候船(후선)：伺候船. 정찰선.

17) 孫曄(손엽, 1544~1600)：본관은 月城이고, 자는 文伯이며, 호는 淸虛齋이다. 1558년 '新羅玉笛'이란 제목으로, 실시한 시험에 발탁되었다. 1568년 진사에 올랐으며, 그 후 여러 번 향시에 응했으나 급제하지 못하자 다시는 응시하지 않고 성리학에 힘을 기울였다. 曺好益・李楨・具鳳齡・趙穆・李詠道・崔睍・趙靖・林慵齋・申之悌・琴蘭秀・琴應夾・琴應壎 등과 道義의 교우를 맺었다. 1592년 임진왜란이 일어나자 集慶殿에 나아가 태조의 영정을 禮安 李詠道의 서당에 옮겨 봉안하고, 五聖十哲十二賢의 위패를 金谷寺에 모셔 놓고 가족을 이끌고 竹長山 속에 들어갔었다.

18) 鄕解(향해)：鄕試.

19) 有截(유절)：≪詩經≫<商頌・長發章>에 "온 누리가 질서 있게 돌아온다.(海內有截.)"고 한 데서 나온다. 그 주석에 '截은 가지런하다는 뜻이다.' 하였다.

十五日

賊陷東萊。府使宋象賢[20]死之, 教授盧盖邦[21]亦死, 代將宋鳳壽・助防將洪允寬・安潤獻・梁山郡守趙珪[22]等, 皆被害。蔚山郡守李彦誠, 佯死伏於積屍中, 尋生還。節度使李珏, 初入城中, 聞釜山陷, 欲棄城而出, 象賢謂珏曰: "孤城危迫, 主將不可棄去." 珏不聽。城中失望, 士氣頓挫。及城陷, 象賢冠帶, 獨坐於南樓上, 神色不變, 念及怙恃[23], 題扇子曰: "孤城月暈, 大陣不救. 君臣義重, 父子恩輕." 遂付奴子, 出送本家云。臨死罵賊曰: "交隣有道, 我不負汝, 汝何爲此?" 終不屈。

(或言: "象賢, 脫網巾, 騎馬立, 南門被害." 云。有二妾, 一被擄, 一不屈死, 此乃咸鏡妓妓生[24]云。賤妓死節, 比之士夫, 其亦豫讓[25]類乎之可嘉也已。)

珏軍蘇山驛[26], 聞東萊敗, 馳還兵營, 珏善惻, 蒼黃失措, 軍令不行, 妄殺軍

---

20) 宋象賢(송상현, 1551~1592): 본관은 礪山이고, 자는 德求이며, 호는 泉谷・寒泉이다. 1570년 진사에, 1576년 別試文科에 급제하여 鏡城判官 등을 지냈다. 1584년 宗系辨誣使의 質正官으로 명나라에 다녀왔다. 귀국 뒤 호조・예조・공조의 正郎 등을 거쳐 東萊府使가 되었다. 임진왜란이 일어나 왜적이 동래성에 쳐들어와 항전했으나 함락되게 되자 朝服을 갈아입고 단정히 앉은 채 적병에게 살해되었다. 충절에 탄복한 敵將은 詩를 지어 제사지내 주었다.

21) 盧盖邦(노개방, 1563~1592): 본관은 밀양이고, 자는 維翰이다. 1588년 식년문과에 병과로 급제, 東萊教授가 되어 1592년 봄 임진왜란이 일어나자 성현의 위패를 봉안한 뒤 성으로 들어가 동래 부사 宋象賢과 양산 군수 趙英珪 등과 끝까지 성을 지키다 전사하였다.

22) 趙珪(조규): 趙英圭(?~1592)의 오기. 본관은 稷山이고, 자는 玉瞻이다. 전라도 長城에서 태어났다. 무과에 급제하여 龍川府使를 거쳐 梁山郡守가 되었다. 임진왜란이 일어나자 東萊府使 宋象賢을 찾아가 생사를 같이하기로 기약한 후, 노모가 있는 양산으로 돌아와 작별하고 다시 동래성으로 갔다. 이때 왜병이 동래성을 포위하고 있었는데, 單騎로 돌진하여 성내로 들어가 끝까지 싸웠으나, 성이 함락되자 송상현과 함께 殉節하였다.

23) 怙恃(호시): 부모를 가리킴. ≪詩經≫<小雅・蓼莪>의 "아버지 아니시면 누구를 의지하며, 어머니 아니시면 누굴 믿을까.(無父何怙, 無母何恃.)"라는 말에서 나온다.

24) 妓妓生(기기생): '妓生'의 오기.

25) 豫讓(예양): 전국시대 齊나라 사람. 智伯을 섬겨 총애를 받던 중 趙襄子가 지백을 쳐서 멸하매, 원수를 갚고자 몸에 옻칠을 하여 문둥이처럼 하고 숯을 삼켜 벙어리가 되어서는 조양자를 척살코자 했으나, 뜻을 못 이루고 잡히자 자살하였다.

26) 蘇山驛(소산역): 동래의 屬驛.

士，士多危懼，軍中屢驚，至有欲殺主帥者。時虞侯元應斗，安東判官尹安性[27]，迎日縣監洪昌世[28]，皆有守禦之志，珏以爲莫如結陣曠野以應敵，仍棄城退走，秘其踪跡，不知其所後。聞珏行到臨津，朝廷依本道監司金睟[29]啓，梟首云。

(先是，兵營有一鎮撫[30]，頗伶俐，珏嘗信之任，臨急，自衙出綿布三十駄，責運。鎮撫有難色，珏怒，俄而以犯律斬之。自此，軍情大拂，其妻子，至今言其事，有時泣下云。)

梁山官人黃應貞，被擄生還，曰："賊書以爲高麗防戰，如何？不過二十日，當入京洛。"云。

---

27) 尹安性(윤안성, 1542~1615) : 본관은 坡平이고, 자는 季初이며, 호는 宜觀이다. 1572년 별시문과에 병과로 급제하여, 南原府使였을 때 임진왜란이 일어나 난민이 官倉을 부수고 약탈과 살육을 자행하자 단신으로 말을 달려 수십 명을 죽여 난을 진압시키고 남원을 사수할 계획을 세웠으나, 巡檢使 金命元의 종사관이 되어 용인에 진을 쳤다. 그러나 밤중에 순검사 등이 도망하자 남원에 돌아와서 전심전력을 다하여 흩어진 군졸을 모아 왜적과 싸웠다. 그 뒤 안동 판관을 거쳐 숙천 부사를 역임하고, 또다시 전주 부사로 전직되어 금산에 침입하여온 적군을 막지 못하고 전주의 官庫를 소각하여 많은 미곡을 소실시켰다는 죄로 파직 당하였다.

28) 洪昌世(홍창세, ?~?) : 본관은 南陽이다. 1593년 延日縣監으로 軍功이 있었으나 상을 받지 못해 억울함이 있었다. 1597년 錦山郡守가 되었으나 왜적이 경내에 들어오자 다른 지역으로 피난했다가 관아에 돌아 왔다 하여 탄핵을 받았다. 1601년 吉州牧使가 되었으나 사헌부의 탄핵을 받고 파직되었다. 1604년 永川郡守를 거쳐 1605년 忠淸水使가 되었다. 이듬해 충청수사로서 무뢰배를 많이 거느리고 軍官이라 칭하며 각 고을, 각 역을 횡행하여 폐단이 많다는 비난을 받았다.

29) 金睟(김수, 1547~1615) : 본관은 安東이고, 자는 子昻이며, 호는 夢村이다. 1573년 알성문과에 급제하여 평안도관찰사·경상도관찰사를 거쳐 대사헌, 병조·형조의 판서를 두루 지냈다. 임진왜란이 일어났을 때 경상우감사로 진주에 있다가 동래가 함락되자 밀양과 가야를 거쳐 거창으로 도망갔다. 전라감사 李洸, 충청감사 尹國馨 등이 勤王兵을 일으키자 함께 용인전투에 참가했으나 패배한 책임을 지고 한때 관직에서 물러났다. 당시 의령에서 의병을 일으켰던 곽재우와 불화가 심했는데 이를 金誠一이 중재하여 무마하기도 했으며, 경상감사로 있을 때 왜군과 맞서 계책을 세워 싸우지 않고 도망한 일로 사람들의 비난을 받았다. 원문의 이름 글자는 '金睟'의 오기이다. 이하 같다.

30) 鎮撫(진무) : 武官 벼슬.

十六日

賊陷梁山。時左水使朴泓[31]，聞釜山·東萊敗，自焚營壘·軍器·糧餉，由東邊，乘夜退陣奴谷驛[32]，及聞梁山敗，退陣慶州城，比見賊兵，直向本州，仍遁走，不知去處。數日之內，連陷三城，兇鋒所向，列陣自潰。自此賊兵，乘利席勝，分路長驅，如入無人之境。一陣由海路，連陷右道沿海諸郡，一陣自昆陽[33]，直向慶州，由永川·新寧·軍威·比安·仁同·咸昌·聞慶之路，踰鳥嶺，一陣由靈山[34]·昌寧·玄風·高靈·星州·開寧·金山之路，踰秋風嶺，一陣由密陽·淸道·大邱·仁同·善山之路，亦向鳥嶺。

二十四日

直擣尙州。巡邊使李鎰[35]軍，本州北川，賊兵猝至，蒼黃失措，自相蹂躪。川之北，有一深坎，積屍如山。沙斤察訪金宗武[36]，遇害，從事官弘文修撰朴箎[37]，避入于山谷，見咸昌人彦龍[38]，曰："吾十八，壯元及第，厚蒙聖恩，今來

---

31) 朴泓(박홍, 1534~1593)：본관은 蔚山이고, 자는 淸源이다. 1556년 무과에 급제하여 宣傳官·江界府判官·鍾城府使 등을 거쳐 임진왜란 때 경상좌도 水軍節度使로서, 左水營(동래)에서 적과 싸웠으나 중과부적으로 패하였다. 평양으로 피난 간 선조를 찾아가던 중에 도원수 金命元을 만나 左衛大將에 임명되어, 임진강을 방어하나 다시 패하였다. 成川에서 우위대장·義勇都大將이 되었다가, 이듬해 전사하였다.

32) 奴谷驛(노곡역)：慶州府 남쪽 25리에 있는 驛.

33) 昆陽(곤양)：경남 사천의 옛 명칭.

34) 靈山(영산)：경남 창녕시 영산면의 옛 명칭.

35) 李鎰(이일, 1538~1601)：본관은 龍仁이고, 자는 重卿이다. 1558년 무과에 급제하여, 전라도 수군절도사로 있다가, 1583년尼湯介가 慶源과 鍾城에 침입하자 慶源府使가 되어 이를 격퇴하였다. 임진왜란 때 巡邊使로 尙州에서 왜군과 싸우다가 크게 패배하고 충주로 후퇴하였다. 충주에서 도순변사 申砬의 진영에 들어가 재차 왜적과 싸웠으나 패하고 황해로 도망하였다. 그 후 임진강·평양 등을 방어하고 東邊防禦使가 되었다. 이듬해 평안도병마절도사 때 명나라 원병과 평양을 수복하였다. 서울 탈환 후 訓鍊都監이 설치되자 左知事로 군대를 훈련했고, 후에 함경순변사와 충청도·전라·경상도 등 3도 순변사를 거쳐 武勇大將을 지냈다. 1600년 함경남도병마절도사가 되었다가 병으로 사직하고, 1601년 부하를 죽였다는 살인죄의 혐의를 받고 붙잡혀 호송되다가 定平에서 병사했다.

36) 金宗武(김종무, ?~?)：본관은 善山이고, 자는 穀伯이다.

37) 朴箎(박지, ?~?)：본관은 密陽이고, 자는 大建이다.

38) 彦龍(언룡)：印彦龍. 趙慶男의 ≪亂中雜錄≫ 권1 <壬辰年 上>에는 인언룡으로 되어 있다.

佐幕39)受敎, 丁寧戰旣不利, 將何面目更見天顔?" 遂自刎云.

慶州居武人曹瑋, 從李鎰赴戰, 兵敗獨騎馬, 登甲丈山40). 時本州士女爭, 攀援馬鬣, 馬不能前. 瑋手揮長釰, 斬之如麻, 山高馬倦. 賊鋒將迫, 卽棄馬上一茂樹, 倚坐於枝上, 賊多經過, 而終不見害. 乘夜登山, 迷失所向, 厭明行, 至一寺下, 見一馬, 乃昨日所棄馬也. 遂馳向慶州, 路由義城, 遇知舊有此說, 仍出示所佩釰, 殷血成痕, 慘不忍見云.

(初李鎰在尙州, 賊兵已近, 而軍中不知. 開寧縣41)人, 來傳賊報, 鎰以爲惑衆斬之. 其人, 臨死呼寃曰: "請姑囚我, 明朝賊不來, 則斬之未晚也." 鎰不聽. 其夜賊進, 則江原道寧越郡奉安⊠令42)軍官金忠敏, 微服潛行, 知委43)云. 卽四月十六日也.)

安東府使鄭熙績44), 領兵至永川, 聞賊勢鴟張, 乃曰: "此賊非倭." 驚惶却走, 至一直縣45). 見一人, 乘快馬疾馳, 乃大驚. 着鞭而走, 不入本府, 寓一品官家, 促衙屬出城, 直走吉州. 噫! 安東鎭管, 府使大官, 熙績亦名士, 而其擧措若此. 隣近守令, 聞而效之, 或避入山谷, 或走還本家. 以故細民, 打破倉庫, 錢穀物件, 日就耗損, 或敗還將士, 焚蕩官倉而去. 是故, 間有官軍諸將之團聚過行者, 無所就食, 掠取民家, 其無紀律如此.

---

39) 佐幕(좌막) : 장수를 보좌하는 막료.
40) 甲丈山(갑장산) : '甲長山'의 오기.
41) 開寧縣(개령현) : 경북 金陵郡 개령면. 지금은 金泉市로 개편되었다.
42) 奉安⊠令 : 원문의 글자 일부가 판독 불능이기 때문에 무슨 뜻인지 알 수가 없음.
43) 知委(지위) : 알려줌. 통지함.
44) 鄭熙績(정희적, 1541~?) : 본관은 河東이고, 자는 士勳이다. 1568년 별시문과에 병과로 급제하여 사헌부 지평을 거쳐 사간원 헌납에 서임되었다. 안동부사 때 임진왜란이 일어났는데, 勤王을 핑계로 처자를 거느리고 길주로 달려가 길주 부사가 되어 鄭文孚와 호응하여 왜적과 싸웠다. 그러나 비변사로부터 안동부사로 있을 때 왜적을 막지 않고 도망한 忘君負國의 죄를 지었다는 탄핵을 받았다.
45) 一直縣(일직현) : 안동부 남쪽 31리에 있던 현.

(初安東判官尹安性, 領兵赴兵營, 李玨走後。安性竭力禦賊, 其子弟請速避, 安性曰: "男兒死則死矣, 何可避去?" 及諸將士皆散, 還到本府, 熙績已走, 而官府無主, 民居一空。安性, 躬自擊鼓, 謀聚軍守城, 而已散之民, 無討復合, 遂棄官去。)

龍宮縣監禹伏龍[46], 以斬退將[47], 行向下道。時河陽[48]軍五百餘名, 屬防禦使, 以迎候防禦事, 自兵營上來, 至慶州毛良驛。伏龍見之, 惑於訛言, 意爲賊嚮導, 皆斬之, 無慮四百餘人。禹無[49]雖心於殺, 而渠實無罪。人之枉死, 類多如此。

○ 初觀察使金睟, 聞賊陷東萊, 退據密陽, 及賊犯密陽, 謂'節制之帥, 不當在圍城之中.' 遂還靈山, 旋向草溪, 後自伽倻山, 迤到知禮, 始受都巡察使之教旨。

二十八日

都巡邊使申砬[50], 戰敗于忠州獺川。

自此, 兇焰捲地, 更無捍禦。本道列屯之賊, 假稱官啣, 至有國使之號, 橫行道路, 了無願忌。而巡察使金睟, 避在僻地, 因率勤王兵千餘將, 赴京城(卽五月

---

46) 禹伏龍(우복룡, 1541~1613) : 본관은 丹陽이고, 자는 현길(見吉)이며, 호는 懼庵・東溪이다. 1573년 司馬試에 합격하여 성균관 유생이 되었다. 임진왜란 때 龍宮縣監으로 용궁을 끝까지 방어, 그 공으로 安東府使에 올랐다. 1599년 洪州牧使가 되어 선정을 베풀고, 羅州牧使・忠州牧使를 거쳐 1612년 成川府使에 이르렀다.

47) 斬退將(참퇴장) : 후퇴하는 자를 베는 장수.

48) 河陽(하양) : 경북 경산지역의 옛 지명.

49) 禹無(우무) : 禹無間然. ≪論語≫<泰白篇>에서 공자가 "우 임금에 대해서는 내가 비난할 만한 틈을 발견할 수가 없다.(禹, 吾無間然.)"고 말한 구절을 활용. 우복룡의 행위가 후퇴하는 자에 대한 참형이었다면 비난할 수 없지만, 결과적으로 무고한 사람을 죽였음을 기록하고 있다.

50) 申砬(신립, 1546~1592) : 본관은 平山이고, 자는 立之이다. 1567년 무과에 급제하여 1583년 북변에 침입해온 尼湯介를 격퇴하고 두만강을 건너가 野人의 소굴을 소탕하고 개선, 함경북도 병마절도사에 올랐다. 임진왜란 때 三道都巡邊使로 임명되어 忠州 鐽川江 彈琴臺에서 背水之陣을 치며 왜군과 분투하다 패배하여 부하 金汝岉과 함께 강물에 투신 자결했다.

十六日也.), 與兩湖巡使[51]會, 於龍仁地, 遇賊大敗(即六月初五日也.), 而還到本道
(即六月十七日也)。道內號令, 久無主張(時都事金穎男[52], 代巡使, 行公), 累郡印者,
竄伏於山藪, 佩兵符[53]者, 逗留[54]於內地, 人心渙散, 土賊蝟起[55], 途道相殺,
靡有紀極。以此, 西方消息, 夐不相及, 訛言洶洶, 人將不知有國久之, 始聞大
駕西遷, 即四月晦日四更也。

五月 初三日

賊入都城報至。

上自松都發行, 宿金郊驛[56], 遂轉向義州。自此, 南民缺望[57], 尤不知死所
矣。未幾, 安集使金玏[58], 來駐上道, 作文以布諭敎旨, 收拾安東等地, 若干兵
馬, 爲設伏遮截之討, 自是民間, 始聞公家號令。

---

51) 兩湖巡使(양호순사) : 순찰사는 각 도의 관찰사가 겸임하였는데, 전라도관찰사 李洸(1541~
1607)과 충청도관찰사 尹國馨(1543~1611)을 가리킴. 이광은 1592년 임진왜란이 일어나
자 전라도 관찰사로 발탁되었으며, 관군을 이끌고 북상하여 왜적과 맞서 싸웠으나 용인
싸움에서 참패하였다. 이 패전을 이유로 대간의 탄핵을 받고 파직되어 백의종군하기도
하고, 유배되었다가 석방되었다. 윤국형은 1592년 충청도 관찰사가 되자 왜적의 침입에
대비하여 무기를 정비하였다. 그 해 임진왜란이 일어나 왜적을 막아내다 패하여 파직
당하였다. 뒤에 다시 기용되어 충청도 순변사가 되었고, 判決事·병조참판·同知中樞府
事 등을 거쳐 備邊司堂上이 되어 왜란 뒤의 혼란한 업무들을 처리하였다.
52) 金穎男(김영남, 1547~1617) : 본관은 光州이고, 자는 中悟이며, 호는 掃雪翁이다. 晉陽郡
守로 있을 때 임진왜란이 일어나 東江의 왜적을 방어하는 한편, 泗川에 있는 적을 소탕
하고 수천 석의 군량미를 서울로 운반했다.
53) 兵符(병부) : 發兵符. 조선 시대에, 군대를 동원하는 표지로 쓰던 동글납작한 나무패. 한
면에 '發兵'이란 글자를 쓰고 또 다른 한 면에 '觀察使', '節度使' 따위의 글자를 기록하
였다. 가운데를 쪼개서 오른쪽은 그 책임자에게 주고 왼쪽은 임금이 가지고 있다가 군
사를 동원할 때, 敎書와 함께 그 한쪽을 내리면 지방관이 두 쪽을 맞추어 보고 틀림없다
고 인정하여 군대를 동원하였다.
54) 逗留(두류) : 머물러서 떠나지 아니함.
55) 蝟起(위기) : 고슴도치의 털이 곤두서듯이 사태가 엉클어져 일어나는 것.
56) 金郊驛(금교역) : 황해도 金川郡에 있는 驛.
57) 缺望(결망) : 불만이 있어 원망함.
58) 金玏(김륵, 1540~1616) : 본관은 禮安이고, 자는 希玉이며, 호는 柏巖이다. 1576년 식년
문과에 병과로 급제했다. 임진왜란 때 安集使로 영남 지방의 민심을 수습하고, 1595년
대사헌이 되어 時務十六條를 상소하였다.

二十九日

軍威, 賊焚蕩。

義城下川村[59], 死者幾七十餘人。有品官鄭太乙妻朴氏, 與其二女, 俱被殺。朴氏嘗畜一犬。時村人皆散, 父子夫婦, 不得相顧, 積屍原野, 群犬磔裂而食之, 殆不能全其肢體。朴氏犬, 常守朴氏屍體, 群犬至則獰怒而逐之, 烏鳶至則亦如之, 太乙二日始還, 朴氏屍獨全。人異之。

前此, 同村居品官, 有姓申, 率村中大小人, 約束禦賊。是日早, 有賊向同村, 申與數三精兵, 逐而射之。俄而, 有二賊, 馳馬而來, 申策馬以進, 至孤山[60]川邊, 相距僅十步許。賊按釖直入, 向申投之, 申僅免, 賊又拔小釖, 俛首直入, 申射之, 賊卽仆地, 俄而起立, 取前所投之釖, 申又射之, 賊中胸卽死。一賊, 遂退走軍威, 去本村乃二十里程。遂全軍來掠, 殺傷之禍, 慘不忍言。賊撤取人家, 積置一處, 取申所殺之賊, 以屍其付火。諸賊列立, 拜哭而去。是日, 丁敏又射一賊。

○ 右道, 賊入巨濟島, 縣令金俊民[61], 栗浦權管[62]李繼宗, 下海迎戰, 賊遂退去。

○ 開寧居引儀崔縉[63]妻羅氏, 在山遇賊, 罵不絶口死。羅氏, 部將應奎女也, 嘗以婦道聞, 竟死於烈云。固城有羅應壁與應奎, 爲兄弟也。子婦三人, 亦

---

59) 下川村(하천촌) : 하천은 경북 의성군 봉양면 쌍계천의 옛 명칭. 그 옆의 마을은 藏待里이 인데, 좀더 구체적인 자연부락 이름은 '너다리'라 한다.

60) 孤山(고산) : 경북 의성군 봉양면 쌍계천 건너편에 있는 산 이름.

61) 金俊民(김준민, ?~1593) : 1583년 함경북도 병마절도사 李濟臣과 함께 軍官으로 출전하여 胡族을 정벌하였다. 임진왜란 때는 巨濟縣令으로 있으면서 관군이 패하여 흩어지자 의병을 이끌고 茂溪縣에서 모리 데루모토(毛利輝元)의 부대를 격파하였다. 다음해 金千鎰의 밑에서 晋州城의 동문을 고수하려고 악전고투하다가 전사하였다. 전란이 끝난 후 宣武原從功臣에 책록되었다.

62) 權管(권관) : 각 진에 속한 무관으로 종9품 벼슬.

63) 崔縉(최진, ?~?) : 본관은 隋城으로 崔希伋의 아들. 최희급은 임진왜란 때 白衣(벼슬이 없는 선비)로 의병을 일으켜 金千鎰을 따라 運糧將이 되어 아우 崔希閔과 함께 양곡 운반에 종사하였고, 晋州城 전투에서 성이 함락되자 김천일과 함께 순절하였다. 최진은 崔練과 崔繕과 함께 왜적의 손에 사망하였다.

死節(詳見後), 一門之內, 死節者如此, 世所罕有者也。

○ 安集使金玏, 以前撿閱金涌[64]爲安東守城將, 訓鍊奉事權希舜[65]爲義城守城將, 博士黃曙[66]爲豊基守城將, 前縣令李愈[67]爲醴泉守城將, 幼學朴淵爲義興守城將, 一邑軍務, 各令勾當[68], 盖各邑無守令故也。(時各邑, 率多空官, 而安集使, 因所聞, 差定如此。) 安集使金玏, 遣大將, 龍宮縣守禹伏龍及榮川郡守李瀚・奉化縣監黃是[69]・禮安縣監申之悌[70]等, 率各官軍兵, 駐于醴泉, 李瀚・黃是, 告病還任, 伏龍・之悌, 領軍待變。

六月 十五日

遇賊于龍宮地, 見敗, 軍多死焉。

---

64) 金涌(김용, 1557~1620) : 본관은 義城이고, 자는 道源이며, 호는 雲川이다. 이황의 손녀사위로서, 金誠一의 조카이다. 1590년에 증광문과에 급제했다. 임진왜란 때 의병을 규합, 항쟁했다. 1598년 柳成龍이 삭직 당하자 함께 배척을 받아 外職을 전전했다.

65) 權希舜(권희순, 1548~1598) : 본관은 安東이고, 자는 景華이고, 호는 雲庵이다. 향시에 3번 합격하고 무과에 급제했다. 임진왜란 때는 義城守城將으로 천거되어 결사의 항쟁을 하여 큰 공을 세워 인근의 比安과 義興까지 평온을 유지하게 되었다. 이후 安東判官을 거쳐 長鬐縣監에 나아가서는 자신의 급봉을 털어 굶주린 백성을 구휼했으며 바다를 따라 침공하는 왜적을 크게 무찌르다 유탄에 맞아 유혈이 낭자했다. 이로 인한 病瘡으로 벼슬을 그만두고 귀향했다.

66) 黃曙(황서, 1554~?) : 본관은 昌原이고, 자는 光遠이며, 1576년에 진사가 되고 1580년 알성시에 병과로 급제하여 교서관 박사, 파주 목사 등을 역임하였다.

67) 李愈(이유, 1522~1592) : 본관은 延安이고, 자는 子欽이며, 호는 梅村이다. 1555년에 생원이 되고 천거를 통해 태천 현감, 용궁 현감 등을 역임하였다. 임진왜란 중에 진중에서 죽었다고 한다.

68) 勾當(구당) : 일을 관장함. 담당관.

69) 黃是(황시, 1555~1626) : 본관은 昌原이고, 자는 是之이며, 호는 負暄堂이다. 1579년 사마시에 입격하고, 1584년 친시문과에 을과로 급제하였다. 1594년 병조정랑・사헌부지평을 거쳐 이듬해 問禮官, 1596년 世子侍講院輔德・성균관사성 등을 지냈다. 이어 靑松府使로 나가 善政을 베풀었다.

70) 申之悌(신지제, 1562~1624) : 아주신가 龜派의 후손이다. 자는 順甫이며, 호는 梧峰・梧齋이다. 1589년 增廣文科에 甲科로 급제하여 正言・禮曹佐郎・文學 등을 역임하였다. 임진왜란 때는 禮安縣監으로 縣軍을 이끌고 龍仁싸움에 참전하여 宣武・扈從의 두 原從功臣이 되었다. 1613년 昌寧府使로 나가 백성을 괴롭히던 도적을 토평하고 민심을 안정시켜 그 공으로 通政大夫에 올랐으며, 仁祖 초 同副承旨에 제수되었으나 부임하지 못하고 죽었다. 義城의 藏待書院에 배향되었다.

伏龍等, 幾危而幸免。翌日, 賊入醴泉・安東等地, 未久又入禮安。

○ 時各官守令, 以安集使分付, 或抵本家而還, 或抵江原忠淸而還, 盖時朝
廷, 急於招集, 以有寬宥之旨故也。

(五月二十三日, 有旨書狀[71]內, '艱難之際, 事多苟且, 亦其勢使之然也。各邑
守令, 臨亂逃避者, 一切勿問, 使之自現察任。'[72] 云。 時禮安縣監申之悌, 龍官
縣監禹伏龍, 常守本境。伏龍多捕土賊, 慮被其害, 日三變服, 猶不遠去, 有守
土[73]死賊之心云。)

軍威賊入, 義城(前此, 常往來焚蕩。至是, 分軍移屯, 卽二十六日也。)士人金致中[74],
聞賊入本縣, 召集里中操弓者, 有設伏捍禦之計。一日, 見賊突入其里, 令四面
吹角, 一時追射, 賊棄旗而走。明日, 賊又至, 又逐而射之, 又明日, 亦如是。
賊憤其屢退, 翌日未明, 全軍來圍, 勢甚蒼黃。致中以其父母, 置於藤蔓之下,
顧其妻子曰:"寧死, 不願聞汚辱之行也。" 遂與弟致和・孽弟致潤・從弟致
弘・致剛等, 引弓抗賊。致弘・致剛, 各射一賊, 應弦而倒, 致潤射, 中一賊。
賊一時放丸, 致和中死。致中與其妻申氏及致剛妻權氏, 臨絶巖三十丈許, 致
中先墮, 其妻申氏與權氏泣曰:"一死不可免, 但靑年可惜。" 遂同墮。其婢卜
粉, 挽其主裾曰:"主典欲去何處?" 亦從而墮, 屍積溪邊。賊見致中, 不脱衣
冠, 意其爲將, 益怒加刃而斬之, 頭足異處。(卽七月初一日也。) 權氏身, 繞於藤蔓
之中, 落於淺灘, 傷頤折二齒, 賊退後, 救之乃穌。奴妻玉今, 見其夫, 被害亦

---

71) 有旨書狀(유지서장):임금의 敎旨를 받들어 작성한 일반 書狀.
72) 이 부분은 ≪宣祖實錄≫ 26권, 25년(1592) 5월 22일 2번째 기사 일부임.
73) 守土(수토):지방관을 말함.
74) 金致中(김치중, ?~1592):본관은 義城이고, 자는 靜而이며, 호는 鷹峯이다. 松隱 金光粹의
외손이고 西厓 柳成龍의 이종이자 문인이다. 1592년 4월 의병을 일으켜 아우와 종제인
치홍, 치강, 치공 및 숙부 웅주 등과 함께 천연요새인 건마산에 진을 치고 왜적에게 항
전하였다. 하지만 역부족으로 아우 등 친족들과 많은 군사가 차례로 전사하자 호국의
한을 풀지 못한 채 스스로 수백 척 절벽을 뛰어내려 장렬하게 순국했다. 그의 아내도 그
의 뒤를 따르고, 종제와 노비 복분이 마저 그 뜻을 따르니 후인들은 一文三綱이라 일컬
으며 추앙 칭송했다.

投水而死。盖致中，早事詩禮，持身甚謹，嘗往來於先生長者之門，人多推之，娶安東申九鼎之女。臨亂一夕，節義成雙，至愚如卜粉等，亦知死所，非有一家素養，能如是乎?

○ 義城居孫夢覺女，爲軍威居訓導金光瑀妻，光瑀死於賊，孫氏卽投水而死。

○ 左道，邏賊留屯者，義城・軍威・仁同・永川・大邱・密陽・慶州・昌寧・玄風・釜山・東萊等官也。右道，則善山・尙州・唐橋・開寧・金山・星州・丹城・昌原・晉州・金海・熊川・鎭海・固城等官也。其中，釜山・金海等官，爲賊穴，最爲碻固，以爲久據根本之地，如唐橋等，列屯，則略脩壘柵，但抄掠旁邑，示威耀兵，以自捍衛而已。

人或怵兇禍，或迫飢餓，投降苟活者，比比有之。如金海(都要渚一村，自昔傍江盛居，亂初附賊嚮導，報其平日恩怨。有一書員，入日本，磨鍊田稅。)・昌原(賊補全羅監司，鄉吏玄希俊，自稱陪吏，造出先文[75]妓生等，皆入賊中。)・晉州・丹城・草溪・開寧・善山・仁同・東萊・靈山之人，是也。甚者，或稱判官，或稱鄉所，或爲賊嚮導，或出稅米(倭喜食蛇，或日捕之，以代稅米)。時密陽府使朴晋[76]，觇賊于善山。有兩班洪彦深者，見晋疑爲倭將，卽跪攢手曰："新上典，新上典. 願生願

---

75) 先文(선문) : 관리 출장의 도착 일을 미리 알리는 공문.

76) 朴晉(박진, ?~1597) : 본관은 密陽이고, 자는 明甫이며, 시호는 毅烈이다. 밀양 부사였을 때 임진왜란이 일어나자 李珏과 함께 蘇山을 지키다가 패하여 성안으로 돌아왔다가, 적병이 밀려오자 성에 불을 지르고 후퇴했다. 이후 경상좌도 병마절도사로 임명되어 나머지 병사를 수습하고, 군사를 나누어 소규모의 전투를 수행하여 적세를 저지하였다. 1592년 8월 영천의 민중이 의병을 결성하고 永川城을 근거지로 하여 안동과 상응하고 있었던 왜적을 격파하려 하자, 별장 權應銖를 파견, 그들을 지휘하게 하여 영천성을 탈환하였다. 이어서 안강에서 여러 장수들과 회동하고 16개 邑의 병력을 모아 경주성을 공격하였으나 복병의 기습으로 실패하였다. 그러나 한 달 뒤에 군사를 재정비하고 飛擊震天雷를 사용하여 경주성을 다시 공략하여 많은 수의 왜적을 베고 성을 탈환하였다. 이 결과 왜적은 상주나 서생포로 물러나지 않을 수 없었고, 영남지역 수십 개의 읍이 적의 초략을 면할 수 있었다. 1593년 督捕使로 밀양・울산 등지에서 전과를 올렸고, 1594년 2월 경상우도 병마절도사, 같은해 10월 순천부사, 이어서 전라도 병마절도사, 1596년 11월 황해도 병마절도사 겸 황주 목사를 지내고 뒤에 참판에 올랐다.

生." 晉不答揮釼, 而出佯示倭狀77)云(卽四月二十九日事也). 本府人, 多類此, 甚者, 金致大也.

其中惟尙州・大邱・永川, 則賊之留屯, 日久而未聞, 有一人附之者. 人性之善, 豈不信哉? 朝廷聞而嘉之, 特加復戶78). 如昌原, 亦以不附賊, 陞號, 人至今痛之.

(時星州僧贊熙, 與賊將對坐, 以書應答, 聚民還上79)分給, 敎授裵德文80), 捕之送巡, 使梟首.)

○ 布衣郭再祐81), 起兵於宜寧. 初再祐, 以監兵使節制, 方使賊闌入, 乃發憤欲斬. 遂散家財, 以募壯士, 得里中居, 張文長等四五人, 結爲死生之約. 其妻諫曰: "奈何爲此浪死計?" 再祐卽大怒, 拔釼欲斬之. 其兄, 亦以滅門止之, 再祐不聽. 罄出家産, 以爲餉軍之資, 妻子衣服, 亦給戰士之妻, 乃托其妻子, 於其妹夫許彦深82)家. 遂許身, 戎馬之間, 率所募將士三十餘人, 乃聲言擊賊,

---

77) 倭狀(왜장): 趙慶男의 ≪亂中雜錄≫ 권1 <壬辰年 上>에는 구체적으로 나와 있는데, "위쪽에는 크게 '令'자 한 글자를 썼고, 그 아래에는 잔글씨로, '군현의 백성들은 속히 옛집으로 돌아가 남자는 모를 심고 보리를 거두며, 여자는 누에를 치고 실을 뽑아 각각 자기집 일에 힘쓰라. 만약 우리 군사가 법을 범하면 반드시 처벌한다.' 天正 20년 월 일 拾遺侍中 平義智.(上面大書一令字, 其下細書曰, 郡縣黎民, 速還右宅, 男嫁苗收麥, 女畜蠶繰緖, 各勤家業. 若吾軍士犯法者必罰焉. 天正二十年月日. 拾遺侍中平義智.)"라 되어 있음.

78) 復戶(복호): 부역이나 조세를 면제하는 일.

79) 還上(환상): 還穀. 조선 시대에, 곡식을 社倉에 저장하였다가 백성들에게 봄에 꾸어 주고 가을에 이자를 붙여 거두던 일. 또는 그 곡식.

80) 裵德文(배덕문, 1525~1603): 본관은 星山이고, 자는 叔晦이며, 호는 書巖이다. 1553년別科에 급제하여 1561년 彦陽縣監에 이어 漢城府尹, 盈德郡守, 蔚山郡守, 高阜郡守를 거쳤으며 중 普雨가 전권을 휘두르자 귀향하여 書巖精舍를 짓고 鄭逑 등과 교유하였다. 10여년 뒤 校官으로 조정에 추천되어 유생들을 가르쳤다. 임진왜란이 일어나자 의병을 일으켜 星州 탈환 및 수호 작전에 큰 공을 세웠다.

81) 郭再祐(곽재우, 1552~1617): 본관은 玄風이고, 자는 季綏이며, 호는 忘憂堂이다. 1585년정시문과에 급제했지만 왕의 뜻에 거슬린 구절 때문에 罷榜되었다. 임진왜란 때 의병을일으켜 天降紅衣將軍이라 불리며 거듭 왜적을 무찔렀다. 정유재란 때 慶尙左道防禦使로火旺山城을 지켰다.

82) 許彦深(허언심, 1542~1603): 본관은 金海이고, 호는 壓湖亭이다. 진주에 살던 부호로 郭

鄉人聞之, 以爲發狂。

時適遇賊船。再祐, 乃着紅衣, 書'天降紅衣郭將軍'數字於紙, 繫矢以射賊船。船中賊, 爭扣臀喧笑, 再祐乃射之, 果中賊臀, 賊船遂退。鄉人聞之大驚, 以爲可與濟事, 遂相響應, 不日至百餘人, 無以爲餉。時草溪・宜寧, 皆戰敗空官, 再祐取草溪及新反縣倉穀, 以爲軍需(又取晋州田稅船四隻.)。再祐平昔, 頗知兵事, 臨事布置, 多有紀律, 士民爭相應募。

自此, 前掌令鄭仁弘,83), 起兵於陜川, 前佐郎金沔84), 起兵於居昌・高靈。前牧使吳澐85)(爲郭再祐召募官)・前縣令趙宗道86)・正字權濟87)・正字尹銑88),

---

再祐의 맏누이가 그의 부인이다. 임진왜란 때 곽재우가 의병을 일으키고 도움을 요청하자 처음엔 가담하지 않으려 하므로, 곽재우가 그의 아들을 데려오니 마침내 결심을 굳히고 군량 수천 석과 하인 수백을 보내 적극 지원하였고, 그 휘하에 들어가 典軍이 되어 전공을 세우고, 곽재우의 처자를 돌보아 주었다.

83) 鄭仁弘(정인홍, 1535~1623) : 본관이 瑞山이고, 자가 德遠이며, 호가 萊菴이다. 南冥 曹植의 문인으로, 崔永慶, 吳建, 金宇顒, 郭再祐 등과 함께 경상우도의 南冥學派를 대표하였는데, 1581년 掌令이 되어 鄭澈・尹斗壽를 탄핵하다가 해직되었다. 1589년 鄭汝立 獄事를 계기로 동인이 남북으로 분립될 때 北人에 가담하여 領首가 된 인물이다. 1592년 임진왜란 때 濟用監正으로 陜川에서 의병을 모아, 星州에서 왜병을 격퇴하여 영남의병장의 호를 받았다. 이듬해 의병 3,000명을 모아 성주・합천・함안 등을 방어했고, 1602년 대사헌에 승진, 중추부동지사・공조참판을 역임하였으며 柳成龍을 임진왜란 때 화의를 주장하였다는 죄목으로 탄핵하여 사직하게 하고, 洪汝諄과 南以恭 등 北人과 함께 정권을 잡았다. 1608년 柳永慶이 선조가 광해군에게 양위하는 것을 반대하자 이를 탄핵하다가, 이듬해 寧邊에 유배되었다. 하지만 선조가 급서하고 광해군이 즉위하자 대사헌이 되어 大北政權을 세웠다. 자신의 스승인 남명 조식의 학문을 기반으로 경상우도 사림세력을 형성하였다. 더구나 임진왜란 당시의 의병장으로서 활약한 경력과 남명의 학통을 이어받은 수장으로써 영남사람의 강력한 영향력과 지지기반을 확보하였다.1623년 인조반정 뒤 참형되고 가산은 적몰되었으며, 이후 대북은 정계에서 거세되어 몰락하였다.

84) 金沔(김면, 1541~1593) : 본관은 高靈이고, 자는 志海이며, 호는 松菴이다. 임진왜란 때 분연 궐기하여 의병을 규합하여 開寧 지역에 있는 적병 10만과 대치하여 牛岾에 진을 치고, 金時敏과 함께 知禮를 역습하여 대승했다. 1593년 경상우도 병마절도사가 되어 의병과 함께 진을 치고 善山의 적을 치려할 때 병에 걸리자 죽음을 알리지 말라는 유언을 남기고 죽었다.

85) 吳澐(오운, 1540~1617) : 본관은 高敞이고, 자는 太源이며, 호는 竹牖 또는 竹溪이다. 1566년 문과에 급제했다. 임진왜란 때 宜寧에서 의병을 일으켜 곽재우의 收兵將으로 활약했다.

86) 趙宗道(조종도, 1537~1597) : 본관은 咸安이고, 자는 伯由이며, 호는 大笑軒이다. 1589년 鄭汝立의 모반 사건에 연루되어 투옥되었다가 석방되었으며, 임진왜란 때 단성현감을 지

暨全致遠[89]・全雨[90]・盧欽[91]・權鸞[92]，皆有意討賊，聲勢相援，一時倚以爲干城。

時副提學金誠一，左遷爲右道兵使，下來路中，遇賊先鋒，卽下馬踞坐繩床[93]，令軍官[94](忘其名)射之，前賊中死，遂退去。誠一，到營數日，風彩立異，軍民倚以爲重。既而有拿命，中道蒙宥，遷爲本道招諭使，先到江右，牙旌所指，父老加額。時以郭再祐，取新反等倉穀之故，陜川郡守田見龍，以賊論報，右兵使曹大坤[95]，下令捕之。以故，管下諸兵，多有散去之意。誠一，到界之

내고 1596년 咸陽郡守에 있다가 병으로 사임했다. 정유재란 때 의병을 규합, 안음현감 郭䞭과 함께 黃石山城에서 왜장 加藤淸正이 인솔한 적과 싸우다 전사했다.

87) 權濟(권제, 1548~1612) : 본관은 安東이고, 자는 致遠이며, 호는 源堂이다. 1591년에 문과에 급제하여 弘文館博士를 지냈다. 임진왜란이 일어나자 權世春과 함께 丹城에서 500여 명의 의병으로 창의하였고, 곽재우, 김면과 더불어 창의하여 여러 차례 공을 세웠다.

88) 尹銑(윤선, 1559~1637) : 본관은 坡平이고, 자는 澤遠이며, 호는 秋潭이다. 1582년 진사시에 합격하고 1588년 문과에 급제하였다. 삼사・육조 및 승정원 등의 여러 관직과 경주부윤을 거쳐 漢城判尹에 이르렀다. 임진왜란 때는 피란 간 국왕을 수행하기 위해 고향으로부터 뒤쫓아 갔으며, 명령에 따라 세자를 수행하였다.

89) 全致遠(전치원, 1527~1596) : 본관은 完山이고, 자는 士毅이며, 호는 濯溪이다. 1546년 향시에 합격하였다. 이후 曺植의 문하에서 학문을 계속하며 金宇顒・鄭逑・盧欽・金沔 등과 도의로써 교유하였다. 임진왜란이 일어나자 66세의 나이로 스승 이희안의 손자인 李大期와 함께 의병을 일으켰다. 이어 낙동강을 건너려는 왜군을 저지하였으며, 이듬해에는 郭再祐와 연합하여 玄風・昌寧・靈山 등지의 적을 공격하였고, 김면・鄭仁弘 의병과 함께 茂溪津・鼎巖津 등에서 왜적을 격파하였다. 이 공로로 沙斤察訪에 제수되었으나 나아가지 않았다.

90) 全雨(전우, 1548~1616) : 본관은 完山이고, 자는 時化이며, 호는 睡足堂이다. 李好閔, 李民宬, 朴惺, 成汝信, 朴絪 등과 친교했다. 임진왜란 때 의병을 이끌고 적을 무찔렀고, 이 공으로 司畜署別提와 重林道察訪이 되었다.

91) 盧欽(노흠, 1527~1601) : 본관은 光州이고, 자는 公愼이며, 호는 立齋・晩歲・竹泉이다. 임진왜란 때 고향에서 의병을 일으켜 왜적과 대항한 공로로, 別提와 察訪 등에 임명되었지만 나가지 않았다.

92) 權鸞(권란, ?~?) : 자는 子仁이며, 호는 大樹軒이다. 곽재우 의병부대의 돌격장을 맡았다.

93) 繩床(승상) : 직사각형 가죽 조각의 두 끝에 네모진 다리를 대어 접고 펼 수 있게 만든, 휴대하기 편리한 의자. 예전에, 벼슬아치들이 외출할 때 들려 가지고 다니면서 길에서 깔고 앉기도 하고 말을 탈 때에 디디기도 하였다.

94) 軍官(군관) : 이름을 잊은 것으로 되어 있는데, 趙慶男의 ≪亂中雜錄≫ 권1 <壬辰年 上>에는 金玉으로 되어 있음.

95) 曹大坤(조대곤, ?~?) : 본관은 昌寧이다. 벼슬이 경상우부사에 이르렀다. 임진왜란 때 커다란 공을 세우지 못한 것으로 보인다.

日, 卽貽書招見(在丹城招之, 再祐乃就拜.), 深加獎勸, 軍乃再振, 一向擊賊。

○ 忠義衛李逢[96], 起兵於咸昌, 前佐郎鄭經世[97], 爲召募官, 進士金覺[98], 起兵於尙州, 正字李埈[99], 爲召募官。兩軍, 聲勢相援, 逢斬獲頗多。

○ 以密陽府使朴晉, 陞拜爲左道兵使。初晉, 從金睟, 到溫陽, 得差兵使, 祗受[100]有旨, 率軍官李士彦等三十餘人, 先到江右。六月十五日, 自高靈, 夜到洛江, 由玄風, 到密陽・豊角縣, 召集散民, 幾數百名, 轉向靑松等地。

時賊見官帶人, 則以爲官員或兩班, 必窮追捕斬。以故, 人無大小, 皆着蔽陽子[101], 以其便於避賊也。

自晉爲兵使後, 始着黑笠衣冠, 風彩煥人耳目。以故, 士人亦着黑笠。

(時李珏, 旣走兵營, 印信見失, 西路阻絶。新印, 未及下來, 各官見晉傳令, 不

---

96) 李逢(이봉, ?~?): 본관은 漢陽이고, 자는 子雲이다. 임진왜란 때 의병을 규합, 적군의 후방을 교란해 물리쳤다. 서울이 수복된 뒤 귀향했다가 1595년 사헌부 감찰에 발탁, 이듬해 옥천 군수로 나가 굶주리는 백성을 구제했다. 정유재란 때도 일본군의 진격을 막은 공으로 당상관에 올랐지만 사퇴하고 귀향하여 여생을 보냈다.

97) 鄭經世(정경세, 1563~1633): 본관은 晉州이고, 자는 景任이며, 호는 愚伏・一默・荷渠이다. 경북 尙州에서 출생했고, 柳成龍의 문인이다. 1582년 진사를 거쳐 1586년 謁聖문과에 급제, 승문원 副正字로 등용된 뒤 검열・奉教를 거쳐 1589년 賜暇讀書를 하였다. 임진왜란이 일어나자 의병을 일으켜 공을 세워 修撰이 되고 정언・교리・정랑・司諫에 이어 1598년 경상도・전라도 관찰사가 되었다. 광해군 때 鄭仁弘과 반목 끝에 削職되었다. 예론에 밝아서 김장생 등과 함께 예학파로 불렸다.

98) 金覺(김각, 1536~1610): 본관은 永同이고, 자는 景惺이며, 호는 石川이다. 1567년 진사시에 합격하였으나 얼마 되지 않아 아버지의 상을 당한 뒤로는 과거공부를 그만두었다. 임진왜란이 일어나자 상주에서 의병을 일으켜 적을 다수 참획하는 전과를 올렸다. 감사 金睟가 그의 전공을 行在所에 보고하여 司醞署主簿를 제수 받았고 그해 가을에는 咸昌縣事를 제수하였으나 나가지 않았다. 1596년 왜적이 龍宮縣을 유린하자 조정에서는 그에게 용궁현감을 제수하여 적에 맞서게 하였다. 그 뒤 1604년 穩城判官을 역임하였다.

99) 李埈(이준, 1560~1635): 본관은 興陽이고, 자는 叔平이며, 호는 蒼石・西溪이다. 柳成龍의 문인이다. 임진란이 일어나자 鄭經世와 의병을 모집, 姑母潭에서 적군과 싸워 패했다. 1594년 다시 의병을 일으켜 이긴 공으로 형조좌랑에 임명되었으나 사양하고 이듬해 慶尙道都事로 나가 《中興龜鑑》을 편술하여 왕에게 바쳤다. 정묘호란에도 의병을 모집하고 왕명을 받들어 전주에 가서 수만 섬의 군량미를 모은 공으로 中樞府僉知事가 되었다.

100) 祗受(지수): 임금의 하사를 공경히 받음.

101) 蔽陽子(폐양자): 천한 사람이 쓰는 흰 대로 엮은 삿갓.

以爲信訖, 疑間起。寧海府使韓孝純[102], 到靑松, 見晉, 遂送本府布印, 用之。自此, 人心始定。)

義兵將郭再祐, 圍靈山賊, 與諸將約, 賊若潰圍而出, 則致潰處, 當受其責云。適再祐, 把截[103]處地, 勢有可乘之隙, 賊果潰圍直出, 追擊甚急, 放丸如雨, 我兵一時潰散。再祐管下諸兵, 擁衛再祐, 使賊兵不得逼近, 賊亦逗遛不敢突入。再祐, 乃麾旗回馬, 若將向賊, 會其地形, 便於用武, 在賊有易敗之勢, 賊意謂再祐佯敗奔潰, 據此形便, 有引出邀擊[104]之計, 遂退兵遠走。以故, 我兵得全還入, 稱其用兵如神, 得全於已敗, 且得士情如此云。時行賊數千, 因日暮, 結陣於昌寧地。再祐, 夜令諸兵, 各抱火具潛行, 至賊屯近地, 一時擧火, 鼓譟[105]而進羅, 炮幷作, 賊驚㤼失措, 盡棄器械遁走, 遂收其軍器等, 凾而還。

○ 靈山居兩班孔撝謙, 亂初附賊, 同向京城, 致書於其家, 曰:「吾當爲慶州府尹, 若密陽府使, 則可優爲.」云。而且有犯上之言, 郭再祐聞之, 憤甚。一日, 撝謙還到其家。再祐欲殺撝謙, 而難於捉致。

(時其里人, 皆附賊, 柱植於外闔, 行賊不得侵犯, 我國人久不接足, 少有聲息, 必與賊相通。)

訓鍊奉事辛礎[106], 亦靈人, 素善撝謙。再祐, 令勇士伏於道傍, 令礎引出擒

---

102) 韓孝純(한효순, 1543~1621) : 본관은 淸州이고, 자는 勉叔이며, 호는 月灘이다. 1568년 생원이 되고, 1576년 式年文科에 병과로 급제하여, 檢閱이 되고, 修撰을 거쳐 1584년 寧海府使가 되었다. 임진왜란 때 영해전투에서 왜군을 격파한 뒤 경상좌도 관찰사에 특진, 巡察使를 겸하고 군량미 조달에 힘썼다. 1594년 병조참판을 거쳐 1596년 경상・전라・충청도 體察副使가 되었다. 1597년 中樞府知事가 되고, 1604년 이조판서에 올랐다.
103) 把截(파절) : 군사적으로 중요한 곳을 파수하여 경비함.
104) 邀擊(요격) : 도중에서 기다리고 있다가 급습하는 것.
105) 鼓譟(고조) : 북을 치며 떠들어댐.
106) 辛礎(신초, 1568~1637) : 본관은 靈山이고, 자는 友叟이며, 호는 聞巖이다. 무과에 급제한 뒤 1591년 天城萬戶가 되었고, 임진왜란이 일어나자 의병을 모집하고 昌寧 火旺山城의 郭再祐의 군대에 들어갔다. 공휘겸이 적에게 항복하고 靈山에서 스스로 경상도관찰

來。礎至撝謙家, 說曰:"近觀時事, 萬無恢復之勢, 吾與同志者數人, 願與君同之." 撝謙肯答如響, 礎曰:"願君與吾同出。見某某人, 相議可也." 撝謙果出來, 勇士等, 縛致再祐前。撝謙, 於再祐孤連, 乃伯叔行也, 意或見宥。再祐, 乃先斫一臂一脛, 撝謙曰:"若不加形, 可以得生." 云。竟斬之, 人皆快之。時豪悍奴輩, 不知奴主之分, 多叛主橫肆, 甚者, 或加刃, 或相淫穢, 再祐聞, 卽捕致, 通于其主, 皆斬之。自此, 人心始定, 無復有犯上者。

○ 賊稱全羅撿使, 移檄將渡鼎巖津, 其文曰:「迎者安, 拒者斬.」大小遑遑, 巷議不一。再祐, 乃奮然大罵曰:"敢言, 迎賊者斬." 遂以書檄賊曰:「天子聞汝等將犯我國, 預送紅衣將軍, 領精銳邀擊.」卽着紅衣, 馳騁山上, 又令一人同其服色, 乘馬上山, 馳突於相望之地, 能飛越山谷。彼隱則此出, 此隱則彼出, 往來倏忽, 賊甚異之, 遂驚潰, 不得渡江。由漆原迎浦[107], 歷秋風嶺, 入忠淸, 劇賊一退, 軍聲大振, 聞者氣倍。

○ 義兵將金沔, 遇下來賊船二隻, 一隻則全船捕捉, 斬賊八十餘名。所載之物, 或有帑府[108]舊藏, 而光廟[109]御諱及祭服二領・赤舃[110]一部, 亦在其中。如麝香靑絹等件, 亦皆世家[111]物也, 他物稱此。自此, 兵勢盆振, 士氣百倍。

(金晬論啓[112], 以甲頭口及兵器雜物, 令分與軍卒, 以爲勸賞, 其餘絹段等物, 輸送南原, 使之堅藏, 開路後, 上送云。)

六月 十八日

賊船三隻, 自上流下, 二船則致沒, 一船則縱櫓下去, 義兵將郭再祐, 全船捕

사를 자처하자 그를 생포하고 그 공로로 玄風縣監이 되었다. 善政과 적에 대한 방비를 굳게 하여 영남지방에서 이름을 떨쳤다.

107) 迎浦(영포): '靈浦'의 오기. 漆原縣의 북쪽 21리 지점에 있는 驛 이름.
108) 帑府(탕부): 왕실의 재물을 보관하던 곳.
109) 光廟(광묘): 세조.
110) 赤舃(적사): 임금의 예복에 신는 붉은 신.
111) 世家(세가): 여러 대에 걸쳐 나라의 중요한 자리를 맡아 오거나 특권을 누려오는 집안.
112) 論啓(논계): 임금의 잘못을 따져 간하는 것.

捉, 斬首二十七級。

(盖江右義兵, 沿江或設木柵, 或設弓弩, 臨機用智, 故多於江上捕斬。觀金晬啓,
則曰'宜寧假將郭某馳報內'云。而但晬十七日, 自雲峰到咸陽, 郭於十八日, 雖有
斬級之功, 同日。乃晬來還之初, 政郭移檄數罪之日, 則決無馳報之理, 而上前啓
辭, 當有所據, 故俱錄如此。)

○ 玄風居品官郭再勳[113](乃超[114]子也), 避賊在山, 一日見擄, 賊欲斬之。子
潔・浩・淸・泗等四兄弟, 乞以其命代之, 賊卽斬潔等四兄弟, 放再勳。再勳,
無他嗣續, 潔嘗有孽子, 今奉其祀云。當時, 兇鋒所及, 父子兄弟, 迫於自活,
不得相顧。甚者, 或子而棄父, 無復人理, 而潔等, 代父之死, 爲孝至矣。而人
不得知, 本縣士林, 欲作文伸白, 而未果至今, 稱嘆云。

○ 郭再祐以爲, 金晬再爲監司, 而使民離叛者, 旣往不說(築城時, 大失道內人
心.), 賊到東萊, 退縮密陽, 節制乖方, 使之陷城, 賊犯密陽, 走到靈山, 旋向草
溪, 回入伽倻。賊過尙州, 竄身居昌, 矇矓啓狀, 欺罔君父, 謂:「鳥嶺可守, 棄
而委之。」使嶺南一道土崩瓦解, 竟爲賊窟。賊過鳥嶺, 君父消息, 邈不相聞, 自
知其身無地, 可容托於勤王, 逃踪雲峯。中道狼狽, 無所於歸, 忘羞忍恥, 擧顔
再來, 出號令發節制, 使義旅有潰散之心, 招諭敗垂成之功。(已上, 皆就再祐上招
諭及檄內文拔出來.)

遂通文於列邑, 以聲其罪, 上書于招諭使金誠一, 其略曰:「齊城七十已降,
而田單[115]以莒卽墨, 復齊之墟, 唐之兩京已陷, 而郭子儀[116]以孤軍, 復唐之

---

113) 郭再勳(곽재훈, ?~?) : 곽재우의 사촌 동생. 郭再烈, 郭再熱, 郭再謙이 동생인데 이들도
    의병활동을 했다.
114) 超(초) : 郭超(?~?). 宣務郎을 지냈는데, 곽재우의 큰아버지이다.
115) 田單(전단) : 燕나라 昭王이 樂毅를 시켜 齊나라를 공경하여 여러 성이 다 무너졌으나 莒
    와 卽墨城만이 항복하지 않았는데, 즉묵성의 장군으로 추대된 전단은 소꼬리에 기름불
    을 메달아 진격하여 연나라 군대가 대패함으로써 연나라에 빼앗긴 70여 성을 다시 수
    복하였다.
116) 郭子儀(곽자의) : 중국 唐나라의 武將. 安祿山의 난이 일어나자 中原의 반란군을 토벌했

祀。今嶺南一帶, 雖陷於賊, 左右列邑, 尙多完全, 堂堂國家, 勇士如雲, 爲監司者, 誠能一日奮忠烈之心, 發慷慨之言, 感動民心, 則以義應之者, 亦必多矣, 君父之讐, 可不日而復也。曾莫能巡一邑・畫一策, 倡起義兵, 逃蹤他境, 猶恐不及, 此夷狄禽獸之心, 所不忍爲也。僕必待閤下, 上聞而斬晬之頭, 竿之蒿街, 然後倡率勇壯, 以赴閤下之前.」 遂上疏論列。又移檄于晬, 其略曰:「行宮[117]阻邈, 消息難通, 王法不行, 汝首猶全.」云, 而且有欲討之意。

晬遂移關[118]於招諭使, 令以法囚繫, 乃具由上啓, 其略曰:「內地築城, 校生沙汰, 是臣歛怨之地, 以此重激物情。文德粹[119]之上書, 一道之人, 多以爲其異姓侄李魯[120]之指揮, 而臣亦前於狀啓, 微露其意。魯之欲害小臣者, 曷嘗斯須忘哉? 國運不幸, 賊勢猖獗至此, 臣罪當萬死, 乘此機會, 百端搆捏, 盖無所不至。而其妾女壻郭再祐, 率無賴人三百餘名, 取草溪官庫米糒及眞末油淸。又破司倉庫門, 軍粮各穀, 分給黨類。宜寧新反縣倉穀, 又盡數偸取, 晋州田稅船四隻, 收入私庫, 分給不逞之徒, 以爲施恩之資。再祐實爲國家, 倡率義兵, 欲討倭賊, 而無兵粮, 則當告守令, 或報臣處, 依法受出餽餉, 而不爲如是, 恣行劫奪, 有同劇賊之事, 臣明知其兇悖之心。而急於討賊, 且冀其革心從善, 通諭各官, 使之來現, 徐觀其終, 更爲馳啓計料。而再祐誤聞, 兵使曺大坤捕捉之令, 出於臣之所爲, 兇慘之語, 公然發說於金誠一處, 至欲射殺臣所送營吏, 因誠一極力止之, 而不果爲之云。微臣區區之意, 在於鎭定, 不形辭色, 反爲之啓

고 위구르의 원군을 얻어 長安과 洛陽을 수복했다. 吐蕃(티베트)이 長安을 치려 하자 위구르를 회유하고 토번을 무찔렀다.

117) 行宮(행궁): 임금이 대궐을 떠나서 머무는 곳.(行在所)

118) 移關(이관): 지방 관아에서 중앙 관아에 내는 공문.

119) 文德粹(문덕수, 1519~1595): 본관은 南平이고, 자는 景胤이며, 호는 孤査亭이다. 효행이 뛰어나 살아서 정려를 받은 합천의 선비이다. 1591년 선정을 베풀지 않던 경상감사 金睟에게 글을 보내 백성을 생각하는 선정을 베풀라고 충고하자, 그에게 미움을 사서 옥에 갇히기도 했다. 임진왜란이 일어나자 김수는 왜적에게 패하여 도망을 가는데, 김면・조종도・박성・이로 등과 의병을 일으켜 나라를 위기에서 구하려고 했다.

120) 李魯(이로, 1544~1598): 본관은 固城이고, 자는 汝唯이며, 호는 松巖이다. 1564년 진사시에 합격하고, 1590년 문과에 급제했다. 임진왜란 때 귀향하여 의병을 일으켰다. 金誠一과 함께 곳곳에 召募官을 보내 창의하도록 하고 군량을 모았다. ≪龍蛇日記≫가 있다.

聞嘉奬。而渠之積怨未消，誘致落講校生，聚黨日衆，名稱義兵，外示討賊之
迹，內懷不測之討。不知者以爲義兵，知之者慮其應有難圖之患，至有嚴令子
弟，勿入於其中者亦多。臣不早處置者，以其事勢有難故也。今則先檄小臣幕
下將士，劫行刺客之事，又數臣之罪，通文列邑之人，將擧兵稱亂，而守令如有
使邑人不從者，幷與守令而誅之之意，亦及於通文中。又移檄於小臣，兇悖之
言，口不可語，而以刻期築城，虐民茶毒，節制乖方，使賊闌入，爲臣之罪。築
城一事，臣不須言也。使賊闌入，是果臣罪? 而昇平百年，人不知兵，軍卒望風
先潰，邊將退北者，豈皆緣臣節制乖方而然哉? 變生之後，各項節制，已具於馳
啓中，節制得失，皆經御覽.

　盖四月十五日早朝，臣在晉州，聞倭賊犯境，卽具啓本[121]馳聞後，午時發行，
路聞釜山・東萊兩鎭之連陷，罔晝夜兼程[122]，十六日夕，馳到密陽，則是聞東
萊之陷，而急急走入密陽也，非自東萊而退走也。欲於此守城，以待變，而臣若
見圍於其城，則無可東西策應之路。故聞賊犯本府之鵲院，退守靈山，聞密陽
之不守，又退草溪，聞賊已陷金海，將指草溪之路，移駐於陜川，聞賊犯星州，
馳到高靈，聞賊向金山，馳到智禮，欲爲在近策應之計。賊犯知禮境，始到居
昌，居昌實是居中之地，留屯於此者，欲爲上下策應之計，而變生之後，足迹一
不及於伽倻山矣。

　賊蹤嶺路，忠州諸將亦敗，直入京城之勢，迫在朝夕，思之至此，聲淚俱發，
念不計他。收合燼餘，與湖南監司李洸，合勢勤王之意，節次狀啓，率軍一千二
百餘名，行到雲峰縣。因金誠一，始聞鑾輿西幸，京城已空，李洸亦已退師全
州，臣率孤軍獨赴，其勢甚難，誠一亦勸還師，則其非逃蹤也，明矣，反以托於
勤王，逃蹤雲峰，爲臣之罪。

　領軍勤王者，謂之逃，則渠之興兵討倭，終欲何爲? 夫鄭仁弘・金沔之謀起
義兵也，條陳十策，往復相議，軍粮軍器之措備，章標[123]文移之處置，莫不咨及

---

121) 啓本(계본) : 조선 시대에, 임금에게 큰일을 아뢸 때 제출하던 문서 양식.
122) 兼程(겸정) : 이틀 길을 하루에 감.

而定奪[124]焉。陜川義兵將孫仁甲[125]，乃是臣所差定，其處事從容，固非再祐荒唐者之比。臣還道之後，凡百小小之事，一一文報，而他處義兵，亦莫不如是，若有一毫潰散之心，則其肯若此乎？義兵等事，皆與金誠一商確處置，而少無獨專撓沮之事，則所謂敗垂成之功者，其亦誣矣。

況統率現存諸將，糾合義旅，收復郡縣，以收桑楡[126]，聖旨丁寧，則所謂義兵者，臣豈不可得爲號令節制？而如彼云云，其心不難知也。假使渠誤因傳說之言，無知妄作，猶未免叛民之歸，渠之討賊之功，終難掩罪，矧乎李魯・文德粹等，皆以一家相連之人，三憾挾勢。魯則日在再祐之側，敎誘謀害，不遺餘力，冀行兇計，在所不疑。禍機已發，臣之死生，恐決於旬日之內。」云云。

於是，金誠一周旋兩間，移書於晬，且引金澍・尹箕等故事(乙卯之變[127]，全羅監司金澍，自靈巖郡，出走他境，水原前府使尹箕[128]，時以儒生，在圍城中，欲拔釰斬之，澍不爲怒，談笑處之。論者至今，稱箕之勇，而多澍之能容)，使之善處，且移文於再祐，開諭丁寧，而乃具由論啓，其略曰：「郭再祐起兵討賊事，已曾屢次啓達。而意

---

123) 章標(장표) : 장졸들이 그 소속 부대를 나타내는 표.
124) 定奪(정탈) : 계하여 결재함.
125) 孫仁甲(손인갑, ?~1592) : 본관은 密陽이다. 1589년 備邊司 李山海 등의 천거로 加德鎭僉節制使가 되었다. 임진왜란이 일어나자 陜川에서 金沔・朴惺 등의 추대로 의병장이 되어 의병을 일으켜 전 掌令 鄭仁弘의 의병부대에 합류, 中衛將이 되어 실질적인 군 지휘 책임자로서 뛰어난 통솔력을 발휘하였다. 합천군수 전현룡(田見龍)이 적을 두고 달아나자 그를 대신하여 한때 陜川假將을 맡기도 하였다. 6월 초순에 벌어진 茂溪 전투 때 정인홍군의 선봉장이 되어 적병 100여 명을 사살하는 큰 전과를 거두었는데, 이때 그는 300여 명의 병력을 동원하여 적진을 포위한 다음 50여 명의 정예병을 직접 이끌고 왜군의 兵舍에 뛰어들어 기습전을 폈던 것이다. 이 공로로 東萊府使가 되었으나 부임하기 전, 6월 말에 있었던 草溪의 馬津 전투에서 특출한 전술을 구사하다가 전사했다.
126) 桑楡(상유) : 해가 지는 곳이라는 말로 사람의 만년을 비유하는데, 여기서는 풍전등화의 나라를 의미함.
127) 乙卯之變(을묘지변) : 1555년 5월에 왜구가 전라도에 침입한 변란. 왜구들이 배 60척을 이끌고 전라도에 침입하여 먼저 靈巖, 達梁을 점령하고 於蘭浦, 康津, 珍島 등을 잇달아 점령하여 갖은 만행을 다 부렸는데, 조정에서는 李潤慶, 慶錫, 南致勳 등을 파견하여 영암에서 이들을 크게 격파하였다.
128) 尹箕(윤기) : ≪선조수정실록≫ 권20, 19년(1586) 10월 1일조, 첫 번째 기사에는 '尹祁'로 나와 있음.

外之變, 出於計慮之所不及到, 罔知所處之宜, 極爲痛慮。再祐, 乃故通政郭越之子, 性質朴無文, 居喪致哀, 鄉曲頗以孝行稱之。

自變生之初, 聞監兵使相繼逃遁, 慨然發憤, 及晬向草溪也, 再祐憤然曰: "兵使遁逃, 而不爲刑, 又令賊出左道, 而退走草溪, 監司可斬也." 乃拔釰, 欲邀諸路, 鄉人力禁而止。厥後兵使曹大坤等, 皆奔潰, 浹旬之間, 賊犯京城, 再祐扼腕慷慨曰: "此輩護賊入京, 貽禍 君父, 皆可斬也."

時宜寧草溪, 皆戰敗空官, 宜寧官庫, 則已經焚蕩, 再祐兵無見粮, 乃發草溪及新反縣倉穀以餉軍。時着紅綃, 具堂上笠餙, 自號紅衣天降將軍。馳馬掠陣, 往來倏忽, 賊齊放鐵丸, 亦不能中。或於馬上擊鼓徐行, 以爲行陣節度, 或令人吹笛鳴笳, 或山藪中, 吹角鼓譟, 或處處設伏, 寂若無人, 賊至輒射殺之, 或逐賊船, 臨岸追射, 無日不戰, 戰必獲勝。斬馘之多, 最於諸將, 射殪者不知其數。賊亦謂之紅衣將軍, 不敢登岸作賊, 宜寧·三嘉兩邑人民, 皆安業力農, 五穀之盛, 無異平日。道內餘城, 保存者, 再祐之功居多。

忽聞三道之師潰於水原, 有似發狂之人, 危言妄語, 無數發說。巡察雖移書褒美, 啓聞上功, 亦不回意。人或以取禍戒之, 則必按釰而怒。今忽再度移檄于巡察營門, 歷數其罪, 聲言欲討, 巡察移關於臣。令宜寧官掠囚, 臣竊念再祐實有逆心, 則方握精兵, 非一力士之所捕, 若無逆心, 則一書足以開悟, 卽下帖于再祐, 譬曉多方, 金沔亦貽書戒之, 再祐翻然聽順, 聞晉州危急, 乃提兵馳援, 向前。

再祐以一介道民, 欲犯道主, 至於聲罪移檄, 雖自謂爲國憤憤, 以至於此, 迹涉亂民, 卽爲討除宜當。而再祐當擧國陷沒之餘, 能以孤軍, 奮勇擊賊, 道內殘民, 倚爲干城, 今以亂言, 卽加誅戮, 則保存餘城, 禦賊無計, 且軍民不知其罪, 一時潰散丁寧。故臣欲彌縫鎭定, 再三戒勑, 已爲從順。而但得罪於巡察使, 恐難自容, 惹起他變。

盖再祐之事, 雖實狂妄, 心實無他。監司若如金澍之所處, 則便帖然無事。故移書金晬, 使之善處, 則固無可虞之變, 而但金晬以叛逆已爲啓聞, 又以他人指嗾爲言, 以此加罪, 則非但渠不服罪, 一道人心, 恐難收合, 極爲痛迫。渠之忠義奮發之狀, 奮勇擊賊之功, 著於一道, 兒童走卒, 皆稱郭將軍。且聞其善於用兵, 有將帥之才, 若少寬狂妄之誅, 則終必有效云。

而且曰, 臣不幸受命之後, 再逢此變。四月中, 取路雲峰縣, 湖南之人, 以巡察使李洸, 緩於勤王, 欲討之, 或有密言於臣者。臣以大義折之, 卽議于晬, 欲通于李洸以備之, 晬曰:"彼以勤王之緩, 欲討之, 可謂義士也。若誅此人, 則一道人心益激, 李洸處不可通也。" 臣從其言, 而止。今玆再祐之事, 政類於彼。晬苟以處湖南之義, 處再祐, 則事無難處者.」

云云, 卽以其往復再祐等書, 及金沔戒勅再祐書, 并爲謄書上聞, 以故再祐, 得伸其志, 嚴設軍儀, 臨機策應, 或撞破洛江往來之賊, 或攻勤昌原之賊。

(丹城士人金景謹[129], 嘗以氣節自負, 金晬亦以氣節許之。及晬入伽倻, 景謹擬獻討賊之策, 由山而進。晬對景謹, 終夜言, 無一語及討賊事, 惟以嶺南士風甚薄・謀害道主・抗疏天門等語, 吃吃不離口云。初金景訥, 爲金晬軍官, 移檄郭再祐, 再祐遂答之, 其文曰:「義賊之分, 天地知之, 是非之辨, 公論在焉。惟晬之黨, 不得於言, 求之於秉彝之良心可也.」景訥, 景謹兄也。)

○ 招諭使金誠一, 啓曰:「兩南人心, 以不能勤王討賊, 歸咎巡察使。此道則郭再祐乃敢移檄于道主, 僅能鎭定, 湖南則光州牧使權慄[130]等, 數罪通文于

---

129) 金景謹(김경근, 1559~1597) : 본관은 商山이고, 자는 而信이며, 호는 大瑕齋이다. 1591년 왜적이 난을 일으킬 것을 예측하고 대비할 것을 건의했다가 민심을 동요시켰다는 죄목으로 투옥되었다. 이듬해 왜적이 침입하자 그의 선견에 탄복했다. 조카 金應虎와 함께 격문을 보내 倡義하여 적과 싸웠다. 정유재란 때 성묘하러 가던 중 왜적을 만나 항거하다 피살되었다.

130) 權慄(권율, 1537~1599) : 본관은 安東이고, 자는 彦愼이며, 호는 晩翠堂・暮嶽이다. 1582년 식년문과에 병과로 급제했다. 임진왜란이 일어나 수도가 함락된 후 전라도순찰사 李洸과 防禦使 郭嶸이 4만여 명의 군사를 모집할 때, 광주목사로서 곽영의 휘하에 들어가 中衛將이 되어 북진하다가 용인에서 일본군과 싸웠으나 패하였다. 그 뒤 남원에 주둔하여 1,000여 명의 의용군을 모집, 금산군 梨峙싸움에서 왜장 고바야카와 다카카게[小早川隆景]의 정예부대를 대파하고 전라도 순찰사로 승진하였다. 또 북진 중에 수원의 禿旺山城에 주둔하면서 견고한 진지를 구축하여 持久戰과 遊擊戰을 전개하다 우

道內, 巡察使李洸不能行公, 討賊之事, 付諸相忘之域。若於此時, 賊乃再犯, 則萬無可禦之勢.」云。

(觀李洸檄文, 則洸不是無心於賊者, 而懶不克絡, 未免譏誚, 惜哉。)

○ 六月固城, 賊來屯泗川, 爲迫晉州, 計使十餘城, 奔突於南江之越邊, 招使金誠一, 時在本州, 令軍官勇健者十餘人, 率輕騎一隊, 渡江追擊, 賊狼狽還泗川。誠一, 遂分兵, 連日薄城, 使賊不得樵採, 賊退還固城, 南邊之虞, 遂解。又令前郡守金大鳴[131], 爲都召募, 偕生員韓誡[132]·鄭承勳[133], 召募東南面民人, 得六百餘名, 與固城義兵將崔堈[134]等合兵, 或薄城誘引, 或設伏夜擊, 賊不能支, 不久潰散, 盡入熊川·金海等處。金大鳴等, 遂領兵, 待變于昌原, 馬山

키타 히데이에[宇喜多秀家]가 거느리는 대부대의 공격을 받았으나 이를 격퇴하였다. 1593년에는 병력을 나누어 부사령관 宣居怡에게 시흥 衿州山에 진을 치게 한 후 2800명의 병력을 이끌고 한강을 건너 幸州山城에 주둔하여, 3만 명의 대군으로 공격해온 고바야카와의 일본군을 맞아 2만 4000여 명의 사상자를 내게 하며 격퇴하였다. 그 전공으로 도원수에 올랐다가 도망병을 즉결처분한 죄로 해직되었으나, 한성부판윤으로 재기용되어 備邊司堂上을 겸직하였고, 1596년 충청도 순찰사에 이어 다시 도원수가 되었다. 1597년 정유재란이 일어나자 적군의 북상을 막기 위해 명나라 提督 麻貴와 함께 울산에서 대진했으나, 명나라 사령관 楊鎬의 돌연한 퇴각령으로 철수하였다. 이어 順天曳橋에 주둔한 일본군을 공격하려고 했으나, 전쟁의 확대를 꺼리던 명나라 장수들의 비협조로 실패하였다. 임진왜란 7년 간 군대를 총지휘한 장군으로 바다의 이순신과 더불어 역사에 남을 전공을 세웠다. 1599년 노환으로 관직을 사임하고 고향에 돌아갔다.
131) 金大鳴(김대명, 1536~1593) : 본관은 蔚州이고, 자는 聲遠이며, 호는 白巖이다. 1570년 식년문과에 갑과로 급제했다. 임진왜란 때 固城의 의병과 함께 왜적을 토벌하여 공을 세웠다.
132) 韓誡(한계, ?~?) : 본관은 淸州이고, 자는 愼伯이다. 1590년에 생원에 합격했다.
133) 鄭承勳(정승훈, ?~?) : 본관은 晉州이고, 호는 梅竹堂이다. 1588년 사마시에서 생원시에 합격하였다. 임진왜란이 일어나자 전 봉산군수 金大鳴과 생원 韓誡 등과 함께 의병을 일으켜 600여 명의 군사로 固城을 지켰다.
134) 崔堈(최강, ?~?) : 본관은 全州이고, 자는 汝堅이며, 호는 蘇溪이다. 1585년 무과에 급제했다. 임진왜란이 일어나자 형 均과 함께 固城에서 의병을 일으켜 많은 공을 세워 오위도총부 經歷이 되고, 加里浦僉節制使에 승진, 火攻法으로 왜적을 무찔러 順天府使가 되었다. 광해군 때 충청도 水軍節度使에 임명되었으나 정치의 혼란으로 사퇴하였고, 그 후 포도대장에 임명되었으나 또 사퇴하였다.

浦。(初金誠一, 以本州危急, 移文于左兵使朴晋, 請單騎來援。)

○ 左兵使朴晋, 在靑松·眞寶等地, 募集散卒, 人多響應, 稍有模樣, 移軍安東地, 本府賊移屯豊山, 未幾退去。晋之駐安也, 謀討龜潭之賊, 而諦審形勢, 終不擧事, 遂向下路, 人望頗缺, 有二三士人, 要路上書, 則答曰："龜潭, 非用武之地(前臨長江, 後阻大山, 東西有路), 輕擧則徒殺兵耳."當時, 以爲愖自, 今觀之勢, 或然也。

(晋常使精兵, 送龜潭, 乘夜放震天雷炮。又聞江原賊, 越犯駒串峴英陽等境, 分軍定將, 要路遏截, 賊不得任意往來云。)

義城前監察申忱[135], 團結鄕兵, 謀討軍威賊, 旬日之間, 得衆數百人, 具由上書于招諭使。

○ 寧海府使韓孝純, 陞拜爲討捕使。初孝純, 與長鬐縣監李守一[136]·迎日縣監洪昌世·興海郡守崔輔臣·淸河縣監鄭應聖[137]·盈德縣令安璡等, 約束討賊, 時江原賊, 欲連屯於東邊, 潛伺窺覘, 竊發於寧海等地。孝純使軍官張岦·朴彦國等, 設伏要擊, 岦死彦國中失, 大敗, 然賊遂退去, 人以爲二人之功也。如守一等, 及漆浦萬戶文貫道[138], 亦皆有守討之功。前此貫道, 聞大駕西遷,

---

135) 申忱(신심, 1547~1615)：본관은 鵝洲이고, 자는 喜之이며, 호는 興溪·城軒이다. 임진왜란 때 의병장으로 추대되어 활동했다.

136) 李守一(이수일, 1554~1632)：본관은 慶州이고, 자는 季純이며, 호는 隱庵이다. 1583년 무과에 급제했다. 장기현감으로 부임하여 재직 중 임진왜란이 일어났다. 장기현을 공격하는 왜군과 격전 끝에 후퇴하였으나 왜군을 죽인 공을 인정받아 통정대부에 올랐다. 이후 함창(현 상주시 함창읍) 唐橋에서 왜군과 전투를 벌였으나 승리하지 못했다. 1593년 밀양 도호부사로 경상좌도 수군첨절제사가 되어 울산에서 왜군을 격퇴한 공으로 경상좌도 수군절도사로 승진했다. 1593년 회령 도호부사 재직 중에 정유재란이 일어나 왜군이 전라도 쪽으로 진격하자 4도체찰사 이원익의 요청으로 성주목사가 되어 대구의 김응서, 밀양의 이영과 협력하여 왜군에 대항했다.

137) 鄭應聖(정응성, 1563~1644)：본관은 延日이다. 1583년 무과에 급제, 1588년 병조판서 李山海에게 발탁되어 수문장이 되었으며, 임진왜란 때 淸河縣監으로 왜군과 싸워 공을 세웠다. 1601년 星州牧使에 부임하고, 1602년 전라우도수군절도사를 거쳐 중추부지사가 되어 都摠管과 포도대장을 겸하였다.

卽西向再拜痛哭, 聞者義之。

○ 招諭使金誠一, 擇其士子之有識者, 差召募官, 武弁之有才者, 爲假
將[139]。有訓鍊奉事權應銖[140], 擧兵討賊, 其管下應募者, 皆一時武士, 與永川
居鄭大任[141], 同事, 捕斬頗多。誠一, 仍差應銖義兵大將。

○ 生員辛邦楫[142]·忠順衛成天禧[143]·正字成安義[144]·幼學郭䞭等, 聚
軍七百餘名, 設伏擊賊, 連次獻馘[145]。保人曹悅及成天禧等, 合兵千餘人, 圍

---

138) 文貫道(문관도, ?~?) : 본관은 南平이고, 자는 重器이며, 호는 羈軒이다. 무과에 합격하여
　　部將 漆浦의 萬戶를 지냈다. 하양현감·경주관관의 임무를 수행하였다.

139) 假將(가장) : 조정에서 정식으로 제수하기 전에 임시로 삼은 장수.

140) 權應銖(권응수, 1546~1608) : 본관은 安東이고, 자는 仲平이며, 호는 白雲齋이다. 1583
　　년 별시무과에 급제하여, 訓鍊院副奉事로 북변수비에 종사하였다. 임진왜란 당시 경상
　　좌도 수군절도사 林泓의 휘하에 있다가 고향에 돌아가 의병을 모집하여 永川城을 탈환
　　하고 兵馬虞侯가 되었다. 이해 경상좌도 병마절도사 朴晉 밑에서 軍官으로 慶州城 탈환
　　전에 선봉이 되어 참전했으나 패배했고, 聞慶의 唐橋 싸움에서는 적을 격파하였다. 경
　　상도 병마절도사 겸 방어사에 특진하였고, 1594년 충청도 방어사를 겸직하였으며,
　　1599년 兼密陽府使가 되었다.

141) 鄭大任(정대임, 1553~1594) : 본관은 烏川이고, 자는 重卿이며, 호는 昌臺이다. 임진왜
　　란이 일어나자 의병을 모집, 倡儀精勇軍이라는 기치를 들고 엄한 4계 군율을 세워 倭將
　　法化 등 수천 명을 섬멸, 영천을 최초로 탈환하고 밀양·경주·양산·울진 등지에서
　　연전연승을 거두었다. 그 공으로 宣武原從功臣二等에 책록되었다.

142) 辛邦楫(신방즙, 1556~1592) : 본관은 昌寧이고, 자는 汝濟이며, 호는 永慕堂이다. 1591
　　년 생원시에 합격했고, 임진왜란이 일어나자 成安義·郭䞭·曹悅 등과 함께 의병을 일
　　으키고 靈山의 召募官이 되어 昌寧에서 적을 격퇴하는 데 공을 세웠다. 형 邦柱와 동생
　　邦櫓도 의병으로 전공을 세웠다.

143) 成天禧(성천희, 1553~?) : 본관은 昌寧이고, 자는 仲吉이다. 1592년 忠佐衛에 속한 군대
　　인 忠義衛에서 근무하였다. 임진왜란이 일어나자 창녕에서 成安義·郭䞭 등과 함께 의
　　병을 일으켰다. 이어 낙동강 근처의 여러 지방에서 왜적을 격파하여 공을 세웠다. 그해
　　8월에는 별장 曹悅과 함께 병사 1천여 인을 이끌고 창녕에서 적을 대파하여 한때 창녕
　　을 탈환하기도 하였다. 이 공으로 웅천 현감에 제수되었다가 다시 훈련원 정에 임명되
　　었다. 1596년 창녕에 있는 火王山城이 군사상의 요충지임을 역설하여 성을 수축할 것
　　을 나라에 건의하였다.

144) 成安義(성안의, 1561~1629) : 본관은 昌寧이고, 자는 精甫이며, 호는 芙蓉堂이다. 1591
　　년 式年文科에 급제했다. 임진왜란이 일어나자 창녕에서 의병 5000명을 모집, 각지에서
　　왜적과 싸웠다. 1597년 持平 등을 거쳐 南原府使를 지내고, 1612년 光州牧使 때 訴訟 처
　　리를 소홀히 다루어 파직 당했다. 1623년 仁祖反正으로 복직되어 司成 등을 지내고
　　1624년 李适의 난 때 왕을 公州로 호종, 이 공로로 通政大夫에 올랐다.

145) 馘(욱) : '馘'의 오기.

昌寧賊, 終日相戰, 有一賊騎白馬, 稱爲邑宰, 乃射之立死。越二日, 賊焚柵遁去。

○ 義兵將金沔, 領居昌兵, 守本縣境(與本縣縣監鄭三變[146]), 設弓弩於牛旨峴, 賊不得入.), 以備金山・茂朱之賊, 前主薄孫承義・前守門將諸沫[147]等, 分守高靈, 以拒星州之賊, 假守鄭仁弘・巨濟縣令金俊民[148]等, 守陜川, 前郡守郭趆[149]・假將前萬戶鄭彦忠[150], 領李大期[151]・全致遠等所起兵, 共守草溪, 以防茂朱及江上往來之賊, 訓鍊奉事尹鐸[152], 率學諭朴思齊[153]所募兵, 守宜寧・

---

146) 鄭三變(정삼변, 1544~?) : 본관은 延日이고, 자는 德全이다. 1573년 생원시에 합격했다.

147) 諸沫(제말, ?~1592) : 漆原諸氏의 시조. 임진왜란 때 의병을 일으켜 熊川과 金海, 鼎巖 등지에서 대승했다. 곽재우와 함께 그 공이 조정에 알려져 星州牧使에 임명되었는데, 그 뒤 전투에서 전사했다.

148) 金俊民(김준민, ?~1593) : 1583년 함경북도병마절도사 李濟臣과 함께 군관으로 출전하여 胡族을 정벌하는 데 공을 세웠다. 임진왜란이 일어나 관군이 패하여 흩어지자 의병을 이끌고 茂溪縣에서 왜적의 대부대를 격파하고, 다음해에는 倡義使 金千鎰, 충청병마사 黃進, 경상우병사 崔慶會 등 2700여 인이 진주성을 지키고 있을 때 거제현령으로 참가하여 왜적 6~7만 대군과 맞서 진주성의 동문을 고수하려고 악전고투하다가 전사하였다. 전란이 끝난 뒤 宣武原從功臣에 책봉되었다.

149) 郭趆(곽율, 1531~1593) : 본관은 玄風이고, 자는 泰靜이며, 호는 禮谷이다. 1558년 사마시에 합격하고 1572년 성균관에 천거되어 造紙署別提에 임명되었다. 임진왜란 때 草溪郡守에서 예빈시부정(禮賓寺副正)으로 특진되었으나 군내의 유생 鄭惟明 등의 留任 상소로 초계군수에 재임하여 왜군을 방어하였다.

150) 鄭彦忠(정언충, 1554~1615) : 본관은 東萊이고, 자는 藎叔이다. 1582년 別試에 丙科로 급제하여 1585년 水軍萬戶로 西生浦에 부임, 그 이듬해 사임하였으나 임진왜란이 발발하자 鄭仁弘의 倡義軍에 假將으로 참여하여 茂溪津 전투에서 임진왜란 최초의 勝捷을 올렸다. 이어 수많은 埋伏 작전으로 왜군의 補給船團을 무력화시켜 왜군의 북상을 지연시키고, 9월초 高靈縣 전투에서 부상을 당하였으나 10월 晋州, 11월 星州 전투 등에서 혁혁한 전공을 세워 1594년 鎭海縣令에 제수되었다. 그 후 正軍資監, 昌原府使를 역임, 1597년 정유재란 시 울주 甌城 전투의 전공으로 南原都護府使에 제수되었고, 이어 익산 군수를 지냈다.

151) 李大期(이대기, 1551~1628) : 본관은 全義이고, 자는 任重이며, 호는 雪壑이다. 임진왜란이 일어나 列郡이 와해되자 전치원과 함께 향병을 모아 곽재우와 합세하였다. 1593년 정월에는 金沔을 만나러 갔으며, 의령에 이르러 곽재우, 오운 등과 일을 논의하였다. 1594년에 黃山道察訪에 제수되었고, 1595년에 義興縣監으로 제수되자 그는 임지로 내려가 고을을 잘 다스려 많은 치적을 남기기도 하였다. 1599년 8월 21일에 형조좌랑이 되고 12월 3일에 형조정랑이 되었다.

152) 尹鐸(윤탁, 1554~1593) : 본관은 坡平이고, 자는 聞遠・聲遠이며, 호는 龜山이다. 1585년 무과에 급제했다. 임진왜란 때 향리에서 의병을 모집, 의병장으로 곽재우와 함께 많

鼎巖津及新反縣, 郭再祐及訓鍊奉事權鸞, 率其所募兵及前牧使吳澐所聚兵, 守靈山上下江灘, 以遏昌寧·靈山·玄風及江上往來之賊, 咸安郡守柳崇仁[154]·漆原縣監李邦佐·泗川縣監鄭得悅[155]·昆陽郡守王光岳等, 各還其任, 多有戰守之功。以故, 賊不敢肆意侵犯, 此其招諭公節制之力也。

○ 義兵將金沔, 率前使牧[156]徐禮元[157]等, 火攻知禮縣賊, 燒殺據倉之賊, 餘賊遁還金山。金沔更備火具, 與金山義兵召募官博士呂大老[158]·假將權應星[159]等, 爲夾攻同郡賊計。

○ 全羅監司稱號之賊, 自昌原直向咸安, 欲濟宜寧之鼎巖津, 爲郭再祐所遏, 卽往金山, 爲金沔所却, 由知禮向茂朱縣, 與忠淸道賊, 合入錦山。

○ 有旨書狀內,「遼東大發, 精兵五萬, 留駐江邊, 以爲聲援, 廣寧楊總兵,

은 공을 세웠다. 왜적이 진주를 공격할 때 金時敏을 도와 참전했고, 1593년 2차 진주혈전에 참가하여 분전하다 전사했다.

153) 朴思齊(박사제, 1555~?) : 본관은 竹山이고, 자는 景賢이며, 호는 梅溪이다. 1589년 증광문과에 병과로 급제했다. 임진왜란 때 盧欽, 權養, 權濟 등과 의병을 일으켜 곽재우의 군사와 합류하여 낙동강 좌안지방 방위와 수복에 공을 세웠다. 경상우도 감사 金睟가 곽재우를 모함하자 격문을 돌려 구원하는 데 힘썼다.

154) 柳崇仁(유숭인, ?~1592) : 함안군수로 있을 때 임진왜란이 일어나 성이 포위되자 군민과 합세하여 성을 지켰다. 6월 郭再祐의 의병에게 진로를 차단당한 왜군을 추격하여 47명을 참획하는 전과를 올렸다. 진해에서 李舜臣 휘하의 함대와 합세하여 적을 크게 무찔렀다. 7월 금강을 거슬러 공격해 오는 왜군을 직산현감 朴誼와 합동으로 대적하여 전공을 세웠다. 경상우도 병마절도사에 특진, 10월 창원에서 진주성을 지원하러 갔다가 전사했다.

155) 鄭得悅(정득열, ?~?) : 본관은 河東이고, 자는 君錫이다.

156) 使牧(사목) : '府使'의 오기.

157) 徐禮元(서예원, ?~1593) : 1573년 무과에 급제하여 선전관이 되었다. 1591년 김해부사로 부임하였으며, 임진왜란이 일어나 왜군과 공방전을 벌이다가 패주하였다. 이 일로 삭탈관직 당했으나 의병장 金沔과 함께 왜적과 싸웠으며, 제1차 진주성싸움에서 목사 金時敏을 도와 왜적과 항전하였다. 1593년 진주목사가 되었으며 제2차 진주성싸움에서 순국하였다.

158) 呂大老(1552~1619) : 본관은 星山이고, 자는 渭叟이며, 호는 鑑湖이다. 1582년 진사시와 별시문과에 급제했다. 임진왜란이 일어나자 금산에서 倡義하여 金沔, 郭再祐, 權應銖 등과 협력하여 지례와 금산의 적을 거창 부근에서 격파하였다. 이의 공으로 공조좌랑, 지례 현감에 제수되어 인근 5읍의 의병장을 겸하였다. 이어 의성현령이 되었다.

159) 權應星(권응성, 1530~?) : 본관은 安東이고, 자는 景樞이다. 1558년 식년시에 급제했다.

率向義㹩子五千, 前來邀擊, 祖總兵·郭遊擊·王遊擊, 各率數千兵馬, 已渡鴨綠江, 史遊擊領精銳千五百名, 爲先鋒。令山東道舟師十萬, 經由水路, 直擣倭奴巢穴, 所過若由本國沿海諸島, 則海傍兵民, 恐致驚擾。令下三道沿海諸郡, 將此意, 張榜曉喩, 咸使聞知事.」

自此, 南民有生意, 金誠一 啓曰:「伏聞天兵將至, 恢復有期, 臣若須臾無死, 及見迴蠻平蕩之日, 則雖坐乏軍興[160]之罪, 萬萬滅死無悔.」云。(前此, 上在開城時, 以柳根[161]爲請兵使, 送遼東, 詔使[162]遂出來。)

以招諭使金誠一, 爲左道巡察使, 時誠一, 在右道聞命, 以不能討賊, 爲辜恩負國之大罪, 而又感方面之寄, 乃啓達云, 「伏審除授, 日月已久, 而敎書·印信, 尙未來降, 必是寇賊[163]充斥, 道阻難通之所致。左道已爲陷沒。臣雖越去, 事無所爲, 在此則猶可撑拄一分。而成命已下, 臣義不敢遲留。卽已通文于竄伏守令等處, 使潛伺迎候, 候其報至, 仗釖渡江, 死生以之.」云。

(時右道, 亦已陷沒, 而誠一云爾者, 自初主管義旅, 討斬賊徒, 一帶江右, 尙有紀律, 不至如左道之淪胥, 故欲姑留, 以畢其功云。)

七月 初五日

金誠一, 將渡江向左, 江右義兵, 請留挽行甚切。誠一, 外許其請, 謂將向陜川, 而出人不意, 旋向甘勿倉[164], 遂渡洛江, 義兵追之不及。

---

160) 軍興(군흥) : 군수 물자. 軍糧.
161) 柳根(유근, 1549~1627) : 본관은 晉州이고, 자는 晦夫이며, 호는 西坰이다. 黃廷彧에게 문장을 배웠으며 뒤에 고봉에게 배웠다. 1572년 별시문과에 장원하고, 1574년에 賜暇讀書를 하였으며, 1587년 이조 정랑으로서 文臣庭試에 다시 장원하였다. 이해 일본의 승려 玄蘇가 사신으로 왔는데, 문장에 뛰어나다는 이유로 宣慰使에 특임되어 그를 맞았다. 충청도 관찰사, 대제학에 이어 좌찬성이 되었다.
162) 詔使(조사) : 예전에, 중국에서 오던 사신. 중국 천자의 詔勅을 가지고 온다 하여 이르던 말이다.
163) 寇賊(구적) : 떼 지어 도둑질하는 것.
164) 甘勿倉(감물창) : 창녕현에 있던 포구.

初六日

自琴瑟山, 過梧桐院[165]賊路, 而當午馳到慶山, 至河陽, 聞朝廷改除爲右道巡察使, 尋還向右道。

以討捕使韓孝純, 爲左道巡察使, 其行衣紫袍, 鳴鑼角, 盛張方伯之儀, 略無動色, 賊登城望之。時奉命諸使, 常由間道, 通衢大道, 久爲荒沒, 孝純爲巡察之後, 巡按各邑, 道路始開, 人望其行色, 有復覩官儀之慶。

二十七日

教本道士民書(時行宮阻邈, 渙號[166]罕傳, 而教文辭旨懇惻, 見者莫不感激.), 來到本道, 「除鄭仁弘濟用監正, 金沔陜川郡守, 朴惺工曹正郎, 郭趆禮賓寺副正, 趙宗道掌樂院僉正, 李魯成均舘典籍, 盧欽司圃署別提, 郭再祐幽谷道察訪, 權瀁[167]禮賓寺別提, 李大期掌院署別提, 裴德文司宰監正, 以表獎之.」

金誠一聽讀教書, 淚零如雨[168]。俄而, 論啓, 其略曰:「當初金沔, 起兵于高靈・居昌, 鄭仁弘, 起兵于陜川, 兩軍各自擊賊, 軍聲頗振, 形勢亦張。今沔蒙恩拜陜州郡守, 仁弘拜濟用監正, 高靈・居昌・陜川, 三邑之軍, 各失其帥, 莫不解體, 無意討賊, 誠非細慮。姑待事定間, 各率其軍, 仍前擊賊, 事定後赴任, 似合機宜。且前郡守郭趆, 今爲草溪假守, 善於治官, 軍民愛戴, 咸願爲眞, 而新郡守鄭訥, 不知所在, 請令趆仍守本郡。」云。

(誠一此啓, 乃爲左巡察之後, 故其狀內首敘曰:「臣旣爲左道監司, 則右道不宜啓聞, 而第小臣自初主管義兵, 今若諉以常規, 目擊可虞之機, 不爲啓達, 則實非人臣之義。是用冒陳一二條款, 不避越俎之嫌.」云。而以日次考之, 則初六日,

---

165) 梧桐院(오동원) : 三嘉縣의 남쪽 1리쯤에 있던 역원.
166) 渙號(환호) : ≪주역≫<渙卦・九五>에 나오는 渙汗大號의 준말. 땀이 한 번 나오면 다시 들어갈 수 없는 것처럼, 다시 번복할 수 없는 제왕의 호령을 뜻한다.
167) 權瀁(권양, 1555~1618) : 본관은 安東이고, 자는 景止이며, 호는 花陰이다. 임진왜란 때에 자신의 형과 같이 창의하여 악견산성을 방위하고 왜적을 죽인 공이 많았다.
168) 淚零如雨(누령여우) : 눈물을 주체할 수 없을 정도로 흘러내리는 것을 일컬음.

至河陽, 已聞朝廷除改, 而此啓則當在二十七日之後, 未可詳也。意初六日, 或日
之誤也, 抑傳之者之失也。)

○ 右水使元均[169], 初遇賊船, 盡沈船隻, 登陸將走, 萬戶李雲龍[170]請留。
元均遂謀攻, 哨請援於全羅左水使李舜臣[171]・右水使李億祺[172]。(時賊未犯全羅,

169) 元均(원균, 1540~1597) : 본관은 原州이고, 자는 平仲이다. 무과에 급제한 뒤 造山萬戶
   가 되어 북방에 배치되어 여진족을 토벌하여 富寧府使가 되었다. 전라좌수사에 천거되
   었으나 평판이 좋지 않다는 탄핵이 있어 부임되지 못했다. 경상우도 수군절도사에 임
   명되어 부임한 지 3개월 뒤에 임진왜란이 일어났다. 왜군이 침입하자 경상좌수영의 수
   사 朴泓이 달아나버려 저항도 못해보고 궤멸하고 말았다. 원균도 중과부적으로 맞서
   싸우지 못하고 있다가 퇴각했으며 전라좌도 수군절도사 이순신에게 원군을 요청하였
   다. 이순신은 자신의 경계영역을 함부로 넘을 수 없음을 이유로 원군요청에 즉시 응하
   지 않다가 5월 2일 20일 만에 조정의 출전명령을 받고 지원에 나섰다. 5월 7일 옥포
   해전에서 이순신과 합세하여 적선 26척을 격침시켰다. 이후 합포・적진포・사천포・
   당포・당항포・율포・한산도・안골포・부산포 등의 해전에 참전하여 이순신과 함께
   일본 수군을 무찔렀다. 1593년 이순신이 삼도수군통제사가 되자 그의 휘하에서 지휘를
   받게 되었다. 이순신보다 경력이 높았기 때문에 서로 불편한 관계가 되었으며 두 장수
   사이에 불화가 생기게 되었다. 이에 원균은 육군인 충청절도사로 자리를 옮겨 상당산
   성을 개축하였고 이후에는 전라좌병사로 옮겼다. 1597년 정유재란 때 加藤淸正이 쳐들
   어오자 수군이 앞장서 막아야 한다는 건의가 있었지만 이순신이 이를 반대하여 출병을
   거부하자 수군통제사를 파직당하고 투옥되었다. 원균은 이순신의 후임으로 수군통제사
   가 되었다. 기문포 해전에서 승리하였으나 안골포와 가덕도의 왜군 본진을 공격하는
   작전을 두고 육군이 먼저 출병해야 수군이 출병하겠다는 건의를 했다가 권율 장군에게
   곤장형을 받고 출병을 하게 된다. 그해 6월 가덕도 해전에서 패하였으며, 7월 칠천량
   해전에서 일본군의 교란작전에 말려 참패하고 전라우도 수군절도사 이억기 등과 함께
   전사하였다. 이 해전에서 조선의 수군은 제해권을 상실했으며 전라도 해역까지 왜군에
   게 내어 주게 되었다. 그가 죽은 뒤 백의종군하던 이순신이 다시 수군통제사에 임명되
   었다. 임진왜란이 끝난 뒤 1603년 이순신・권율과 함께 선무공신에 책록되었다.
170) 李雲龍(이운룡, 1562~1610) : 본관은 載寧이다. 임진왜란 때 패전한 元均이 도망하려는
   것을 저지, 李舜臣에게 원병을 청해 위기를 모면케 하고 이순신 휘하로 들어가 전공을
   세웠다.
171) 李舜臣(이순신, 1545~1598) : 본관은 德水이고, 자는 汝諧이다. 1576년 식년무과에 병
   과로 급제했다. 1589년 柳成龍의 천거로 高沙里僉使로 승진되었고, 절충장군으로 滿浦僉
   使 등을 거쳐 1591년 전라좌도 水軍節度使가 되어 여수로 부임했다. 이순신은 왜침을
   예상하고 미리부터 군비확충에 힘썼다. 특히, 전라좌수영 본영 선소로 추정되는 곳에
   서 거북선을 건조하여 여수 종포에서 點考와 포사격 시험까지 마치고 돌산과 沼浦 사
   이 수중에 鐵鎖를 설치하는 등 전쟁을 대비하고 있었다. 임진왜란이 일어나자 가장 먼
   저 전라좌수영 본영 및 관하 5관(순천・낙안・보성・광양・홍양) 5포(방답・사도・여

故舜臣等, 在本營待變。今據金誠一啓, 則言元均棄鎭之後, 請全羅左右舟師云, 而無李雲龍事。) 舜臣等, 領兵來援, 節制號令, 多由已出, 三次水戰, 並皆大捷, 斬賊累百級, 破船百餘隻, 燒溺死者無筭。

有一船特大, 其上有層樓, 高可三四丈, 可坐十餘人, 外垂紅羅帳, 中有金銀屛子, 最爲牢固, 未易撞破, 乃水軍將所乘船也。

(船中得金團扇一柄, 一面中央書曰'六月八日, 秀吉着署.' 右邊書'羽柴筑前守' 五字, 左邊書'龜井流求守殿'六字, 疑是秀吉之於筑前守處, 以爲符信之物, 而所斬倭將, 政是筑前守云。)

盖元均船隻雖小, 善突擊。舜臣舟師如龜形, 其上有盖最爲堅緻, 且利於赴戰, 故賊不得擊破。斬獲太多, 盖舜臣有節制之功, 元均有擊斬之勞。元均非舜臣功不能成, 舜臣非元均計不得伸, 而報捷之時, 舜臣專歸其功於已略, 不論及於元均。均深啣之, 相與爭功, 終以此敗, 物議小之。

도·본포·녹도)의 수령 장졸 및 전선을 여수 전라좌수영에 집결시켜 전라좌수영 함대를 편성하였다. 이 대선단을 이끌고 玉浦에서 적선 30여 척을 격파하고 이어 泗川에서 적선 13척을 분쇄한 것을 비롯하여 唐浦에서 20척, 唐項浦에서 100여 척을 각각 격파했다. 7월 閑山島에서 적선 70척을 무찔러 閑山島大捷이라는 큰 무공을 세웠고, 9월 적군의 근거지 부산에 쳐들어가 100여 척을 부수었다. 이 공으로 이순신은 정헌대부에 올랐다. 1593년 다시 부산과 熊川의 일본 수군을 소탕하고 한산도로 진을 옮겨 本營으로 삼고 남해안 일대의 해상권을 장악, 최초로 삼도수군통제사가 되었다. 1596년 원균 일파의 상소로 인하여 서울로 압송되어 囹圄의 생활을 하던 중, 우의정 鄭琢의 도움을 받아 목숨을 건진 뒤 도원수 權慄의 막하로 들어가 백의종군하였다. 1597년 정유재란 때 원균이 참패하자 다시 삼도수군통제사에 임명되었다. 12척의 함선과 빈약한 병력을 거느리고 鳴梁에서 133척의 적군과 대결, 31척을 부수어서 명량대첩을 이끌었다. 1598년 명나라 陳璘 제독을 설득하여 함께 여수 묘도와 남해 露梁 앞바다에서 순천 왜교성으로부터 후퇴하던 적선 500여 척을 기습하여 싸우다 적탄에 맞아 전사했다.

172) 李億祺(이억기, 1561~1597) : 본관은 全州이고, 자는 景受이다. 1591년 이순신이 전라좌도 수군절도사로 부임할 때 순천부사에 발탁되었다. 임진왜란이 일어나자, 전라우도 수군절도사가 되어 唐浦·玉浦·安骨浦·絶影島 등의 해전에서 왜적을 크게 격파했다. 이순신이 무고로 투옥되자 李恒福·金命元 등과 함께 이순신의 무죄를 주장했다. 1597년 정유재란 때 통제사 元均의 휘하에서 부산에 있던 왜적을 공격하다가 漆川梁海戰에서 전사했다.

○ 正字柳宗介[173]・進士鄭世雅[174]・翰林金垓[175], 與隣近同志, 合謀擧義。或出其奴之壯健者, 或收官軍之散逸者, 團結行伍, 名曰'鄕兵', 或協力官軍, 或設伏要擊。時義城・義興・軍威・安東・禮安等地人, 各起鄕兵, 而聲勢單弱, 遂期會於一直縣里亭。一直人, 殺牛以待之。遂約束以金垓爲大將, 分路設伏, 以左右衛將主之, 左衛則前監察申忔主之, 右衛則生員金翌[176]主之。頭揷白羽以別, 軍容盖義膽, 雖老, 弓馬非長, 而所募之卒。且非組練[177], 其於臨賊, 雖無克捷之功, 而是時西天隔遠, 渙號罕及, 當事者, 狃於玩愒[178], 許多兵卒, 散逸無統。於是, 義聲一出, 人知死所, 懶者有立, 恸夫知勇, 此亦當日之一幸。而公家謀議, 每相掣肘, 至於擧事之際, 反多相礙, 此固當時之通患也。

○ 義兵將權應銖, 與鄭大任・鄭世雅等, 攻永川屯倭, 鏖滅殆盡。克捷有功, 軍聲稍振, 實權輿於此。曹城及申海, 率兵來赴, 義興洪天賚[179]領兵來援, 同

173) 柳宗介(유종개, 1558~1592) : 본관은 豊山이고, 자는 季裕이다. 正言・典籍 등을 역임하였으며, 임진왜란이 일어나자 의병 수백 명을 모집하고, 스스로 의병장이 되어 태백산을 근거지로 왜적을 무찌르다가 경북 奉化에서 적장 모리 요시나리[森吉成]의 군대를 만나 전투하다 전사하였다.

174) 鄭世雅(정세아, 1535~1612) : 본관은 迎日이고, 자는 和叔이며, 호는 湖叟이다. 임진왜란이 일어나자 士族으로 향촌의 자제들을 동원하여 편대를 정하고 격문을 작성하여 의병을 규합, 900여 명을 모집하여 의병대장이 되어 永川에서 왜적을 무찌르고 다시 경주의 왜적을 격퇴하였으며, 이듬해 서울이 수복되자 군사를 曺希益에게 맡기고 紫陽에 돌아갔다. 체찰사 李元翼에 의해 여러 차례 천거되었으나 사양하다가 黃山道察訪을 잠시 지내고 사임한 뒤, 張顯光・曹好益・李埈 등과 학문을 토론하며 후진을 양성하였다.

175) 金垓(김해, 1555~1593) : 본관은 光山이고, 자는 達遠이며, 호는 近始齋이다. 1589년 10월 鄭汝立의 모반사건이 일어나고, 11월 史局에서 史草를 태운 사건에 연루되어 면직되었다. 임진왜란이 일어나자 향리 禮安에서 의병을 일으켜 영남의병대장으로 추대되어 안동・군위 등지에서 분전하였다. 이듬해 3월 좌도병마사 權應銖와 합세하여 상주 唐橋의 적을 쳐서 큰 전과를 거두고, 4월 한양에서 부산으로 철수하는 적을 차단하고 공격하여 대승하였으며 5월에는 양산을 거쳐 경주에서 李光輝와 합세하여 싸우다가 진중에서 병사하였다.

176) 金翌(김익, 1547~1603) : 본관은 光山이고, 자는 顯甫이며, 호는 愚巖이다.

177) 組練(조련) : 갑옷과 투구로 무장한 병사.

178) 玩愒(완걸) : 편안함을 즐기고 재물을 탐함.

179) 洪天賚(홍천뢰, 1564~1614) : 본관은 缶林이고, 자는 應時이며, 호는 松岡이다. 임진왜란이 일어나자 대율에서 의병 300여 명을 모아 영천 신령으로 올라온 왜적 30여 명의

時夾擊, 克有濟事之功, 其後朝廷襃賞, 獨不及於天賚, 人皆嗟惜。

○ 兵使朴晉, 陞嘉善, 人以爲非其功。時晉在安東, 傳令應銖(應銖, 時爲晉軍官)擧事, 盖用應銖・大任謀也。實無主張指揮之事, 然使各陣, 聞令剋期, 豈非主將之力也? 物議恐或過也。

時永川郡守金潤國[180], 托稱晬容[181]護行, 棄官乃去。晬容奉安於禮安, 潤國走在忠淸。永川人, 以安集使令追到忠淸, 本家潤國得還其任, 行未踰嶺, 應銖等, 已擧事, 報捷之日, 潤國之行, 始到本郡, 以太守得叅功列, 陞堂上。新寧縣監韓偁, 竄伏山中, 賴應銖, 亦陞堂上。其時賞爵之不信類如此, 物議至令憤鬱。

八月

○ 兵使朴晉, 謀討慶州屯賊, 率中路兵幾二萬餘名, 臨戰失機, 大敗而還, 奮義士。生員鄭宜藩[182]・尹就善[183]・崔仁濟[184]・幼學李得麟[185], 等數十餘人, 死之。宜藩與其父世雅, 同入戰場, 射殺甚衆, 世雅失其馬, 父子只有一馬,

---

목을 베고, 달아나는 적을 무찔렀다. 이에 각 처의 의병이 이 소문을 듣고 모여 들어 그 수가 1,500여 명에 이르렀다. 또, 5월 6일에는 영천 대동에서 왜적 우두머리급 5명과 한천에서 왜적장 7명을 베어 의병의 사기를 크게 높였다. 5월 22일에는 효령면에 진을 치고 있는 왜적을 무찌르고 창검과 마필을 많이 노획했다. 적병 2만여 명이 영천성 내에서 살인과 노략질을 일삼을 때 5월 26일 영천성을 포위하고 火攻으로 사방에서 공격하니 적들은 朝陽閣 아래 물에 빠져 죽거나, 불타 죽은 자가 그 수를 헤아릴 수 없었으며, 장군의 용전으로 영천성이 회복되고 嶺南左右道의 길이 열리게 되었다고 한다. 정유재란 때 또 다시 나아가 싸워 적을 크게 무찌르니 그 공으로 조정에서 訓練院正을 제수하였다.

180) 金潤國(김윤국, ?~?) : 본관은 光州이고, 자는 光輔이다. 1572년 별시에 병과로 급제했고, 임진왜란 당시에는 영천 군수였다.

181) 晬容(수용) : 임금의 초상화.

182) 鄭宜藩(정의번, 1560~1592) : 본관은 延日이고, 자는 衛甫이며, 호는 栢巖이다. 1585년 司馬試에 합격한 뒤, 임진왜란 때 부친 鄭世雅와 함께 永川에서 의병을 일으켜 승리했다. 경주에서 싸우다가 적에게 포위되어 위기에 처한 부친을 구출하고 자신은 죽었다.

183) 尹就善(윤취선, 1562~1592) : 본관은 永川이다. 1588년 식년시에 급제했다.

184) 崔仁濟(최인제, ?~1592) : 본관은 永川이고, 자는 聖夫이며, 호는 晩亭이다.

185) 李得麟(이득린, ?~1592) : 본관은 碧珍이고, 자는 星祥이며, 호는 大齋이다.

父讓馬於子, 子讓馬於父, 畢竟世雅騎馬才出, 宜藩遇害, 當時父子之情, 爲如何哉? 宜藩, 信士儕類重之, 塗地[186]一夕, 竟失其屍, 世雅求詩於宜藩素所知爰者, 欲爲詩塚, 以非古遂寢云。

是時, 使一道人心差強, 聲勢稍振者, 永川之捷, 有以聳動之也。 及此大兵一敗, 人心頓挫, 何事之不幸至於此耶?

(晉還軍安康縣, 令勇士, 或乘夜放炮, 或要路設伏, 賊不得肆行。 九月, 賊移向釜山。)

道內討賊, 知名者, 密陽奉事金太虛[187]・軍威張士珍[188]・義城監察申忱・咸安安信甲[189]。(信甲, 爲其父[190], 遂有復讎之志, 許身鋒鏑, 遇賊必突擊, 所斬無慮六七十名, 大功將成, 遽死於賊。) 固城崔剛[191]・蔚山張梧石・星州陶姓, 皆表表可稱。(時以討賊名, 固不止此, 此外名實或異, 故記之如此云。) 尙州牧使金澥[192], 避在

---

186) 塗地(도지) : 肝腦塗地. 간과 뇌가 흙과 범벅이 되다란 뜻으로 전란 중의 참혹한 죽음을 형용한 말.

187) 金太虛(김태허, 1555~1620) : 본관은 慶州이고, 자는 汝寶이며, 호는 博淵亭이다. 1580년 무과에 급제, 玉浦萬戶가 되었다. 임진왜란 때 밀양성이 함락된 뒤 밀양부사로 임명되어 분전했다. 이어 울산군수로 전임되고, 울산성 전투에서 도원수 權慄을 도와 큰 전공을 세워 당상관에 올랐다. 1599년 성주목사를 거쳐, 경상우도 병마절도사가 되었다.

188) 張士珍(장사진, ?~1592) : 임진왜란 때 軍威의 향교 유생들과 상의하여 의병을 일으키고 檄文을 보내자 수백 명이 모여들었다. 그는 군대의 이름을 復讐軍이라 칭하고, 군위와 인동 지역을 돌면서 왜병들을 닥치는 대로 척살하여 큰 전과를 올렸다. 왜군들은 그를 張將軍이라고 일컬으면서 두려워하였다고 한다. 매복한 왜적의 함정에 빠졌지만 분투하면서 한쪽 팔을 잃었지만 굴하지 않고 계속 싸우다 전사하였다.

189) 安信甲(안신갑, 1564~1597) : 본관은 順興이다. 임진왜란 때 아버지가 적에게 죽임을 당하자 복수할 뜻을 품고 분연히 일어나 적장을 죽임으로서 원한을 갚았다. 정유재란이 일어나자 山陰에서 적과 맞서 맹렬히 싸우다가 중과부적으로 전멸의 위기에 놓이게 되고 원군도 오지 않자 환영정 깊은 강물에 투신하여 스스로 목숨을 끊었다.

190) 안신갑의 부친 감찰관 安愍이 金垓의 立岩江 전투에서 왜군과 싸우다 전사함.

191) 崔剛(최강, ?~?) : '崔堈(?~?)'의 오기. 각주 134) 참조.

192) 金澥(김해, 1534~1593) : 본관은 禮安이고, 자는 士晦이며, 호는 雪松이다. 1564년 식년문과에 을과로 급제했다. 상주 목사로 재임 중에 임진왜란을 당하자, 李鎰을 맞는다는 평계로 피신했다. 그러나 뒤에 鄭起龍과 함께 향병을 규합하여 開寧에서 일본군을 격파

山中, 遇賊而死。(澥之被害, 多有人言。且澥嘗馳報巡使曰: "我國人, 造着假紙面, 爲
賊嚮導。" 云, 聞尙州人, 以不附賊蒙宥, 無乃過乎?)

是年, 穡事全廢, 如賊路旁邑, 尤甚失農。入山者, 擧爲餓莩, 在野者, 盡被
屠戮。

九月 二十七日

釜山·金海賊蹤自露峙, 熊川賊蹤自安氏峴[193], 將犯昌原, 兵使柳崇仁[194],
率軍官義兵, 迎擊不利, 翌日收散兵, 迎戰又敗。賊八十餘名, 直入本府, 焚蕩
邑居, 卽退屯于府南沙火村。崇仁與諸將士, 結陣于馬山浦, 翌日賊合兵, 蹤光
山, 屯于咸安邑內。巡邊使將進討, 知勢不可, 卽渡鼎津, 爲疊入晉州計。

十月 初一日

賊焚蕩東南面, 仍率衆, 直蹤富多峴。峴乃咸晉兩土界也。晉州·泗川·昆
陽·河東·丹城·山陰, 諸郡合勢設伏, 死傷甚衆, 遂潰散。賊止宿于富大坪,
翌日移屯于召村[195], 越三日朝, 渡三灘, 分運向晉州, 一運蹤馬峴, 一運佛遷,
直擣本州。

蹤時, 柳崇仁, 欲入城禦賊, 牧使金時敏[196](時敏, 以本州判官, 陞爲牧使。), 時

하고 상주성을 일시 탈환하기도 했다. 이듬해 왜적에게 포위되어 항전하다가 전사했다.
193) 安氏峴(안씨현): 趙慶男의 ≪亂中雜錄≫ 권2 <壬辰年 下>에는 安民縣으로 되어 있음.
194) 柳崇仁(유숭인, ?~1592): 1586년 洪原縣監, 이듬해 司僕寺主簿가 되고, 1592년 함안군
수로 재직중 임진왜란을 당하였다. 성이 왜적에게 포위당하자 軍民과 합세하여 성을
지켰고, 郭再祐의 의병에게 진로를 차단당한 왜적을 추격하여 적 47급을 참획하였다.
다시 휘하장병을 거느리고 진해에 이르러 당항포 싸움에서 패하고 밀려오는 왜적을 맞
아 李舜臣과 협공하여 이를 무찔렀다. 이어서 금강을 따라 침입하는 적과 대항하여 직
산 현감 朴誼와 함께 격퇴하였다. 여러 차례의 전공으로 경상우도 병마절도사에 특진
되었고, 그해 10월 진주성이 왜적에게 포위당하자 이를 구출하기 위해 진군, 성 밖에
이르러 泗川縣監 鄭得說, 加背梁權管 朱大淸과 합세하여 왜적과 싸우던 중 전사하였다.
195) 召村(소촌): 진주에 있는 역 이름.
196) 金時敏(김시민, 1554~1592): 본관은 安東이고, 자는 勉吾이다. 1578년 무과에 급제했
다. 1591년 晉州判官이 되었고, 이듬해 임진왜란이 일어나자 죽은 牧使 李璥을 대신하

在城待變, 意謂'兵使若入, 則是易主將也, 必節制乖方.' 乃曰 : "賊到近境, 城門已爲設備, 開閉之際, 恐有倉卒之慮, 兵使則爲外援可也." 遂拒之。

(郭再祐, 聞時敏此言, 歎曰 : "此計足以完城, 晉人其福矣." 崇仁在城外, 力戰死於城下。)

七日力戰賊, 屢進屢北, 死傷幾千餘名, 遂退去。時屢日被圍, 節制嚴密後, 被擄人, 解圍在日本者, 通書于本道監司, 詳陳賊情, 言及本州守城之事曰 : "倭人不解華音, 而惟晉州判官金時敏之名, 則居常, 稱歎嘖嘖, 其聲與華音, 無異." 云。

(時敏衙眷[197], 在智異山中, 金誠一謂 : "身爲大將, 當與妻屬, 同死生城中, 別設一假家, 積薪其上, 不幸則當付火, 自燒足矣. 不可, 與妻子, 各處." 云。方賊之圍城也。郭再祐, 令精兵十餘人, 各持十餘炬, 伏於鄕校後山, 放炮鼓噪, 城中相應。後城中人言, 賊聞山上大喊之聲, 兵勢遂分, 翌日遂退去云。)

十月 十六日

○　賊將清正, 入會寧府。王子臨海君[198]・順和君[199], 及侍臣判書黃廷

여 城池을 수축하고 무기를 갖추어 진주성을 지켰다. 이후 곽재우 등 의병장들과 합세하여 여러 차례 적의 공격을 막아내고 고성과 창원 등지의 성을 회복하는 등의 공로로 8월 진주목사에 임명되었다. 9월에는 적장 平小太를 사로잡는 전공을 세웠으며, 10월에는 왜군이 대대적으로 진주성을 공격하였다. 당시 진주성을 지키고 있던 그는 3,800여 명의 군대를 이끌고 적장 長谷川秀一가 이끄는 2만의 군대를 맞아 승리를 거두었다. 진주 성 안에서의 전체적인 지휘를 그가 이끌었으며, 곽재우 최경회 등 의병장들이 적군의 배후를 위협하는 도움을 받아 전투가 진행되었다. 10월 5일부터 11일까지 실시된이 전투에서 마지막 날 적의 대대적인 총공세를 맞아 동문을 지키던 김시민 장군이 적의 탄환을 맞아 쓰러지자 곤양군수 이광악이 대신 작전을 지휘해 승리를 거두었다. 이전투를 임진왜란 3대 대첩의 하나로 꼽기도 한다.

197) 衙眷(아권) : 지방관의 식구들.
198) 臨海君(임해군, 1574~1609) : 宣祖의 맏아들 珒. 임진왜란 때 왜군의 포로가 되었다가석방되었다. 광해군 즉위 후 유배되었다가 죽었다.
199) 順和君(순화군, ?~1607) : 宣祖의 여섯째아들. 부인은 승지 黃赫의 딸이다. 임진왜란이

或200)・承旨黃赫201)・前兵使李嶸202)・前領議政金貴榮203), 皆被擒。而貴

榮遞還204), 王子君及諸宰臣, 皆南下迫入賊窟。體察使柳成龍205), 時在本道,

일어나자 왕의 명을 받아 黃廷彧・황혁 등을 인솔하고 勤王兵을 모병하기 위해서 강원
도에 파견되었다. 같은해 5월 왜군이 북상하자 이를 피하여 함경도로 들어가 미리 함
경도에 파견되어 있던 臨海君을 만나 함께 會寧에서 주둔하였는데, 왕자임을 내세워 행
패를 부리다가 함경도민의 반감을 샀다. 마침 왜군이 함경도에 침입하자 회령에 위배
되어 향리로 있던 鞠景仁과 그 친족 鞠世弼 등 일당에 의해 임해군 및 여러 호종관리들
과 함께 체포되어 왜군에게 넘겨져 포로가 되었다. 이후 안변을 거쳐 이듬해 밀양으로
옮겨지고 부산 多大浦 앞바다의 배 안에 구금되어 일본으로 보내지려 할 때, 명나라의
사신 沈惟敬과 왜장 小西行長과의 사이에 화의가 성립되어 1593년 8월 풀려났다. 성격
이 나빠 사람을 함부로 죽이고 재물을 약탈하는 등 불법을 저질러 兩司의 탄핵을 받았
고, 1601년에는 순화군의 君號까지 박탈당하였으나 사후에 복구되었다.

200) 黃廷彧(황정욱, 1532~1607) : 본관은 長水이고, 자는 景文이며, 호는 芝川이다. 1592년
임진왜란이 일어나자 號召使가 되어 왕자 順和君을 陪從, 강원도에서 의병을 모으는 격
문을 8도에 돌렸고, 왜군의 진격으로 會寧에 들어갔다가 모반자 鞠景仁에 의해 임해
군・순화군 두 왕자와 함께 安邊 토굴에 감금되었다. 이때 왜장 加藤淸正으로부터 선조
에게 항복 권유의 상소문을 쓰라고 강요받고 이를 거부하였으나, 왕자를 죽인다는 위
협에 아들 赫이 대필하였다. 이에 그는 항복을 권유하는 내용이 거짓임을 밝히는 또
한 장의 글을 썼으나, 體察使의 농간으로 아들의 글만이 보내져 뜻을 이루지 못하고 이
듬해 부산에서 풀려나온 뒤 앞서의 항복 권유문 때문에 東人들의 탄핵을 받고 吉州에
유배되고, 1597년 석방되었으나 復官되지 못한 채 죽었다.
201) 黃赫(황혁, 1551~1612) : 본관은 長水이고, 자는 晦之이며, 호는 獨石이다. 순화군의 장
인이다. 임진왜란이 일어나자 護軍에 기용되어 부친 廷彧과 함께 사위인 順和君을 따라
강원도를 거쳐 會寧에 이르러, 모반자 鞠景仁에게 잡혀 왜군에게 인질로 넘겨졌다. 安邊
의 토굴에 감금 중 적장 加藤淸正으로부터 선조에게 항복 권유문을 올리라는 강요에
못이겨 부친을 대신하여 썼다. 이를 안 정욱이 본의가 아니며 내용이 거짓임을 밝힌
별도의 글을 올렸으나 체찰사가 가로채 전달되지 않았다. 1593년 부산에서 왕자들과
함께 송환된 후 앞서의 항복 권유문으로 東人에 의해 탄핵, 理山에 유배되었다가 다시
信川에 이배되었다.
202) 李嶸(이영) : '李瑛(?~1593)'의 오기. 1591년 비변사의 천거로 함경남도 병마절도사에
발탁되었다. 이듬해 摩天嶺의 海汀倉에서 근왕병을 모집하기 위해 함경도에 있던 臨海
君을 사로잡으려는 일본군을 공격했지만 오히려 참패를 당하고, 鞠景仁의 음모로 임해
군 등과 함께 포로가 되었다. 1593년부터 철수하는 일본군을 따라 남으로 이동하다 석
방되었는데 패전과 附賊의 죄명으로 복주되었다.
203) 金貴榮(김귀영, 1520~1593) : 본관은 尙州이고, 자는 顯卿이며, 호는 東園이다. 임진왜
란 때 중추부영사로서 臨海君을 배종하여 함경도에 피란하였는데, 회령에 수개월 머무
르는 동안 민폐가 많아 인심을 잃었다. 때마침 적이 침입하자, 鞠景仁에 의하여 임해
군・順和君・黃廷彧 등과 함께 적장 加藤淸正에게 넘겨졌다. 여기에서 가등청정의 강요
에 의하여 강화를 권하는 목적으로 行在所에 파견되었는데, 적과 내통하였다는 의심을
받아 희천으로 유배되어 가던 중에 죽었다.

承有旨書狀,「募人, 要路奪取, 而卒不得, 時事至此, 夫何.」云。爲未久, 聞平壤捷音, 雖愚夫愚婦, 莫不踴躍。

○ 初張士珍, 爲其兄士珪, 遂有復讎之志, 唾掌一起, 設伏要擊。厥後爲假將, 率本縣軍, 多殺仁同往來之賊。賊一日, 多設伏兵於麻差峴, 令二三殘劣倭, 當晝牽牛, 行向軍威。縣人朱孫者, 勸士珍射之, 士珍以爲彼賊, 孤軍行路, 不是無心, 不可輕擧。朱孫曰:"將軍爲假將, 見小賊惻, 何用將爲?" 士珍卽大聲出射。四面設伏之賊, 一時俱發。士珍竭力射之, 所殺甚衆, 賊亂放鐵丸, 亦不能中。日暮矢竭, 賊突入背後, 斫去弓絃, 士珍力盡被害, 賊臠肉而去。自是, 仁同之賊, 往來殺掠, 略不畏忌。朝廷贈士珍通政。

○ 靑松府使鄭愼, 爲政狂虐, 至於士族婦女, 亦拘囚牢獄, 一境空虛, 甚於賊過之地。人甚苦之, 而或重臣按界, 曚然過之, 巡察使知而置之, 物議拂鬱。

十一月

○ 左水使李由義, 自行在所, 除職下來, 聞本營舟師散亡, 更無水路, 待變之

---

204) 遞還(체환):加藤淸正은 小西行長이 평양에서 패전하였다는 소식을 듣고 크게 겁을 내어 편지를 쓴 다음 왕자와 대신들을 졸라서 모두 이름을 적게 하고, 判官 李弘業이 임금의 친근한 신하이므로 임금께 보내어 화친하게 하라 하였으나 이홍업이 말을 듣지 않자, 그 대신 김귀영을 보낸 것을 일컬음.

205) 柳成龍(류성룡, 1542~1607):본관은 豊山이고, 자는 而見이며, 호는 西厓이다. 임진왜란이 일어나자 병조판서로서 도체찰사를 겸하여 軍務를 총괄하였다. 이어 영의정에 올라 왕을 扈從하여 평양에 이르러 나라를 그르쳤다는 반대파의 탄핵을 받고 면직되었다. 의주에 이르러 평안도 도체찰사가 되었고, 이듬해 명나라 장수 李如松과 함께 평양성을 수복한 뒤 충청도·경상도·전라도 3도의 도체찰사가 되어 파주까지 진격하였다. 이해 다시 영의정에 올라 4도의 도체찰사를 겸해 군사를 총지휘했으며, 이여송이 碧蹄館에서 대패해 西路로 퇴각하는 것을 극구 만류했으나 뜻을 이루지 못하였다. 1594년 훈련도감이 설치되자 提調가 되어 《紀效新書》(중국 명나라 장수 척계광이 왜구를 소탕하기 위하여 지은 병서)를 講解하였다. 또한 호서의 寺社位田을 훈련도감에 소속시켜 군량미를 보충하고 鳥嶺에 官屯田 설치를 요청하는 등 명나라 및 일본과 화의가 진행되는 동안에도 군비를 보완하기 위해 계속 노력하였다. 1598년 명나라 經略 丁應泰가 조선이 일본과 연합하여 명나라를 공격하려 한다고 본국에 무고한 사건이 일어나자, 사건의 진상을 알리러 가지 않는다는 북인들의 탄핵을 받아 삭탈관직 되었다가 1600년 복관되었으나 다시 벼슬길에 나아가지 않고 은거하였다.

計, 留安東·義城·義興等地, 爲遮截邏賊之計, 尋移住于慶州·安康地。未久, 適去以邊將, 逗遛內地, 雖久在任, 亦何有爲。

○ 昆陽郡守李光岳[206], 獨遇賊小船一隻, 斬首五級。(據金粹啓, 則此乃四月三十日事, 誤脫在此.) 盖光岳遇賊, 必身先, 士卒皆力戰, 以故斬殺太多。朝廷特陞堂上。

○ 右水使[207](失其名), 聞賊入巨濟, 令虞侯(失其名)守本營, 遂馳到百川寺, 誤見我國海尺[208]船, 以爲賊船, 已下于露梁津, 蒼黃奔潰。虞侯獨在本營, 聞賊將犯玉浦, 督出滿城老弱, 恐未易出, 引弓射之, 有兩孕女子, 貫一矢以死, 無辜浪殺, 莫甚於此, 南海島諸朝士, 亦望風潰散。縣令奇孝瑾[209], 自焚倉儲, 棄城乃去, 米數萬石·塩稅木數千同, 全數灰燼。其後, 賊累年不入。當時, 爲將者處事, 多類此。

○ 道內賊未犯境者, 左則道[210]榮川·豊基·奉化·眞寶·青松·盈德·清河·興海等官。賊雖犯, 免焚蕩稍完者, 安東·禮安·呂川·寧海等邑。如永川·慶州, 則舊號繁富之邑, 雖經兵火, 物力不甚殘削。右道, 則賊未犯境者, 山陰·安陰·咸陽·丹城·居昌·三嘉等官。若宜寧·晉州, 則雖經兵

---

206) 李光岳(이광악, 1557~1608) : 본관은 廣州이고, 자는 鎭之이다. 임진왜란이 일어나고 영남 지방으로 진격한 왜군이 10월 진주성을 대대적으로 포위 공격하였다. 곤양군수였던 이광악은 招諭使 金誠一의 명으로 병사들을 이끌고 진주성으로 들어가 진주목사 金時敏의 좌익장이 되어 왜군에 맞섰다. 김시민이 적탄에 맞아 쓰러지자 김시민을 대신하여 작전을 지휘해 대승을 거두고 진주성을 사수하는데 성공하였다. 1594년 의병장 郭再祐의 부장으로 동래전투에 종군한 이래로 곽재우와 호흡을 맞추어 항상 승리했기에 곽재우와 함께 兩飛將이라 불리었다. 1598년 전라도 병마절도사로 명나라 군대와 연합하여 금산, 함양 등지에서 왜군을 무찌르고 포로가 된 아군 100여 명을 되찾고 우마 60여 필을 노획하는 전과를 올렸다.

207) 右水使(우수사) : '元均'을 가리킴.

208) 海尺(해척) : 바닷가에서 고기잡이를 專業으로 하는 사람.

209) 奇孝瑾(기효근) : '奇孝謹(1542~1597)'의 오기. 본관은 幸州이고, 자는 叔欽이다. 임진왜란 때 南海縣令으로 전함과 무기를 수리했다. 元均을 따라 泗川에서 전공을 세워 通政大夫가 되었다. 1597년 정유재란 때 병으로 남해현령을 사직하고 귀향하는 길에 적병을 만나 어머니가 물에 빠져 자살하자 그도 뒤따라 자살하였다.

210) 左則道(좌측도) : '左道則'의 오기.

火, 亦有物力, 如左道之慶州·永川也。盖賴義兵官軍守禦之力, 得保若干邑,
兵粮器械, 多出於此, 爲後日緩急之備。

○ 慶州最近賊窟, 故州人, 備嘗賊情, 勇於捕斬。判官朴毅長[211], 乃擇其精
銳, 分爲前後隊, 書精忠二字於衣上, 以獎勸哨討, 故所獲頗多, 及其官高(自判
官, 陞拜爲府尹, 後陞爲兵使), 未嘗親入戰場, 報捷亦多。

---

211) 朴毅長(박의장, 1555~1615) : 본관은 務安이고, 자는 士剛이다. 1577년 무과에 급제하
    였다. 1592년 임진왜란 때 慶州府尹으로서 경상좌도 병마절도사 朴晉과 함께 경주 탈환
    작전에서 火車인 飛擊震天雷를 사용하여 적군을 크게 무찔렀다. 그 전공으로 경상좌도
    병마절도사에 승진하였으나 재임 중에 임지에서 61살로 죽었다.

亂蹟彙撰　下

癸巳

兵中子遺, 又迫饑饉, 雖巨室大家, 亦無斗粟, 餓莩盈路, 慘不忍見, 加以癘疫熾發, 十亡八九。或皮肉未寒而被他剝割, 或孤行道路而弱爲强食。甚者, 骨肉相殘, 母子相棄。如淸道人乳下兒, 或繫樹根, 或藏石穴, 使之自斃者比比。時巡察使韓孝純, 盡誠救活, 待士子尤厚, 賴以生者甚衆。

○ 左兵使朴晉, 以病乞遞, 權應銖代之。時土賊蜂起, 在在屠戮, 應銖追捕頗多。一日, 圍山陽場市, 得捕二十餘人, 皆斬之投水。是時, 應銖務立兵威, 多所殺戮, 居久之。都元帥金命元[1], 以此論罷, 高彦伯[2]代之。

○ 長鬐縣監李守一, 陞拜爲密陽府使, 未幾陞拜左水使, 率各浦邊將, 結陣於長鬐地包伊浦, 召集漁船, 且求船匠多造戰船, 以待變。會賊船七隻, 來犯桃浦, 守一等捕斬太多, 丑山浦萬戶吳士淸, 中丸死。守一陞嘉善, 諸將各陞品有差。守一處心頗廉謹, 軍民悅服。

○ 三月, 得見朝報[3], 太駕月初三, 迎接宋侍郎[4](失其名), 自移駐肅川, 侍郎

---

1) 金命元(김명원, 1534~1602) : 본관은 慶州이고, 자는 應順이며, 호는 酒隱이다. 1561년 식년문과에 급제했다. 1589년 鄭汝立의 난을 수습한 공으로 慶林君에 봉해졌다. 임진왜란 때 巡檢使가 되고, 이어 팔도도원수로서 임진강방어전을 전개하여 적의 침공을 지연시켰다. 평양이 함락된 뒤 순안에 주둔, 行在所 경비에 힘썼다. 1597년 정유재란 때 병조판서로서 留都大將을 겸임하고 좌찬성・이조판서・우의정을 거쳐, 1601년 부원군에 진봉되고 좌의정에 이르렀다.
2) 高彦伯(고언백, ?~1609) : 본관은 濟州이고, 자는 國弼이다. 임진왜란이 일어나자 寧遠郡守로서 대동강 등지에서 적을 방어하다가 패하였으나 그 해 9월 왜병을 산간으로 유인하여 62명의 목을 베는 승리를 거두었다. 이어 1593년 양주에서 왜병 42명을 참살한 공으로 楊州牧使가 되었다. 利川에서 적군을 격파하고 京畿道防禦使가 되어 내원한 명나라 군사를 도와 서울 탈환에 공을 세웠고, 이어 경상좌도 병마절도사로 승진하여 양주・울산 등지에서 전공을 세웠다. 1597년 정유재란 때 다시 경기도방어사가 되어 참전하였다. 1609년 광해군이 임해군을 제거할 때 함께 살해되었다.
3) 朝報(조보) : 조선 시대에, 승정원에서 재결 사항을 기록하고 書寫하여 반포하던 관보.
4) 宋侍郎(송시랑) : 宋應昌. 임진왜란 당시 명군의 지휘부, 經略軍門 兵部侍郎을 맡았으며 총사령관이었다.

過後, 還駐永柔, 漸次前進云。自此, 南民日望, 平蕩腥塵, 回鑾故都之慶。

○ 左水使李守一, 率各鎭邊將, 駐于甘浦。時漆浦萬戶文貫道, 自本浦向甘浦, 倭船一隻, 自日本來向釜山, 因風不利, 誤到長鬐地, 貫道與軍官趙仁壽, 圍捕之。舟中無他器械, 以簑衣等件付火投, 賊船焰煙猝起, 賊倉卒不能措, 斬獲幾三十餘名。火藥米布倭衣服物件, 盡數船運, 告于李守一。守一, 以虞候(忘其名)全船捕捉, 樣褒啓, 而貫道名下二名, 仁壽名下一名。以故, 朝廷特賞, 虞候陞堂上, 貫道陞叙, 未久爲河陽縣監, 仁壽許通。槪當貫道斬獲之時, 虞候則在甘浦, 未嘗同事, 而守一僞啓罔上, 至於此極。當時諸將中, 守一頗以廉謹名, 而尙且如此, 其他又何足論哉。

○ 大邱府使尹睍, 在公山, 謀討大邱賊, 未果而移向保寧農所, 二十二日將渡洛江, 遇仁同賊大敗。其妻及婦子三人, 自投江中死。

(睍自亂初, 在公山桐華寺, 多有措捕之功。左右路塞時, 巡察使金晬, 令人從間路, 通問左道事, 睍條陳間報。時河陽, 獨免賊禍[5], 倉儲及凡物, 金晬亦令移置同寺, 守直云。)

○ 京中賊, 撤屯下還, 盖用沈遊擊惟敬計, 諭之使去云。賊留屯尙州。四月二十八日, 宣傳官持標信來, 傳曰:「天兵追賊, 已入京城, 將尾擊.」云, 南民皆頂盛以待。

○ 二十九日, 右巡察使金誠一, 在晉州以疫逝, 江右之事去矣。公安東人也, 字士純。其居鶴駕對山, 鶴駕乃東南名山, 以故取而爲號曰鶴峯。自少, 以風節自持, 從遊退溪門下, 其學以成。中甲子進士, 丁卯當宁卽位, 有增廣及第, 公其一也。嘗視草[6]鳳池[7], 司直霜臺[8], 佐選銓曹[9], 暇讀湖堂, 專對[10]上國,

---

5) 禍(화) : 원전에는 현재 한자사전에 등재되어 있지도 않고 정확한 뜻도 알 수 없는 글자로 씌어 있는데, 짐작컨대 가장 근접한 의미의 글자로 대체한 것이니, 영인 자료를 참고하기 바람.

6) 視草(시초) : 임금의 글을 대신하여 짓는 것.

7) 鳳池(봉지) : 대궐의 별칭. 唐나라의 中書省에 鳳凰池가 있었으므로 그 별칭으로 쓰이기도

奉節殊邦。噫! 世路崎嶇, 雖不展盡其學, 遭遇之隆, 亦可謂千載一時11)矣。至如闑外12)戎機, 在公未事, 而官無彼此, 節堅夷險, 輕裘晉壘13), 大范14)宋塞。使義旅有泰山倚重之望, 賊徒有軍容, 難撼之嘆, 則男兒事業, 此亦足矣。眞儒無敵, 豈虛語也。惜乎, 渡瀘15)之師, 未幾嘔血之痛, 已亟。吾徒起不慭之悲, 邦國興殄瘁之憂16)。天乎神乎, 胡寧至此? 其氣將散而爲雷霆以破賊膽耶? 抑結而爲山嶽以壯本朝耶? 時公還爲右巡察使, 將渡江右, 時事日棘, 人甚危之。其子弟, 送行于義城, 公曰: "吾許身王室, 無以報恩, 吾死之日, 汝等卽當一死, 以爲義門, 足矣。" 神色晏如。遂攬轡而行, 沒年五十六, 士人吳長17)哭, 其文曰: 「凜凜忠信之君子, 懇懇社稷之純臣。廊廟危言作柱石者十載, 風塵仗義揭綱常於千春。於人已全, 在天何嗇。長得幸有素, 言痛非私。仰蒼天而獨高, 念生民之何祿。」

했다. '시초봉지'는 김성일이 33세(1570) 때 勅令과 敎命을 기록하는 일을 맡아보았던 承文院의 權知承文院副正字가 되었던 것을 이른다.

8) 霜臺(상대): 司憲府의 별칭.

9) 銓曹(전조): 관리를 임명하거나 이동시키는 권한을 가진 관청인 吏曹.

10) 專對(전대): 타국에 사신으로 가서 모든 질문에 응답함.

11) 千載一時(천재일시): 韓愈의 <潮州刺史謝上表>에 "所謂千載一時, 不可逢之嘉會."가 있음.

12) 闑外(곤외): 임금으로부터 정벌의 명을 받고 全權을 행사하는 장군이라는 말. 옛날 장군이 출정할 때 임금이 "闑內는 내가 통제할 테니 闑外는 장군이 통제하라."고 하면서 수레바퀴를 밀어 주었던 고사에서 유래한 것이다.(≪史記≫<馮唐列傳>)

13) 輕裘晉壘(경구진루): 戰陣 속에서 치밀하게 작전에 대처하면서도 한가롭고 여유로운 모습을 보여 주는 장수의 風度를 표현한 말. 晉나라 羊祜가 征南大將軍으로 대군을 거느릴 적에, 갑옷 대신에 가벼운 옷을 입고 허리띠를 느슨하게 하고 다녔으며(輕裘緩帶) 侍衛 군사도 10여 명을 넘지 않았다는 고사가 있다.(≪晉書≫<羊祜列傳>)

14) 大范(대범): 北宋시대 文臣 范雍을 일컬음. 한편, 范仲淹을 小范이라 한다.

15) 渡瀘(도로): 蜀漢의 諸葛亮이 5월의 심한 더위에 남방의 瀘水를 건넌 것을 일컬음.

16) 邦國興殄瘁之憂(방국흥진췌지우): ≪詩經≫<大雅·瞻仰>의 시에서 나오는 말. 훌륭한 사람이 죽어서 나라가 병들 것을 탄식한 시인데, 그 시에 이르기를, "훌륭한 사람이 없으매 나라가 끊기고 병이 들리라.(人之云亡, 邦國殄瘁。)" 하였다.

17) 吳長(오장, ?~1616): 본관은 咸陽이고, 자는 翼承이며, 호는 思湖이다. 임진왜란이 일어났을 때 金字顒의 천거로 張顯光과 함께 발탁되었으나 길이 막혀 나아가지 못하고 의병으로 활약하였다. 1595년 진안현감이 되었다.

(公病, 草家中婢來, 問疾請入謁, 公曰 : "兵門非女人所入之地." 遂止之。沒後, 聞者痛惜, 晉人則至於流涕, 以公久於其地故也。)

○ 五月初十日, 巡察使韓孝純, 以迎候天兵事, 欲向聞慶, 而尙州賊無退去之意, 故由間途, 到犬灘站, 上道各官, 皆從之。

○ 十五日, 劉遊擊(忘其名), 率浙江砲手三千, 踰鳥嶺, 到聞慶。劉以淸謹嚴密名。提督將軍李如松, 率大兵, 踰嶺到聞慶(安保路上, 有二獐子, 李以一矢, 馳射得之。弓馬之才, 雖古由基[18], 莫能大過云), 軍號[19]或六七萬, 或十萬云。

大提學李德馨[20], 以接伴使來。十七日, 如松, 卽旋師, 踰嶺, 向京城, 人望缺(李德馨作文, 請勿班師)。初李提督之旋師也, 托言本國無兵馬, 不肯前進討賊。故宋侍郎, 欲驗其虛實, 送一唐官及宣傳官·通事來, 問兵馬·舟師數于巡察使。如松退在京城, 侍郎在安州, 惟祖摠兵承訓·葛遊擊逢夏·李總兵·張遊擊(俱失其名), 駐犬灘。

○ 賊兵撤退之後, 一陣屯于西生, 一陣屯于金海, 金海行長主之, 西生淸正主之。

○ 天兵追賊南下, 分駐道內。總兵將軍吳惟忠, 領兵一萬駐八莒, 總兵將軍劉綎, 領兵一萬五千駐尙州, 葛遊擊·張遊擊·祖摠兵, 各領兵亦駐尙州, 劉遊擊, 領兵駐善山, 吳遊擊(失其名)及駱叅軍千斤, 各領兵駐慶州。後劉綎移駐八莒, 吳惟忠移軍新寧。其他諸將, 領兵往來者亦多, 姓名兵數, 今不可盡記, 有策士往來者亦多, 或能詩, 或能文, 往往編輯傳播, 頗有可觀。有姓名戚金者,

---

18) 由基(유기) : 전국시대 楚나라의 장군 養由基. 그는 백 보 떨어진 거리에서 버들잎을 활로 쏘아 백발백중했다는 고사가 있다.(≪史記≫ <周本紀>)

19) 軍號(군호) : 대개 출병할 때에 적에게 시위하기 위하여 군사의 實數 이외에 몇 만 혹은 몇십 만이라고 칭하는 것.

20) 李德馨(이덕형, 1561~1613) : 본관은 廣州이고, 자는 明甫이며, 호는 漢陰·雙松이다. 1592년에 예조 참판에 올라 대제학을 겸임하였다. 임진왜란이 일어나자 동지중추부사로서 일본 사신 玄蘇와 화의를 교섭하였으나 실패했다. 그 후 왕을 정주까지 호종하였고, 請援使로 명나라에 파견되어, 원병을 요청하여 성공을 거두었다. 광해군 즉위 후에 영의정에 올랐다.

乃皇朝戚啓光, 後也。啓光在昔, 能禦浙江倭賊, 有《紀效新書[21]》, 今始行
于東方。金以廉潔自守, 甚可嘉嘆, 吳惟忠亦然, 查遊擊大樹[22], 乃李提督幕
下, 能射賊決勝, 勇猛鮮匹云。

是時天兵, 兵勢堂堂, 其於倭賊, 一鼓可取, 而不幸初失於碧蹄, 大將李提督,
幾危而幸免。盖乘平壤之勢, 而易與視賊, 輕擧見敗, 後來臨事, 多有危疑之
慮, 未免逗遛, 玩寇[23]之弊。加以南北諸將, 爭平壤之功, 久不協心。自此, 將
心怠, 士氣挫, 大計遲延, 使賊退保。其分駐本道之後亦還戍, 而已無復有攻討
之計矣。

○ 下道各官, 出站[24]于慶州等地, 中路各官, 出站于尙州・善山・八莒等
地, 全羅各官, 並力來待。時飢饉之餘, 供億煩重, 官儲旣盡, 民膏繼竭, 當事
者, 以乏軍需爲憂。至被責罰於天兵, 衙門者比比。

○ 艱難之際, 事多苟且。朝廷凡論賞格, 以獲敵首爲準, 勿論兩班雜類公私
賤, 得一首者許登科, 二首者六品敍用, 三首者陞堂上, 得倭將者錄勳陞嘉善。
至於納錢粟・獻戰馬等, 政皆一時不得已之權宜也, 其助軍興亦已多矣。然幸
門[25]一開, 巧僞間興, 爵號頗濫, 名器[26]以混。甚者, 至有斬取飢民頭, 假爲倭
頭, 而以要其賞, 軍功出身, 多出於此。如義興地, 有兩飢民被斬, 斷髮而棄之,
取頭而去。巡察使令本縣縣監按之, 乃守令要功者所爲云, 而涉於疑似, 遂寢
之。時義城縣令鄭希玄, 兼助防將, 啓牒在手, 以馘爲及第者, 倍於他陣, 至有

---

21) 紀效新書(기효신서) : 明나라 武將 戚繼光이 지은 兵書. 왜구가 명나라의 연해를 침범하자
　 척계광이 새로운 전술로 많은 성과를 올렸는데, 이때의 경험을 토대로 이 책을 지었다.
　 조선에서도 왜란 후에 軍制를 개편하여 訓鍊都監을 신설하고, 明軍과 倭軍의 무기・무술
　 을 모방하여 훈련할 때도 이 책에 의거해서 銃兵인 砲手, 弓兵인 射手, 槍劒兵인 殺手의
　 세 부분으로 나누어 실시하였으며, 지방에도 哨官 또는 束伍軍을 두어 훈련시켰다.
22) 査遊擊大樹(사유격대수) : 遊擊 査大樹. 《선조실록》 26년 7월 20일 2번째 기사에는 '査
　 大受'로 되어 있다.
23) 玩寇(완구) : 적을 보고만 있는 것.
24) 出站(출참) : 錢穀・驛馬를 지공하기 위하여 그의 宿驛에서 가까운 역에 사람을 보내는 일.
25) 幸門(행문) : 요행으로 벼슬길에 오르는 것.
26) 名器(명기) : 지위의 높고 낮음을 분별하는 것.

設宴於官家, 以相慶。時前忠清巡察使尹國馨, 家食[27]于本縣, 有一詩以戲其事, 詩曰：「飢民頭上桂花生, 其死其生摠斷頭, 太守慶筵知有酒, 盍分餘瀝慰啾啾。」後體察使李元翼[28], 聞其事, 將按聞, 令本縣先收紅牌[29], 會一鄕士子, 劾實亦以難明而止。後數年朝廷, 覆試于京師, 依例唱榜, 渠輩幸之。

○ 晉州士人韓鷹, 乃司藝韓汝哲[30]子也。處家以孝友稱, 朋友以剛直信義相許, 不幸早世, 人多惜之。有仲女, 年方十六歲, 攀號[31]摧痛, 絶而復甦者再, 事伯父誠如己父。有一奴婢, 有怨言於伯父, 遂大怒曰：「汝以余不爲伯父之猶子乎? 待子而說父之過, 是無余也。」竟逐而踈之, 不以老婢視也。

及其變生之初, 女子之謀避賊辱者, 多惡衣垢面, 娥獨大言曰：“死生有命, 非可苟免者也。” 常從伯父行, 一夕失伯父所在, 以路狹人多, 衣裾相接爲辱, 乃爲自決計, 有知之者, 得救焉。六月十六日, 賊猝至一里, 人皆避入深山。娥猶恐不深, 遂移向他山, 中路遇賊, 將爲驅去。娥乃憤罵而死, 年二十一。以死榮於辱身者, 女子之貞也。人多臨亂而死, 死孰若此。娥之早定於平日, 以爲守身之大節者哉? 遭父之喪, 則哀毀幾死, 婢怨伯父, 則責之以無余, 人衣相接, 則遽欲自決, 其素養可知矣, 罵賊殺身, 豈一朝之計哉。嗚呼! 其賢矣。

---

27) 家食(가식) : 군색하게 삶.
28) 李元翼(이원익, 1547~1634) : 본관은 全州이고, 자는 公勵이며, 호는 梧里이다. 벼슬이 영의정에 이르렀으나 청빈한 생활을 했으며, 병제와 조세제도를 정비하여 1587년 이조참판 權克禮의 추천하여 安州牧使로 있을 때 六番制를, 1608년에 대동법을 실시하는 데 공헌했다. 이러한 공로에 힘입어 대사헌·호조 및 예조의 판서를 지냈다. 이조판서 때 임진왜란이 일어나자 평안도 도순찰사가 되어 왕의 피란길에 호종하고, 1593년 李如松과 합세하여 평양 탈환작전에 공을 세워 평안도관찰사가 되었으며, 1595년 우의정에 올라 陳奏辨誣使로 명나라에 다녀온 후 1598년 영의정이 되었는데, 柳成龍을 변호하다 사직하였다. 1600년에는 좌의정을 거쳐 도체찰사에 임명되어 영남지방과 서북지방을 돌아보았다. 1604년 임진왜란 때의 공적으로 扈聖功臣에 책훈되고 完平府院君에 봉해졌다.
29) 紅牌(홍패) : 붉은 종이에 쓴 과거 급제증.
30) 韓汝哲(한여철, ?~?) : 본관은 淸州이며 자는 仲明이다. 효성이 지극하였다. 1543년 생원이 되어 1548년에는 祔廟別試文科에 을과로 급제하였다. 예문관 검열을 지냈으며, 1553년 무렵 공조좌랑을 지냈다. 이후 헌납 등을 거쳐 성균관 사예에 올랐다. 효성이 지극하여 부모님을 봉양하고자 외직을 자청하여 진주, 곤양 등을 다스리기도 하였다.
31) 攀號(반호) : 상여를 당기면서 울부짖음.

○ 固城, 有羅姓人名應璧, 守城望族也. 不文不武, 明農治産, 謹祭祀, 敦親族, 人以德漢稱. 有二子曰'彦繼'・'彦繗', 有壻曰'李應星'. 彦繼妻盧氏・彦繗妻權氏及羅氏, 皆年少有色. 嘗語及婦人被攜事, 輒噸蹙鄙罵曰: "死則死矣. 豈可畏死被驅乎?" 厥後三婦人, 連三日遇賊, 皆大罵不屈死. 若三婦人可謂言顧其行, 不愧其言者矣. 生長海濱家, 非禮義之養, 而能立大節・樹風聲, 生質之美, 不待敎而興, 眞確論也. 節義成雙, 古人所嘆, 而一家之中, 子婦三人, 始與之同約, 終能踐言, 抑乃舅乃爺之厚德, 有以感之歟. 羅之妻, 事父母・接宗族, 極盡其孝友, 其有感化者邪.

○ 鄕兵大將金垓, 在慶州待變, 十九日以病逝, 略備素輀, 還葬于禮安.

○ 二十一日, 兩王子[32], 自賊中出來, 李嶸[33]及黃廷彧父子[34], 亦出來, 賴沈惟敬之救也. 前此天將[35], 差一將官姓譚, 稱爲天使, 入釜山未久, 兩王子出來. 李嶸在賊中, 對兩王子, 一遵君臣之禮, 賊多歎服云. 王子兩夫人, 着藍縷衣裳, 着繩鞋, 野處露坐[36], 行色凄凉, 觀者淚下. 至犬灘, 守令或覓鞋, 或造衣, 納之. 兩王子, 見本國支待[37], 頗有感喜之色, 對人含淚. 兩夫人始出, 脫蒙頭衣, 謂左右曰: "吾久在賊窟, 所見皆鬼物, 今始見我國人, 何以蓋頭[38]爲?" 云. 當初, 賊之虜王子, 脅我也, 還王子, 要我也, 其來其去, 識者皆憂之.

○ 東萊梁山賊, 水陸彌滿, 向密陽路, 欲犯晉州, 義兵將曹晦益, 馳報于巡察使全羅兵使崔慶會[39]. 倡義士金千鎰[40]・復讐將高從厚[41]・忠淸兵使黃璡[42],

---

32) 兩王子(양왕자): 臨海君, 順和君을 가리킴.
33) 李嶸(이영): '李瑛'의 오기.
34) 黃廷彧父子(황정욱부자): 黃廷彧과 黃赫. 황혁은 순화군의 장인이다.
35) 天將(천장): 經略軍門 兵部侍郎 宋應昌을 가리킴.
36) 露坐(노좌): 지붕 없이 앉음.
37) 支待(지대): 공적인 일로 지방에 나간 고관의 먹을 것과 쓸 물품을 그 지방 관아에서 바라지하던 일.
38) 蓋頭(개두): 조선 시대에, 국상 때에 왕비 이하 나인들이 쓰던 쓰개. 대나무로 둥글게 테를 만들어 위는 좁고 아래는 넓게 하여 흰 명주로 안을 바르고 테 위에 베를 씌운 것으로, 꼭대기에는 베로 만든 꽃 세 개를 포개어 붙였다.

各領兵來, 箚于右道, 以有晉州急故也。

○ 督捕使朴晉及李應聖, 兼三道防禦使李彦時[43]), 駐密陽, 都元帥金命元,

39) 崔慶會(최경회, 1532~1593) : 본관은 海州이고, 자는 善遇이며, 호는 三溪・日休堂이다. 1567년 式年文科에 급제, 寧海郡守가 되었다. 임진왜란 때 의병장이 되어 각 고을에 격문을 띄워 의병을 규합, 錦山・茂州에서 전주·남원으로 향하는 일본군을 장수에서 막아 싸웠고, 금산에서 퇴각하는 적을 추격하여 牛旨峙에서 크게 격파하였다. 이 싸움은 진주 승첩(제1차 진주전투)을 보다 쉽게 하였다. 이 공로로 경상우도 兵馬節度使에 승진했다. 1593년 6월 加藤淸正 등이 진주성을 다시 공격하여오자 창의사 金千鎰, 충청병사 黃進, 復讐義兵將 高從厚 등과 함께 진주성을 사수하였으나 9일 만에 성이 함락되자, 남강에 투신자살하였다.

40) 金千鎰(김천일, 1537~1593) : 본관은 彦陽이고, 자는 士重이며, 호는 健齋・克念堂이다. 1578년 任實縣監을 지냈다. 임진왜란 때 나주에 있다가 高敬命・朴光玉・崔慶會 등과 함께 의병을 일으켰다. 선조가 피란 간 평안도를 향해 가다가, 왜적과 싸우면서 水原城을 거쳐 강화도로 들어갔다. 그 공으로 判決事가 되고 倡義使의 호를 받았다. 왜적에게 점령된 서울에 결사대를 잠입시켜 싸우고, 한강변의 여러 적진을 급습하는 등 크게 활약하였다. 다음해 정월 명나라 提督 李如松의 군대가 개성을 향해 南進할 때, 그들을 도와 道路・地勢) 및 敵情 등을 알려 작전을 도왔다. 또 왜군이 남쪽으로 퇴각하자, 절도사 최경회 등과 함께 晉州城을 死守하였다. 그 뒤 진주성을 지킬 때 백병전이 벌어져, 화살이 떨어지고 창검이 부러져 대나무 창으로 응전하였다. 마침내 성이 함락되자 아들 象乾과 南江에 투신자살하였다.

41) 高從厚(고종후, 1554~1593) : 본관은 長興이고, 자는 道冲이며, 호는 準峰이다. 1570년 진사가 되고, 1577년 별시문과에 급제하여 縣令에 이르렀다. 임진왜란 때 아버지 高敬命을 따라 의병을 일으키고, 錦山 싸움에서 아버지와 동생 因厚를 잃었다. 이듬해 다시 의병을 일으켜 스스로 復讐義兵將이라 칭하고 여러 곳에서 싸웠고, 위급해진 晉州城에 들어가 성을 지켰으며 성이 왜병에게 함락될 때 金千鎰・崔慶會 등과 함께 南江에 몸을 던져 죽었는데, 세상에서는 그의 三父子를 三壯士라 불렀다.

42) 黃璉(황진) : '黃進(1550~1593)'의 오기. 본관은 長水이고, 자는 明甫이며, 호는 蛾述堂이다. 1576년 무과에 급제, 선전관을 거쳐 1591년 조선통신사 黃允吉을 따라 일본에 다녀와 미구에 일본이 來侵할 것을 예언하였다. 임진왜란이 일어나자 同福 현감으로 勤王兵을 이끌고 북상하여 龍仁에서 패전하고 이어 鎭安에서 왜적의 선봉장을 사살한 뒤 적군을 安德院에서 격퇴하고, 훈련원 判官이 되어 梨峙전투에서 적을 무찔렀다. 그 공으로 益山 군수 겸 충청도 助防將에 오르고, 절도사 宣居怡를 따라 水原에서 싸웠다. 이듬해 충청도 병마절도사에 승진하여 패퇴하는 적을 추격, 尙州에 이르는 동안 連勝을 거두고, 적의 대군이 晉州城을 공략하자 倡義使 金千鎰, 절도사 崔慶會와 함께 성중에 들어가 9일 동안 혈전 끝에 전사하였다.

43) 李彦時(이언시) : '李時言(?~1624)'의 오기. ≪선조실록≫ 26년 6월 6일 최종기사에 나온다. 임진왜란이 일어나던 1592년 인천부사로 나갔다. 이 때 큰 공을 세워 당상관에 오른 뒤 1593년 황해도 좌방어사가 되었다. 1594년 전라도 병마절도사가 되어 이순신 장군과 함께 전라도를 지키며 큰 공을 세웠다. 곧이어 해주목사, 장흥부사를 거쳐 1596년 충청도 병마절도사가 되었다. 이 때 경주 탈환전에서 의병장 鄭起龍・權應銖와 함께 명나라

自慶州移駐大丘, 都體察使柳成龍及軍糧督運御使尹敬立[44], 到本道。

○ 兩湖[45]兵使及義兵等, 會于晉州, 與本州軍兵合力, 爲守城計。前此沈惟敬, 爲縱橫之計[46], 出入賊陣, 如家人父子。至此, 乃通書于晉州諸將曰: ‘賊以晉州前日之事挾撼, 今必陷乃已, 莫如姑爲空城。’ 諸將堅守不去。

一日, 靈山・咸陽・宜寧等地屯賊, 大擧直擣晉州, 天將無意馳援。本州人, 請守要衝, 諸道兵爭之, 諸將不聽州人之言, 乃使諸道兵, 分守東南, 本州兵, 分守西北。夫精銳莫如州兵, 諳熟形勢, 亦莫如州兵, 而反置之歇後, 使諸道兵, 守重地, 盖諸將利前日之事, 爭功而誤之也。

牧使徐禮元, 承金時敏之代, 頗失衆心, 臨機驚潰, 處事顚倒, 日夜對妻子號泣, 軍情索然, 城中諸將, 無有統領, 各率已意, 軍令不行。忠淸兵使黃璉[47], 稍解兵事, 城中倚之, 先中丸而死。自此, 城中憒憒, 無復紀律, 賊日夜遞軍迭攻。我兵日夜, 徒有疑懼之心, 疲困立睡, 有時顚仆。加以天心不助, 大雨連日, 守禦日踈, 城土自崩, 至二十九日城陷。

全羅兵使崔慶會・虞侯成永建・倡義士金千鎰・復讐將高從厚・金海府使李宗仁[48]・晉州牧使徐禮元・判官成守慶[49]・前郡守高得賚[50]・巨濟縣令金

원군과 합세하여 공을 세우고 가선대부에 올랐다. 1598년 노량해전에서 이순신 장군이 전사한 뒤, 이순신 장군의 뒤를 이어 삼도수군통제사로 임명되었다. 1599년 객사인 여수 진남관과 이순신 장군을 모신 사당인 여수 충민사를 건립했다. 1600년 삼도수군통제영을 加背梁(현 거제도)으로 옮겨야 한다는 장계를 올려 1601년 삼도수군통제영은 지금의 통영으로 옮겨지고 여수는 다시 전라좌도 수군절도영으로 남게 되었다.

44) 尹敬立(윤경립, 1561~1611) : 본관은 坡平이고, 자는 存中이며, 호는 牛川이다. 1585년에 진사가 되고 1588년 문과에 급제하여 승문원에 들어갔으나 鄭汝立의 옥사가 일어나자 이름없는 인물이 과분한 천거를 받았다 하여 축출되었다.임진왜란 때 여러 직함을 띠면서 군량을 모으고 운반하는 일을 했고, 李夢鶴의 난에 훈련대장 趙儆을 따라 출동한 적도 있다. 1598년 兩湖察理使로서 군량을 모은 후 충청도 관찰사를 거쳐 청주・광주・황주의 목사를 지냈다.

45) 兩湖(양호) : 호남과 호서. 전라도와 충청도.

46) 縱橫之計(종광지계) : ‘縱橫之計’의 오기.

47) 黃璉(황진) : ‘黃進’의 오기.

48) 李宗仁(이종인, ?~1593) : 본관은 全州이고, 자는 仁彦이다. 1583년 李濟臣의 반란을 평정했고, 후에 북방 수비에 수차 공을 세웠다. 1592년 왜군이 진주를 침략하여 오자, 경상우병사 金誠一의 牙將이 되어 선봉에서 적장을 사살, 적을 퇴각시켰다. 1593년 4월 김

俊民・泰安郡守禹龜壽等, 死功。 雖不成, 相持累日, 殺賊甚多, 死守至此, 區區忠義, 亦令人起念。 當初, 賊兵將犯之際, 本州人, 皆以此城爲固, 且利前日之事, 至如士族家, 亦多入城中, 卒之一敗塗地。 尤可痛惜事, 旣至此而天兵逗遛, 近地束手傍觀, 以待成敗, 而終無一兵遣援, 惟敬之計行也。

○ 時天兵諸將, 謀議不一, 和戰兩立, 大事見誤, 旣使賊全羅。 其於晉城, 又不赴急, 悠悠蒼天, 此何人哉[51]。

○ 都元帥金命元, 隨天兵在右道。 我國軍容, 殊甚草草, 晉城事急之日, 不知元帥駐在何, 方有何業事, 令人鬱鬱, 以全羅巡察使權慄代之。 時右巡察使金玏[52], 代金誠一之後, 晉州見陷之後, 無復下手處。 板蕩殘剝, 比左道殊甚,

---

해부사가 되었다. 그해 6월 왜군이 다시 진주성으로 몰려오자 병력을 거느리고 성내에 들어가 성을 사수하고자 하니, 목사 徐禮元이 성을 포기하고 도망하려 하였다. 이에 단호히 그 불가함을 주장하고 의병장 金千鎰 등과 함께 방어에 임하였다. 적병이 근접하자 선봉에서 활로써 왜적 수십 명을 사살하고, 화살이 떨어지자 창을 들고 적을 무찔러 적의 시체가 산과 같았다고 한다. 성이 함락되자 적병을 양팔에 한 명씩 끼고 남강에 뛰어들어 순국했다.

49) 成守慶(성수경, ?~1593) : 본관은 昌寧이다. 임진왜란 때 진주판관으로 재임하였다. 왜군이 쳐들어오자 招諭使 金誠一의 아래에서 군무를 맡아 성을 고쳐 쌓고 무기를 수선하는데 앞장섰다. 한편 격문을 돌려 충의지사를 부름으로서 군세를 늘리고 싸움에 대비하였다. 그해 10월 제1차 진주성싸움에서 진주목사 金時敏과 함께 3,800여 명의 병력으로 2만여 명의 왜군과 싸워 승리했으나, 이 싸움에서 진주목사 김시민이 전사하였다. 이듬해 6월에 벌어진 제2차 진주성싸움에서 3만 7000여 명의 왜군을 맞아 倡義使 金千鎰, 경상우병사 崔慶會, 충청병사 黃進, 진주목사 徐禮元 등이 이끄는 3,400명의 병력과 함께 싸우다가 순국하였다.

50) 高得賚(고득뢰, ?~1593) : 본관은 龍潭이고, 자는 殷甫이다. 武科에 급제했다. 임진왜란이 일어나자 남원에서 의병장 崔慶會의 副將이 되어 長水・茂朱・錦山 등지에서 왜병과 싸웠다. 平昌郡守에 임명되었으나, 적의 토벌이 급하다고 사양하고 최경회를 따라 제2차 진주성싸움에서 싸우다가 전사하였다.

51) 悠悠蒼天, 此何人哉(유유창천, 차하인재) : ≪詩經≫<王風・黍離>에 "끝없이 푸른 하늘이여, 이렇게 된 것은 도대체 누구 때문인가.(悠悠蒼天, 此何人哉.)"라는 말이 나온다.

52) 金玏(김륵, 1540~1616) : 본관은 禮安이고, 자는 希玉이며, 호는 栢巖이다. 1576년 식년 문과에 병과로 급제했다. 임진왜란 때 형조참의를 거쳐 안동부사가 되었다가 慶尙道安集使로 영남에 가서, 충성스럽고 의기 있는 선비들에게 국가의 뜻을 알리고 왜적을 토벌하도록 장려하고 백성들을 잘 다스렸다. 이듬해 경상우도 관찰사가 되어서는 전라좌・우도의 곡식을 운반해 기근이 든 백성들을 구제하고자 하였다. 이어 도승지, 대사간, 한성부우윤, 대사성을 거쳐 1594년 동지의금부사, 이조참판, 부제학 등을 역임하였다. 이

當事之憂倍之。自此王師[53], 連營列陣, 久而不決, 物力殆不堪支, 僅僅措置。
凡百供頓之務, 不至大乏, 乃左右道若于邑, 粗得保完之力也。

○ 九月左巡察使韓孝純兼右道巡察使[54]。(有旨書狀內, 前月分設, 左右巡察使者,
以其節制倚角[55], 共力禦賊, 自今卿其兼, 察左右事.」云) 都體使柳成龍, 遞尹斗壽[56]
代之, 與都元帥權慄, 駐八莒天將營下。

○ 冬舟師督戰宣傳官都元亮[57], 自京下來, 與忠淸虞侯(失其名), 率同道船匠
三十餘名, 來伐江原道越松浦松, 造戰船九隻。

(元亮, 處顚倒多, 行冒濫。時前領議政李山海[58], 事以罪在平海, 多言其失, 元亮後
果被罪云。)

든해 대사헌이 되어 「시무16조」를 상소했는데 모두 치안에 좋은 대책이라는 평을 들었
다. 1599년 명나라 장수를 접반하고 형조참판에서 충청도 관찰사로 나갔다.
53) 王師(왕사) : 천자의 군대. 중국 군대.
54) 경상 좌도순찰사 한효순이 경상 우도순찰사에 제수된 기록은 여타 기록에 보이지 않는
    사실이다. ≪선조실록≫의 9월 6일조의 기사에는 좌도순찰사로서의 기록이 있고, 11월
    의 기사에서는 곧바로 순찰사로서 기록이 있다.
55) 倚角(의각) : '掎角'의 오기.
56) 尹斗壽(윤두수, 1533~1601) : 본관은 海平이고, 자는 子仰이며, 호는 梧陰이다. 임진왜란
    이 일어나자 기용되어 선조를 호종, 어영대장이 되고 우의정·좌의정에 올랐다. 1594년
    三道體察使로 세자를 시종 남하하였다. 1595년 중추부판사로 왕비를 海州에 시종하였다.
    1598년 다시 좌의정이 되고, 1599년 영의정에 올랐으나 곧 사직하였다.
57) 都元亮(도원량, 1556~?) : 본관은 星州이고, 자는 翼卿이다. 1583년 무과에 급제했다.
58) 李山海(이산해, 1539~1609) : 본관은 韓山이고, 자는 汝受이며, 호는 鵝溪·終南睡翁이다.
    진사를 거쳐 1561년 문과에 급제했다. 1590년 宗系辨誣의 공으로 光國공신에 책록되었
    고, 이듬해 정철이 建儲問題를 일으키자 아들 李慶全에게 정철을 탄핵하게 하여 유배시
    켰다.

甲午

春饑饉轉深, 死亡殆盡, 骨肉之變, 甚於上年, 木綿一匹直租一斗, 他物稱此。雖讀書士子, 亦負戴興販, 以資其生, 俗稱場市文士, 可選一榜云。時朝廷急於活人, 事目內有, 他奴救活者, 卽作已奴, 故或養他奴者, 例出立案[59], 以憑後考, 厥後爭訟頗多。

○ 都元亮等, 所造戰船, 自江原道回泊于左水使陣。水使李守一, 備具什物, 與元亮等合勢, 而東邊零賊, 多捕斬之。未久, 因天使往來, 待變稍歇, 元亮承召上京。

○ 西生賊, 窃發于慶州安康縣, 王師追之大敗。天兵死者, 殆四百餘名, 吳遊擊僅以身免。安康路上, 有一丘陵, 卽其埋骨處也, 見者傷心。(或以此爲上年秋事.)

左右道諸陣, 賊將外示要和, 實行陰謀。使者往來不絶, 而窃發之患, 靡有紀極, 如前日西生賊之於慶州, 是也。

○ 左兵使高彦伯・防禦使金應瑞[60]・別將權應銖, 駐兵慶州, 以待變。

○ 右兵使金沔, 布置異常, 軍民倚望, 不久以病遞, 惜哉。

○ 初金太虛, 以朴晉軍官, 爲蔚山假守, 召集軍兵, 哨捕邏賊, 斬級頗多, 因差實守。盖本郡人, 最近賊窟, 備諳彼情, 勇於捕斬, 與慶州人同。太虛, 精鍊指揮, 故斬馘之功, 最多於諸將。

○ 以郭再祐, 爲晉州牧使。再祐在晉不久, 乃解官歸。嘗謂所親曰: "國恩

---

59) 立案(입안) : 관청에서 사실을 증명하여 발급하는 공문서. 소송의 판결문, 매매 및 상속의 증명서, 각종의 認許 문서 등등이 이에 해당한다.

60) 金應瑞(김응서, 1564~1624) : 본관은 金海이고, 자는 聖甫이다. 무과에 급제하여 1588년 監察이 되었다가 가문이 미천하여 파직되었다. 임진왜란 때 기용되어 많은 무공을 세웠다. 평양전투에서 큰 승리를 거두고 난 뒤 捕盜大將에 올랐다. 1597년 정유재란 때 경상우도 병마절도사가 되어 의령에 침입한 일본군을 격파했으며, 1602년 尙州牧使가 되었다.

至重, 余之頭臚, 不知置處." 云。及爲晉牧, 浩然有歸志曰 : "養猫所以捕鼠, 幸今大賊少退, 余無所事." 云。時諸將, 日以爭功爲事, 釁端日生, 相角不已, 再祐則獨不然。盖討賊爲國, 非爲身, 討功之大小, 非所論也。以此鄕兵官兵, 未聞有相較者。此亦非凡人所及, 其視古人, 屛伏樹下者, 可無愧矣。

○ 西生賊, 窃發于慶州地, 兵使高彦伯等, 皆退, 別將權應銖, 獨臨賊突擊, 遞馬迭馳久之。賊奪氣, 求還本屯, 恐我兵要路尾擊, 乃請令一將官護送。不爾, 則當力戰決死生云。

應銖使出身[61]權滉護行, 滉以入虎穴爲慮, 至於涕泣辭免, 竟不得已, 護賊出送于境外。賊以長釖爲贈, 其爲送迎, 頗有儀云。人稱銖此擧, 有威敵之功。滉以別將, 尋爲義城縣令, 其爲政也, 頗有可觀。盖學書不成, 登永柔武科[62]者也。

○ 光州人金德齡[63], 勇力絶倫。時在草土中, 奮義起兵, 傳檄州縣, 有爲國討賊之志。時世子監國[64]于湖南, 乃試才, 德齡蒙鐵甲三重, 握鐵柄釖二, 長二丈半, 其一重三十斤, 其一重二十四斤, 手懸鐵椎, 重四十斤, 具頭口, 佩弓矢, 上馬馳騁, 輕捷如常時, 當凝沍廣漢橋上, 氷色如銀, 馳馬如神, 又策馬上山, 揮釖斫木, 所過左右蒼松, 亂倒如雲。遂賜名翼虎將軍(德齡母夢, 大虎當背後如翼然, 遂感而生德齡云), 盖言臨賊鬪如[65]也。上又賜名忠勇將軍, 盖言忠且有勇也。遂以此名二大旗, 分立左右, 其一書忠勇字, 其一書翼虎字, 又捷書翼虎

---

61) 出身(출신) : 조선 시대에, 과거의 무과에 급제하고 아직 벼슬에 나서지 못한 사람.

62) 永柔武科(영유무과) : 선조 26년인 1593년에 영유 行在所에서 실시된 과거.

63) 金德齡(김덕령, 1567~1596) : 본관은 光山이고, 자는 景樹이다. 임진왜란이 일어나자 담양부사 李景麟과 장성현감 李貴의 천거로 종군 명령이 내려졌으며, 전주의 光海分朝로부터 翼虎將軍의 군호를 받았다. 1594년 의병을 정돈하고 선전관이 된 후, 權慄의 휘하에서 의병장 郭再祐와 협력하여, 여러 차례 왜병을 격파하였다. 1596년 도체찰사 尹根壽의 奴屬을 杖殺하여 체포되었으나, 왕명으로 석방되었다. 다시 의병을 모집, 때마침 충청도의 李夢鶴 반란을 토벌하려다가 이미 진압되자 도중에 회군하였는데, 이몽학과 내통하였다는 辛景行의 무고로 체포・구금되었다. 혹독한 고문으로 인한 杖毒으로 옥사하였다.

64) 監國(감국) : 임금이 출정할 때 태자가 남아서 나라를 지키는 것.

65) 鬪如(관여) : ≪시경≫의 "범같이 으르렁거린다.(鬪如虓虎.)"를 구절을 참고함.

形。人聞之氣增, 賊聞之膽破。管下諸兵, 皆湖南勇士。及來晉州, 南人倚如長城, 而當事者不相濟。

使軍卒飢餓而散, 有一宰, 執以事, 至德齡陣, 請觀武勇, 德齡曰:"此地陜聞, 相國明日畵點於某地." 云。當於其地, 試之終不往, 人問其故, 乃曰:"吾爲大將元帥, 巡察外, 更無節制之人, 豈有受制於相臣之理乎?" 宰執不得, 平心, 及對榻前, 有養虎等語。初自京下來時, 又有一宰, 執送之。德齡以爲在內則政堂爲重, 在外則將軍爲重, 遂一揖而行。

○ 金應瑞爲右兵使, 領兵駐宜寧, 爲人頗敏於事。諭引賊兵, 多置管下, 善馭之。當初, 人疑其失計, 畢竟制爲心腹, 使之討賊, 多見其功。是時, 各陣多以誘引爲事, 賊兵多來降附, 或數十爲群, 或四五十爲群, 道途相繼。其弊不貲, 除去之際, 或多反刃, 國內之患, 有難勝言, 且未知賊之情形, 遂禁之。自今觀之, 不過避其督役之苦, 姑就目前之安也。

○ 賊陣諸將, 各自求和, 盖行長要和, 以兵使金應瑞應之, 淸正要和, 以僧將惟正[66]應之。惟正往來西生, 應瑞往來昌原, 淸正毁行長, 行長毁淸正, 互示水火之態, 若將有不相容者。然淸正要我與渠, 行長要我與渠, 天將及我國諸將, 或因此, 縱間兩賊, 而事終無驗, 固未知其心如何。

時三道舟師, 會陣於閑山島, 舟師頗精利備禦之功, 殊勝於陸陣諸將。賊中有要時羅小倭, 嘗往來應瑞陣下。一日, 時羅來報曰:"某日, 當以舟師觀兵於某地, 行長欲與貴國舟師協力, 邀擊淸正."

---

66) 惟正(유정): '惟政(151~1610)'의 오기. 속성은 任이고, 본관은 豐川이며, 자는 離幻이며, 호는 四溟堂·松雲·鍾峯이다. 1589년鄭汝立의 역모사건에 관련된 혐의로 투옥되었으나 무죄 석방되었다. 임진왜란 때 승병을 모집, 휴정의 휘하로 들어갔다. 이듬해 僧軍都摠攝이 되어 明나라 군사와 협력, 평양을 수복하고 도원수 權慄과 宜寧에서 왜군을 격파, 전공을 세우고 堂上官의 위계를 받았다. 1594년 명나라 摠兵 劉綎과 의논, 왜장 加藤淸正의 진중을 3차례 방문, 화의 담판을 하면서 적정을 살폈다. 정유재란 때 명나라 장수 麻貴와 함께 蔚山의 島山과 順天 曳橋에서 전공을 세우고 1602년 中樞府同知使가 되었다. 1604년 국왕의 친서를 휴대하고, 일본에 건너가 德川家康을 만나 강화를 맺고 조선인 포로 3,500명을 인솔하여 귀국했다.

(先是, 淸正入日本。時羅來約之日, 政淸正自日本, 還渡海時也.)

應瑞信其言, 與時羅, 往舟師, 與諸將, 約乃還。未幾, 舟師全軍至釜山, 賊乃逆戰, 我船二隻見敗, 虜揖聲勢殊甚矣。盖要賊之前日往來者, 所以窺覘虛實, 探知舟師形勢, 而應瑞中其計, 惜哉。

○ 八月, 巡察使韓孝純, 久勞戎行, 以病乞遞。洪履祥[67]代之, 立代粮法, 令各邑有識幹事者, 掌之。朝官·生進·庶人, 各出米粟, 隨貧富有差。其初頗有人言, 久乃得便, 有補於軍興, 爲不少矣。人稱其善, 不久旋廢, 未知朝廷定奪, 出何場也。

○ 兵絜累年, 軍政[68]多門。韓巡察時, 稱鍊軍爲束伍軍[69], 洪巡察時, 稱選勝軍令爲組練軍, 名號不一, 其實一也。被選者, 皆田家農夫, 壯勇少而疲庸多。上之人, 每以多爲務, 加一隊, 例有凡民。一隊之弊, 一兵之去, 害及一民, 一民之去, 害及一村, 父不寧子, 兄不安弟。往年與來年不同, 來年又與今年不同, 不知後年又如何也。典兵之司, 徒擁虛簿, 而奉行之吏, 只循文具, 加以兵以來, 興邊備多務。司命[70]非人, 以故現存之兵, 又苦於債布[71], 黃雲塞上, 只見控弦之士, 下戶杼軸, 頻聞割織之怨。至如習陣大會, 借點者居多。近年兵民之弊, 大槪如此, 識者寒心。(此一節, 非特甲午事, 通論前後弊.) 兵連歲凶, 軍國

---

67) 洪履祥(홍이상, 1549~1615) : 본관은 豊山이고, 자는 元禮이며, 호는 慕堂이다. 임진왜란 때 예조참의로 왕을 西京까지 호종하여 병조참의가 되었으며, 1594년 聖節使로 명나라에 다녀온 뒤 대사헌에 이르렀다. 당시 鄭仁弘의 사주를 받은 영남의 유생 文景虎가 상소하여 배척하는 成渾을 변호하다가 안동부사로 파천되고, 이어 청주목사가 되었다.

68) 軍政(군정) : 조선시대에, 三政 가운데 丁男으로부터 軍布를 받아들이던 일.

69) 束伍軍(속오군) : 營將 통솔하의 營을 분군 편제상 최상의 단위 부대로 삼았고, 영에는 5개 司를 두고, 1사에는 5개 哨, 1초는 3旗, 1기는 3隊, 1대는 火兵 1명과 합쳐 11명의 병사로 조직되며, 사에는 把摠, 초에는 哨官, 기에는 旗摠, 대에는 隊摠을 각각 지휘관으로 두었다. 따라서 한 개의 영에는 영장 1명과 파총 5명, 초관 25명, 기총 75명, 대총 225명 및 2,475명의 병사로 편성된 셈이다.

70) 司命(사명) : 본래 사람의 목숨을 관장한다는 별의 이름. 여기서는 전장의 사졸의 운명을 관장하는 장수를 가리킨다.

71) 債布(천포) : '債布'의 오기. 백성이 국가의 수요에 따라 의무적으로 정부에 내어놓는 베.

累乏, 該曹多出空名告身[72], 分送各官・各道及各陣, 將官幕人領授。於是, 生者得顯號, 死者受贈職, 或出米太, 或出錦布, 或出牛馬, 其助需軍, 亦不少矣。惜乎, 官爵名器[73]也, 聖王[74]惜之, 而奉行之者不謹, 奸僞隨起, 或與奪如一家物。其視職帖, 有同草芥, 古所謂告身易一醉者[75]近之。

○ 天兵諸營, 推其餘粮, 交易有無, 列邑人民, 爭相往來, 典賣資生。如中路各邑人, 則就販於八莒營, 負戴者, 道路相繼。

(士人亦多爲之, 天兵知其士子, 則稱爲秀才, 多厚遇之云。)

---

72) 空名告身(공명고신) : 이름 쓸 곳을 공란으로 두고 직책만 기록한 직첩. 空名帖이라고도 한다.
73) 名器(명기) : 名號나 거마 의복・의물 따위.
74) 聖王(성왕) : 보통 禹・湯・文王・武王을 지칭하는 말임.
75) 告身易一醉者(고신역일취자) : 告身易醉. ≪資治通鑑≫ 권219 <唐紀>의 "淸渠의 싸움에 패하고서는 관작을 주어 散卒들을 거두어 모았으므로 이로 말미암아 관작이 경시되고 재화가 중하게 되어 大將軍의 告身 한통이 겨우 한번 취하는 것과 맞바꾸게 되었다.(及淸渠之敗, 復以官爵收散卒. 由是官爵輕而貨重, 大將軍告身一通, 才易一醉.)"고 한 구절을 인용. 관작을 제수하는 것이 몹시 외람되어 천하게 된 것을 말한다.

乙未

正月朝廷, 令於八莒劉營下召聚人民, 作屯田, 以爲監司, 留庫之, 所以大邱府使朴弘長[76]·軍官全繼信[77], 爲屯田官, 繼信, 料理大作, 得穀甚多。是時, 各陣及各官, 皆有屯田, 其補軍需, 不少云, 然弊亦如之。

○ 巡察使洪履祥, 又設義勝法, 名曰'奮義局.' 令各邑識務幹事者, 掌之。丁壯爲義勝軍, 老弱爲義勝粮運軍。時兵興累年, 機務多端, 當事者, 各出意見, 立規措置, 色目不一, 而惟代糧義勝等, 制爲得其便云。

○ 二十六日, 陳遊擊, 自賊中出來(遊擊忘其名), 到高靈。巡察使洪履祥, 往慰之。前此遊擊, 以宣諭倭奴·許和事, 入賊中

○ 二月, 分左右道巡察使, 以徐渻[78]按右道, 洪履祥按左道。

○ 禮安縣汾川, 愛日堂前水告渴。(壬辰前, 淸凉山底水告渴, 汾川乃淸凉餘流, 其流不淺, 今乃渴, 人以爲憂.) 賊船乘夜, 來犯延日稷田島。水使李守一, 與縣監洪昌世, 合勢捕斬。守一, 尋聞母喪, 奔還本家, 虞候金應忠代守本營。

---

76) 朴弘長(박홍장, 1558~1598): 본관은 務安이고, 자는 士王이다. 일찍이 掌樂院正을 거쳐, 1596년 大邱府使였을 때 柳成龍의 추천으로 通信副使가 되어 정사 黃愼과 더불어 강화의 중책을 띠고 일본에 갔다. 豊臣秀吉이 조선 사절을 멸시, 국서에 답하지 않았으나 조금도 굴함이 없이 국가의 체면을 욕되게 하지 않고 돌아온 뒤 돌아와 加資되고, 順天府使에 임명된 기록이 보이나 부임한 사실이 없다.

77) 全繼信(전계신, 1563~1615): 본관은 玉山이고, 자는 汝重이며, 호는 巴叟이다. 1585년 무과에 급제했다. 임진왜란 때 의병을 소집하여 의병장 權應銖와 합력하여 여러 차례 적을 격파했다. 1602년 李德馨의 추천으로 승려 惟政을 따라 일본에 사신으로 건너가 德川家康을 만나 강화를 맺고 조선인 포로 3,500명을 귀국시키는 데 공을 세우고, 1604년 慶尙道虞候에 제수되었다.

78) 徐渻(서성, 1558~1631): 본관은 達城이고, 자는 玄紀이며, 호는 藥峯이다. 1592년 兵曹佐郎 때 임진왜란이 일어나자 왕을 扈從, 號召使 黃廷彧의 從事官으로 함경북도에 이르러 두 왕자와 황정욱 등이 포로가 되자 혼자 탈출했다. 왕명에 따라 行在所에 이르러 兵曹正郎, 直講이 되고 明將 劉綎을 접대했다. 그 후 암행어사에 이어 濟用監正에 특진, 이어서 5개도의 관찰사와 3조의 판서를 거쳐 判中樞府事를 지냈다. 1613년 癸丑禍獄) 연루, 11년간 유배되었다가 1623년 仁祖反正으로 형조판서에 복직, 이어 병조판서가 되었다.

○ 四月, 沈遊擊惟敬, 自草溪, 急向密陽。惟敬, 自變初, 出入賊中, 其遊說曲折, 人不得知。巡察使洪履祥, 馳到密陽站, 惟敬之行, 已先至矣。平行長, 先送問安倭, 來迎于月浪浦, 二十四日, 送駿騎百餘, 迎候以行。陪臣黃愼[79], 從行入金海賊窟。

○ 左水使李守一, 起復[80]還到本營。

○ 六月, 右議政李元翼, 爲體察使, 副使金玏・從事官南以恭[81], 皆到本道。凡百施措, 多稱人意, 訓鍊軍兵, 稍有模樣。人民多受其賜, 肉骨生死之恩, 浹於一道。設營于星州, 或留營節制, 或巡歷按察, 本州牧使許潛[82], 以廉謹聞, 政績最著, 謀猷號令, 多用其計。盖李之心事堅固, 有素居處俸供[83], 一從簡切蕭然。若處士, 及其臨事應務, 則截然有不可犯之義, 或云, 慈詳有餘, 而欠撥亂之才。(或說, 乃江右士子, 疏中之語。) 是年夏, 麰麥大稔, 木錦一匹, 直三四斛。累年饑餓之民, 始有生意。

○ 天使李宗城・副使楊方亨, 以冊封平秀吉[84]事, 賫皇詔印信, 出來。副使

---

79) 黃愼(황신, 1560~1617) : 본관은 昌原이고, 자는 思叔이며, 호는 秋浦이다. 1592년 世子(光海君)를 따라 남하, 體察使의 종사관을 지냈다. 1596년 통신사가 되어 明使와 함께 일본에 왕래, 화의가 결렬된 뒤 명나라의 來援을 얻는 데 힘쓰고, 그 후 慰諭使・전라도 관찰사 등을 역임하였다. 1602년 사신으로 명나라에 간 사이에 鄭仁弘의 탄핵을 받고 삭직당해 江華에 돌아갔다가 1610년 호조참관으로 李德馨과 함께 명나라에 다녀와서 공조・호조의 판서를 지냈다. 1613년 癸丑獄事 때 옹진에 유배되어 배소에서 죽었다.
80) 起復(기복) : 起復出仕. 어버이의 상중에 벼슬자리에 나아감. 상중에는 벼슬을 하지 않는다는 관례를 깨고 벼슬을 하는 것을 이른다.
81) 南以恭(남이공, 1565~1640) : 본관은 宜寧이고, 자는 子安이며, 호는 雪蓑이다. 1593년 司書가 되고 평안도 암행어사를 거쳐 持平・正言 등을 역임하였다. 1597년 정유재란 때 체찰사 李元翼의 종사관이 되어 李潑・鄭仁弘 등과 北人의 수뇌로 당쟁에 가담하고, 영의정 柳成龍이 화의를 주장했다고 하여 탄핵, 파직시켰다. 1599년 북인이 분열되자 小北의 영수가 되었다가 柳永慶과 함께 파면되었다.
82) 許潛(허잠, 1540~1607) : 본관은 陽川이고, 자는 景亮이며, 호는 寒泉이다. 천거로 관직에 나아가 繕工監奉事 등을 거쳐 1595년 星州牧使에 제수되었다. 1597년 동지중추부사를 지내고, 1601년 中和府使를 거쳐 成川府使로 부임하여 선정을 베풀어 가자되었다. 1603년 개성유수에 제수된 후에 1605년 동지중추부사에 올랐으나 병으로 사퇴하였다.
83) 俸供(봉공) : 받들어 올림.
84) 平秀吉(평수길) : 豊臣秀吉.

楊方亨, 自京下來湖南, 七月到伽倻山, 拜佛甚謹. 伴倘[85]謂從事官李光胤[86]曰："儞等, 何不拜?" 李答曰："我邦知拜孔子, 不知拜佛." (後上使李宗城來亦拜, 中國之崇佛如此.) 接伴使李恒福[87], 從行至密陽, 留一月, 入釜山. 本道各官, 竭力出站, 供億之費, 萬倍於大軍支待.

○ 秋大有時, 賦役煩重, 民不支吾, 而年穀豊登, 公私俱足, 故凡百責應, 賴以不乏.

○ 十月, 正使李宗城, 自京下來, 將官六十餘員, 跟隨[88]幾三百五十餘名. 接伴使金晬, 從行. 通使南[89](忘其名), 橫恣無狀, 逼巡察使洪履祥, 使之跟隨, 入釜山. 洪以爲方伯, 與伴行不同. 釜山, 非我跟隨之地, 乃躍馬而避. 正使令接伴使, 追之不及.

(時有姓項, 爲督理官月餼, 自稱項羽後, 暴猛無比. 然一行, 以文官待之, 頗尊敬, 以故驕橫無忌, 出站, 各官尤苦之.)

左右賊陣, 處處焚撤, 咸會釜山, 有渡海之計, 惟清正在西生, 與行長, 爭功相激, 不肯渡海云, 巧詐甚矣.

---

85) 伴倘(반당) : 사신이 自費로 데리고 간 從者를 뜻함.
86) 李光胤(이광윤, 1564~1637) : 본관은 慶州이고, 자는 克休이며, 호는 讓西이다. 1585년 진사가 되고, 1594년 별시문과에 병과로 급제했다. 1602년 호조좌랑을 시작으로 하여 교리·수찬 등을 지내고, 1607년 서천군수·부제학을 지냈다.
87) 李恒福(이항복, 1556~1618) : 본관은 慶州이고, 자는 子常이며, 호는 弼雲·白沙이다. 임진왜란 때 선조를 따라 의주로 갔고, 명나라 군대의 파견을 요청하는 한편 근위병을 모집하는 데 주력했다. 1598년 陳奏使로 명나라를 다녀왔다. 1602년 오성부원군에 진봉되었다.
88) 跟隨(근수) : 跟隨奴. 벼슬아치가 외출할 때에 따라다니며 시중들던 종.
89) 南(남) : 趙慶男의 ≪亂中雜錄≫ 권3, 丙申年條를 보면 南好正임을 알 수 있는데, 이종성이 도망간 뒤로 형을 받아 죽은 인물이다.

丙申

正使李宗城, 在賊窟, 乘夜挺身而逃, 通事南, 大驚亦逃, 還慶州。時金晬, 在慶州亦驚懼, 與南馳馬上京, 一道人心, 疑懼頗甚。宗城, 潛行山谷, 累日後, 得達于慶州地, 累日不食, 氣甚羸憊, 不能坐立。村民, 覩貌獻饌, 遂告于官, 以小竹轎肩行, 路由義城, 轉向京城, 賊四面追之不及。

(宗城, 到義州, 具由奏聞于天朝, 畧曰: "惶悸所致, 待罪云." 云. 其文頗可觀, 盖宗城, 能詩能文. 其在賊中, 常對案讀書, 有滄玉舘集[90], 行於世, 詳於序述云. 逃還之後, 自賊中出來者, 得數卷袖來, 有一從事官得之, 良可把覩[91]云. 嘗有一詠, 以道其懷曰:「錦江春水自潺潺, 萬里孤鴻不可拚. 目斷故鄉何處是, 心驚異域幾是還. 皇華[92]轉覺添愁色, 綠酒何能解客顔. 搔首雲山滄海外, 秋風一夜鬢成班.[93]」能詩如此, 而不能專對, 反辱帝命. 玆記所聞, 備書于此, 若曰: "惜乎, 其獨少此耳.")

時副使楊亨方[94], 獨晏然不動, 處事從容, 愼言正使之非, 賊笑宗城而敬方亨. 南至京, 假造訛言, 動撓人心, 卒以抵罪死, 人情快之. 天朝以楊方亨爲上使, 沈惟敬爲副使, 入日本.

---

90) 滄玉舘集(창옥관집): 조경남의 ≪亂中雜錄≫ 권3, 乙未年條를 보면, 10월 7일에 虎谷里의 松亭으로 놀러간 기록이 있는데, '생원 柳仁沃이 산과일을 바쳤더니, 宗城이 기뻐하여 ≪蒼玉舘稿≫이라는 책을 기증하였다'고 한다. 이 책은 이종성 선대의 文稿였다. 책명에 있어서 글자간의 서로 어긋남이 있다.

91) 覩(도): 원전에는 "習+見"으로 되어 있는데, 현재로서는 뜻과 음을 알 수 없는 글자로서 문맥상 '覩'가 가장 근접한 것 같아 대체한 글자임.

92) 皇華(황화): 皇華使의 준말. 임금의 명을 받들고 멀리 사방으로 가서 아름다움을 선양하는 사신이라는 뜻인데, ≪詩經≫<小雅·皇皇者華>에서 나온 말이다.

93) ≪仙源遺稿續稿≫ 七言律詩, <九日, 登公山城, 次薛荔齋韻>에서 元韻을 밝혔는데, "錦江秋水自潺潺, 萬里歸鴻逈莫攀. 目斷故鄉何處望, 心驚異域幾時還. 黃花麤覺添愁色, 綠酒那能解客顔. 搔首雲山滄海外, 西風一夜鬢毛班."이다. 원전의 시인데, 글자간의 서로 어긋남이 있다.

94) 楊亨方(양형방): '楊方亨'의 오기.

○ 左水使李守一, 遞爲別將, 移屬體察使李元翼營下。先是, 熊川縣監李雲龍, 陞爲東萊府使, 至是陞爲左水使。時東邊賊兵, 隨天使渡海, 左道舟師, 進陣于蔚山鹽浦, 備戰船器械, 以待變。豆毛・西生, 則其近浦邊將, 移軍守之。

○ 時朝廷, 以據險守城爲上策, 令各道大築山城, 本道則體察使李元翼, 主其事。於是, 歷相名山, 廣占形便, 左道則安東淸凉・義興公山・仁同天生・慶州富山・昌寧火旺・淸道龍門, 右道則聞慶王母・善山金烏・宜寧碧犬・三嘉嶽肩[95]・晉州鼎盖・丹城東山・咸陽黃石, 旣得其地, 各有其役。而都元帥權慄, 又設兩城於晉州・草溪界內之山, 將驅迫老弱, 挈居死地, 人情大拂, 盖地利不如人和。當時有識, 諦審民情, 明知其無益, 而上之人, 畫一牢執, 民情不通。時諸將, 亦以出戰爲善, 皆言山城之非, 體察一向嚴督, 諸將不得已, 外爲繕築之擧, 而其中實無, 臨敵固守之志。軍情知其如此, 亦無固志矣。防禦使郭再祐, 相地於玄風, 得石門山, 西北帶洛江, 且在中路, 左右應援, 不甚阻絶, 洛江賊路, 亦可把截, 眞天作地也。體察・元帥, 素知再祐有將才, 爲可與圖事, 而猶不致力, 再祐之計, 不得遂, 惜哉。

○ 右道巡察使徐渻遞去, 左道巡察使洪履祥亦遞, 以羅州牧使李用淳[96], 陞拜爲都巡察使兼按左右道。

○ 忠淸道逆賊李夢鶴[97]伏誅, 金將軍德齡, 以辭連拿, 鞫死。當拿命之初,

---

95) 嶽肩(악견) : '嶽堅山'의 오기.

96) 李用淳(이용순, 1550~1605) : 본관은 全州이고, 자는 士和이며, 호는 東皐이다. 1579년 사마시에 합격하고, 1585년 문과에 급제하여 魁院・承政院에 뽑혔다. 羅州牧使였을 때 임진왜란이 일어나 곽영의 종사관으로 공을 세웠고, 1596년 경상도 감사가 되었다. 이때 왜군의 선봉장 加藤淸正이 진격해오자 권율장군이 비안까지 추격했으나 미치지 못했고, 순찰사였던 그는 의성군 北山에서 왜군의 급습을 받아 물러섰다. 1599년 충청감사로 전임되고, 그해 지중추부사에 제수되었다.

97) 李夢鶴(이몽학, ?~1596) : 본관은 全州이다. 왕족의 서얼출신으로 임진왜란 때의 반란자. 임진왜란 중에 나라가 어지러운 것을 보고 募粟官 韓絢 등과 함께 鴻山 無量寺에서 모의하여 同甲會라는 비밀결사를 조직, 반란군 규합에 열중했다. 한현은 어사 李時發 휘하에서 湖西의 조련을 관리하라는 시발의 명을 받았으나, 민심이 이반되고 방비가 없음을 알아채고 이몽학과 함께 거사할 것을 꾀하였다. 金慶昌・李龜・張後載,, 私奴 彭從, 승려 凌雲 등과 함께 僧俗軍 600~700명을 거느리고 홍산 雙防築에 모였다. 1596년 7월 야음을

上有失捕之慮, 承旨徐渚進曰："臣在嶺南, 多見相親." 云。上命渚往捕, 渚到
晉州, 潛敎牧使成允文98)捕之。允文, 令軍官康克明, 送德齡營, 懇致邀見之
意, 德齡曰："適患微恙, 竢後造拜." 云。克明溫言强請, 德齡遂往, 允文迎之
上座, 遂以拿事告之, 德齡曰："令公亦待我如乎是." 遂下庭受命, 談笑自如。
及就御獄, 上亦愛其勇略, 而逆黨相坐之辭連99), 出於二十四人之招, 以故終不
免。豈逆賊, 籍德齡名號, 以誆誘其徒, 致有此耶。時中外, 大小人民, 皆知其
非罪, 而廷議異同, 終無一言以救, 惜哉。蓋德齡, 非特武勇, 素好詩書, 其在
晉州也, 所與談論者, 皆江右士子, 其人可知。惜其少不更事, 失諸將心。同事
者, 造作過情之言, 使人心起疑, 諸將籍口100), 終以非罪抵死, 中外皆惜之, 久
而不忘。嘗謂所親曰："人以不捕賊責我, 吁敢決匹夫之勇? 得一二零賊, 非大
將體貌, 亦非我所期." 云。德齡臨死, 言曰："臣終始爲國, 於殿下固無負所,
但釋裹蒙戎101), 不服母喪, 以不孝死." 云。

○ 時分設主將, 各守山城, 富山則左兵使成允文主之, 永川郡守洪季男102)

틈타 홍산현을 함락하고, 주변 고을을 함락한 뒤 그 여세를 몰아 洪州城에 돌입했다. 그
러나 목사 洪可臣, 무장 朴名賢·林得義 등의 善防과 반란군 가운데 이탈하여 관군과 내
응하는 자가 속출, 반란군의 전세가 불리하게 되자 그의 부하 김경창·林億命·太斤 3인
에 의하여 피살되었다.

98) 成允文(성윤문, ?~?) : 본관은 昌寧이다. 1591년 甲山府使로 부임하여, 이듬해 임진왜란이
일어나 함경남도 병마절도사 李瑛이 臨海君과 順和君 두 왕자와 함께 왜군의 포로가 되
자 그 후임이 되었다. 1594년 경상우도 병마절도사로 부임하였으나 사간원에 의해 군율
이 가혹하고 탐욕스럽다는 탄핵을 받아 파직되었다. 1596년 晉州牧使에 제수되었다가
다시 경상좌도 병마절도사에 올라 義興·慶州 일대에서 적을 물리쳤다. 1598년 왜군 포
로로부터 豊臣秀吉의 병이 중하며, 왜적이 장차 철수할 계획임을 조정에 알려 대비토록
했다.

99) 辭連(사련) : 진술.

100) 籍口(자구) : 구실을 삼아 핑계함.

101) 裹蒙戎(배몽융) : '裘蒙戎'의 오기. 狐裘蒙戎. 여우 갖옷의 털이 흐트러져있다는 뜻으로,
부귀한 사람이 난폭하고 방자하여 나라가 어지러워짐을 비유하여 이르는 말이다.

102) 洪季男(홍계남, ?~?) : 본관은 南陽이다. 임진왜란이 일어나자 安城에서 의병을 일으켰
고, 아버지가 전사하자 대신 의병을 지휘, 도처에서 승리했다. 그 공으로 경기도 助防將
이 되고, 水原判官을 거쳐, 이듬해 충청도 조방장으로 永川郡守를 겸임, 晉州·求禮·慶
州 등지의 싸움에 참전했다. 1595년 경상도 조방장으로 전임했고, 이듬해 의병을 이끌
고 '이몽학의 난'을 討平하는 데 공을 세웠다.

等, 各領兵以守。(季男忠淸人, 勇力超凡, 多殺賊徒, 擢爲郡守, 一道倚如干城, 而不久以病逝, 惜哉。) 碧犬則右兵使金應瑞主之, 黃石則金海府使白士霖[103]主之, 龍門則忠淸防禦使朴明賢[104]主之, 公山則巡察使李用淳主之, 金烏則善山府使兼助防將裵揳[105]主之, 揳爲右水使遞去後, 星州牧使李守一・尙州牧使鄭起龍[106]主之。其實, 體察使爲自家, 死守之地, 故視他城, 尤致力焉。如鼎盖諸城, 亦各有主, 而體察・巡察, 常統理之。道內軍粮及凡民私粮, 積于公山者, 將二萬餘石, 火藥二千餘斤, 軍器亦稱此。金烏粮器亦類此, 如碧犬等諸城, 所儲亦多。

---

103) 白士霖(백사림, ?~?) : 본관은 海美이다. 본래 병졸이었으나 1592년 임진왜란이 일어났을 때 장수로 발탁되었다. 1594년 巨濟島에 주둔하고 있던 왜군을 협공할 때, 金海府使로서 助防將 郭再祐, 도원수 權慄 등과 함께 싸웠다. 이어 熊川・加德에서도 큰 공을 세웠다. 그러나 1597년 정유재란 때, 咸陽의 黃石山城에서 加藤淸正 휘하의 왜군과 싸우던 중 가족을 이끌고 도망한 죄로 투옥되었다가 1599년 사면되어 고향으로 돌아갔다.

104) 朴明賢(박명현) : '朴名賢(?~1608)'의 오기. 본관은 竹山이다. 1596년 李夢鶴의 난 때 洪州牧使 洪可臣의 밑에서 洪州城을 지키고, 난군을 靑陽까지 추격하여 진압하였다. 1597년 정유재란 때는 전라도 병마절도사 등의 요직을 거치면서 공을 세웠다.

105) 裵揳(배설) : '裵楔(1551~1599)'의 오기. ≪宣祖實錄≫ 27년 8월 10일 2번째 기사를 참고. 본관은 星山이고, 자는 仲閑이다. 임진왜란이 일어나자 경상우도 방어사 趙儆의 군관으로 활약하였는데, 黃澗에서 패하자 곧 鄕兵을 모아 싸웠다. 이어 陜川郡守에 임명되었고, 釜山鎭僉節制使・진주목사・밀양부사 등을 거쳐 1597년 경상우도 수군절도사로 취임하였다. 이때 삼도수군통제사 元均의 명령을 받고 부산에 있던 적의 함대를 공격하여 큰 전과를 올렸으나, 조선군도 많은 병사가 전사하고 군량 200석, 전함 수십 척을 잃는 등 피해를 당하였다. 이어 원균과 함께 漆川梁海戰에 참전하였으나 전라우수사 李億祺・충청수사 崔湖 등이 전사하는 등 전세가 불리해지자, 끝까지 싸우라는 명령을 듣지 않고 12척의 전선을 이끌고 閑山島에 가서 비축되어 있는 군량・무기・군용 자재를 불태우고 백성들을 대피시켰다. 이로써 충무공 李舜臣이 4,5년 동안 피와 땀으로 이룩한 閑山鎭의 철통 요새는 하루아침에 아군의 손에 의하여 파괴되었다. 그 후 다시 통제사로 부임한 이순신의 지휘 아래에 있다가 1597년 신병을 핑계하고 도망쳤으나, 1599년 善山에서 權慄에게 붙잡혀 처형되었다.

106) 鄭起龍(정기룡, 1562~1622) : 본관은 昆陽이고, 자는 景雲이며, 호는 梅軒이다. 임진왜란이 일어나자 별장이 되어 경상우도 방어사 趙儆의 휘하에서 종군하여 居昌싸움에서는 왜군을 격파하고, 錦山싸움에서 포로가 된 조경을 구출하였으며 곤양 守城將이 되어 왜군의 호남진출을 방어하였다. 이어 尙州判官이 되어 상주성을 탈환한 공으로 會寧府使에 승진되고, 다음해 상주목사가 되었다. 1597년 정유재란 때 討倭大將이 되어 高靈에서 큰 전과를 올렸고, 陜川・宜寧 등 여러 성을 탈환하였으며 경상우도 병마절도사로 있으면서 慶州・蔚山을 수복했다. 1598년 明나라 군대의 摠兵직을 대행하여 경상도 방면에 있던 왜군의 잔적을 소탕하고 용양위부호군이 되었으며, 1602년 경상좌도 병마절도사 겸 울산부사가 되었다.

李用淳, 自大邱營, 常往來公山, 節制機務, 好事者, 言‘大邱巡察・公山萬戶.’云。

　○ 十月二十九日, 巡察使李用淳, 得見跟隨臣黃愼等, 在日本, 通書則言, 「和事不成, 淸賊[107]已辭關伯, 來在其家, 將更據西生舊陣.」云。山城之令, 自此益急。

　○ 十二月初四日, 體察使李元翼・副使韓孝純・都元帥權慄・巡察使李用淳, 會于星州, 議定淸野[108]之策, 民心惶駭, 莫知所措, 有識士子, 或作文言其不可, 體察諸相, 牢拒不入, 至有欲罪其首倡者, 民情益鬱.

　○ 十二月十九日, 天使渡海, 至釜山。二十二日, 正使楊方亨, 自賊營出來。接伴使李恒福・巡察使李用淳, 往迎于蕉山站, 道左賊徒數百, 先導而行。副使沈惟敬, 晦日到陜川。盖自古, 遭亂之國, 多以和字誤之, 而國家, 政蹈其轍, 降屈。皇使未見好音之懷, 侮予之患, 朝夕且迫, 人心危懼, 至此極矣。

---

107) 淸賊(청적) : 加藤淸正을 가리킴.
108) 淸野(청야) : 들을 맑게 치우고 사람이나 물자를 모두 성 안으로 들이는 것을 말함.

丁酉

正月, 皇朝兵部勅書來。皇帝, 令沈惟敬, 仍留小邦, 申諭倭奴使, 成和後, 入來云。

○ 十五日, 賊將淸正, 渡海還, 據西生, 左道舟師, 退陣于包伊浦, 淸野入城之令, 急於星火, 重足[109]屛息之民, 罔知所措。

○ 巡察使李用淳, 率衙眷, 入山城, 守令士庶人, 一皆疊入。時巡察, 務立軍威, 少不及期, 則桁楊[110]狼籍, 一依軍律, 各邑守令, 亦多被形杖[111]。一日, 有三邑守令, 拿入庭下, 免冠推考[112], 有姓孫, 嘗嗜笑, 適見一守令, 形體矮小, 露髮供招, 狀貌昂莊[113], 乃高聲笑之。巡察怒曰: "軍令方嚴, 汝等不畏我, 笑侮如此, 殊可惡." 乃杖之, 孫伏於形板, 緩笑而應之曰: "小生本好笑, 雖有可畏, 吾笑不得已." 一城人, 以爲奇談。

時體察使李元翼, 行到富山, 人多訴寃語甚, 悖逆得首倡, 安天敍等四人, 斬徇軍中, 城中肅然。居數月, 以城濶軍少, 勢難防守, 遂令罷撤軍器粮餉, 移入公山城。

○ 大丘人(乃湖南流人, 時在大丘地), 應入於公山城者, 有犯律, 巡察使李用淳, 將斬之, 其弟進曰: "吾兄有妻子, 可奉先祀, 而一家之中, 仰望者衆, 一死可惜。吾則單身鰥居, 無所顧念, 可以代兄之死, 卽抵死." 巡察使曰: "渠弟請贖兄罪, 而渠乃怒然, 是不友." 又斬之。

○ 蔣啓仁[114], 前此, 出入于淸賊陣, 至此, 代臨海君, 爲一書, 答淸賊。李

---

109) 重足(중족): 두려워서 활보하지 못하고 발을 포개 모아 서 있거나 발을 좁게 디어 걸음.
110) 桁楊(형양): 죄인의 수족에 채우는 刑具를 말함.
111) 形杖(형장): '刑杖'의 오기.
112) 推考(추고): 벼슬아치의 罪過를 자세히 따져서 고찰하는 것.
113) 昂莊(앙장): '昂藏'의 오기. 움츠러나 겁이 나서 몸이 움츠러지는 모양.
114) 蔣啓仁(장계인): 우리나라 승려 惟正을 말함. 그가 청정의 진영에 들어간 것을 인연으로 청정이 그에게 글을 보내 화의를 청했기 때문에 그렇게 말한 것이다.

弘發亦嘗往來於行長。二人, 皆書生, 頗敏於應對, 故朝廷, 令游說兩賊, 求以紓禍, 而適以示弱。當時, 謀國之疎, 多此類。

○ 巡邊使李薲[115], 來駐宜寧, 不久還去, 未知其來去, 亦何事業也。

○ 統制使李舜臣, 以前日舟師之故, 廢爲庶人, 白衣從軍, 元均代之, 陣于閑山島。均素與舜臣有憾, 其心以舜臣見敗爲快, 每事必反舜臣所爲, 殊失管下諸將心。體察副使韓孝純, 巡到閑山, 三道舟師將號哭, 擧陣來訴, 三道節度使知其事, 得禁之。其後, 巡察使從事官申之悌, 入閑山, 諦審其情, 來言曰: "元均大失諸將心, 軍情皆逆, 緩急殊無可使。以此意, 通書于體察使幕下, 未知其得達與否, 誠非細慮." 云。

不久, 賊兵將犯舟師。七月十五日, 均率三道舟師, 出陣于永登浦, 臨賊擧措, 多犯軍律。都元帥權慄, 卽到舟師, 拿致決杖, 均憤甚, 過飮泥醉。時賊兵已到近地, 均達夜沉睡。諸將爭呼問計, 均臥而不起。斥候船五隻, 已遇賊兵, 俄而, 五船有火色。舟師, 始乃驚恐, 意斥候船, 方被賊禍, 乃賊已滅。五船之兵, 以空船付火, 使我兵疑之也。時曙色將分, 賊三放銃, 銃聲振海天。均始起, 驚動失魂, 卽引船漸北, 而乃揮標旗, 使諸船進戰, 諸船不從, 事無可爲。新造船四十隻被擄, 諸師遂潰, 均下船于固城, 諸船各散。右水使裵楔, 令管下兵, 走還閑山, 搬運粮器, 向湖南。全羅右水使李億祺・別將金浣, 與賊相值, 億棋勢窮見敗, 投水而死, 浣亦死云。尋聞被擄, 厥後果生還。盖自變生以後, 國內軍兵, 稍有模樣者, 莫如舟師, 形勢險固, 莫如閑山, 而及此一敗塗地, 人心大崩矣。均報以死, 或言其偸生, 單身脫去, 別將朱夢龍[116]見之云, 未知其

---

115) 李薲(이빈, 1537~1603): 본관은 全州이고, 자는 聞遠이다. 1570년 무과에 급제하여 여러 관직을 거쳐 회령부사가 되었다. 임진왜란 때 경상좌도 병마절도사로 충주에서 申砬의 휘하에 들어가 싸웠지만 패했다. 이듬해 일본군이 진주와 구례 지방을 침략할 때 남원을 지켰다.

116) 朱夢龍(주몽룡, ?~?): 본관은 綾城이고, 자는 雲仲이며, 호는 龍巖이다. 일찍이 무과에 급제한 뒤 宣傳官을 거쳐 錦山郡守가 되었다. 임진왜란 때 흩어진 백성을 모아 병력을 강화하고 방어 태세를 갖추었다. 의병장 姜德龍・鄭起龍 등과 영남 산간지대를 중심으로 유격전을 전개해 왜적을 물리쳐서 三龍將軍이라 불렸다.

眞贋也。都元帥, 使李舜臣往舟師, 收拾散卒, 舜臣往露梁津。裵楔已先到矣,
托病不見, 舜臣有感而還。居數日, 朝廷使舜臣爲統制使, 舜臣承命, 奮袂言
曰："裵楔, 今亦待我, 如前日乎?" 遂向湖南。舜臣大將, 其言如此, 人頗少
之。

(裵楔, 以不救李億棋, 戰敗偸生, 被律在獄, 亡命隱躲于金山地。後數年, 都元
帥權慄, 使軍威縣監李奎文[117])等, 領軍威・善山軍捕之, 檻送京師, 車裂[118])以
徇。奎文昇堂上。奎文與楔, 沠連善素, 以故得以知之, 密告于慄。慄時駐善山
地。楔爲右水使, 時常不快於慄云。)

晉州, 最近於賊路, 山城先潰。

○ 右兵使金應瑞, 領兵入碧犬城, 賊至宜寧, 卽棄城而出。

○ 郭再祐, 領兵入火旺城。初城中潰散, 再祐與士卒, 嚴明約束, 務令鎭
定。未久, 其弟再祉奴首, 犯軍律臨刑, 其弟泣止之, 再祐乃曰："汝犯軍律,
則吾當泣而刑之, 況汝奴乎?" 其母出而止之, 再祐乃曰："城中生死, 係守城與
否, 守之成敗, 係軍令, 軍令之行不行, 係此奴, 此奴若舍, 其如國事何? 其如城
中生死何? 勢不可已。" 遂斬之, 軍中肅然, 以故賊兵, 知其終不可犯, 乃過去。
再祐, 卽以己奴, 成文券, 給其弟, 以慰母心。當初, 起時兵多, 抄其妹夫許
家[119])奴爲軍, 許不能開口止之云。許乃宜寧富人, 軍餉亦多出其家。

(時再祐, 方家食, 聞變卽起。未幾, 遭繼母喪, 上章乞免, 服闋之後, 爲右道兵
使, 一以守城爲務。而時國家, 專倚舟師, 將爲無軍將, 方伯不從其請, 又沮守城
之計, 再祐奮然曰："欲戰而無軍, 欲守而無城, 是使我敵至而走也。豈有安享於

---

117) 李奎文(이규문, 1562~?)：본관은 德山이고, 자는 士彬이며, 호는 砥柱軒이다. 1580년 무
과에 급제하여 1592년에 洪源縣監 1603년에 안동부사, 1605년에 성주목사・전라좌도
수군절도사를 지냈다.
118) 車裂(거열)：죄인의 몸을 두 대의 수레에 갈라 매어 좌우로 찢어 죽이는 형벌.
119) 許家(허가)：'許彦深'을 가리킴.

平日, 終走於敵至之兵使哉? 與其敵至而遁, 不若見幾而去。" 卽上章, 不待命而去。或嘗問, "當今, 誰可將?" 再祐曰 : "金德齡。勇力可並於關羽, 而身若不勝衣, 言不輕發[120], 發必可用, 眞將才也。" 金之稱再祐, 亦曰 : "口不能盡其心。" 云, 若使相濟, 未必無功, 而中道枉死, 可勝惜哉。盖再祐, 玄風人也, 早喪母, 依母家庄, 居宜寧之新反縣, 距親家八十餘里。雖不得逐日, 定省而問候之, 人相望於道路, 得一味必致之。自少儢儢, 不事家人生産, 惟以讀書, 悅親爲務, 子史經傳, 無不涉獵。及其較藝試場, 不得其大意, 則不述旣述, 而不稱其心, 則不書其不以僥倖動其中, 類如此。及遭父喪, 不到家, 三年之外, 事其繼母, 一如父存之日。遂盡棄擧子業, 遍覽兵家諸書, 人問其故, 乃曰 : "兵家, 運出智匠, 奇正[121]萬變, 以此樂觀。" 云。及其變作, 聞巡使將走江西, 按釖待于茂溪渡至, 則已過矣, 慨然以討賊爲心, 是時變生纔十餘日。人心洶洶, 不知者疑其有變, 其知者以爲此人, 居家事親孝, 必不以世亂, 易其志爲不義事, 然不知者多於知之者。再祐頗不安, 將欲深入窮山, 爲自安計。會邑人吳澐, 大言許之, 仍爲召募官, 開諭一縣, 聚集二千餘人, 除出老弱, 以給其保, 打造軍器, 以備戰用, 富者, 則辨出粮餉, 以助其勢云。此通論前後事。)

海上之賊, 由泗川・南海・順天之路, 犯南原, 天將楊元, 率大軍堅守, 賊累進累退。後數日, 諸賊合陣而攻之, 八月十五日城陷, 元僅以身免, 府使鄭姓死之。

○ 賊圍黃石城, 守將白士霖, 蒼黃罔措, 軍兵自潰, 城遂陷前, 郡守趙宗道・安陰縣監郭䞭死之。士霖, 初與趙・郭, 爲死生同之, 事急士霖, 不報而走, 二公以有士霖約, 終不去死于城中。士霖, 上負國家, 下負二公, 物議憤之, 以故抵罪, 僅免死。宗道, 嘗有殉國之志, 前此作詩, 有‘崆峒山外生猶幸[122], 巡

---

120) 身若不勝衣, 言不輕發(신약불승의, 언불경발) : 매우 몸이 약하고 공손한 모습을 형용한 말. 周公이 부친 文王을 섬길 때에 너무도 공손하여 "몸은 옷을 가누지 못할 듯하고 말은 입 밖에 나오지 못할 듯했다.(身若不勝衣, 言若不出口。)" 한다.(≪小學≫<稽古>)

121) 奇正(기정) : 奇兵과 正兵. 기병은 적이 예측할 수 없는 기묘한 전술로 기습하는 군대이고, 정병은 잔꾀를 부리지 아니하고 정정당당하게 싸우는 군대이다.

122) 崆峒山外生猶幸(공동산외생유행) : 隱者의 생활도 좋지만 나라를 위하여 성을 지키다 죽는 것도 영광스럽다는 뜻. 崆峒山은 중국 黃帝 때의 은자 廣成子가 있던 곳으로, 은자의

遠[123]城中死亦榮'之句，盖其素志然也。趯亦可人，早事詩禮，晚屈縣邑[124]，遭時不辰，獨奮忠烈武士。如士霖驚惻，如彼以一介書生死守，若此兩子，在傍不去，趯曰："我王臣當死，汝等可以退保." 兩子曰："豈有父死而子去之理乎?" 遂死同。有女子，時已適人，乃出城，求其匹不得，乃曰："吾父死於城中，吾强顏而出爲有家長，今吾旣無所從，寧死." 遂自縊而死。城中人目見者，稱嘖不已。巡察使從事官申之悌，報狀云，'父死於忠，子死於孝，女死於烈，非有一家素養，何能至此?' 朝廷，聞而嘉之，賜祭二公，各贈職。

○ 都元帥權慄，往來湖嶺之間，待諸將士，殊有度量，及此，束手無策。賊進一步，則退一步，與往日幸州之事，大異，遇時不利而然耶? 有時與佳媛，唱歌而飮，有一軍官，迋于同列房中女。同列斥其事請誅，慄曰："罪當罰." 遂題及米斗作酒，以行罰禮。其待管下，類如此。

○ 體察使李元翼，以右兵使金應瑞棄城，爲犯律，將罪之，都元帥權慄，救解乃繹之。應瑞懼罪，盡心討賊，江右賊兵屢挫，物議怒其罪。時東山城守將安功，爲固守計，賊屢犯不動，應瑞杖功，罷其守。權慄，傳令火旺，罷其守，又傳令公山，罷其守。自此，各處山城，一時俱罷，間有有志守令，欲爲保守，觀勢進退，而迫於上司之令，亦皆罷撤，竄入山谷。夫累年經營，竭民膏血，勞民筋骨，言者罪，走者斬，以築山城，而一朝罷撤，猶恐不及，其意亦獨何哉? 古人云，'與其無益於終，不可不審於始.' 體察此擧，頗失謀始之義，人以此爲白璧之疵。

○ 巡察使李用淳，在公山城，聞梁山賊，由密陽路，將犯大丘，以管下兵若干，躬自設伏，爲要擊計。幕下，或有止之者不可，遂往遇賊大敗。人或有笑之者，僧將惟正。初與之同盟，軍敗，惟正獨後，諸將不救而走，惟正憤言其非。

時兵使成允文，領諸將士，亦赴戰，別將柳應秀[125]，被害。

대명사로 쓰인다.(≪莊子≫ ＜在宥＞)

123) 巡遠(순원) : 張巡과 許遠. 이들은 安祿山의 난 때에 睢陽에서 고립되어 사력을 다해 성을 지켜 싸우다가 죽은 唐나라의 충신이다.

124) 晚屈縣邑(만굴현읍) : 곽준이 1594년 安陰縣監에 발탁된 사실을 일컬음.

○ 賊兵向湖之後, 南人未知西事利害如何? 不久, 遇天兵, 退還此。乃經理楊鎬, 聞賊將犯京城, 倍道馳進, 嚴勅諸將, 盛張兵威, 使賊挫氣之功也。然嶺中所聞, 前此有賊, 某日動兵, 某日到忠州, 某日觀兵於某地之語, 賊之還行與此言相符。意者, 賊之初計, 或如此否也。

○ 九月旬間, 賊還行甚急。南人不意遇變, 未及避去, 兇鋒猝至, 在在屠殺。有斬而焚之者・戀而掛之者・割鼻耳而免死者, 慘不忍見。金烏・公山, 兩城積粟, 一時火起, 望之令人墮膽。賊一陣自金山由星州還金海, 一陣自尙州由義城還島山, 所過無與交鋒。惟尙州牧使鄭起龍, 要擊多殺, 星州牧使李守一・右兵使金應瑞, 亦尾擊多殺。尙州賊, 向義城, 時巡察使李用淳軍, 本縣望遠地, 有烟氣, 俄而, 已入境內。賊行之, 慄悍, 迅疾如此。會左兵使成允文, 自南來到, 令北兵善騎射者, 要路遏截, 遇賊先鋒於黃龍洞山, 馳逐射之, 殺賊八名。餘賊卽退去。縣有故柳景春, 妻康氏, 遇賊三人, 前引後推, 欲貪脅去, 康氏不從, 死之。時賊行, 皆由陸路, 左水使李雲龍, 以都元帥權慄節制, 與權應銖・成允文・慶州府尹朴毅長・永川郡守崔漢, 合勢擊賊於蒼巖, 射殺頗多, 水軍虞侯崔奉天126)中丸死。時都元帥權慄, 在安東, 大設族會, 携妓縱飮。

(鄭起龍, 淸謹人, 自前討賊, 多有功, 上特嘉重之, 賜錦段。起龍, 卽獻其母, 以其餘賣之犒軍127), 後陞拜爲右兵使, 凡百施措, 頗有可觀。權應銖, 爲兵使時, 多

---

125) 柳應秀(류응수, 1558~?) : 본관은 晉州이다. 1584년 무과에 급제했다. 1590년 풍산만호로서 叛胡 馬山德의 군사를 격파하고 선전관이 되었다. 임진왜란 때 함경도로 진출한 加藤淸正이 이끈 왜군에게 3부자가 사로잡혔는데, 홀로 탈출하여 의병을 규합해 討賊將이 되어 왜적토벌에 앞장섰다. 북병사 成允文과 함께 함흥의 왜군을 치기 위하여 황초령 기슭 元平場에 진을 쳤다. 1597년 정유재란 때 僉知中樞府事가 되어 함경도에서 함께 싸우던 훈련이 잘된 군사들을 이끌고, 영남으로 내려가 왜적을 토벌하다 전사하였다. 함흥 3걸의 한 사람으로 꼽혔다.

126) 崔奉天(최봉천, 1564~1597) : 본관은 慶州이고, 호는 耘庵이며, 자는 國輔이다. 1588년 무과에 급제했다. 임진왜란 때 조카 震立과 함께 의병을 일으켜 언양・여천・울산 등지에서 활약하고 경주성을 수복하는 전투에서 큰 공을 세웠다. 이 공으로 訓鍊院正을 거쳐 1596년 慶尙左道水軍虞候로 승진되었다. 1597년 정유재란 때 다시 의병을 일으켜 활약하다가 영천의 倉巖전투에서 전사하였다.

所殺戮。盖起自寒微, 遽握重柄・御衆之威, 不得不爾, 卒之躬冒矢石, 士不敢後, 變後戰功, 固鮮其倫。惜乎, 以貪饕被人誣刻, 久幽囹圄, 幾不得脫, 朝廷以多功赦之。)

善山士人朴遂一[128], 乃孝子進士雲之子, 自少以學行聞, 遇賊被害。其先人遺書日記等件, 在其懷中, 可見其平日素養云。

○ 時北兵, 久留本道, 搶掠之患, 殆不可堪, 盖其習性然也。

○ 伽倻山中, 有八萬大藏經, 鄭汝立[129]逆變時, 版中行一帶, 有水氣, 如人微汗生。壬辰有汗氣差多, 丙申又微有汗氣。玄風縣後山, 上峰大見寺, 有石佛, 乃新羅朝, 因山大石, 刻爲佛像者也。靈應, 與右經版同, 而若其賊入本縣, 時汗氣倍於他日, 至濕所着袈裟及坐榻柱木。木石乃頑物, 而感應如此, 其理未可知也。抑大亂將作, 譴告之異, 或假於頑物而然耶。

○ 十月, 天兵諸將, 有討賊之計。朝廷, 多船措備, 體察使柳成龍・備邊司堂上柳永慶[130]・摠管使尹承勳[131]・撿察使成泳[132], 爲辦糧, 皆入本道。各

---

127) 犒軍(호군) : 군사에게 음식을 주어 위로함.

128) 朴遂一(박수일, 1552~1597) : 본관은 密陽이고, 자는 純伯이며, 호는 健齋・明鏡이다. 李滉과 經義를 토론하였으며, 임진왜란 때 盧景任과 의병을 일으켜 참봉이 되었다. 1597년 정유재란 때 전사했다.

129) 鄭汝立(정여립, 1546~1589) : 본관은 東萊이고, 자는 仁伯이다. 1589년 황해도 관찰사 한준과 안악군수 이축, 재령군수 박충간 등이 연명하여 정여립 일당이 한강이 얼 때를 틈타 한양으로 진격해 반란을 일으키려 한다고 고발했다. 관련자들이 차례로 잡혀가자 정여립은 아들 玉男과 함께 죽도로 도망하였다가 관군에 포위되자 자살했고 그의 아들 鄭玉男은 체포되어 국문을 받았다. 이 사건의 처리를 주도한 것은 정철 등의 서인이었으며, 동인인 李潑・李浩・백유양 등이 정여립과 가깝다는 이유만으로 처형되는 등 동인의 세력이 크게 약화되었다. 이를 기축옥사라고 한다. 이 사건을 계기로 전라도는 叛逆鄕이라 불리게 되었고, 이후 호남인들의 등용이 제한되었다. 정여립은 '천하는 일정한 주인이 따로 없다.'는 天下公物說과 '누구라도 임금으로 섬길 수 있다.'는 何事非君論 등 왕권체제하에서 용납될 수 없는 혁신적인 사상을 품은 사상가이기도 하였다.

130) 柳永慶(유영경, 1550~1608) : 본관은 全州이고, 자는 善餘이며, 호는 春湖이다. 여러 청환직을 역임하고, 임진왜란 때 사간으로서 招諭御史가 되어 많은 土兵을 모집하고 호조참의에 올랐다. 1594년 황해도관찰사를 지내고, 1597년 정유재란 때 중추부지사로서 가족을 먼저 피란시켜 처벌되었다가 이듬해 병조참판이 되었다. 동인이 남인과 북인으로 분열되자 북인에 가담하였다. 1599년 대사헌에서 한때 파직되었다가 1602년 이조

有號令列邑, 莫適所從, 閭閻騷擾, 日甚。一日, 巡察使從事官成安義·戶曹正郎李泳道[133], 專管其事, 或以空名告身[134], 募人納粟, 或以田結[135]多寡, 計數量出, 或以家貲貧富, 隨分責出。

時本道, 再經兵火, 物力蕩竭, 初無以爲計, 旬月之間, 辦得九萬餘石。南道物力, 自此稍完, 亦非諸士子, 盡心國事, 竭力相濟, 其何以至此。

○ 十二月十四日, 麻提督貴·吳總兵惟忠, 各領大軍, 踰鳥嶺, 來駐安東。十五日, 經理楊鎬, 領兵五千, 到龍宮, 接伴使李德馨·巡察使李用淳, 從行。二十二日, 經理行兵, 至慶州地, 督諸兵, 擧事。二十三日, 乘夜行軍(軍行時, 道傍人, 皆不得聞知, 及見旗麾, 乃知行軍。軍法之愼密, 如此.), 直向島山, 藏兵於百年巖近地。賊先鋒, 千餘騎突出, 天兵乃來擊, 盡斬之。乘銳直抵外城, 發雷天霹靂炮, 賊倉卒不能措, 走入內城。遊擊將軍陳寅, 以先鋒, 挺身力戰, 入內城, 中丸落於城外。賊以金銀物件, 出投內城外, 天兵爭拾, 日且昏暮, 未易撞破, 乃鳴鑼以退。天將, 以爲孤城在目, 指日可破, 與我國兵, 圍之數匝,

<hr />

판서에서 우의정으로 승진하였다.

131) 尹承勳(윤승훈, 1549~1611) : 본관은 海平이고, 자는 子述이며, 호는 晴峯이다. 임진왜란 때 應敎로 宣諭御史를 겸하여 전란 뒤의 수습에 공을 세웠다. 1594년 충청도관찰사에 오르고, 호조참판·대사헌 등을 지냈다. 1597년 형조판서 때 謝恩使로 명나라에 다녀온 뒤 이조판서·병조판서를 역임하였다. 1601년 우의정에 올라 李恒福을 伸救하려다가 삼사의 탄핵으로 한때 면직되었다.

132) 成泳(성영, 1547~1623) : 본관은 昌寧이고, 자는 士涵이며, 호는 愚川·苔庭이다. 임진왜란 때 경기도 순찰사로 3천 명의 군대를 이끌고 왜적과 맞서 싸웠다. 1597년 정유재란 때 南征糧餉使가 되어 군량미를 조달했으며, 1601년 한성부판윤에 올랐다.

133) 李泳道(이영도) : '李詠道(1559~1637)'의 오기. 본관은 眞城이고, 자는 聖興이며, 호는 東巖이다. 蔭補로 군자감참봉, 제용감봉사를 역임하였다. 임진왜란 때 안동에 내려가 의병을 모집하여 왜적과 싸웠으며, 이듬해 연원도찰방, 충청도판관을 지냈다. 1596년 한때 좌천당하였다가 西厓 柳成龍의 상소로 복직된 뒤 원병으로 온 明軍을 따라 많은 군량미를 조달하였다. 군량미를 조달한 공으로 1597년 호조좌랑이 되고, 다시 호조정랑이 되었다. 1598년에는 현풍현감이 된 이후 김제군수, 청송부사, 영천군수, 익산군수, 원주목사를 역임했다.

134) 空名告身(공명고신) : 이름 쓸 곳을 공란으로 두고 직책만 기록한 직첩. 일반적으로 공명첩이라 한다.

135) 田結(전결) : 논밭에 물리는 세금.

以待賊自困出降。而其夜, 賊大備器械, 防守甚固, 亂放石炮, 所觸皆死。右道
屯賊, 鱗次來援, 加以天時不利, 凍雨連日。王師野處, 勢難持久, 至明年正月
初四日, 退兵。古人言, 猛虎之猶豫, 不如蜂蠆之致螫, 孟賁136)之狐疑, 不如
童子之必至。是以兵家, 以急擊勿失爲貴, 而天兵愛拾賊賷, 政隨其計, 遲延時
日, 竟失事機。使賊內備防守, 外引黨援, 及此時, 雖有智者, 亦無及矣。許儀
後所謂, '須宜火速攻之, 不可坐謀待斃, 日久矣則危矣'者, 不亦信乎。

(許儀後, 乃皇朝人, 辛未年, 行船過廣東, 被擄在日本薩摩地, 聞賊有入寇之謀,
辛卯秋, 上疏於皇朝, 詳陳賊情有數條, 使之預備患患云.)

初陳寅, 傷丸卽還, 向上道行, 至新寧(時歲除日也), 見國人曰 : "吾雖中丸, 若
落於內城, 則吾軍必殊死以戰, 而吾旣出外, 吾軍自退, 此汝邦無祿之致也."
時左水使李雲龍, 與天將舟師, 待變于海上, 冒夜發船。多大浦僉使楊德仁,
及天兵二十餘人, 砲手哨官一員, 因風覆舟, 一時渰死。舟師, 進迫于蔚山方魚
津, 出入觀兵, 聞經理, 退駐于慶州, 卽退陣于延日通洋江。

---

136) 孟賁(맹분) : 중국 戰國時代 齊나라 力士의 이름. 일설에는 맹열(孟說)이라고도 한다. 물
로 가면 蛟龍을 피하지 아니하고, 뭍으로 가면 호랑이를 피하지 아니하고 怒氣가 나면
소리가 천지를 진동한다고 한다.

戊戌

天兵退北之時, 所過多被搶掠, 還駐安東等地, 難支之狀, 不一而足, 有一書
生, 作書陳其弊。天將, 卽差夜不睡[137]三十名, 分送各里, 拿致亂兵, 大懲之,
拔尤甚者一人, 將斬之, 接伴諸公, 救之乃已。天將, 雖不形於言, 色中實不悅
(書中錯引兵, 猶火不戢自焚之語, 殊失本旨, 而天將之見, 以爲有意而作.), 不久, 移駐醴
川。天將卽楊經理鎬也, 未幾遞去, 萬世德, 來代之, 萬之施措, 頗不滿人意。
中外思楊不已。

○ 時天兵, 分駐道內, 當事者, 以乏軍需爲憂。調度使沈友正[138], 遞去, 以
巡察使從事官成安義, 代之。安義, 才長於處事, 多方措備, 軍國賴以不乏, 戶
曹正郞李泳道, 亦盡心措辦, 且急於給餉, 或有不得已之擧。然兵興累年, 調度
不乏, 多其力也。

○ 三月, 遊擊將葉思忠, 自醴泉, 移軍義城。遊擊, 浙江人也, 處心廉謹, 御
衆有律, 其管下諸兵, 亦皆南人, 頗有可取。四月, 縣人立木碑, 以寓勿翦之
思。時天將, 所駐處, 多立碑, 以頌之, 間有要其意, 而不得不立者, 亦多。若
安東之頌麻貴, 是也, 譏議頗多。(貴嘗駐醴泉, 寢處聖殿, 不撿軍卒, 肆意侵掠.)

四月, 巡察使尹承勳以病辭, 鄭經世代之。經理萬世德, 分付諸將, 出駐兩
南, 爲休兵擧事之計, 提督劉綎駐兵于全羅道, 提督董一元駐兵于右道, 提督麻
貴駐兵于左道, 劉則李德馨伴行, 董則李忠元[139]伴行, 麻則張雲翼[140]伴行。

---

137) 夜不睡(야불수) : 不寢番.
138) 沈友正(심우정, 1546~1599) : 본관은 靑松이고, 자는 元擇이다. 1589년 漢城府尹으로 상
　　관에게 미움을 받아 宣川郡守로 좌천당했다가 신병으로 면직되었다. 임진왜란 때 都元
　　帥 金命元의 從事官으로 漢江·臨津江 전투에 참가하여 패했다. 伊川에 왕세자를 찾아가
　　서 弼善이 되었다가 이어 강원도에 들어가 군대를 모집했다. 그 후 軍器侍正·坡州牧
　　使·司諫·獻納을 역임, 1597년 廣州牧使가 되어 山城을 수축했다. 다음해 영남에 있는
　　명나라 군사의 군량을 조달하는 직책을 맡고 원활이 수행되었다.
139) 李忠元(이충원, 1537~1605) : 본관은 全州이고, 자는 元甫·圓圃이며, 호는 松菴·驪叟

麻初駐醴泉, 嫌官舍, 不稱意, 將移寓聖殿, 促移位版, 巡察使鄭經世, 作文言其不可。伴儻諸人, 嘖嘖阻當, 乃曰："爾國, 位版於天將? 何其無知識如此?" 終不得已, 移安位版于書院, 麻處聖殿自若。當時, 接伴及譯官, 宜有責罰, 尚未有聞, 其無紀律可見。

雲翼以病遞去, 副提學金宇顒[141]來代之。未久, 經理召提督, 去未久還下, 判書李光廷[142]伴行。七月來駐義興, 八月圍島山, 終不利, 雖無大敗, 士卒耗傷亦多矣。然麻, 乃老於兵者, 知其難不輕動, 保無敗衄之患。其視董一元, 輕進泗川, 一敗塗地, 匹馬逃還, 取人笑侮者, 一何遠矣。劉挺, 與順天賊, 曠日相持, 聲以大捷, 而實無格殺之功, 人於此始見, 挺前日善狀, 非情矣。

時左水使李雲龍, 率舟師, 駐于甘浦, 以待變。

○ 統制使李舜臣, 承舟師大敗之餘, 收拾散船, 組練精密。時在湖南, 猝遇賊兵, 遏截捕斬, 賊乃退。與天兵舟師合勢, 兵勢大振, 與泗川等地屯賊, 大戰斬殺。

俄而, 中丸臨死, 屬其子弟, 曰："勝敗之機, 決於呼吸, 我若一死, 軍機必誤。汝等愼勿擧哀, 一如吾指揮爲之。" 子弟, 果如其言, 決勝之後, 乃發喪, 天將韙之。

이다. 임진왜란 때 형조참의로 걸어서 왕을 의주까지 扈從, 서울로 돌아와 형조참판에 특진되었다. 그 뒤 중추원의 첨지중추부사・한성부판윤을 역임했다.

140) 張雲翼(장운익, 1561~1599) : 본관은 德水이고, 자는 萬里이며, 호는 西村이다. 1591년 襄陽府使로 있던 중 鄭澈 일파로 몰려 穩城으로 유배되었다. 임진왜란 때 풀려나와 왕을 호종했으며, 특히 중국어에 능통하여 총애를 받았다. 이듬해 執義로서 주청사가 되어 明나라에 다녀오고 도승지・海州牧使・형조판서를 지냈다. 1597년 정유재란 때 이조판서로서 接伴使가 되어 명나라 제독 麻貴를 영접하고 그와 함께 蔚山싸움에 참전했으며, 뒤에 다시 형조판서에 올랐다.

141) 金宇顒(김우옹, 1540~1603) : 본관은 義城이고, 자는 肅夫이며, 호는 東岡・直峰布衣이다. 1589년 己丑獄事의 賊魁 鄭汝立과 교분이 두텁다는 이유로 會寧으로 유배되어, 그곳에서 ≪續綱目≫ 15권을 찬했다. 임진왜란 때 풀려나 行朝에 가서 副護軍이 되어 備禦機務 7조를 건의했다. 병조참판・漢城府左尹・大司成・大司憲 등을 지냈다. 1599년 다시 한성부좌윤이 되어 모함에 빠진 柳成龍을 위하여 抗疏하여 그 억울함을 풀어 주었다.

142) 李光廷(이광정, 1552~1627) : 본관은 延安이고, 자는 德輝이며, 호는 海皐・訥翁이다. 1590년 증광문과에 병과로 급제했다.

時天兵水軍遊擊將陳璘, 率舟師逆戰, 舟師皆敗, 璘所乘舟獨全。賊四面俱集, 璘挺身撗搶, 獨當衆船之賊。賊鼓噪引船, 荷釼突進, 璘乃大聲吶喊[143], 散卒皆會而火箭, 燒盡賊船, 賊遂退去。璘乃下陸, 設席而臥, 我國將士, 進而慰之, 乃曰: "所以督戰爲身計也, 何謝之有?" 云。璘以一船, 當數百之賊, 非節制有律, 戮力以討, 其能之乎。向使天將, 皆如璘也, 何戰不勝? 何攻不克?

舜臣, 收拾敗散之餘, 身不惜死, 而以督戰, 勉其子, 子能繼父之志, 卒之克捷, 未死忠魂, 應亦瞑目矣。後韓巡察俊謙[144], 有詩云: '部曲空傷李統兵.' (時巨濟縣令安衛, 亦有功, 陞堂上.)

十月, 按察使梁(失其名), 自京下來, 駐于星州, 接伴使尹國馨, 從行。巡察使鄭經世, 以粮餉不及, 受責於按察衙門。

十一月, 鄭經世, 聞天朝大官南下, 馳到咸昌地, 得風疾。初六日, 給事中徐[145](失其名)下來, 初七日, 丁主事應泰下來, 初十日, 陳御史[146]下來, 皆向慶州。大官, 連日下來, 沿路各官, 以廚傳[147]夫馬, 多受責罰民, 人艱苦於轉重。

(應泰, 嘗陷誣本國人, 見其面, 欲食其肉, 南邦人, 作文以辨其誣。徐陳兩公皆知其實, 大以丁爲不厭也。上亦陳奏皇朝[148], 奏文在下.)

---

143) 吶喊(납함) : 여러 사람이 일제히 함성을 지르는 것.
144) 韓巡察俊謙(한순찰준겸) : '韓浚謙(1557~1627)'의 오기. 본관은 淸州이고, 자는 益之이며, 호는 柳川이다. 1589년 鄭汝立 모반사건이 일어나자 정여립의 사위 李震吉을 천거한 일이 있어 투옥되었다. 선조로부터 永昌大君의 보필을 요청받은 遺敎七臣의 한 사람으로, 1613년 癸丑獄事에 연좌되어 田里放歸되었다.
145) 給事中徐(급사중서) : ≪宣祖實錄≫ 31년 9월 28일조를 참조하면 徐觀瀾임.
146) 陳御史(진어사) : 監軍御史 陳效.
147) 廚傳(주전) : 음식을 공궤하는 일.
148) 上亦陳奏皇朝(상역진주황조) : 宣祖 31년(1598) 명나라 兵部主事 丁應泰가 조선에서 왜군을 끌어들여 중국을 침범하려 한다고 자기 나라에 무고한 사건이다. 이때 月沙 李廷龜가 <朝鮮國辨誣奏文>을 지은 뒤 陳奏副使로 명나라에 가서 무고 사실을 밝힌 결과 정응태가 파직되고 마침내는 옥에 갇혀 죽게 하였다.

十一月十八日, 島山賊撤還, 右道及順天賊, 亦相繼撤還。平壤之後, 雖無大捷, 羈縻[149]驅逐, 竟使東土恢拓, 廟社再安, 皆天兵力也, 皇帝賜也, 嗟我東人, 何以報答。時李判書好閔[150], 以陳御史伴行, 在月城瞻星臺, 有卽事一詠曰 : 「千古興王地, 崗巒鳳舞來。明朝日南至, 昨夜賊東迴。風月詩仙去, 關山玉笛哀[151]。平生弔古意, 一笑強登臺.」[152] 時賊退, 後第二日, 乃冬至, 故第二句云, 政詩史也。

時左水使李雲龍・左兵使成允文・防禦使權應銖・別將韓命年, 爲尾擊討, 水陸合勢。李雲龍, 得賊載船騾馬, 獻于天朝徐給事・陳御史。諸將, 巡視島山・釜山諸賊窟(諸處賊窟, 城寨壯固, 有非人力可爲, 其中竹島爲上, 釜山次之, 西山又次之, 島山爲下, 以此觀之, 行長等, 盖難當賊也。陳御史, 到島山, 乃曰 : "天難破." 云.), 而遂上京。天兵, 因留道內久之, 稍稍撤還京城。

---

149) 羈縻(기미) : 우마에 굴레를 씌우듯 다른 나라를 잘 견제하고 복속시키는 것을 일컫는데, 일종의 회유책임.

150) 李判書好閔(이판서호민) : 李好閔(1553~1634). 본관은 延安이고, 자는 孝彦이며, 호는 五峰・南郭・睡窩이다. 임진왜란 때 왕을 의주에 호종하고, 遼陽에 가 李如松에게 지원을 청해 평양전투를 승리로 이끌었다. 1599년 중추부동지사로 사은사로 명나라에 다녀왔다.

151) 關山玉笛哀(관산옥적애) : 杜甫의 <洗兵馬行>의 "삼 년 피리 소리 속에 관산에 비친 달빛이요, 만국의 군대 앞에 초목을 휩쓰는 바람이라.(三年笛裏關山月, 萬國兵前草木風.)"라는 구절을 염두에 둔 표현임.

152) ≪五峯先生集≫ 권3 <登金藏臺>로 수록되어 있는데, 글자의 출입이 있다. 곧, "千古興王地, 群山鳳舞來. 明朝日南至, 昨夜賊東回. 風月詩仙去, 關河玉笛哀. 平生感舊意, 一嘯强登臺."이다.

찾아보기

성은(城隱) 신흘(申仡)의 생애와 ≪난적휘찬(亂蹟彙撰)≫

하태규(전북대학교 사학과 교수)

1. 편찬자 신흘의 생애

≪난적휘찬≫은 400여 년 전에 경상도 의성(義城)의 재야 유학자이며 의병장이었던 성은 신흘 선생이 임진왜란 동안 경상도 지역에서 있었던 사적(事蹟)을 정리한 야사이다. 이는, 그의 미간행 문집 ≪성은선생문집≫의 권2, 권3에 수록되어 있다. ≪성은선생문집≫은 1909년 몽산(夢山) 신돈식(申敦植 : 1848∼1932)이 ≪성은선생일고≫를 간행한 뒤 우연한 기회에 이를 보충할 만한 자료를 거두고 문집을 발행하고자 재정리한 것으로 보이나, 정식으로 발행되지 못하고 가제본으로 전해온 것이라 한다.

신흘은 아주(鵝洲) 신씨(申氏)로서 여말(麗末) 전라도 안렴사(全羅道按廉使)를 지내고 고려의 운명이 기울자 경상도 상주(尙州)에 은거했던 고려 수절신(高麗守節臣) 신우(申祐)의 후손이다. 1550년(경술년) 9월 9일 의성 향교의 앞 마을에서 부친 신원록(申元祿)과 모친 숙부인(淑夫人) 벽진 이씨(碧珍李氏) 사이에 태어났다. 그는 타고난 성품이 온후하고 효성과 우애가 깊었으며, 선대의 유훈을 받들어 따랐다. 1576(병자년)에 부친상을 당하여 3년간 여묘살이를 마쳤다.

1592년 임진왜란이 발발하자, 그는 모부인을 모시고 황학산(黃鶴山)으로 들어가 피난하였다. 수도 함락과 임금의 파천의 소식을 듣고 형 흥계(興溪) 신심(申伈)과 더불어 의병을 일으켰는데, 따르는 사람이 수백에 이르렀다. 그는 형 신심을 맹주로 추대하였으며, 당시 의병활동을 하던 김해(金垓), 유종개(柳宗介), 정세아(鄭世雅) 등과 일직현(一直縣)의 정자(亭子)에서 모이기로 약속하여, 마침내 좌위와 우위로 나눈 것을 합세하여 왜적에 대항하였다. 비록 전투에서 적을 베어 죽인 공은 없었지만 그의 의병활동은 근방의 4, 5개 읍(邑)을 보전하는 데 공헌하였다.

다음해 모친상을 당하여 정성과 예의로 장례를 치르고, 이후 과거 공부를 폐하고 날마다 정자(程子)와 주자(朱子)의 저서를 취하였다. 그는 이와 같이 학문에 몰두하면서 여헌(旅軒) 장현광(張顯光), 낙재(樂齋) 서사원(徐思遠) 등 제현과 어울려 경전(經典)의 요지를 강론하였다.

1603년(계묘년)에는 조정의 명으로 '난중사적'을 찬진하였고, 1608년(무신년)에는 경상좌도 유생들의 영수로 당질 정봉(鼎峯) 신홍도(申弘道)와 함께 회재(晦齋) 이언적(李彦迪)의 억울한 일을 변명하는 상소를 올렸으며, 광해군 때인 1611년(신해년)에는 퇴계(退溪)를 비방한 정인홍(鄭仁弘)을 탄핵하는 상소를 올리기도 하였다.

그는 일찍이 안동 교수(安東敎授)에 제수되었으나 나아가지 않았으며, 여러 자식들에게 과거를 위한 공부를 하지 말도록 당부하고, 스스로는 숨어 살면서 말과 행동을 삼갔다. 1614년(갑인년) 6월 27일에 향년 65세로 세상을 떠났다.

2. ≪난적휘찬≫의 저술 경위

앞에서 언급한 바와 같이, ≪난적휘찬≫은 별도로 간행된 저술이 아니고, 신흘의 미간행 문집 권2와 권3의 '잡저(雜著)' 항목에 상·하로 나뉘어 수록되어 있다. 여기에는 신흘이 이 글을 짓게 된 경위를 설명해주는 단서가 없다. 서문이나 자서는 물론 발문도 없다. 그렇지만 그의 행적을 살펴

보면, 1603년 조정의 명으로 최현(崔晛) 등 경상도 선비들과 함께 이와 유사한 '난중사적'을 편찬하여 편수청(編修廳)에 올린 일이 있었다. 이때 신흘 등이 작성한 '난중사적'이 전사(轉寫)되어 ≪난적휘찬≫이라는 서명으로 아주 신씨 가문에 전하여 내려온 것으로 보인다.

1603년 신흘이 이원익(李元翼)에게 보낸 편지가 1909년 발간된 ≪성은선생일고≫에 실려 있는데, 그 편지에 '도내난적', 즉 '임진왜란 중에 겪은 경상도 내 사적을 지어 보내라는 명을 받아 한 권의 책을 만들어 올린다.'는 내용이 있다. 또한 같은 책에 실려 있는 행장에는 "1603년(계묘년)에 조정의 명에 의해 인재(訒齋) 최현(崔晛) 등 여러 사람들과 '난중사적'을 찬진하여 편수청에 올리니, 이 역사를 관할하던 완평(完平) 이원익이 공이 기록한 것을 보고는 '근거가 넓으면서 정밀하고, 글의 이치도 전아하며, 깊이 체득할 만한 기사를 갖추었다.'라고 평가했다."는 내용이 실려 있다. 그리고 ≪아주신씨세보(鵝洲申氏世譜)≫에도 조정의 명으로 '용사사적'을 편찬하여 편수청에 올렸다는 내용이 실려 있다.

이러한 사실은 신흘과 이종간(姨從間)인 인재 최현의 문집에서도 확인된다. 최현의 연보를 보면 1603년 4월에 완평 이원익이 임진왜란 후의 사적을 찬집하는 일을 탑전에 아뢰어, 조정의 명으로 '난중잡록'을 찬집하게 되었는데, 도백(道伯)이 조정의 명으로 좌도와 우도의 도청 및 각 읍의 유사들을 차출하여 최현이 우도 도청(右道都廳)이 되었고, 진사(進士) 송원기(宋遠器)가 좌도 도청(左道都廳)이 되었음을 알 수 있다. 또한, '난중사적' 편집 시에 최현이 도내에 보낸 통문(通文)에서 원래 임진왜란 사적을 찬집하려는 뜻을 갖고 있었는데 순찰사 이원익이 여러 문헌을 두루 참고하여 찬록하는 일을 맡겨 왔다는 것과, 이를 위하여 각 읍의 친구들에게 보고 들은 것을 빠짐없이 적어 보내줄 것을 요청하였다는 것을 확인할 수 있다. 이로 보아 당시 '난중사적'의 편찬 과정에서 최현의 역할이 상당히 컸음을 알 수 있다. 그럼에도 언술한 바와 같이 신흘이 이원익에게 '난중사적'을 찬진하게 됨을 알리는 서찰을 보낸 것은 신흘 또한 '난중사적' 편찬에 중요한 역할을 하였기 때문이라고 생각된다.

신흘이 이원익에게 보낸 편지는 '난중사적'의 편찬 과정과 방침에 대해서도 살펴볼 수 있다. 우선, 신흘은 자료의 수집과 선정에 상당한 노력하였던 것으로 보인다. 그는 보고 들은 것에만 의거한다면 앞뒤가 바뀌거나 빠진 것이 있게 되고, 다른 사람의 공사문적(公私文籍)에 의지한다고 한다면 피차에 모순이 생길 수 있다고 생각했다. 때문에 분명한 기록을 만들 수 없다는 생각으로 당시의 직책을 맡은 사람에게 나아가 들은 바를 넓히고, 당시의 문부(文簿)를 맡은 사람을 구해서 그 본 바를 흡족하게 하고, 본 것이 있으면 곧바로 기록하고, 들은 것이 있으면 반드시 등사해 가지고 와서 반복하여 서로 참고하여 따져서 의문스러운 것은 버리고 취하지 않아야 한다고 여겼다. 그리하여 각 항목의 사건들은 이것과 저것이 모두 부합하고 전후가 한 곳에서 나온 듯 서로 합치된 연후에만 감히 그것을 취하여 분명한 기록으로 삼고, 조금 부합한 것이나 조금 같은 것이 있으면 나중에 규명하더라도 일단은 수록하여야 한다고 생각했다.

편지에는 '난중사적'의 편찬 태도와 기술 방침도 나타나 있다. 신흘은 사실을 기술하는데 있어서 간혹 성공한 것이나 실패한 사적으로 인한 것이더라도 평하지 않았고, 계책의 변통에 따른 것이라도 있는 대로 바로 기록하였다. 권선징악에 관계된 것이면 비록 고장의 미추가 드러나더라도 반드시 기록했고, 사적이 잊기 어려운 것이면 다른 도의 득실에 관한 것이라도 다소 수록하였으며, 아름답게 여긴 사적은 올리고 말썽스러운 사적은 올리지 않았다. 아울러 그는 얻은 것을 아름답게 기록한 것은 아첨하기를 좋아한 것이 아니며, 잃은 것을 꾸짖은 것은 강직하다는 것을 팔고자 한 것이 아니라고 여겼다. 또한, 흩어져 숨어있는 원고를 상고하여 공공의 논의를 참고하고, 헛된 말은 빼고 얻은 것의 하나를 취하여 이 책을 만들었다고 밝히고 있다. 이것은 이 책을 편찬한 신흘의 태도를 말해주는 것으로 이 책의 편찬 지침인 범례(凡例)에 해당하는 설명이라고 할 것이다.

이렇게 하여 약 1개월에 걸쳐 정력을 쏟아 임진년부터 무술년까지 7년간 경상도 지역에서 있었던 일들을 채록해서 한 권의 책을 만들었는데, 책을 만들어 놓고도 다시 뜯었다가 만들기를 두세 번이나 하였다. 여기에서 그치지 않고, 학식이 넓고 행실이 바른 사람에게 질정을 받아 마침내 빠진 것을 보태고 채워서 책을 만들고 다른 사람을 시켜 정서토록 하여 바쳤다.

이상을 통해서 보면, 1603년 신흘과 최현 등 여러 선비들이 엄정한 조사를 거쳐 임진왜란 동안 경상도 지역의 사적을 정리하여 올렸으며, 이 글의 이름이 '도내난적', '난중사적', '용사사적' 등으로 불렸음을 알 수 있다. 그러나 이때 신흘 등이 바친 '난중사적'의 공식적 서명(書名)이 무엇인지는 알려지지 않았다.

한편, ≪난적휘찬≫은 임진년부터 무술년까지 7년간 겪은 참상을 기술한 것으로, 앞에서 살펴본 '난중사적'의 편찬 방침이나 내용과 거의 일치하고 있다. 이러한 점에서 볼 때 ≪난적휘찬≫은 당시 신흘 등이 편찬하여 올렸던 '난중사적'이 전사되어 아주 신씨 가문에 전해온 것이 아닐까 생각된다. 즉, '난중사적'을 바친 신흘이 그 사본이나 초록을 ≪난적휘찬≫이라는 이름으로 남겼을 가능성이 있으며, 특히, '난중사적'을 바치는 서찰을 신흘이 이원익에게 보냈다는 점에서 이 책이 신흘의 저서로 인식될 수도 있었던 것으로 보인다. 그리하여 신흘의 후손에 의하여 그 내용이 전하게 되었고, 나아가 ≪성은선생문집≫의 가제본에 수록된 것으로 보인다.

여기에서 ≪난적휘찬≫을 1603년 신흘 등이 편찬하여 올린 '난중사적'을 필사한 것이라고 인정한다면, 이 책에 실린 사실은 당시 선비들의 엄정한 고증과정을 거쳐서 수록된 것으로 상당한 신빙성을 갖게 되고, 이에 따라 ≪난적휘찬≫은 임진왜란 당시 경상도 사정을 이해할 수 있는 중요한 사료가 된다.

3. ≪난적휘찬≫의 체제와 내용

≪난적휘찬≫은 상하 2권으로 구성되어 있으며, 특별한 체제나 분류 없이 편년(編年)에 따라 전란 7년간에 있었던 일을 일기형식으로 서술하고 있다. 그중에서 상권은 임진왜란 발발 전인 1588년에 있었던 조일(朝日)간의 사신(使臣) 왕래에 관한 짤막한 기사와 경상도 지역에서 있었던 이변(異變)에 대해 간단히 기술하는 것으로 시작하는데, 전체가 거의 임진년의 사적으로 이루어져 있다. 대부분의 기사는 임진년 4월부터 7월까지의 일로서 비교적 상세히 기록되어 있으며, 8월부터 11월까지는 내용이 아주 소략하고 12월의 기사는 없다. 하권에는 계사년부터 무술년까지 6년의 기사가 수록되어 있는데, 그 내용은 상권에 비해서 매우 소략한 편이다. 그런데 일기체 형식이라 하더라도 해당 일자에 기록된 모든 사항이 당일에 있었던 일이 아니고, 편찬 당시까지의 관련 사실이 반영되어 있는 경우도 있다.

좀 더 구체적으로 살펴보면, 임진년 4월부터 6월 중순까지는 왜군이 경상도 지역을 침공하여 점령하는 과정에서 있었던 사실을 주로 기술하고 있다. 왜군과 싸우다 순절한 정발(鄭撥)이나 송상현(宋象賢) 등 순절한 수령들의 일뿐만 아니라, 왜군의 침공에 겁을 먹고 도망쳤던 병사(兵史) 이각(李珏)이나 좌수사(左水使) 박홍(朴泓), 안동 부사(安東府使) 정희적(鄭熙績) 등 경상도 지역 관리의 비겁한 행동도 비교적 소상히 기록되어 있다. 또한 효행과 절행의 인물이 왜군에 의해 해를 당한 사실도 수록하고 있다. 또 왜군의 도성 침공 소식과 아울러 안집사(安集使) 김륵(金玏)의 경상좌도 활동, 왜군의 군위(軍威) 약탈과 주변 지역에서 있었던 몇 가지 왜군의 침공과 지역민의 대응이 수록되어 있다.

특히, 6월 기사는 임진년 전체 기사의 반절에 해당하는 분량인데, 여기에 곽재우(郭再祐)의 의병 활동 및 경상 감사(慶尙監史) 김수(金睟)와의 대립 과정에서 올렸던 상소문, 김성일(金誠一)과 의병장 김면(金沔)의 활동에 대한 기사가 많이 수록되어 있다. 6월 이후 경상도 지역이 왜군의 점령 하에 있으면서도 수령들이 점차 왜군과 대항하여 항전을 전개하기 시작하면서, 이와 함께 크고 작은 의병이 일어나 활동하는 내용이 주로 실려 있다.

이후 이어지는 7월부터 11월까지의 임진년 기사는 김성일, 한효순(韓孝純), 박진(朴晉) 등 조선 관군의 지휘부와 경상도 지역 수령들의 동향, 원균(元均)과 이순신(李舜臣)의 활동과 갈등, 그리고 의병장 유종개, 정세아, 김해 등 의병의 활동 내용이 수록되어 있으며, 경상도 지역 중에 적에게 점령된 지역과 점령되지 않은 지역에 대한 서술 등과 같이 다양한 내용이 들어 있다.

하권에는 계사년부터 전란이 완전히 수습되는 무술년까지 6년간에 있었던 사실이 한 권에 수록되어 있는데, 수록 내용이 비교적 많지 않고 간단한 편이다. 그중에서 계사년에서 병신년까지의 기사에서는 북상했던 왜군이 남쪽으로 퇴각하면서 경상도로 다시 들어오는 과정에서의 침탈 내용과 이를 쫓아 내려온 조선의 관군과 명군(明軍)의 동향에 대하여 수록하고 있다. 특히, 일본과 강화가 추진되면서 명군과 사신의 경상도에서의 움직임과, 이들을 접대하는 과정에서 경상도 지역 주민의 대응과 고통 등이 잘 나타나 있다. 한편, 강화교섭이 난항을 거듭하면서 왜군의 재침이 예상되는 병신년에는 조선의 산성(山城) 방어책과 관련한 기사들이 주목된다. 이 시기에 의병장으로서 명성을 얻고 있던 김덕령(金德齡)의 일화와 죽음에 대한 기사도 또한 흥미롭다고 할 것이다.

전란이 재발되는 정유년의 기사를 보면 수군통제사(水軍統制使)였던 이순신의 백의종군, 그리고 이순신을 대신하여 통제사가 된 원균에 대한 인물 평적 서술과, 조선 수군의 패전에 대한 내용 등이 비교적 소상히 기록되어 있다. 또한 경상도지역에서 화왕산성(火旺山城)을 지켰던 곽재우의 행적 등 방어 태세를 설명하고 있으며, 남원성(南原城) 함락, 황석산성(黃石山城) 전투, 정유재란 발발에 대한 조선군과 명군의 대응 등이 서술되어 있다. 한편, 이 과정에서 보여준 도원수(都元帥) 권율(權慄)의 행보, 그리고 권율과 도체찰사(都體察使) 이원익 간의 불화와 갈등을 엿볼 수 있는 내용도 수록되어 있다. 9월 이후에는 조명(朝明) 연합군에 의해 진행된 전면 공격에 대응한 경상도 지역 왜군의 동향이 주로 서술되고 있는데, 특히 12월에 있었던 도산(島山) 전투의 내용이 주목된다. 조명 연합군이 왜군을 더욱 압박하는 무술년에 들어서는 명나라 군사와 사신들의 경상도 지역 왕래가 잦으면서, 이에 따른 피해와 부담 등이 잘 나타나 있다. 아울러 이순신의 전몰(戰歿)과 11월 18일 왜군의 도산성 철수 이후 전쟁이 끝나면서 여러 장수들이 왜군의 근거지를 순시하고 돌아가는 것으로 끝을 맺는다.

전체적으로 볼 때 ≪난적휘찬≫은 전란기 7년 동안에 있었던 왜적의 침공과 그에 대한 경상도 지역 관민의 대응 내용을 사실대로 기술한 것이다.

4. ≪난적휘찬≫의 사료적 가치와 한계

≪난적휘찬≫은 임진년으로부터 정유년에 이르는 전란기의 역사에 관한 당대의 기록이라는 점에서 주목할 만하다. 사실 임란기의 실상을 전해주는 사서(史書)는 생각보다 많지 않다. 당대에 기록된 자료는 더더욱 많지 않다. 대체로 몇몇 인물들이 전해주는 당시의 일기류 사서를 제외하면, ≪조선왕조실록≫이나 그 밖의 관찬 사서의 내용도 후대에 밝혀진 내용을 근거로 하고 있는 것이 많다. ≪난적휘찬≫의 가치는 무엇보다도 임진왜란 직후에 당시 알려져 있던 내용을 수집하여 엄정한 고증을 거쳐 정리한 것으로서 후대의 윤색이 거의 없이 당시의 상황을 있는 그대로 전해주는 당대의 자료라는 것이라 할 수 있다. 따라서 본서는 임진왜란의 실상을 연구하는 데 유용한 사료가 된다고 하겠다. 물론 이러한 평가는 현전하는 ≪난적휘찬≫이 중간에 가필 윤색이 되지 않았다는 전제 하에서 가능하다.

우선, 임진왜란 발발 직후 경상도 지역에 있어서 왜적의 침공 과정이 상세히 기록되어 있으며, 도내 각 지역의 수령의 대응이나 민의 동향을 알려주고 있는데, 특히, 좌수사 박홍을 비롯한 경상도 지역의 수령들의 도주 행각이 있는 그대로 정리되어 있으며, 이에 따른 일방적인 패배를 면치 못했던 초기 전황(戰況)을 잘 전하고 있다. 반면에, 불리한 상황에서나마 최선의 대응을 통해서 왜군과 대항하며 전과(戰果)를 올린 관료의 행동도 아울러 수록하고 있다.

그리고 왜군의 점령지가 된 경상도 지역에서 일어났던 의병 활동에 대하여 기록한 대목이 주목된다. 물론 이 책은 경상도 지역의 의병 활동을 전반적으로 수록하고 있지는 못하다. 하지만, 경상도의 대표적인 의병장이라고 할 수 있는 곽재우의 의병 활동과, 이 과정에서 있었던 경상도 관료와 곽재우와의 갈등에 대한 내용이 상세히 수록되어 있다. 신흘 또한 임란 초기에 의병 활동을 전개하였는데, 6월 기사에 그의 형인 전 감찰(前監察) 신심이 향병(鄕兵)을 결성하여 군위(軍威)에 있는 왜적을 토벌하고자 열흘 사이에 수백 명을 모으고 사유를 갖추어 초유사(招諭使)에게 서찰을 보냈다고 기술하고 있다. 아울러 다음 달 의병을 일으킨 유종개, 정세아, 김해 등과 아울러 의성, 의흥, 군위, 안동, 예안 등지의 향병을 동원하여 일직현(一直縣)에서 모여 조직을 정비하고 활동을 전개한 것으로 나타난다. 특히, 권응수(權應銖) 등이 같은 달에 영천의 왜군을 격파했던 내용은 의병 활동을 연구하는 데 좋은 자료가 될 것으로 보인다.

또한 경상도는 임란 초기부터 왜군에게 점령당한 곳이 많았고, 임란 전황이 호전된 뒤에도 왜적이 경상도로 밀려옴으로서 큰 고통을 당하였다. 그리하여 당시 왜군의 위세에 눌려 왜군에 투항하여 앞잡이 노릇을 하거나 민(民)을 침탈하였던 관리나 선비, 그리고 왜군에 붙어서 부역(附逆) 활동을 하였던 자들의 행적도 수록하고 있다. 또한 전란 기간에 경상도 지역에서 있었던 절의와 효행에 관한 내용도 들어 있다. 신흘이 수집 정리한 내용 중에는 후대의 사서에 나타나지 않는 대목이 있어서 귀중한 사료로 인정될 수 있다. 이는 임진왜란기 경상도 지역민의 난중 실태를 이해하는 자료가 된다.

뿐만 아니라, 관군과 명군이 역시 경상도에 집결되면서 경상도 지역 주민의 관군과 명군에 대한 물자 조달과 접대에 대한 부담이 커지고, 강화 교섭이 진행되면서 명나라의 사신과 조선의 고위 관료들의 왕래가 빈번해지자 고통이 더욱 심하게 되었다. ≪난적휘찬≫은 당시 경상도 지역 주민의 실상과 왜적에 대한 대응을 살펴볼 수 있는 좋은 자료가 된다.

그러나 ≪난적휘찬≫은 사료로서 몇 가지 한계점도 있으리라고 생각된다. 먼저, 이 책이 원본으로 전하지 않고 후대에 정리된 필사본으로 전하고 있다는 점이다. 필자의 자서나 편집자의 서문이나 발문 또한 없다. 이 책이 전해지게 된 경로와 문집에 실리게 된 경위가 분명치 않다고 하는 점은 사료의 신빙성과 진정성에 관련된 한계점이라고 할 수 있다. ≪성은선생일고≫에 실려 있는 신돈식의 후지(後識)에 의하면 신흘의 많은 문적들이 전란으로 없어졌는데, 승지(承旨) 시남공(市南公 : 申冕周)이 흩어지고 없어졌던 글을 모아 두 권으로 엮었다고 밝히고 있듯이, 이 ≪난적휘찬≫은 1909년까지는 알려지지 않았다는 것을 알 수 있다. 따라서 이 책이 지금에서야 문집의 초고로 나타나게 된 경위가 분명히 밝혀져야만 사료로서의 가치가 높아질 것이다.

또한 ≪난적휘찬≫이 그 수록 대상이나 서술에 있어서 소략한 느낌을 면할 수 없는 것도 사실이다. 짧은 시간에 자료를 수합하여 정리하였기 때문인지 모르지만, 7년간의 전란 기사 중 임진년의 내용을 제외하면 다른 해의 기사는 매우 소략하며 내용도 개략적인 설명이 많다. 최현이 조우인에게 보낸 편지(≪訒齋先生文集≫ 권8, <答曹汝益友仁書>)에 "이원익이 남쪽에서 돌아 '난중사적' 2권을 적어서 임금에게 올렸는데, 임금이 '고쳐 상세하게 하라.' 하고 본도에 돌려보냈다."는 기록이 있다. 검토의 여지는 있지만, 아마도 이원익이 경상도에서 올라가 선조(宣祖)에게 먼저 올린 '난중사적' 2권이 신흘 등이 편찬한 것으로 ≪난적휘찬≫과 같은 내용이었을 것으로 추정된다. 선조의 이러한 지시는 이 책이 만족스럽지 못하였기 때문에 내려진 것이라고 생각된다.

이상에서 살펴본 바와 같이 ≪난중휘찬≫은 몇 가지 한계점을 갖고 있기는 하지만, 임진왜란기 경상도 상황을 이해하는 중요한 자료일 뿐만 아니라, 나아가 조선의 임진왜란사 연구에 유용한 사료 중의 하나로 판단된다. 또한 간간히 채록되어 있는 여러 가지 일화는 국문학에서도 관심을 가질 만한 자료라고 생각된다. 앞으로 ≪난적휘찬≫에 대한 깊이 있는 연구가 필요하다고 하겠다.

▌참고자료 :〈答曹汝益友仁書〉

睍白。衰門不幸, 從姪眞寶, 前月不意喪逝, 悲慟之懷, 無所陳訴。卽玆秋凉, 尊履若
何? 嚮往無已。亂離事蹟之纂出, 必待博聞高識, 如我尊兄者, 可以成之。而廢學旣久之
人, 見聞茫昧, 徒懷慷慨之意, 卒然承當, 非妄者如是乎? 諸處所錄, 旣裒成三卷, 而間或有
漏有夸, 未可傳信。睍欲遲以歲月, 更採公議, 然後與數三同志, 會合商確, 檃括成編。庶
使善惡之實得其平正, 而不至於泯而無傳也。適前方伯行期甚迫, 頗有欲速之心, 睍亦遭
服, 不暇卒業, 方伯只照前錄, 成帙持歸。其一件則留營以俟証正, 仍使睍更卒修整, 而新
方伯曾未識面, 又未詳此間曲折, 作爲營中一文簿, 非書生所可干謁而就質。睍亦未及傳
寫, 家無本帙, 奈何奈何? 頃見安陰鄭輝遠書, 則「完平相公, 自南還朝, 略記亂中事蹟二卷,
進于榻前, 則自上敎以'更加詳悉.' 故還送本道.」云。李相公, 亦聞睍方集此錄, "勸使毋泛,
期於至詳至公." 對輝遠言之云。然則此錄, 吾君吾相之所命, 係他日史氏之取舍, 其可易
而爲之哉? 伏惟尊兄, 以聰穎之資, 加聞見之博, 慷慨餘懷, 必有所寓。幸不以無似不可與
同事, 而悉記耳目所及, 錄成一帙, 待得面討如何? 若路阻事宂, 會合不可易期, 則或因豚
兒往來, 招敎之而付送亦可。兄所製上韓方伯書, 聞之已久, 亦未得見。幸勿效俗士向人自
韜而置碍乎肝膈相照之地, 幸幸。

　　　　　　　　　　　　　　　　　　　　　　　　　— ≪訒齋先生文集≫ 권8

〈조우인(曹友仁)에게 답하는 편지〉

최현(崔晛)이 아뢰오. 쇠미한 집안이 불행하여 종질(從姪) 진보(眞寶 : 최산립*이 진보 현감을 지낸 데서 일컫는 말.)가 지난달 뜻밖에 세상을 떠나서 비통한 마음을 하소연할 곳이 없다오. 이제 가을이 서늘한데, 그대는 어떻게 지내오? 늘 그대를 그리워함이 그지없소.

난리사적(亂離事蹟)을 편찬해내는 것은 반드시 넓은 견문과 높은 식견을 갖춘 사람을 기다리게 되는데, 존형(尊兄) 같은 이만이 성사시킬 수 있소. 그런데 학문을 폐한 지 이미 오래된 사람이 견문이 적어서 세상 물정에 아주 어둡거늘 부질없이 강개한 생각만 품고 난데없이 이를 감당하겠다고 했으니, 망령된 사람이 아니고서야 이와 같이 하겠소?

여러 곳에 기록된 것을 이미 모아서 세 권의 책을 만들었으나, 간혹 빠진 곳이 있고 과장된 곳이 있어서 이를 사실로 믿지 못할 정도였소. 나는 얼마간을 지연시키더라도 공론을 다시 들은 연후에 두세 동지(同志)들과 회합하여 옳고 그름을 따지고 책을 엮고자 했었소. 그래서 선하고 악한 사실들이 공평하고 정대해지기를 바랐고, 묻혀 버려서 전해지지 않는 데에 이르지 않기를 바랐소.

그런데 마침 전(前) 방백(方伯 : 李時發(1569~1626)인데, 경상도 관찰사 겸 대구도호부사 순찰사로 1601.9~1604.9 재임)은 떠날 시기가 매우 가까워서 자못 서둘러 일을 이루고자 하는 마음이 있었으나, 나 역시 복제(服制)를 당하여 일을 끝낼 겨를이 없었거늘, 방백은 단지 전록(前錄)과 대조해서라도 만든 책을 가지고 돌아가려 했소. 그 한 건은 병영에 머무르며 증거를 찾아서 바로잡아야 하는 것인데, 이를 나로 하여금 다시 고치어 정돈하라고 했다오. 그러나 새 방백(方伯 : 李時彦(1535~?)인데, 경상도 관찰사 겸 대구도호부사 도순찰사로 1604.9~1605.9 재임)은 얼굴 한 번도 뵌 적이 없고 또 그 사이의 곡절을 알지 못하는지라, 영중(營中)의 문부(文簿)로 지어야 할 것을 서생으로서는 청탁을 하여 바로잡을 수가 있는 바가 아니라오. 나 역시 미처 베껴 놓지도 못했고 집에는 원본도 없으니 어찌해야 하겠소?

안음(安陰) 정희원(鄭輝遠 : 桐溪 鄭蘊)의 서찰을 대강 보니 「완평 상공(完平相公 : 李元翼)이 영남에서 조정으로 돌아가 난중사적을 간략히 기록한 2권을 임금에게 올렸는데, 임금이 '고쳐서 더욱 상세하게 하라.' 하고 본도(本道 : 경상도)에 돌려보냈다.」고 하오. 이 상공(李相公)이 또한 내가 바야흐로 이 기록들을 모으는 것에 대해서 듣고는 "범연하게 하지 말고 지극히 상세하고 지극히 공정하게 하기를 바란다."고 희원에게 말했다 하오. 그러하오니 이 기록은 우리의 임금님, 우리의 재상이 내리신 명이고, 훗날 사관(史官)들의 취사(取捨)와 관계되는 것이니 어찌 쉽게 할 것이겠소?

삼가 생각건대, 존형은 자질이 총명한데다 견문이 넓으니 비분강개하고 남은 회포를 반드시 붙일 곳이 있을 것이오. 행여 내가 변변하지 못해 같이 일할 만한 사람이 아니라고 여기지 않는다면 보고 들은 것을 모두 기록하되, 기록한 것을 책으로 만들어서 얼굴을 맞대고 상의할 날을 기다림이 어떠하겠소? 만약에 길이 막히고 일이 번잡하여 회합하는 것을 쉽게 약속할 수 없을 때는, 더러는 돈아(豚兒 : 자기 아들의 겸칭)를 오가게 하되 불러서 분부하여 보내면 될 것이외다.

존형이 한 방백(韓方伯 : 韓浚謙(1557~1627)인 것으로 보이는데, 경상도 관찰사 겸 순찰사로 1599.3~1600.3 재임)께 편지를 지어 올렸다는 것을 들은 지가 이미 오래이나 아직 미처 보지 못했소. 바라건대, 이 속된 선비가 남을 대하면 스스로를 감추는 것을 본받지 않고, 마음속을 툭 털어놓고 숨김없이 친하게 지내는 처지가 된다면 천만다행이겠소.

— 신해진 역

---

* 최산립(崔山立 : 1550~1604) : 본관은 전주(全州)이고, 자는 입지(立之)이며, 호는 우암(愚庵)이다. 1591년 정시(庭試)에서 장원으로 합격하고 문과(文科)에 급제하여 여러 벼슬을 역임하고 진보현감(眞寶縣監)에 재직하여 청덕(淸德)으로 추앙을 받았다. 인재(訒齋) 최현(崔晛 : 1563~1640)의 연보(年譜) 갑진년(甲辰年 : 1604) 6월조를 보면 "곡종질산립(哭從姪山立)."이라 되어 있다. 이로써, 최현이 위의 편지를 1604년에 썼음을 알 수 있다.

[부록 1] ≪난적휘찬≫의 경상도 지명

[부록 2] 《난적휘찬》의 관직명

- **가선대부**(嘉善大夫) : 조선시대 종2품 문관과 무관에게 주던 품계. 종2품의 하계(下階)로서 가정대부(嘉靖大夫)·가의대부(嘉義大夫)보다 아래 자리이다. 경국대전(經國大典) 이후로 문무관에게만 주다가, 대전회통(大典會通)에서는 종친(宗親 : 임금의 4대손까지의 친족)과 의빈(儀賓 : 임금의 사위)에게도 이 품계를 주었다. 처에게는 정부인(貞夫人)의 작호(爵號)가 주어졌다.
- **가수**(假守) : 임시 수령.
- **가장**(假將) : 싸움터에서 어느 장수의 자리가 비게 되었을 때, 그 보충으로 정식 임명이 있기까지 주장(主將)의 명령에 따라 임시로 그 직무를 맡아보던 장수.
- **감사**(監事) : 조선시대 시정(時政)의 기록을 담당한 춘추관(春秋館)에 두었던 정1품 관직. 태조(太祖) 때 정원이 1명이었다. 태종의 관제개편 이후 편찬된 경국대전에는 2명으로 증원하여 의정부의 좌의정·우의정이 겸임하도록 하였다. 그러나 이들이 실무를 담당한 것은 아니었다. 감춘추관사(監春秋館事)라고도 하며, 또한 감사 외에도 춘추관에는 영사(領事)·지사(知事)·동지사(同知事)·수찬관(修撰官)·편수관(編修官)·기주관(記注官)·기사관(記事官) 등의 관직을 두었는데, 모두 다른 관청의 관원이 겸임하였다.
- **감찰**(監察) : 조선시대 사헌부(司憲府)에 두었던 정6품 관직. 정원은 13명이다. 전중어사(殿中御史)라 하여, 1392년(태조 1)에 20명을 두었다가, 1401년(태종 1)에 25명으로 늘렸으나, 세조 이후에는 그 수를 줄여 문관 3인, 무관 5인, 음관(蔭官) 5인, 총 13명으로 하였다. 문관·무관·음관이 모두 조하(朝賀 : 조정에 나가 왕께 賀禮하는 일) 때나 동가(動駕 : 왕이 탄 수레가 대궐 밖으로 거동하는 일) 때에는 압반(押班)이 되고 제향(祭享 : 나라의 제사) 때에는 제감(祭監)이 되었으며, 시소(試所 : 과거를 치르는 곳)에서 문관(文官)은 대감(臺監)이 되었으나 무관·음관은 대감은 될 수 없었다. 모든 면을 감찰하여 기강을 세우고 풍속을 바로잡는 일을 맡아보았다.
- **검열**(檢閱) : 조선시대 예문관(藝文館)·춘추관(春秋館)에 소속된 정9품 관직. 1392년(태조 1) 건국 당시에는 예문춘추관의 직관(直館 : 정9품)으로 설치하였다가, 1401년(태종 1) 예문춘추관을 '예문관'과 '춘추관'으로 분리 개편할 때 검열

로 바꾸어 예문관에 정원 4명을 두었다. 승지와 더불어 왕의 측근에서 일하는 근시(近侍)로 지칭되며, 사실(史實)의 기록과 왕명의 대필 등을 맡았으므로 사신(史臣)이라고도 한다.

- **관찰사**(觀察使) : 조선시대 동반(東班 : 文官)의 종2품 외관직(外官職). 감사(監司) 또는 방백(方伯)이라고도 한다. 1413년(태종 13)부터 1894년(고종 31)까지 시행되었던 8도(道), 1895년(고종 32)의 23부(府), 그 다음 해인 1896년(건양 1)의 13도에 있어서의 각도 또는 부(府)의 장관(長官)이다. 정원은 1명으로, 병마절도사(兵馬節度使)·수군절도사(水軍節度使)의 무관직(武官職)을 거의 겸하고 있었다. 고려 말기에는 안렴사(按廉使)·관찰출척사(觀察黜陟使)라 하였고, 조선 초기에는 안렴사·관찰사·관찰출척사 등의 이름으로 자주 바뀌었으며 관찰사로 굳어진 것은 7대 세조(世祖) 때부터였다. 중요한 정사에 대해서는 중앙의 명령을 따라 시행하였지만, 자기 관하의 도에 대해서 민정(民政)·군정(軍政)·재정(財政)·형정(刑政) 등을 통할하고, 관하의 수령(守令)을 지휘 감독하였다. 경찰(警察)·사법(司法)·징세권(徵稅權)을 행사함으로써 지방행정상 절대적 권력을 가졌다. 관찰사의 관아를 관찰부(觀察府) 또는 감영(監營)이라고 하며, 관원으로는 도사(都事 : 종5품) 1명, 판관(判官 : 종5품) 1명, 중군(中軍 : 종2품) 등 중앙에서 임명한 보좌관이 있고, 일반 민정은 감영에 속한 이(吏)·호(戸)·예(禮)·병(兵)·형(刑)·공(工)의 육방(六房)에서 행하고, 이를 지방민에서 선출된 향리(鄕吏)로서 담당하게 하였다.

- **교수**(敎授) : 조선시대 종6품 관직. 한성의 사학(四學) 및 지방의 향교에 설정된 문관직이다. 한성의 사학에는 각기 2명의 교수를 두었으며, 이들은 성균관에 소속된 13명의 전적(典籍) 중에서 겸직하게 하였다. 한편, 지방 목(牧) 이상의 향교에는 문과출신 관원을 교수로 임명하고 도호부의 향교에는 생원·진사 중에서 각 1명씩 임명하였으며, 이들은 유학(幼學) 교육을 담당하였다. 경기도(京畿道)에 11명, 충청도(忠淸道) 4명, 경상도(慶尙道) 12명, 전라도(全羅道) 8명, 황해도(黃海道) 6명, 강원도(江原道) 7명, 함경도(咸鏡道) 13명, 평안도(平安道) 11명이 있었다.

■ **군량 독운어사**(軍糧督運御使) : 전쟁 물자 가운데 특히 군량을 수송하는 책임을 맡은 관리.

■ **군수**(郡守) : 조선시대 동반(東班 : 文官)의 종4품 외관직(外官職). 군(郡)의 행정을 맡아보았다. 군수는 일반 국민을 직접 다스리는 목민관(牧民官)으로서 광범위한 권한을 위임받고 있었으나, 그 주된 임무는 공물(貢物)·부역 등을 중앙에 조달하는 일이었다. 부윤(府尹 : 종2품)·대도호부사(大都護府使 : 정3품)·목사(牧使 : 정3품)·도호부사(都護府使 : 종3품)·군수(郡守 : 종4품)·현령(縣令 : 종5품)·현감(縣監 : 종6품) 등은 그 품계에 고하는 있었으나, 행정상으로는 상하의 차별 없이 모두 관찰사의 지휘감독을 직접 받았으며 이들을 통칭 수령(守令)이라고 하였다. 전국을 모두 82군(郡)으로 경기도에 7곳, 충청도에 12곳, 경상도에 14곳, 전라도에 12곳, 황해도에 7곳, 강원도에 7곳, 영안도(永安道 : 咸鏡道)에 5곳, 평안도에 18곳을 두었으며, 군내(郡內)에 불상사가 발생하면 현감(縣監)으로 강등시키는 일도 있었다.

■ **권관**(權管) : 조선시대 경상도·함경도·평안도의 변경 진보(鎭堡)에 두었던 종9품 무관직. 조선 전기에 큰 곳에는 만호(萬戶), 작은 곳에는 권관(權管)을 두었다. 변방에 품외관(品外官)으로 내금위(內禁衛) 등의 금군(禁軍)을 파견하였다가, 중종(中宗) 때에 종9품으로 정하여 속대전(續大典)에 올랐다. 진보는 진관(鎭管)의 최하 단위인 수비부대로, 그 수장(守將)인 권관의 정원은 경상도 5명[속대전에서는 2명만 두고 나머지는 감원], 함경도 16명, 평안도 14명이었다. 무술이 뛰어난 자를 골라 임명하였다. 임기는 2년으로 근무 성적이 중등인 자는 한 등을 내려 사용(司勇)을 제수하고 하등인 자는 경질하였다. 설치지역은 경상도의 삼천포, 율포(栗浦) 외에는 모두 두만강과 압록강 유역이다.

■ **급사중**(給事中) : 고려시대 중서문하성(中書門下省)의 종4품 관직. 문종(文宗) 때 처음으로 1명을 두어 조칙(詔勅)에 관한 심의를 맡아보게 하였다. 1275년(충렬왕 1) 중서문하성이 첨의부(僉議府)로 개편되면서 중사(中事)로 고치고, 1298년 급사중으로 고쳐 불렀다. 1308년에 폐지하였다가 1352년(공민왕 1) 다시 중사로 되었으나 곧 폐지되었다.

- **당상관**(堂上官) : 조선시대 관리 중에서 문신은 정3품 통정대부(通政大夫), 무신은 정3품 절충장군(折衝將軍) 이상의 품계를 가진 자를 말함. 넓게는 명선대부(明善大夫) 이상의 종친, 봉순대부(奉順大夫) 이상의 의빈(儀賓)을 포함한다. 조정에서 정사를 볼 때 대청[堂]에 올라가 의자에 앉을 수 있는 자격을 갖춘 자를 가리키는 데서 나온 용어로, 왕과 같은 자리에서 정치의 중대사를 논의하고 정치적 책임이 있는 관서의 장관을 맡을 자격을 지닌 품계에 오른 사람들을 가리킨다. 관직으로는 정1품[大臣]이 맡는 의정부의 삼정승, 종1품에서 정2품[正卿]이 맡는 육조의 판서와 의정부의 좌참찬·우참찬, 한성부 판윤, 팔도관찰사, 종2품에서 정3품[亞卿]이 맡는 사헌부 대사헌과 사간원 대사간 및 홍문관의 대제학과 부제학, 성균관 대사성, 각도의 관찰사와 병사·수사, 승정원의 승지 등을 포함하였다. 조선의 정치구조는 문신 중심이어서, 무반에는 절충장군보다 상위의 품계가 없었고 무신이 2품 이상으로 승진하려면 문반의 품계를 받아야 했다. 양반 관료를 천거하는 인사권, 소속 관원의 근무성적을 평가하는 포폄권(褒貶權)으로부터 군대의 지휘에 이르기까지 큰 권한을 지녔다.

- **대장**(大將) : 조선시대 호위청(扈衛廳), 포도청(捕盜廳), 훈련도감(訓鍊都監), 금위영(禁衛營), 어영청(御營廳)에 두었던 으뜸 벼슬로 서반(西班) 무관직. 호위대장(扈衛大將)은 정1품 관직으로 대신(大臣)이라 할지라도 훈척(勳戚)이 아니면 겸할 수 없었다. 포도대장(捕盜大將), 훈련대장(訓鍊大將), 금위대장(禁衛大將), 어영대장(御營大將)은 모두 종2품 관직이다.

- **대제학**(大提學) : 조선시대 홍문관(弘文館)과 예문관(藝文館)에 둔 정2품 관직. 정원은 각 1명이다. 문형(文衡)이라고도 한다. 1401년(태종 1)에 대학사(大學士)를 고친 이름이다. 조선 전기에는 예문관에만 대제학을 두었으나, 1420년(세종 2)에는 집현전(集賢殿)에 대제학을 두었고, 1456년(세조 2)에 집현전을 홍문관으로 고쳐 대제학을 두었다. 후기에는 홍문관대제학이 예문관대제학을 겸임하였고, 대제학은 모두 문관으로 임용하였다. 대제학은 대개 본인이 사퇴하지 않는 한 종신까지 재임하였다.

- **도순변사**(都巡邊使) : 조선시대에 군무(軍務)를 총괄하기 위하여 중앙에서 파견

한 국왕의 특사(特使). 임진왜란 때 신립(申砬)이 삼도 도순변사로 충주에서 왜
군을 막다가 전사하였으며, 그 밖에는 별다른 기록이 없어 구체적인 직무는 알
수 없다. 다만, 신립이 임진왜란 이전에 한성부판윤을 역임한 것으로 보아 정2
품관으로 임명한 것으로 추측된다.

▪ **도순찰사**(都巡察使) : 조선시대 지방에서 변란이 일어났을 때 파견하는 임시
군관직. 대개는 종2품 또는 정2품의 관찰사(觀察使)가 겸임하여 순찰사라 하나,
중앙에서 정2품의 재상이 임금의 특사로 나가게 되면 이렇게 불렀다.

▪ **도원수**(都元帥) : 고려시대와 조선시대 전시(戰時)에 군대를 통할한 임시 무관
직. 고려 이후 내외의 전쟁 때 대개 문신의 최고관을 도원수로 임명, 임시로 군
권(軍權)을 주어 군대를 통솔하게 하였다. 또 한 지방의 병권(兵權)을 맡은 장
수를 도원수라 하기도 하였다.

▪ **독포사**(督捕使) : 조선시대의 임시 군직(軍職). 1596년(선조 29) 이몽학(李夢鶴)
의 난 때, 그들을 토벌하기 위하여 정기룡(鄭起龍)에게 임시로 주었던 군직이
다. 이몽학은 종실(宗室)의 후예로서 서얼 출신이다. 그는 모속관(募粟官) 한현
(韓絢)의 부하로서 민심을 선동하여 난을 일으켰는데, 한때는 그 세력이 강하였
다. 조정에서는 뛰어난 무장(武將)인 정기룡에게 이를 독포대장이라는 임시 군
직을 주어 토벌하게 하였다.

▪ **둔전관**(屯田官) : 미간지를 개척하여 경작케 하고 여기에서 나오는 수확물을 지
방 관청의 경비 및 군량과 기타 국가 경비에 쓰도록 하였던 바, 이 둔전을 관리
했던 관원.

▪ **만호**(萬戶) : 조선시대 각 도(道)의 진(鎭)에 딸린 종4품 무관직(武官職). 원래
는 몽골(蒙古)의 병제(兵制)를 모방한 고려의 군직이었다. 본래 만호·천호(千
戶)·백호(百戶) 등은 그 관할하는 민호(民戶)의 수를 표시하는 말이었으나, 후
에는 그 민호의 수효와는 관계없이 진장(鎭將)의 품계를 나타내는 말로 변하였
다. 육군에서보다는 수군(水軍)에서 이 관직명이 오래 남아 있었다. 조선 전기
에는 만호·부만호(副萬戶)·천호·백호 등의 관직을 두었으나, 점차 정리되었
다. 대개 병마동첨절제사(兵馬同僉節制使)와 절제도위는 지방수령이 겸직했으

나, 만호만은 무장(武將)을 따로 파견하여 일선을 지키는 전담 무장이 되었다. 경국대전을 보면, 수군만호는 경기도 5명, 충청도 3명, 경상도 19명, 전라도 15명, 황해도 6명, 강원도 4명, 함경도 3명과 평안도에는 병마만호 4명을 두었다

▪ **목사**(牧使) : 조선시대 관찰사 밑에서 각 목(牧)을 다스리던 정3품 동반 외관직(外官職). 목은 큰 도(道)와 중요한 곳에 두었는데, 왕실과 관계가 있는 지방은 작더라도 목으로 승격시켰다. 경기도에 3명[여주(驪州)·파주(坡州)·양주(楊州)], 충청도에 4명[충주(忠州)·청주(淸州)·공주(公州)·홍주(洪州)], 경상도에 3명[상주(尙州)·진주(晉州)·성주(星州)], 전라도에 4명[나주(羅州)·광주(光州)·제주(濟州)·능주(綾州)], 강원도에 1명[원주(原州)], 황해도에 2명[황주(黃州)·해주(海州)], 함경도에 1명[길주(吉州)], 평안도에 2명[안주(安州)·정주(定州)] 등 모두 20명을 두었다.

▪ **박사**(博士) : 조선시대 교서관(校書館)·홍문관(弘文館)·성균관(成均館)·승문원(承文院)에 두었던 정7품 관직. 교서관박사는 정원 2명 중 1인은 규장각대교(奎章閣待敎 : 정9품~정7품)가 품계에 따라서 겸직하였고, 홍문관박사는 정원 1명, 성균관박사는 정원 3명으로 의정부사록(議政府司錄 : 정8품) 1인과 봉상시직장(奉常寺直長 : 종7품) 이하 2인이 겸임했으며, 이 가운데 1인은 양현고직장(養賢庫直長 : 종7품)을 겸했다.

▪ **방어사**(防禦使) : 조선시대 종2품 서반(西班) 외관직. 경기도·강원도·함경도·평안도의 요지를 방어하기 위하여 두었던 병마절도사(兵馬節度使 : 종2품)의 다음 직위이다. 목사(牧使)·부사(府使)·변장(邊將)이 겸임하였다. 인조(仁祖) 때 경기도 1명, 전라도 1명, 강원도 1명, 함경도 1명, 평안도 2명을 두었다. 정식 명칭은 수군방어사와 병마방어사였으나, 전원이 지방수령을 겸임했으므로 겸방어사(兼防禦使)라고도 했다. 방어사는 별도로 군비를 갖추고 파견한 것이 아니라 기존의 지방행정 체제에 무관을 보내 군사력을 강화시킨 것이었다.

▪ **별장**(別將) : 조선시대 지방 군영에 두었던 무관직. 개성부(開城府) 관리영(管理營)에 2명, 강원 감영(江原監營)에 2명, 충청 감영(忠淸監營)에 2명, 충청 병영(忠淸兵營)에 2명, 전라 감영(全羅監營)에 1명, 제주 방어영(濟州防禦營)에 1명,

경상 감영(慶尙監營)에 5명, 경상 좌병영(慶尙左兵營)에 2명, 경상 우병영(慶尙右兵營)에 1명, 평안 감영(平安監營)에 2명, 황해 감영(黃海監營)에 2명, 황해 병영(黃海兵營)에 1명, 함경 감영(咸鏡監營)에 6명, 남병영(南兵營)에 9명, 북병영(北兵營)에 6명, 종성(鍾城)의 행영 별장(行營別將) 5명 등이다.

■ **조선시대** 산성(山城)·도진(渡津)·포구(浦口)·보루(堡壘)·소도(小島) 등의 수비를 맡은 종9품 무관직을 일컫기도 한다.

■ **별제**(別提) : 조선시대 정6품·종6품 잡직(雜職) 무록관(無祿官). 하지만 360일을 근무하면 다른 관직으로 옮길 수 있었다. 무록관은 조선시대 녹봉을 지급받지 못하던 관리이다. 양반의 신분유지와 녹봉지급을 줄이기 위하여 나타난 제도이다.

■ **병사**(兵使) : 조선시대 각 도의 육군을 지휘하는 책임을 맡은 종2품 무관직. 병마절도사(兵馬節都使)라고도 한다. 병마절도사의 전신(前身)은 병마도절제사(兵馬都節制使)로서 고려 말 창왕(昌王) 때부터 파견되기 시작하여 1466년(세조 12) 병마절도사로 그 명칭이 바뀌었다. 고려 말 왜구의 침입을 막기 위해 지방의 군사조직을 도별로 체계화하고 군사력을 강화하는 과정에서 병마도절제사가 파견되기 시작하였고, 조선 건국 후 중앙정부의 지방 통치력이 강화되면서 그 기능도 확충 정비되었다. 병마절도사로 개칭된 다음 1472년(성종 3) 관찰사가 따로 이 병마절도사를 겸하면서 병마절도사 제도가 확립되게 되었다. ≪경국대전≫에 의하면 모두 15명으로 충청도·경상좌우도·전라도·평안도·영안남북도에 각각 1명씩 모두 7명의 전임관(專任官)이 임명되었는데, 그들을 단병사(單兵使)라 하였으며, 그 밖에 관찰사가 겸하는 겸병사(兼兵使)가 8도에 1명씩 있었다. 병마절도사는 병영을 설치하고 그 아래 병마우후(兵馬虞侯)와 군관들, 그리고 많은 아전·노비·공장(工匠)들을 거느리는 한편 유방군(留防軍)을 통솔하였는데, 이렇게 병마절도사의 병영이 설치된 곳을 진관(鎭關)체제에서 주진(主鎭)이라 하였다. 병마절도사는 평상시에는 지방군의 무예훈련과 습진(習陣), 무기의 제작과 정비, 군사들의 군장(軍裝) 점검, 성보(城堡)등 군사시설의 수축 등을 엄격히 살펴서 국방 태세에 소홀함이 없도록 하여야 했다. 그리고

외적의 침입이 있을 때에는 즉각적으로 대응하여 적절한 조치를 취하여야 하였고, 이에 따라 유사시에는 군사를 동원하여 조치를 취한 뒤 중앙에 보고할 권한이 부여되었다. 국방뿐만 아니라 도민에게 해를 끼치는 맹수를 잡거나, 도적을 체포하고 내란을 방지하며 진압하는 일도 병마절도사의 중요한 임무였다.

- **보인**(保人) : 조선시대 군사비 충당을 위하여 정군(正軍)에게 딸린 경제적 보조자. 1464년(세조 10) 보제(保制)를 시행함에 따라 정군으로 번상(番上 : 服務)한 집의 남은 가족을 재정적으로 도운 비번자(非番者)를 말하며, 대개 한 달에 포목 2필을 주었다. 성종(成宗) 때 반포된 경국대전에는, 보인 1명이 군사 활동 기간의 정군에게 1개월에 면포 2필을 넘지 못하게 하고, 정군이 직접 징수하도록 하였다. 임진왜란 후 모병제(募兵制)에 의해, 군인을 직접 국가에서 양성하는 훈련도감·총융청·수어청·어영청·금위영 등의 5군영 체제가 갖추어지면서, 조선 전기의 정군·보인의 구별이 사실상 없어졌다. 즉 국가에 일률적으로 2~3필 정도의 군포를 내는 보인의 입장이 되었다.

- **복수장**(復讐將) : 임진왜란 때 적에게 부모형제를 잃은 사람들로 조직된 군대의 장수.

- **봉사**(奉事) : 조선시대 동반(東班) 종8품 관직. 봉사를 두었던 관아와 정원은 다음과 같다. 돈령부(敦寧府) 1명, 봉상시(奉常寺) 1명, 사옹원(司饔院) 4명, 내의원(內醫院) 2명, 군기시(軍器寺) 1명, 군자감(軍資監) 1명, 관상감(觀象監) 2명, 전의감(典醫監) 1명, 사역원(司譯院) 1명, 훈련원(訓鍊院) 2명, 선공감(繕工監) 2명, 풍저창(豊儲倉) 1명, 광흥창(廣興倉) 1명, 사도시(司䆃寺) 1명, 사재감(司宰監) 1명, 전연사(典涓司) 1명, 종묘서(宗廟署) 1명, 경모궁(景慕宮) 1명, 제용감(濟用監) 1명, 평시서(平市署) 1명, 사온서(司醞署) 1명, 전생서(典牲署) 1명, 내자시(內資寺) 1명, 내섬시(內贍寺) 1명, 예빈시(禮賓寺) 1명, 의영고(義盈庫) 1명, 장흥고(長興庫) 1명, 장원서(掌苑署) 1명, 양현고(養賢庫) 1명, 혜민서(惠民署) 1명, 전옥서(典獄署) 1명, 숙릉(淑陵) 1명, 의릉(義陵) 1명, 순릉(純陵) 1명을 두었다.

- **부사**(府使) : 조선시대 지방 관직의 하나. 정원은 1명이다. 고려시대에 개성부

(開城府)와 지사부(知事府)의 수령을 부사라고 했으며, 조선시대에는 대도호부
사(大都護府使 : 정3품)와 도호부사(都護府使 : 종3품)를 일컫는 말이다. 경주
(慶州)와 같이 정2품 관직을 두던 부(府)의 수령은 부사(府使)라 하지 않고 부
윤(府尹)이라고 하였다.

- **부윤**(府尹) : 조선시대 동반(東班) 종2품 외관직(外官職). 지방관청인 부(府)의
  우두머리이다. 경기도 광주(廣州), 경상도 경주(慶州), 전라도 전주(全州), 함경
  도 함흥(咸興), 평안도 평양(平壤)·의주(義州)에 각 1명씩 있었으며, 그 도(道)
  관찰사의 지휘감독을 받았다. 다만 전주·함흥·평양 등 감영 소재지의 부윤(府
  尹)은 관찰사가 예겸(例兼)하였다. 이 밖에 한성부(漢城府)·수원부(水原府)·광
  주부(廣州府)·개성부(開城府)·강화부(江華府)의 장은 부윤이라 하지 않고 판
  윤(判尹)·유수(留守)라 하였으며, 외관직이 아닌 경관직(京官職)이었다.

- **부장**(部將) : 조선시대 오위(五衛)에서 각 부(部)를 통솔하던 종6품 서반 무관
  직. 정원은 25명이다. 오위는 의흥·용양·호분·충좌·충무위로 구성되어 있
  으며, 그 아래에 중·좌·우·전·후부 등 5부씩 두고, 각 위를 맡은 위장(衛
  將) 밑에 각 부를 맡은 부장이 5명씩 배치되어 있어 총 25부장으로 구성되어
  있었다. 위로 사과(司果 : 정6품)가 있고, 아래로 부사과(副司果 : 종6품), 사정
  (司正 : 정7품)이 있었다. 부장은 선전관(宣傳官)·진무(鎭撫)와 함께 서반청(西
  班廳) 요직으로 꼽혀, 이들에게는 그 아들에게 음서(蔭敍)의 혜택을 주기도 하
  였다.

- **부제학**(副提學) : 조선시대 홍문관(弘文館)에 두었던 정3품 당상관(堂上官). 정
  원은 1명이다. 제학(提學 : 종2품)의 아래, 직제학(直提學 : 정3품 堂下)의 위 벼
  슬이다. 궁중의 경서(經書) 및 사적(史籍)을 관리하며, 문서를 처리하고 왕의
  자문에 응하기도 하며 때로 경연관(經筵官 : 임금께 경서(經書) 등을 강론하는
  직)·지제교(知製敎 : 조서(詔書)·교서(敎書)를 지어 바치던 벼슬)를 겸임하였
  다. 부제학 이하 부수찬(副修撰 : 종6품)까지를 통칭하여 옥당(玉堂)이라고 하
  며, 모두 문관을 임용하였다.

- **비변사**(備邊司) : 조선시대 정1품 아문(衙門). 중앙과 지방의 군국기무(軍國機

務)를 총령(總領)하던 관청이다. 1510년(중종 5)에 처음으로 만들었으며, 처음에는 변방에 일이 일어날 때마다 임시로 설치하였다가, 1555년(명종 10)부터 상설 기관으로 창덕궁(昌德宮) 남쪽 돈화문(敦化門) 밖에 두었다. 임진왜란 때부터 정치의 중추기관으로 변모하여 의정부(議政府)를 대신하여 최고아문(最高衙門)이 되었다가, 정조(正祖) 때 일시 규장각(奎章閣)에게 그 기능을 빼앗기고 1864년(고종 1)에 의정부와 비변사의 사무 한계를 구분할 때 외교·국방·치안 관계만을 맡아보게 하였다. 비변사 관원으로 도제조(都提調 : 정1품)는 현직 및 전직의 의정(議政)이 예겸(例兼)하였으며, 제조(提調 : 종2품~종1품)는 일정한 정원은 없는데, 의정부의 좌찬성(左贊成)·우찬성(右贊成)·좌참찬(左參贊)·우참찬(右參贊), 이(吏)·호(戶)·예(禮)·병(兵)·형조(刑曹)의 판서(判書), 훈련대장(訓鍊大將)·금위대장(禁衞大將)·어영대장(御營大將)·수어사(守禦使)·총융사(摠戎使)·대제학(大提學)·개성유수(開城留守)·강화유수(江華留守)가 예겸하였으며, 제조 중 4명은 유사당상(有司堂上)이 되고, 부제조(副提調 : 정3품 堂上) 1명은 유사당상을 예겸하였으며, 제조 중 8명은 팔도 구관당상(句管堂上 : 팔도에서 올라오는 사항을 각각 처결하는 책임자)을 겸하였으며, 공시당상(貢市堂上) 2명은 공계(貢契)와 시전(市廛)에 관한 일을 맡아보았다. 비변사의 부설기관으로 비변사의 대신 및 당상관이 궐내에서 회의하던 곳을 빈청(賓廳)이라고 하였다. 빈청에는 빈청직(賓廳直) 2명이 있었다.

■ **사재감 정**(司宰監正) : 조선시대 사재감(司宰監)에 두었던 정3품 관직. 정원은 1명이다. 위로 제조(提調 : 정·종2품)가 있고, 아래로 부정(副正 : 종3품), 첨정(僉正 : 종4품), 주부(主簿 : 종6품), 직장(直長 : 종7품), 봉사(奉事 : 종8품), 참봉(參奉 : 종9품) 등이 있다. 궁중에서 쓰는 어물·육류·소금·땔나무·숯·횃불 등에 관한 사무를 맡아보았다.

■ **상사**(上使) : 조선시대 외국으로 파견하는 사신(使臣) 가운데 우두머리. 정사(正使)라고도 한다. 외국으로 파견하는 사신에는 정사·부사(副使)·서장관(書狀官)이 있어, 이를 삼사(三使)라 하고 그 임무를 분담시켰다. 조선은 기본적으로 명(明)·청(淸)나라 등 중국에 대해서는 사대(事大)정책을 취하였고, 일본·여

진(女眞)・유구(琉球) 등에 대해서는 교린(交隣)정책을 취하였는데, 이에 따라 파견되는 사신의 지위도 달랐다. 명・청에 보내는 조천사(朝天使)・연행사(燕行使)의 정사는 정2품 관직자를 임명하였는데 임시로 종1품으로 칭하였고, 일본에 파견하는 통신사(通信使)의 정사는 정3품에서 정5품 사이의 관직자를 임명하였다. 이들은 대부분 전직자(前職者)로서 경험이 많은 자를 선발하였으며, 인물 풍채가 중요한 기준의 하나였다.

- **서장관**(書狀官) : 조선시대 외국에 보내던 사행(使行) 중 정관(正官)의 하나. 임시 관직으로 위로 정사(正使), 부사(副使)와 함께 3사(三使)의 하나이고, 기록관이라고도 하여 행대어사(行臺御使)를 겸하였다. 일본에 보내던 통신사(通信使)에도 서장관이 따라갔다. 외교 실무에 큰 역할을 하였다.

- **선전관**(宣傳官) : 조선시대 선전관청(宣傳官廳)에 둔 서반 무관직. 정3품 당상관(堂上官)부터 종9품까지 있었다. 왕의 시위(侍衛)・전령(傳令)・부신(符信)의 출납과 사졸(士卒)의 진퇴를 호령하는 형명 등을 맡아본 일종의 무직승지(武職承旨)의 구실을 하였다. 1457년(세조 3) 어가(御駕) 앞에서 훈도(訓導)하는 임무를 맡던 무관을 선전관이라고 하면서 처음으로 생겼다.

- **소모관**(召募官) : 조선시대 지방에 병란이 터졌을 때 그 지방의 향병(鄕兵)을 모집하기 위해 임금이 임시로 임명한 관직. 중앙에서 직접 보내기도 하나, 대개는 그 지방의 지방관리 및 유력한 인물을 뽑아 썼으며, 이들은 향병을 모으는 일 외에도 적의 정세를 탐지하거나 적의 귀순을 권유하는 일을 하고, 또 직접 전투에 참가하기도 하였다.

- **수문장**(守門將) : 조선시대 도성 및 궁문을 지키던 무관직(武官職). 수문장청(守門將廳)에 속하였다. 처음에는 오위의 호군(護軍 : 정4품)이 순번에 따라 지키다가 1469년(예종 1)에 처음으로 별도로 서반 4품 이상의 수문장을 두었다. 처음에는 20명에 불과하였으나 임진왜란에는 430명에 이른 적도 있었다. 그러다가 영조(英祖) 때에 와서 별도의 정직으로 하고 이를 관리할 수문장청을 설치하였다.

- **수사**(水使) : 조선시대의 무관직. 수군(水軍)을 통제하기 위하여 둔 정3품 당상

관(堂上官)이다. 수군절도사(水軍節度使)라고도 한다. 경상・전라도에 각 2명, 경기・충청도에 각 1명, 도합 6명이 전문직으로서의 수군절도사였으며, 나머지는 관찰사나 병마절도사가 이를 겸임하였다.

- **수성장**(守城將) : 조선 시대 수성군(守城軍)을 통솔하여 산성(山城)을 지키던 무관 벼슬.

- **수찬**(修撰) : 조선시대 홍문관(弘文館)에 두었던 정6품 관직. 정원은 2명이다. 문한편수(文翰編修)의 일을 맡았고, 부수찬(副修撰 : 종6품)과 함께 지제교(知製敎 : 왕이 내리는 敎書의 글을 짓는 사람)를 겸임하였다. 교리(校理 : 정5품), 부교리(副校理 : 종5품) 및 부수찬과 함께 서벽(西壁)이라고 칭하였다.

- **순변사**(巡邊使) : 조선시대 변방의 군사와 정무를 돌아보고 조사하기 위해 임금의 명을 받아 파견된 특사. 주로 공문 등을 전달하는 우역(郵驛)이나 지방민들의 생활상, 그리고 농사의 잘되고 못된 형편을 살피는 농형(農形)과 변방의 군정실태 등 변방의 전체적인 상황을 살피는 일을 맡아보았다. 조정의 중의(衆議)를 거쳐 중신을 보냈는데, 이때 무관복의 하나인 남필단(藍匹段)의 철릭과 백면주(白綿紬)의 내의인 과두, 그리고 협금백록비[挾金白鹿皮]의 장화인 화자(靴子) 등을 상의원(尙衣院)에서 내려주었다.

- **순찰사**(巡察使) : 조선시대의 무관직. 전시에 두었던 권설직(權設職 : 임시직)으로 대개 지방의 병권(兵權)을 가졌던 행정관이 이를 겸직하였다. 그 예로 임진왜란 때 정3품의 문관으로 광주목사(光川牧使)였던 권율(權慄)이 전라도순찰사를 겸직하여 왜군과 싸운 일을 들 수 있다. 이들 순찰사를 지휘하는 벼슬은 도순찰사(都巡察使)라 해서 중앙에서 임명하여 파견하였다. 한편, 각 도(道)의 군비 태세를 살피던 직책을 순찰사라고도 하였다. 이때에는 지방의 병권을 장악하였던 종2품의 관찰사(觀察使)가 이를 겸직하였다.

- **승지**(承旨) : 조선시대 승정원(承政院)의 정3품 당상관(堂上官). 정원은 6명이다. 1433년(세종 15) 승정원에 도승지, 좌・우승지, 좌・우부승지, 동부승지(同副承旨)의 6승지를 두어 왕명의 출납을 맡아보게 하였다. 6승지는 6방(六房)으로 나누어 육조(六曹)의 업무를 분담하였다. 도승지는 이방(吏房), 좌승지는 호

방, 우승지는 예방, 좌부승지는 병방, 우부승지는 형방, 동부승지는 공방을 맡았다. 6승지는 육조뿐만 아니라 의정부·사헌부·사간원·홍문관 기타 각 기관의 왕명 출납도 분담하여 모든 왕명은 6승지에 의해 해당 관서에 전달되었으며, 공문이나 건의사항 또한 국왕에게 직접 제출하지 않고 이들을 거쳐 왕에게 전달되었다. 또한 6승지는 경연참찬관(經筵參贊官)과 춘추관(春秋館)의 수찬관(修撰官)을 겸하였고, 도승지는 홍문관·예문관의 직제학(直提學)과 상서원(尙瑞院)의 정(正)까지 겸직하였다. 정승·판서 등 중신이 임금을 면담할 때도 이들을 배석시켰으며, 국가 중요회의에도 참석하여 회의 내용을 기록하는 등 국왕의 비서로서 모든 국정에 참여하였다.

- **시랑**(侍郎) : 중국의 관명(官名). 육부(六部)의 차관(次官)이다. 진(秦)·한(漢) 때에는 낭중령(郎中令)에 속한 관원이었다.

- **안집사**(安集使) : 고려 시대 지금의 함경도 지방의 행정을 관할하며 그 밑의 수령의 치적을 감독하던 벼슬아치. 안찰사가 겸하였다.

- **안찰사**(按察使) : 고려시대 각 도(道)에 파견된 지방관. 안찰사가 처음 기록에 나타난 것은 1037년(정종(靖宗) 3)이었다. 이후 1276년(충렬왕 2)에 안렴사(按廉使)로 개칭되고, 충선왕 즉위 후 제찰사(提察使)로 바뀌었다가 다시 충숙왕 후년에 안렴사로 환원되는 과정을 밟았지만 제도로서는 고려 말까지 계속되었다. 고려 전기에는 주·현의 수령이 중앙정부와 직속관계에 있었기 때문에 안찰사는 단순한 감찰기능만을 담당했다. 그러나 고려 중기로 내려오면서 군·현의 수령을 관장하는 행정기능이 강화되어 외직(外職)으로 되었다. 따라서 임무가 강화되어 수령을 규찰할 뿐 아니라 백성들의 어려움을 살피며 권농사(勸農使)의 역할도 했다. 또한 형옥쟁송(刑獄爭訟)을 관장하는 사법권, 조세수납권, 군사지휘권을 갖게 되었다. 그러나 이들은 상급 행정관이면서도 그 관품이 보통 5품 내지 6품으로 낮았고, 전임관이 아니라 행정기구를 갖추지 못했으며, 또한 6개월 만에 교대하므로 임기가 짧았었다.

- **어사**(御史) : 왕의 명령으로 특별한 임무를 띠고 지방에 파견된 임시관직. 당초 고려시대에는 내외 관리의 비위를 규탄하는 소임을 맡은 어사대(御史臺) 등의

관원에 어사대부(御史大夫)·어사중승(御史中丞)·시어사(侍御史) 등이 있었다. 조선시대에 세조(世祖)가 즉위하면서 교서에 어사를 8도에 파견하여 순행규리(巡行糾理)하게 하라고 명한 것에 연유하여 이를 분순어사(分巡御史)라 칭하게 되었다. 그 뒤 암행어사를 빈번히 파견하게 되어 본래 대관(臺官)이 맡은 지방검찰은 왕의 특사인 암행어사에게 넘겨졌다. 이와 함께 어사라는 명칭은 특별한 임무에 따라 문민질고어사(問民疾苦御史)·호패어사(戶牌御史)·한정수괄어사(閑丁搜括御史)·균전어사(均田御史)·순찰어사(巡察御史)·안핵어사(按覈御史)·시재어사(試才御史)·독운어사(督運御史)·감진어사(監賑御史) 등으로 불렸다.

- **영의정**(領議政) : 조선시대 의정부(議政府)의 최고 중앙 관직. 정1품이며, 정원은 1명이다. 좌의정(左議政 : 정1품)·우의정(右議政 : 정1품)의 위로, 백관(百官)을 통솔하고 서정(庶政)을 총리한 최고행정기관인 의정부를 이끈 삼의정(三議政)의 하나이다.

- **우후**(虞候) : 조선시대 서반 무관 외관직. 각 도에 두었던 병마절도사(兵馬節度使 : 兵使)와 수군절도사(水軍節度使 : 水使) 밑에 두었던 부직(副職)으로, 병마우후(兵馬虞候)는 종3품으로 병우후(兵虞候)·아장(亞將)이라고 하였고, 수군우후(水軍虞候)는 정4품이었다. 우후는 관찰사가 겸임하는 병사(兵使)나 수사(水使) 밑에는 두지 않고 전임(專任)의 병사와 수사 밑에만 1명씩 배치하였는데, 후기에 이르러 부장(副將)인 중군(中軍)을 두면서 관찰사가 겸하는 병사·수사 밑에는 중군을 두고, 전임의 병사·수사의 중군은 우후가 겸임하였다. 병사나 수사가 없을 때 도내의 군사에 관한 모든 일을 다루는 것 이외에도 수시로 도내를 순행하면서 군사배치, 지방군 훈련, 군기의 정비 등을 살피고, 명령 전달과 군량·군자의 관리를 담당하는 등의 막중한 임무를 맡고 있었다.

- **인의**(引儀) : 조선시대 통례원(通禮院)에 딸린 종6품 문관(文官). 정원은 6명이다. 겸인의(兼引儀)를 서벽(西壁)이라 하고, 인의(引儀)를 동벽(東壁)이라 하였다. 의식에서 식순에 따라 구령을 외치는 일을 맡아보던 벼슬이라 하여 여창이라 하기도 한다.

▪ **장령**(掌令) : 조선시대 사헌부(司憲府)의 정4품 관직. 정원은 2명이다. 감찰(監察) 업무를 담당했다. 1401년(태종 1)에 시사(侍史)를 고친 이름으로 장헌시사(掌憲侍史)라 하고, 대사헌(大司憲 : 종2품) 이하 집의(執義 : 종3품)·장령·지평(持平 : 정5품)까지의 사헌부 소속의 관원을 통칭 대관(臺官)이라고 하였으며, 또 장령과 지평을 별칭 대장(臺長)이라고 하였으며, 학문과 덕행이 뛰어나 이조(吏曹)에서 대관으로 추천된 사람을 남대(南臺)라고 하였다. 모든 대관은 사헌부의 청환직(淸宦職)으로, 문과 급제자 중 청렴 강직하여 시류에 영합하지 않고, 옳다고 믿는 바를 굽히지 않고 직언할 수 있는 인물이어야 하므로, 승문원(承文院), 성균관(成均館), 홍문관(弘文館) 등을 거친 젊고 기개가 있는 인재들이 임명되었는데, 그만큼 직무가 막중하기 때문이었다. 이조(吏曹)의 전랑(銓郎)과 함께 조선시대의 사족사회(士族社會)의 틀을 지탱하는 역할을 하였다.

▪ **전적**(典籍) : 조선시대 성균관(成均館)에 둔 정6품 관직. 정원은 13명이다. 위로 지사(知事 : 정2품)가 1명으로 대제학(大提學)이 정례대로 겸직하며, 동지사(同知事 : 종2품) 2명, 대사성(大司成 : 정3품), 좨주(祭酒 : 정3품), 사성(司成 : 종3품) 각 1명, 사예(司藝 : 정4품) 2명, 사업(司業 : 정4품) 1명, 직강(直講 : 정5품) 4명이 있고, 아래로 박사(博士 : 정7품), 학정(學正 : 정8품), 학록(學錄 : 정9품), 학유(學諭 : 종9품) 각 3명씩 있다. 대사성 이하 성균관에 소속된 관원을 총칭하여 관직(館職)이라고 하였다. 전적은 도적(圖籍)의 수장(收藏)과 출납·관리의 일을 맡았다. 전적의 관장 하에 성균관의 분장(分掌)인 추쇄색(推刷色)과 공방(工房)이 있었다.

▪ **절도사**(節度使) : 조선시대 서반 무관 외관직(外官職). 병마절도사(兵馬節度使)는 종2품, 수군절도사(水軍節度使)는 정3품이었다. 각 도의 군권(軍權)을 장악하였으며 대개는 관찰사(觀察使 : 종2품)가 겸임하였다. 병마절도사의 정원은 경기도 1명(관찰사가 겸직), 충청도 2명(관찰사, 충청병사), 경상도 3명(관찰사, 경상좌병사, 경상우병사), 전라도 2명(관찰사, 전라병사), 황해도 1명(관찰사가 겸직), 강원도 1명(관찰사가 겸직), 함경도 3명(관찰사, 함경남병사, 함경북병사), 평안도 2명(관찰사, 평안병사)이었다. 수군절도사의 정원은 경기도 2명(관

찰사, 경기수사), 충청도 2명(관찰사, 충청수사), 경상도 3명(관찰사, 경상좌수
사, 경상우수사), 전라도 3명(관찰사, 전라좌수사, 전라우수사), 황해도 1명(관찰
사가 겸직), 강원도 1명(관찰사가 겸직), 함경도 3명(관찰사, 함경남수사, 함경북
수사), 평안도 2명(관찰사, 평안수사)이었다.

- **접반사**(接伴使) : 외국 사신을 접대하던 임시직 벼슬아치. 정3품 이상에서 임명
하였다.
- **정랑**(正郎) : 조선시대 육조의 정5품 관직. 이조(吏曹)에 2명, 호조(戶曹)에 3명,
예조(禮曹)에 3명, 병조(兵曹)에 4명, 형조(刑曹)에 3명, 공조(工曹)에 3명이 있
었다. 정랑은 육조(六曹)의 실무를 관장하여 청요직(淸要職)으로 간주되었으며,
특히 이조·병조의 정랑은 좌랑(佐郎 : 정6품)과 함께 인사행정을 담당하여 전
랑(銓郎)이라고 하였다. 또한 이들은 삼사(三司) 관직의 임명동의권인 통청권
(通淸權)과 자신의 후임자를 추천할 수 있는 재량권이 있어 권한이 막강했으며,
이로 인해 붕당의 폐단을 낳기도 하였다.
- **제독**(提督) : 무직(武職) 최고의 벼슬.
- **조도사**(調度使) : 국가의 부족한 재원(財源)을 모으기 위해 지방에 파견한 관리.
- **조방장**(助防將) : 방호소의 책임자. 조선전기 방호소의 책임자는 여수(旅帥)였
으며, 변란이 생길 경우 영군관이 파견되어 방어에 임하였다. 그러나 17세기 후
반에는 각 방호소에 성을 쌓았으며, 조방장을 파견하여 방어에 대비하였다.
- **종사관**(從事官) : 조선시대 각 군영(軍營)과 포도청(捕盜廳)에 속했던 종6품 서
반 무관직. 정원은 용호영(龍虎營)에 1명, 훈련도감(訓鍊都監)에 문관(文官) 1명·
음관(蔭官) 5명, 양향청(糧餉廳)에 1명, 금위영(禁衛營)에 문관 1명·무관(武官)
1명, 어영청(御營廳)에 문관 1명·무관 1명, 포도청에 4명, 진무영(鎭撫營)에 1
명, 관리영(管理營)에 1명, 총리영(摠理營)에는 1명이 있었다. 종사관은 각 기구
에서 일어난 일을 기록 전달하였다. 포도청 종사관의 경우 죄인이 진술한 내용
의 진실여부를 확인하기 위해 직접 현장에 내려갔다. 이들에게는 업무에 필요
한 말이 지급되었다. 종사관(從仕官)으로 쓰기도 하며 주장(主將)을 보좌하는
역할을 했다.

- **좌랑**(佐郎) : 조선시대 육조(六曹)의 정6품 관직. 정랑(正郎 : 정5품)의 다음이다. 이조(吏曹)에 2명, 호조(戶曹)에 3명, 예조(禮曹)에 3명, 병조(兵曹)에 4명, 형조(刑曹)에 3명, 공조(工曹)에 3명이 있었다.
- **좌위**(左衞) : 조선시대 때 용양위(龍驤衞)의 딴 이름.
- **주부**(主簿) : 조선시대 관서의 문서와 부적(符籍)을 주관하던 종6품 관직.
- **진무**(鎭撫) : 조선시대 초기의 무관직. 의흥 친군위(義興親軍衞)·삼군 진무소(三軍鎭撫所)·오위 진무소(五衞鎭撫所)·의금부(義禁府) 등에 딸려 있었다.
- **찰방**(察訪) : 조선시대 각 도(道)의 역참(驛站)을 관장하던 문관 종6품 외관직(外官職). 서울을 중심으로 각 지방에 이르는 중요한 도로에 마필(馬匹)과 관원(官員)을 두어, 공문서(公文書)를 전달하고 공용여행자(公用旅行者)에게 숙소 제공·마필 공급 등 편리를 도모하는 기관을 역참이라 하였다. 약간의 역참을 1구(區)로 하여 이를 역도(驛道)라 칭하고, 그 구간의 마정(馬政)을 맡아보는 관직을 마관(馬官)이라 하여, 교통로를 이용하여 정보수집도 하였는데, 고려 후기부터 역승(驛丞)이라고 하다가 1535년(중종 30)부터 찰방(察訪)이라고 개칭하였다.
- **참군**(參軍) : 조선시대 한성부(漢城府)·훈련원(訓鍊院)에 두었던 정7품 관직. 한성부에는 초기부터 개성부(開城府)의 예에 따라 정7품 관직으로 참군 2명을 두었는데, 1469년(예종 1) 직제를 개편하면서 1명을 더 두어 경국대전에는 모두 3명이 되었다. 1인은 통례원 인의(引儀 : 종6품)가 겸임했다. 훈련원에는 2명을 두었는데, 참군 이하는 군기시 직장(軍器寺直長 : 종7품) 이하 4명으로서 겸임하게 하여 점차 전직시켰다.
- **창의사**(倡義使) : 나라에 큰 난리가 일어났을 때에 의병을 일으킨 사람에게 주던 임시 벼슬.
- **첨사**(僉使) : 조선시대 각 진영(鎭營)에 속하였던 무관직. 절도사(節度使) 아랫니며, 병영의 병마첨절제사(兵馬僉節制使)와 수영(水營)의 수군첨절제사(水軍僉節制使)로 나뉜다. 전자는 1409년(태종 9)에 설치되었고 후자는 1466년(세조 12)에 도만호(都萬戶)를 개칭한 것으로, 모두 종3품을 원칙으로 하나 경상도 다

대포(多大浦)와 평안도 만포진(滿浦鎭)에는 정3품 당상관(堂上官)으로 임명되었다. 또 목(牧)·부(府)의 소재지에는 수령이 겸임하였으나, 주요 해안지방과 평안도·함경도의 독진(獨鎭)·진관(鎭管)은 첨절제사가 관할하였으며 이 경우에 한해 약칭 '첨사'라 하였다.

■ **첨정**(僉正) : 조선시대 정3품 당하아문(堂下衙門) 가운데 시(寺)·원(院)·감(監) 등의 관아에 속한 종4품 관직. 돈령부(敦寧府), 봉상시(奉常寺), 종부시(宗簿寺), 사옹원(司饔院), 내의원(內醫院), 상의원(尙衣院), 사복시(司僕寺), 군기시(軍器寺), 사섬시(司贍寺), 군자감(軍資監), 장악원(掌樂院), 관상감(觀象監), 전의감(典醫監), 사역원(司譯院), 선공감(繕工監), 사도시(司導寺), 사재감(司宰監), 제용감(濟用監), 내자시(內資寺), 내섬시(內贍寺), 예빈시(禮賓寺), 훈련원(訓鍊院), 별군직청(別軍職廳) 등에 두었다.

■ **체찰사**(體察使) : 고려 말, 조선시대의 전시 총사령관. 외적이 침입하거나 내란이 일어난 비상시에 설정하는 임시 직책이다. 고려 말에는 2품관 이상인 자가 원수(元帥) 겸 도체찰사에 임명되고, 체찰사에는 3품관이 임명되었다. 조선 초에는 정1품이면 도체찰사(都體察使), 종1품~정2품 정도면 체찰사에 임명되었다. 1510년(중종 5) 비변사(備邊司)가 설치된 후로는 군령(軍令) 체계의 총지휘를 도체찰사가 맡았는데, 1592년(선조 25) 임진왜란 때는 4명의 도체찰사를 임명하기도 하였으며, 후에 남·북 도체찰사로 이원화시켰다.

■ **초유사**(招諭使) : 난리가 일어났을 때, 백성을 타일러 경계하는 일을 맡아 하던 임시 벼슬.

■ **충의위**(忠義衛) : 조선시대 중앙군인 오위(五衛)의 충좌위(忠佐衛)에, 충찬위(忠贊衛)·파적위(破敵衛)와 더불어 속해 있던 군대. 1418년(세종 즉위) 개국(開國)·정사(定社)·좌명(佐命)의 3공신의 자손들을 위한, 특수층을 위한 일종으로 우대기관으로 설치되었다. 이 부대에 속한 군병은 공신의 자손이나 그 첩의 중승자(重承者)로 편성하였다.

■ **태수**(太守) : 한 군(郡)의 행정장관. 군수(郡守)라고도 한다.

■ **토포사**(討捕使) : 조선시대 각 진영(鎭營)의 도둑을 잡는 일을 맡은 벼슬. 선조

(宣祖) 때에 베풀어 각 읍의 수령(守令)이 겸하다가 현종(顯宗) 때부터 진영장 (鎭影將)이 겸직하였다.

- **통사**(通使) : 사신(使臣)이 명(明)나라에 들어갈 때마다 따라가서 통역하는 일을 맡아 하던 통역관(通譯官).

- **통사**(通詞) : 조선시대에 통역을 맡았던 관원. 사역원(司譯院)에 소속되어 의주 (義州)·동래(東萊) 등지에서 통역에 종사하던 이속(吏屬)이다. 통사에는 상통 사(上通詞)·차상통사·소통사 등이 있었다. 이들의 주요 임무는 외국사행을 따라가 통역에 종사하며, 국용(國用)에 소요되는 서적·약재 등을 부역하기도 했다.

- **통사**(通事) : 역과(譯科)에 합격하여 정식 관원이 된 통역관. 한학(漢學)·몽학 (蒙學)·왜학(倭學)·여진학(女眞學)·청학(淸學) 등의 통사가 있었다.

- **통정대부**(通政大夫) : 조선시대 정3품 동반(東班) 문관(文官)에게 주던 품계(品 階). 정3품의 상계(上階)로서 통훈대부(通訓大夫)보다 상위 자리로 당상관(堂上 官)의 말미이다. 종친부(宗親府)·돈령부(敦寧府)의 도정(都正), 의빈부(儀賓 府)의 부위(副尉)·첨위(僉尉), 종친부·상서원(尙瑞院)의 정(正), 비변사(備邊 司)·교서관(校書館)·승문원(承文院)·사옹원(司饔院)·내의원(內醫院)·상 의원(尙衣院)·전옥서(典獄署)의 부제조(副提調), 육조(六曹)의 참의(參議), 병 조(兵曹)의 참지(參知), 규장각(奎章閣)의 직제학(直提學), 승정원(承政院)의 도 승지(都承旨)·좌승지(左承旨)·우승지(右承旨)·좌부승지(左副承旨)·우부승 지(右副承旨)·동부승지(同副承旨), 장예원(掌隸院)의 판결사(判決事), 사간원 (司諫院)의 대사간(大司諫), 경연청(經筵廳)의 참찬관(參贊官), 홍문관(弘文館) 의 부제학(副提學), 세자시강원(世子侍講院)의 찬선(贊善), 세손강서원(世孫講 書院)의 좌유선(左諭善)·우유선(右諭善), 성균관(成均館)의 대사성(大司成), 춘추관(春秋館)의 수찬관(修撰官), 등이 있었다. 처(妻)에게는 숙부인(淑夫人) 의 작호(爵號)가 주어졌다.

- **통제사**(統制使) : 조선시대 임진왜란 중에 설치된 종2품 서반 외관직. 정원은 1 명이다. 수군(水軍)의 총지휘관(總指揮官)으로 임진왜란 때 전라좌수사 이순신

(李舜臣)으로 하여금 경상·전라·충청 삼도의 수군을 총지휘하게 하기 위하여 특별히 설치한 군직(軍職)이다. 1593년(선조 26)에 처음으로 두었다. 통제사는 수군절도사(水軍節度使 : 정3품)보다 상위 직으로, 각 도의 지방행정의 최고 직인 관찰사와는 같은 품계였으나, 그보다 상위 품계에서 기용되는 경우가 많았다. 2대 수군통제사는 원균(元均)이었고, 4대 통제사 이시언(李時言)부터는 거의 경상우수사가 겸직하였다. 법제적으로는 임기 2년이었고, 그 아래 수사나 수령과는 엄격한 상피제(相避制)가 적용되었다. 수군통제사의 관부(官府)를 통제영(統制營) 또는 통영(統營)이라 하고, 처음에는 한산도에 두었다가 왜란이 끝난 후 경상우도 고성현(固城縣) 두룡포(豆龍浦 : 忠武市)로 옮겨 1895년(고종 32)에 폐지 될 때까지 300년간 존치되었다.

- **판관**(判官) : 종5품 지방관직. 국초에 각 도와 대도호부에 두었다가 후에 폐지하였다. 경기도에 두었던 수운판관(水運判官), 충청·전라도의 도사(都事)가 겸직하던 해운판관(海運判官), 후기에는 경기·평안도를 제외한 각 도와 수원(水原)·경성(鏡城)·청주(淸州) 등 특수지역에 판관을 두었다. 조운과 관련하여 전함사 내에 설치한 수운판관(水運判官)과 해운판관(海運判官)이 있었다. 수운판관은 경기에 좌·우도 1명씩 두었다. 좌도판관은 한강 중상류의 수참(水站)을, 우도판관은 벽란도승(碧瀾渡丞)을 겸하여 황해도 세곡수송을 담당했다. 해운판관은 해상의 세곡수송을 담당한 관리로, 충청도·전라도에 두었다. 후기에는 전라·충청 도사(都事)가 겸임했다. 이들은 모두 무록관(無祿官)이었으며, 해운판관은 조운선을 제때 출발시키지 못하거나 정비 상태가 불량하면 사직해야 했다.

- **판서**(判書) : 조선시대 육조(六曹)의 으뜸 벼슬. 정2품이고, 정원은 각 1명이다. 1405년(태종 5)에 설치하여 1894년(고종 31)에 폐지되었다. 조선시대 육조의 장관을 판서라 하였다. 개국 초에는 전서(典書 : 정3품)로서 지위가 낮아 정치에 깊이 참여하지 못하였기 때문에 1405년(태종 5)에 판서로 고치고 품계도 정이품으로 올려 의정부에서 관장하고 있던 실권도 물려받았다.

- **학유**(學諭) : 조선시대 성균관(成均館)의 종9품 관직. 정원은 3명이다. 위로 지

사(知事 : 정2품)가 1명으로 대제학(大提學)이 정례대로 겸직하며, 동지사(同知事 : 종2품) 2명, 대사성(大司成 : 정3품), 좨주(祭酒 : 정3품), 사성(司成 : 종3품) 각 1명, 사예(司藝 : 정4품) 2명, 사업(司業 : 정4품) 1명, 직강(直講 : 정5품) 4명, 전적(典籍 : 정6품) 13명, 박사(博士 : 정7품), 학정(學正 : 정8품), 학록(學錄 : 정9품) 각 3명이 있다. 본관(本館)에서 천거(薦擧)하는 벼슬로, 재직 기간 60일이 지나면 학록으로 승진하였다.

- **현감**(縣監) : 조선시대 동반(東班) 종6품 외관직. 정원은 138명이었다가 후기에는 122명으로 줄었다. 부윤(府尹 : 종2품)·대도호부사(大都護府使 : 정3품)·목사(牧使 : 정3품)·도호부사(都護府使 : 종3품)·군수(郡守 : 종4품)·현령(縣令 : 종5품)과 같이 각도 관찰사(觀察使 : 종2품)의 관할 하에 있었다. 1413년(태종 13) 지방제도 개혁 때 감무(監務)를 현감(縣監 : 종6품)으로 개칭했다. 이로써 현의 수령으로 현령과 현감을 두게 되었다.

- **현령**(縣令) : 조선시대 동반(東班) 종5품 외관직. 정원은 26명이다. 현의 수직(首職)으로 관찰사(觀察使)의 지휘감독을 받았으며, 관내(管內)를 다스렸다. 조선시대에도 고려의 제도를 따라 대현(大縣)에는 현령, 소현(小縣)에는 처음에 감무(監務)를 두었다가 후에 현감(縣監 : 종6품)을 두었다. 1431년(세종 13)에 외관의 품계를 재정리할 때 현령을 종오품으로 하고 감무의 후진인 현감을 종6품으로 상향조정되었으며, 이는 대한제국까지 지속되었다.

- **훈도**(訓導) : 조선시대 동반 종9품 외관직. 지방 향교에서 교육을 맡아 보았다. 훈도는 경기도에 26명, 충청도에 50명, 경상도에 55명, 전라도에 49명, 강원도에 19명, 황해도에 18명, 영안도(永安道 : 咸鏡道)에 9명, 평안도에 31명을 두었다. 지방의 훈도는 수령처럼 근무일수 900일이 되면 전임되었다. 훈도 가운데 뛰어난 사람은 서울의 경우 한성부에서, 지방의 경우 관찰사가 계문하여 상을 주기도 했다. 그러나 점차 훈도들이 교습활동에 태만하자, 1485년(성종 16)에는 감사와 수령들로 하여금 훈도들을 감독하라는 명이 내려졌다.

[부록 3]

亂蹟彙撰 影印

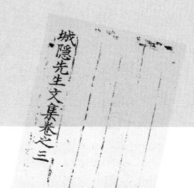

여기서부터는 影印本을 인쇄한 부분으로 맨 뒷 페이지부터 보십시오.

城隱先生文集卷之三

將韓命年為尾擊計水陸合勢李雲龍得賊載
船驟馬獻于　天朝徐給事陳御史諸將巡視
島山釜山諸賊窟諸處賊窟城寨壯固有非人
力可為其中竹島為上釜山次之西山又次之
島山為下以此觀之行長莘蓋難當賊也陳御
史到島山乃曰天難破云而遂上京　天兵因
留道内久之稍稍撤還京城

廠也上亦陳羹 皇朝羹文在下十一月十八

日島山賊撤還右道及順天賊亦相繼撤還平

壞之後雖無大捷驅馳逐竟使東土恢拓

廟社再安皆 天兵力也 皇帝賜也嗟我東

人何以報荅時李判書好閱以陳御史伴行在

月城瞻星臺有即事一詠曰千古興王地崗巒

鳳舞来明朝日南至昨夜賊東迴風月詩仙去

関山玉笛哀平生吊古意一笑強登臺時賊退

後惹二日乃冬至故惹二句云政詩史也時左

水使李雲龍左兵使成允文防禦使權應銖別

空傷李統兵 時巨濟縣令安衛亦有功陞堂上

十月按察使梁失其名自京下来駐于星州接

伴使尹國馨從行巡察使鄭經世以粮餉不及

受責於按察衙門十一月鄭經世聞 天朝大

官南下馳到咸昌地得風疾初六日給事中徐

失其名下来初七日丁主事應泰下來初十日

陳御史下来皆向慶州大官連日下来沿路各

官以厨傳夫馬多受責罰民人鞭苦於轉重應

泰嘗隘誣本國人見其面欲食其肉南邦人作

文以辨其誣徐陳兩公皆知其實大以丁為不

率舟師逆戰舟師皆敗璘所棄舟獨全賊四面
俱集璘挺身橫搶獨當眾般之賊鼓噪引般
荷釖突進璘乃大聲吶喊賊卒皆會而火箭燒
盡賊般賊遂退去璘乃下陸設席而臥我國將
士進而慰之乃曰所以督戰為身計也何謝之
有云璘以一艘當數酋之賊非節制有律豈力
以討其能之乎向使　天將皆如璘也何戰不
勝何攻不克舜臣抆拾敗散之餘身不惜死而
以督戰勉其子子能繼父之志卒之克捷未死
忠琨應亦瞑目矣後韓述案援謙有詩云郡曲

劉挺與順天賊曠日相持聲以大捷而實無格
殺之功人於此始見挺前日善狀非情矣時左
水使李雲龍率舟師駐于甘浦以待憂○統制
使李舜臣承舟師大敗之餘收拾散卒組練精
窑時在湖南猝遇賊兵遏截捕斬賊乃退與
天兵舟師合勢兵勢大振與泗川等地屯賊大
戰斬殺俄而中九臨死屬其子弟曰勝敗之機
決於呼吸我若一死軍機必誤汝等慎勿舉哀
一如吾指揮為之子弟果如其言決勝之後乃
發喪 天將韙之時 天兵水軍遊擊將陳璘

版巡察使鄭經世作文言其不可伴儻諸人嘖
嘖阻當乃曰甫國位版於　天將何其無知識曰
如此終不得已移安位版于書院麻處聖殿目
若當時接伴及譯官宜有責罰尚未有聞其無
紀律可見雲翼以病遞去副提學金宇顯來代
之未久經理召提督去未久還下判書李光迋
伴行七月来駐義興八月圍島山終不利雖無
大敗士卒耗傷亦多矣然麻乃老於兵者知其
難不輕動保無敗衂之患其視董一元輕進泗
川一敗塗地匹馬逃還取人笑侮者一何遠矣

南人頗有可取四月縣人立木碑以寓勿翦之

息時　天將所駐處夕立碑以頌之間有要其

意而不得不立者亦多若安東之頌麻貴是也

識議頗多貴嘗駐醴泉寢處聖殿不撿軍卒肆

意侵掠四月巡察使尹承勳以病辭鄭經世代

之經理萬世德分付諸將出駐兩南爲休兵舉

事之計提督劉挺駐兵于全羅道提督董一元

駐兵于右道提督麻貴駐兵于左道劉則李德

馨伴行董則李忠元伴行麻則張雲翼伴行麻

初駐醴泉嫌官舍不稱意將移寓聖殿促移位

天將之見以為有意而作不久移駐醴川

天將即楊經理鎬也未幾遞去萬世德來代之

萬之施措頻不滿人意中外忌楊不已○時

天兵分駐道內當事者以之軍需為憂調度使

沈友正遞去以巡察使從事官成安義代之安

義才長松處事多方措備軍國賴以不乏戶曹

正郎李洙道亦盡心措辦且憂於給餉或有不

得已之舉然兵與累年調度不乏多其力也○

三月遊擊將葉恩忠自醴泉移軍義城遊擊所

江人也處心廉謹御眾有律其管下諸兵亦皆

冒夜發艘多大浦僉使楊德仁及　天兵二十
餘人砲手哨官一員因風覆舟一時溺死舟師
進迫于蔚山方魚津出入觀兵閞經理退駐于
慶州卽退陣于延日通洋江．
戊戌　天兵退北之時所過多被搶掠還駐安
東等地難支之狀不一而足有一書生作書陳
致亂兵大徵之援尤甚者一人將斬之接伴諸
其斃　天將卽差夜不睡三十名分送各里拿
公救之乃已　天將雖不形於言色中實不悅
書中錯引兵猶火不戢自焚之語殊失本旨而

機使賊内備防守外引黨援及此時雖有智者
亦無及矣許儀後所謂須臾火　速攻之不可
坐謀待斃日久矣則危矣者不亦信乎許儀後
乃　皇朝人辛未年行艘過廣東被擄在日本
薩摩地聞賊有八屈之謀辛卯秋上跣於　皇
朝詳陳賊情有數條使之預備患患云　初陳寅
傷九卽還向上道行至新寧　時歲除日也見國
人曰吾雖中九若落於内城則吾軍少殊死以
戰而吾旣出外吾軍自退此汝邦無祿之致也
時左水使李雲龍興　天將舟師待釁于海上

入内城中丸落於城外賊以金銀物件出授内
城外　天兵爭拾日且昏暮未易撞破乃鳴鑼
以退　天將以為孤城在目指日可破與我國
兵圍之數匝以待賊自困出降而其夜賊大備
兇械防守其固亂放石炮所觸皆死右道屯賊
鱗次來援加以天時不利凍雨連日　王師野
處勢難持久至明年正月初四日退兵古人言
猛虎之猶豫不如蜂蠆之致螫孟賁之孤疑不
如童子之必至是以兵家以急擊勿失為貴而
天兵愛拾賊貲政墮其計遲延時日竟失事

事竭力相濟其何以至此○十二月十四日麻
提督貴吳總兵惟忠各領大軍踰鳥嶺来駐安
宋十五日經理楊鎬領兵五千到龍宮接伴使
李德馨巡察使孝用淳從行二十二日經理行
兵至慶州地督諸兵舉事二十三日棄夜行軍
軍行時道傍人皆不得聞知及見旗麾乃知行
軍軍法之慎密如此直向島山藏兵於百年巖
近地賊先鋒千餘騎突出　天兵乃夾擊盡斬
之棄銃直抵外城發雷天霹靂炮賊倉卒不能
揹走入内城遊擊將軍陳寅以先鋒挺身力戰

抑大亂將作讎告之異或假於頑物而然耶○

十月 天兵諸將有討賊之計 朝廷多般措

備體察使柳成龍備邊司堂上柳永慶摠管使

尹承勲撿察使成泳為辦糧皆入本道各有號

令列邑莫遵所從閭閻騷擾日甚一日巡察使

從事官成安義戶曹正郎李泳道專管其事或

以空名告身募人納粟或以田結多寡計數量

出或以家貲貧富隨分賣出時本道再經兵火

物力蕩竭初無以為計旬月之間辦得九萬餘

石南道物力自此稍完亦非諸士子盡心 國

乃孝子進士雲之子自少以學行聞遇賊被害
其先人遺書日記等件在其懷中可見其平日
系養云○時北兵久留本道搶掠之患殆不可
堪盖其習性然也○伽倻山中有八萬大藏經
鄭汝立逆饗時版中行一帚有水氣如人微汗
王壬辰有汗氣差多丙申又微有汗氣玄風縣
俊山上峰大見寺有石佛乃新羅朝曰山大石
刻為佛像者也靈應與右經版同而若其賊八
本縣時汗氣倍於他日至濕所著袈裟及坐榻
柱木木石乃頑物而感應如此其理未可知也

先文慶州府尹朴毅長永川郡守崔漢合軍擊
賊於蒼巖射殺頗多水軍虞侯崔奉天中丸死
時都元帥權慄在安東大設族會携妓縱飲鄭
起龍清誼人自前討賊多有功 上特嘉重之
賜錦段起龍卽獻其母監司李奎實之稿軍後陞拜
爲右兵使元百施措頗有可觀權應銖爲兵使
時多昕殺戮盖起自寒微遽握重柄御衆之威
不得不爾卒之礉骨矢石士不敢後爰後戰功
固鮮其倫惜乎以貪饕被人誣劾久幽囹圄義
不得脫 朝廷以多功救之 善山士人朴遂一

一陣自尚州由義城還島迴絆過無興交鋒惟
尚州牧使鄭起龍要擊多殺星州牧使李守一
石兵使金應瑞亦尾擊多殺尚州賊向義城時
巡察使李用淳軍本縣望遠地有烟氣俄而已
八境内賊行之慓悍迅疾如此會左兵使成先
又自南来到今北兵善騎射者要路邀截遇賊
先鋒於黃龍洞山馳逐射之殺賊八名餘賊即
退去縣有故柳景春妻康氏遇賊三人前引後
推欲賀去康氏不從死之時賊行皆由陸路左
不使李雲龍以都元帥權慓節制與權應銖成

向湖之後南人未知西事利害如何不久遇
天兵退還此乃經理楊鎬聞賊將犯京城倍道
馳進嚴勅諸將盛張兵威使賊挫氣之功也然
嶺中所聞前此有賊某日動兵某日到忠州某
日觀兵於某地之語賊之還行與此言相符意
者賊之初計或如此否也○九月旬間賊還行
甚急南人不意遇裏末及避去兇鋒猝至在在
屠殺有斬而焚之者虜而掛之者劓鼻耳而免
死者慘不忍見金烏谷山兩城積粟一時火起
望之令人墮膽賊一陣自金山由星州還金海

谷夫累年經營竭民膏血勞民筋骨言者罪走
者斬以築山城而一朝罷撤猶恐不及其意亦
獨何哉古人云與其無益於終不可不審於始
軆察此舉頻失謀始之義人以此為白璧之疵
○巡察使李用淳在公山城聞梁山賊由密陽
路將犯大丘以管下兵若干躬自設伏為要擊
計幕下或有止之者不可遂往遇賊大敗人或
有笑之者僧將惟正初與之同盟軍敗惟正獨
後諸將不救而走惟正憤言其非時兵使成允
文領諸將士亦赴戰別將權應秀被害○賊兵

有時與佳孃唱歌而飲有一軍官滛于同列廖
中女同列斥其事請誅慄曰罪當罰遂題及米
跦作酒以行罰禮其待管下類如此○體察使
李元翼以右兵使金應瑞棄城為犯律將罪之
都元帥權慄救觧乃釋之應瑞懼罪盡心討賊
江右賊兵屢挫物議怒其罪時東山城守將安
慄傳令火旺罷其守又傳令公山罷其守自此
各處山城一時俱罷間有有志守令欲為保守
功為固守計賊屢犯不動應瑞杖罷其守權
觀勢進退而迫於上司之令亦皆罷撤窜入山

王臣當死汝等可以退保兩子曰豈有父死而
子去之理乎遂死同有女子時已適人乃出城
求其匹不得乃曰吾父死於城中吾強顏而出
為有家長今吾既無所從寧死遂自縊而死城
中人目見者稱嘖不已巡察使從事官申之慘
報狀云父死於忠子死於孝女死於烈非有一
家素養何能至此　朝廷聞而嘉之　賜祭二
公各贈職〇都元帥權慄往來湖嶺之間待諸
將士殊有度量反此束手無策賊進一步則退
一步與往日幸州之事大異遇時不利而然耶

使鄭姓死之○賊圍黃石城守將白士霖蒼黃

倉措軍兵自潰城遂陷前郡守趙宗道安陰縣

監郭趨死之士霖初與趙郭為死生同之事豈

士霖不報而走二公以有士霖約終不去死于

城中士霖上負　國家下負二公物議憤之以

故抵罪僅免矣宗道當有殉　國之志前此作

詩有崆峒山外生猶幸巡遠城中死亦榮之句

蓋其素志然也趨亦可人早事詩禮晚屈縣邑

遭時不辰獨奮忠烈武士如士霖驚惻如彼以

一介書生死守若此兩子在傍不去趨曰我

心是時憂生纔十餘日人心洶洶不知者疑其
有憂其知者以爲此人居家事親孝必不以世
亂易其志爲不義事然不知者夕於知之者再
黏頻不安將欲深入窮山爲自安計會邑人吳
澐大言許之仍爲召募官開諭一縣聚集二千
餘人除出老弱以給其保打造軍器以備戰用
富者則辨出粮餉以助其勢云此通論前後事
海上之賊由泗川南海順天之路犯南原　天
將楊元率大軍堅守賊累進累退後數日諸賊
合陣而攻之八月十五日城陷元僅以身免府

宜寧之新反縣距親家八十餘里錐不得逐日
定省而問候之人相望於道路得一味少致之
自少倜儻不事家人生產惟以讀書悅親為務
子史經傳無不淡獵及其較藝試場不得其大
意則不述既述而不稱其心則不書其不以僥
倖動其中類如此及遭父憂不到家三年之外
事其繼母一如父存之日遂盡棄舉子業遍覽
兵家諸書人問其故乃曰兵家運出智匠奇正
萬變以此衆觀云及其憂作聞巡使將走江西
撥釧待于戈溪渡至則已過矣慨然以討賊為

右道兵使一以守城爲務而時　國家專僑舟

師將爲無軍將方伯不從其請又沮守城之計

再祐奮然曰欲戰而無軍欲守而無城是使我

敵至而走也豈有安享於平日終走於敵至之

兵使哉與其敵至而遁不若見幾而去卽上章

不待命而去或嘗問當今誰可將再祐曰金德

齡勇力可並於關羽而身若不勝衣言不輕發

發必可用眞將才也金之稱再祐亦曰不能

盡其心云若使相濟未必無功而中道枉死可

勝惜哉蓋再祐玄風人也早卒母依母家庄居

軍律臨刑其母泣止之再祐乃曰汝犯軍律則
吾當泣而刑之況汝奴乎其母出而止之再祐
乃曰城中生死係守城與否守之戚敗係軍令
軍令之行不行係此奴此奴若舍其如國事何
其如城中生死何勢不可已遂斬之軍中肅然
以故賊兵知其終不可犯乃過去再祐卽以已
奴成文券給其弟以慰母心當初起時兵多抄
其妹夫許家奴爲軍許不能開口止之去許乃
宜寧富人軍餉亦多出其家<small>時再祐方家食聞</small>
憂卽起未幾遭継母喪上章乞免眼関之後爲

舜臣大將其言如此人頗火之裴楔以不救李
億祺戰敗偷生被律在微亡命隱鐷于金山地
後數年都元帥權慄使軍威縣監李奎交等領
軍威善山軍捕之檻送京師事裂以徇査文昇
堂上奎乏與楔泒連善素以故得以知之窩告
于慄慄時駐善山地楔爲右水使時常不快於
慄云晉州最近於賊路山城先潰○右兵使金
應瑞領兵八碧犬城賊至宜雲卽棄城而出○
郭再祐領兵八火旺城初城中潰散再稛與士
卒嚴明約束務令鎭定未久其莠再祉奴首犯

向湖南全羅右水使李億祺別將金浣與賊相

值億祺勢窮見敗投水而死浣亦死云尋聞賊

擄厥後果生還盖自變生以後國內軍兵稍有

模樣者莫如舟師形勢險固莫如閑山而及此

一眹塗地人心大崩笑均報以死或言其偷生

單身脫去別將朱夢龍見之云未知其真贋也

都元帥使李舜臣往舟師收拾散卒舜臣往露

梁津裴楔已先到笑托病不見舜臣有感而還

居數日　朝廷使舜臣為統制使舜臣承　命

舊秩言曰裴楔今亦待我如前日予遂向湖南

措多犯軍律都元帥權慄卽到舟師拿致決杖
均憤甚過飲況醉時賊兵已到近地均達夜沈
睡諸將爭呼問計均卧而不起斤候艇五隻已
過賊兵俄而五艇有火邑舟師始乃驚恐意斤
候艇方被賊禍乃賊已滅五艇之兵以變艇付
火使我兵疑之也時曙邑將分賊三放鏡鏡聲
振海天均始起驚動失魂卽引艇漸北而乃揮
標旗使諸艇進戰諸艇不從事無可爲新造艇
四十隻秘據諸師遂潰均下艇于固城諸艇各
散右水使裴楔領管下兵走還開山搬運糧㞞

李舜臣以前日舟師之故廢為廢人白衣從軍
元均代之陣于閑山島均素與舜臣有憾其心
以舜臣見敗為快每事必反舜臣所為殊失管
下諸將心體察副使韓孝純巡到閑山三道舟
師將號哭舉陣來訴三道節度使知其事得禁
之其後巡察使從事官申之悌八閑山諭審其
情來言曰元均犬失諸將心軍情皆遊緩急殊
無可使以此意通書于體察使幕下未知其得
遠與否誠非細慮云不久賊兵將犯舟師七月
十五日均率三道舟師出陣于永登浦臨賊蘗

山城者有犯律巡察使李用淳將斬之其弟進
曰吾兄有妻子可奉先祀而一家之中仰望者
衆一死可惜吾則單身縲居無所顧念可以代
兄之死卽抵死巡察使曰渠第請贖兄罪而渠
乃恝然是不友又斬之○蔣啓仁前此出入于
淸賊陣至此代臨海君為一書答淸賊李弘發
亦嘗往來於行長二人皆書生頗敏於應對故
朝廷令游說兩賊求以紓禍而遷以示弱當
時謀國之疎多此類○巡邊使李蘐來駐宜寧
不久還去未知其來去亦何事業也○統制使

被形杖一日有三邑守令拿入庭下免冠推考
有姓孫當嗜笑遽見一字令形體矮小露髮供
招狀貌昂莊乃高聲笑之巡察怒曰軍令方嚴
汝等不畏我笑侮如此殊可惡乃杖之孫伏於
形扳緩笑而應之曰小生本好笑雖有可畏吾
笑不得已一城人以為奇談時體察使李元翼
行到富山人多訐寬語甚悖逆得首倡安天叙
等四人斬徇軍中城中甫然居數月以城潤軍
少勢難防守遂令罷撤軍罷粮餉移八公山城
○大丘人乃湖南流人時在大丘地應入於公

字誤之而　國家政蹈其轍降屈　皇使未見

好音之懷悔予之患朝夕且迫人心危懼至此

極矣

丁酉正月　皇朝兵部勅書来　皇帝令沈惟

敬仍齎小邦申諭倭奴使成和後八来云〇十

五日賊將清正渡海還據西生左道舟師退陣

于包伊浦清野入城之令急於星火重足舜息

之民固知所措〇巡察使李用淳率衙眷八山

城守令士庶人一皆疊入時巡察務立軍威少

不及期則桁揚狼籍一依軍律各邑守令亦多

賊已辭闕伯来在其家將更擾西生舊陣云山
城之令自此益急○十二月初四日體察使李
元翼副使韓孝純都元師權慄巡察使李用淳
會于星州議定清野之策民心惶駭莫知所措
有識士子或作文言其不可體察諸相牢拒不
八至有欲罪其首倡者民情益欝○十二月十
九日　天使渡海至釜山二十二日正使楊方
亨自賊營出来接伴使李恒福巡察使李用淳
往迎于鵝山站道左賊徒數百先導而行副使
沉惟敬晦日到陝川蓋自古遭亂之國多以和

使兼助防將裴楔主之楔爲右水使遷去後星
州牧使李守一尚州牧使鄭起龍主之其實體
察使爲自家苑守之地故視他城尤致力焉如
鼎盖諸城亦各有主而體察巡察常統理之道
內軍粮及元民私粮積于公山者將二萬餘石
火藥二千餘斤軍器亦稱此金烏粮器亦類此
如碧犬等諸城所儲亦多李用淳自大邱營常
往來公山節制機務好事者言大邱巡察公山
萬戶云〇十月二十九日巡察使李用淳得見
跟随臣黃慎等在日本通信則言和事不成淸

以不捕賊責我呼敢決匹夫之勇得一二零賊

非大將體貌亦非我所期 云德齡臨死言曰臣

終始為國於 殿下固無負所但釋氣蒙我不

服毋寒以不孝死云 時分謀主將各守山城

富山則左兵使成允文主之永川郡守洪季男

等各領兵以守季男忠清人勇力超凡多殺賊

徒擢為郡守一道倚如干城而不久以病逝惜

哉瓊大則右兵使金應瑞主之黃石則金海府

使白士霖主之龍門則忠清防禦使朴明賢主

之公山則巡察使李用淳主之金烏則善山府

拿事告之德齡曰令公亦待我如乎是遂下
庭受 命談笑自如及就 御獄 上亦愛其
勇略而逆黨相坐之辭連出於二十四人之招
以故終不免豈逆賊籍德齡名號以詿誘其徒
致有此也耶時中外大小人民皆知其非罪而
廷議異同終無一言以救惜哉蓋德齡非特武
勇素好詩書其在晉也所與談論者皆江右士
子其人可知惜其少不更事失諸將心同事者
造作過情之言使人心起疑諸將籍口終以非
罪抵死中外皆惜之又而不忌嘗謂耶親曰人

祐有將才為可與圖事而猶不致力再祐之計
不得遂惜哉○右道巡察使徐涓遞去左道巡
察使洪優祥亦遞以羅州牧使李用淳陞拜為
都巡察使蕭按左右道○忠清道賊李夢鶴
伏誅金將軍德齡以辭連拿鞫死當　拿命之
初　上有失捕之慮承旨徐涓進曰臣在嶺南
多見相親云　上命涓往捕涓到晉州潛教牧
使成允文捕之允文令軍官康克明送德齡營
懇致邀見之意德齡曰遠患微恙後造拜云
克明溫言強請德齡遂往允文迎之上座遂以

黃石旣得其地各有其役而都元帥權慄又設
兩城於晋州草溪界内之山將驅迫老弱挈居
死地人情大拂盖地利不如人和當時有識諦
審民情明知其無益而止之人畫一牢執民情
不通時諸將亦以出戰爲善皆言山城之非體
寮一向嚴督諸將不得已外爲繕等之舉而其
中實無臨敵固守之志軍情知其如此亦無固
志矣防禦使郭再祐相地於玄風得石門山西
北常洛江且在中路左右應援不甚阻絶洛江
賊路亦可把截眞天作地也體察元帥素知再

守一遞為別將移屬體察使李元翼營下先是
熊川縣監李雲龍陞為東萊府使至是陞為左
水使時東邊賊兵隨　天使渡海左道舟師進
陣于蔚山鹽浦備戰艦器械以待變豆毛西生
則其近浦邊將移軍守之　時　朝廷以據險
守城為上策令各道大等山城本道則體察使
李元翼主其事於是歷相名山廣占形便左道
則安東清凉義興公山仁同天生慶州富山昌
寧火旺清道龍門右道則聞慶王母善山金烏
宜寧碧大三嘉嶽肩晉州鼎盖丹城東山咸陽

一從事官得之 良可把翫云當有一詠以道其
懷日錦江春水自瀰瀰萬里孤鴻不可拚目斷
故鄉何處是心驚異域幾時還皇華轉覺添愁
色縱酒何能解客顏搔首雲山滄海外秋風一
夜鬢成班能詩如此而不能專對反辱帝命
茲記所聞偶書于此若曰情乎其獨火此耳時
副使楊亨方獨晏然不動處事從容憤言正使
之非賦笑宗城而敬方亨南至京假造訛言動
撓人心卒以抵罪死人情快之 天朝以楊方
亨為上使沈惟敬為副使入日本○左水使李

丙申正使李宗城在賊窟窣兔挺身而逃通事
南大驚亦逃還慶州時金晬在慶州亦驚懼與
南馳馬上京一道人心趬懼頗甚宗城潛行山
谷累日後得達于慶州地累日不食氣甚羸憊
不能坐立村民觀貌獻饌遂告于官以小竹轎
肩行路由義城轉向京城賊四面追之不及宗
城到義州具由裝聞于天朝畧曰恇㤼所致
得罪云云其文頗可觀盖宗城貶謫能文其在
賊中常對案讀書有滄玉舘集行於世詳於房
迷云逃還此後自賊中出來者得數卷袖來有

使李宗城自京下來將官六十餘員跟隨義三
百五十餘名接伴使金晬從行通使南德其各
撥恣無狀逼巡察使洪薳祥使之跟隨入釜山
洪以為方伯與伴行不同釜山非我跟隨之地
乃躍馬而避正使令接伴使追之不及時有姓
一項為督理官月銀自稱項羽後暴猛無比然一
一行以文官待之頗尊嚴以故驕橫無忌出站各
官无若之左右賊陣虔虔焚撤咸會釜山有渡
海之許惟清正在西生與行長爭功相激不肯
渡海云巧詐甚矣

木綿一远疋三四解累年饑餓之民始有生意

○天使李宗城副使楊方亨以冊封平秀吉事

賚 皇詔印信出來副使楊方亨自京下來湖

南七月到伽倻山拜佛甚謹伴倘謂從事官李

光胤曰佣等何不拜李答曰我邦知拜孔子不

知拜佛佛後上使李宗城來亦拜中國之崇佛如

此接伴使李恆福從行至密陽留一月八釜山

上道各官竭力出站供億此費萬倍於大軍支

待○秋大有時賦役煩重民不支吾而年穀豐

登公私俱足故凡百責應賴以不乏○十月正

金海賊窟○左水使李守一起復還到本營乙

六月右議政李元翼為體察使副使金勒從事

官南與泰皆到本道凡百施措多補人意訓鍊

軍兵稍有模樣人民多受其賜肉骨生死之恩

狹狀一道設營于星州或留營節制或巡歷按

察本州牧使許潛以廉謹聞政績最著謀猷弼

令多用其計盡李之心事壁固有素居廬俸供

一從簡功蕭然若處士及其臨事應務則截然

有不可犯之義或云慈詳有餘而欠撥亂之才

或說乃江右士子踠中之讒是年夏麰麥大稔

右道洪優祥按左道○禮安縣汾川愛日堂前
水告渴壬辰前清凉山底水告渴汾川乃清凉
餘流其流不淺令乃渴人以為憂賊艦棄夜來
犯迎日稷田島水使李守一與縣監洪昌世合
勢捕斬守一尋聞母喪奔還本家虞候金應忠
代守本營○四月沈遊聲惟敬自草溪急向密
陽惟敬自變初出入賊中其遊說曲折人不得
知巡察使洪優祥馳到密陽站惟敬之行已先
至矣平行長先送問安倭來迎于月浪浦二十
四日送駿騎百餘迎候以行陪臣黃慎從行入

長軍官全繼信為屯田官繼信料理大作得穀
甚多是時各陣及各官皆有屯田其補軍需不
火云然奬亦如之○巡察使洪優祥又設義勝
法名曰奮義局令各邑識務幹事者掌之丁壯
為義勝軍老弱為義勝粮運軍時兵興累年機
務多端當事者各出意見立規措置邑目不一
而惟代粮義勝等制為得其便云○二十六日
陳遊擊自賊中出來　遊擊忘其名　到高靈巡察
使洪優祥往慰之前此遊擊以宣諭倭奴許和
事入賊中○二月分左右道巡察使以徐渻接

得顯縣死者受贈職或出米太或出綿布或出
牛馬其助需軍亦不必矢惜乎官爵名噐也聖
王惜之而奉行之者不謹奸偽随起或與奪如
一家物其視職帖有同草芥古所謂告身易一
醉者近之○天兵諸營推其餘粮交易有無列
邑人民爭相徃来典賣資生如中路各邑人則
就販於八菅營員戴者道路相継士人亦多為
之　天兵知其士子則補為秀才多辱遇之云
乙未正月　朝廷令於八營劉營下召聚人民
作屯田以為監司留庫之所以大卹府使朴弘

之去害及一民一民之去害及一村父不寧子
兄不安弟往年與來年不同来年又與令年不
同不知後年又如何也典兵之司徒擁虛簿而
奉行之吏只徇文具加以兵以來與邊備多務
司命非人以故現存之兵又苦於倩布黃雲塞
上只見掘弦之士下戶杼軸頻聞割織之惡至
如習陣大會借點者居多近年兵民之弊大繁
如此識者寒心 此一欵非特甲午事通論前後
兵連歲凶軍國累乏該曹多出空名告身分
送各官各道及各陣將官募人領授於是生者
獎

探知舟師形勢而應瑞中其計惜哉○八月巡
察使韓孝純久勞戍行以病乞遞洪優祥代之
立代粮法令各邑有識稜事者掌之朝官生進
廢人各出米粟隨貧富有差其初頗有人言久
乃得便有補於軍興為不少矢人補其舊不久
旋廢未知　朝廷定奪出何場也○兵翌累年
軍政多門韓巡察時補鍊軍為束伍軍洪巡察
時補選勝軍令為組練軍名號不一其實一也
被選者皆田家農夫壯勇少而疲庸多上之人
每以多為務如一隊例有尤民一隊之弊一兵

及我國諸將或因此縱間兩賊而事終無驗固
未知其心如何時三道舟師會陣於閑山島舟
師頗精利備禦之功殊勝於陸陣諸將賊中有
要時羅小倭嘗徃來應瑞陣下一日時羅來報
舟師協力邀擊清正先是清正八日本時羅來
曰其日當以舟師觀兵於其地行長欲與貴國
約之日政清正自日本還渡海時也應瑞信其
言與時羅徃舟師與諸將約乃還未幾舟師全
軍至釜山賊乃逆戰我船二隻見敗虛損聲勢
殊甚矣盖要賊之前日徃來者所以窺覘虛實

失計畢竟制為心腹使之討賊多見其功是時
各陣多以誘引為事賊兵多束降附或數十為
摹或四五十為摹道途相繼其弊不貲除去之
際或多反刀國內之患有難勝言且未知賊之
情形遂禁之自今觀之不過避其督役之苦姑
就目前之安也　○賊陣諸將各自求和蓋行長
要和以兵使金應瑞應之清正要和以僧將惟
正應之惟正往來西生應瑞往來昌原清正毀
行長行長毀清正互示水火之態若將有不相
容者然清正要我與渠行長要我與渠　天將

晉州南人僑如長城而當事者不相濟使軍卒
飢餓而散有一宰執以事至德齡陣請觀武勇
德齡曰此地陜聞相國明日畫點於其地云當
於其地試之終不徙人問其故乃曰吾為大將
元帥巡察外更無鈐制之人豈有受制於相臣
之理乎宰執不得平心及對　榻前有養虎等
語初自京下來時又有一宰執送之德齡以為
在內則政堂為重在外則將軍為重遂一揖而
行　○金應瑞為右兵使領兵駐昌寧為人頗敏
於事論引賊兵多置管下善馭之當初人疑其

三重握鐵柄鈎二長二丈半其一重三十斤其
一重二十四斤手懸鐵椎重四十斤其頭口佩
夸矢上馬馳驟輕捷如常時當凝沮廣漢橋上
氷邑如銀馳馬如神又策馬上山揮鈎斫木所
過左右蒼松亂倒如雲遂賜名翼虎將軍德齡
毋夢大虎當背後如翼然遂感而生德齡云盖
言臨賊鬪闞如也　上又賜名忠勇將軍盖言忠
且有勇也遂以此名二大旗分立左右其一書
忠勇字其一書翼虎字又捷畫翼虎形人間之
氣增賊聞之膽破管下諸兵皆湖南勇士及來

鉄獨臨賊突擊逴馬送久之賊奪氣求還本
屯恐我兵要路尾擊乃請令一將官護送不甪
則當力戰決死生云應鉄使出身權涊護行涊
以入虎穴為應至於涕泣辭竟不得已護賊
出送于境外賊以長鉤為贈其為送迎頗有儀
云人穪應鉄此舉有威敵之功盖學書不成登
義城縣令其為政也頗有可觀
永㮖武科者也○光州人金德齡勇力絕倫時
在草土中奮義起兵傅橓州縣有為國討賊之
志時 世子監國于湖南乃試才德齡蒙鐵甲

州人同太虛精錬指揮故斬馘之功最多於諸
將○以郭再祐為晉州牧使再祐在晉不久乃
觧官歸嘗謂所親曰　國恩至重余之頭臚不
知置處云及為晉牧浩然有歸志曰養猫所以
捕鼠幸今大賊少退余無所事云時諸將日以
爭功為事釁端日生相角不已再祐則獨不然
盖討賊為　國非為身計功之大小非所論也
以此鄉兵官兵未聞有相較者此亦非凡人所
及其視古人屏伏樹下者可無愧矣○西生賊
竊發于慶州地兵使高彦伯等皆退別將權應

天兵死者殆四百餘名吳遊擊僅以身免安
康路上有一丘陵卽其埋骨處也見者傷心或
以此為上年秋事左右道諸陣賊將外示要和
實行陰謀使者往來不絶而窃發之患靡有紀
極如前日西生賊之於慶州是也○左兵使高
彦伯防禦使金應瑞別將權應銖駐兵慶州以
待釁○右兵使金沔布置異常軍民倚望不久
以病遞惜哉○初金太虛以朴晋軍官為蔚山
假守名集軍兵哨捕邏賊斬級頗多因蓋實守
盖本郡人最近賊窟備諳彼情勇於捕斬與慶

甲午 春饑饉轉復死凶殍盡骨肉之變甚於
上年木綿一匹直租一斗他物稱此錐讀書士
子亦負戴與販以資其生俗稱場市文士可選
一榜云時 朝廷急於活人事目內有他奴救
活者即作已奴故或養他奴者例出立案以憑
後考厭後爭訟頗多○都元亮等所造戰船自
江原道回泊于左水使陣水使李字一備具件
物與元亮等合勢而東邊零賊多捕斬之未久
因 天使往來待變稍歇元亮承 召上京○
西生賊窈發于慶州安康縣 王師追之大敗

大乏乃左右道若干邑粗得保完之力也〇九

月左巡察使韓孝純兼右道巡察使有旨書

狀內前月分說左右巡察使者以其節制俑角

共力御賊自今卿其簫察左右事云　都　體使

柳成龍遞尹斗壽代之與都元帥權慄駐八莒

天將營下〇冬舟師督戰宣傳官都元亮自

京下來與忠清虞侯失其名率同道艤匠三十

餘名伐江原道越松浦松造戰船九隻元亮

處顛倒多行冒濫時前領議政李山海事以罪

在平海多言其失元亮後果被罪云

待成敗而終無一兵遣援惟敬之計行也○時
天兵諸將謀議不一和戰兩立大事見誤既
使賊全還其於晋城又不赴急悠悠蒼天此何
人哉○都元帥金命元隨天兵在右道我　國
軍容殊甚草草晋城事急之日不知元帥駐在
何方有何業事令人欝欝以全羅巡察使權慄
代之時右巡察使金功代金誠一之後晋州見
陷之後無後下手處板蕩殘剝比左道殊甚當
事之憂倍之自此　王師連營列陣久而不決
物力殆不堪支僅僅措置凡百供頓之務不至

睡有時顚仆加以天心不助大雨連日守禦日

疎城土自崩至二十九日城陷全羅兵使崔慶

會虞侯成永達倡義士金千鎰復讐將高從厚

金海府使李宗仁晋州牧使徐禮元判官成守

慶前郡守高得賚臣濟縣令金俊民泰安郡守

禹龜壽等死功雖不成相持累日殺賊甚多死

守至此區區忠義亦令人起念當初賊兵將犯

之際本州人皆以此城爲固且利前日之事至

如士族家亦多入城中卒之一敗塗地尤可痛

惜事旣至此而 天兵逗遛近地束手旁觀以

馳援本州人請守要衝、諸道兵爭之諸將不聽

州人之言乃使諸道兵分守東南本州兵分守

西北夫精銳莫如州兵諳熟形勢亦莫如州兵

而反置之歇後使諸道兵守重地盖諸將利前

日之事爭功而誤之也牧使徐禮元承金時敏

之代頗失眾心臨機驚潰處事顛倒日夜對妻

子號泣軍情索然城中諸將無有統領谷率已

意軍令不行忠清兵使黃璉稍解兵事城中倚

之先中九而死自此城中憤憤無復紀律賊日

夜遞軍迭攻我兵日夜徒有疑懼之心疲困立

清兵使黃璡各領兵來劉于右道以有晋州愍

故也○督捕使朴晋及李應聖羔三道防禦使

李廈時駐密陽都元帥金命元自慶州移駐大

丘都軆察使柳成龍及軍糧督運使御使尹敬

立到本道○兩湖兵使及義兵等會于晋州與

本州軍兵合力為守城計前此沈惟敬為縱撗

之計出入賊陣如家人父子至此乃通書于晋

州諸將曰賊以晋州前日之事挾撼今必陷乃

己莫如姑為空城諸將堅守不去一日靈山咸

陽宜寧等地屯賊大舉直擣晋州 天將無意

遇君臣之禮賊多歎服云　王子兩夫人著藍
縷衣裳著繩鞋野處露坐行邑淒涼觀者淚下
至大灘守令或覓鞋或造衣納之兩　王子見
本國支待頗有感喜之邑對人舍淚兩夫人始
出脫蒙頭衣謂左右曰吾父在賊窟听見皆兒
物令始見我國人何以蓋頭爲云當初賊之虜
　王子脅我也遷　王子要我也其來其去識
者皆憂之〇東業梁山賊水陸彌滿向密陽路
欲犯晉州義兵將曹晦益馳報于巡察使全羅
兵使崔慶會倡義士金千鎰復讐將高從厚

禮義之養而能立大節樹風聲生質之義不待
教而興眞礭論也節義成雙古人所嘆而一家
之中子婦三人始與之同約終能踐言抑乃舅
乃爺之厚德有以感之歟羅之妻事父母接宗
族極盡其孝友其有感化者邪○鄉兵大將金
埈在慶州待變十九日以病逝略備素輔還葵
李禮安○二十一日兩　王子自賊中出来李
嵲及黃廷或父子亦出来頼沈惟敬之救也前
此　天將差一將官姓譚補為天使入釜山来
久兩　王子出来李嵲在賊中對兩中王子子

者裁遭父之喪則哀毀幾死婢惡伯父則責之
以無余人衣相接則遽欲自決其素養可知矣
罵賊稷身豈一朝之計哉嗚呼其賢矣○固城
有羅姓人名應璧守城望族也不文不武明農
治産謹祭祀敦親族人以德漢稱有二子曰彥
繼彥繡有壻曰李應星彥繼妻盧氏彥繡妻權
氏及羅氏皆年少有邑嘗語及婦人被擄事輒
噸感鄙罵曰死則死矣豈可畏此被驅乎厥後
三婦人連三日遇賊皆大罵不屈此若三婦人
可謂言顧其行不愧其言者矣生長海濱家非

余不為伯父之猶子乎待子而說父之過是無

余也竟遂而諫之不以老婢視也及其蘗生之

初女子之謀避賊辱者多惡衣垢面娀獨大言

曰死生有命非可苟兌者也常從伯父行一夕

失伯父所在以路狹人多衣裾相接為辱乃為

自決計有知之者得救焉六月十六日賊猝至

一里人皆避入深山娀猶恐不深遂移向他山

中路遇賊將為驅去娀乃憤罵而死年二十一

以尨縈於辱身者女子之貞也人多臨亂而死

死乳若此娀之早定於平日遂為守身之大節

清巡察使尹國馨家食于本縣有一詩以戲其
事詩曰飢民頭上桂花生其死其生摠斷頭太
守慶遜知有酒盞分餘瀝慰啾啾後體察使李
元翼聞其事將按聞令本縣先杖紅緋會一鄉
士子勤實亦以難明而止後數年　朝廷覆試
于京師依例唱榜渠輩幸之○晉州士人韓磨
乃司藝韓汝哲子也慶家以孝友稱朋友以剛
直信義相許不幸早世人多惜之有仲女年方
十六歲攀號摧痛絕而復甦者耳事伯父誠如
巳父有一奴婢有愆言於伯父遂大怒曰汝以

科二首者六品叙用三首者陞堂上得倭將者
錄勳陞嘉善至於納錢粟獻戰馬籌政皆一時
不得已之權宜也其助軍興亦已多矣然幸門
一閧巧僞間興爵彌頗濫名宂以混甚者至有
斬取飢民頭假爲倭頭而以要其賞軍功出身
多出於此如義興地有兩飢民被斬斷髮而棄
之取頭而去巡察使令本縣縣監接之乃守令
要功者所爲云而淡於斁似遂寢之時義城縣
令鄭希玄無賜防將啓牒在手以鹹爲及筭
者倍於他陣至有設宴於官家以相慶時前忠

後來臨事多有危疑之慮未免逗遛玩寇之奬
加以南北諸將爭平壤之功久不協心自此將
心怠士氣挫大計遲使賊退保其分駐本道
之後亦還戍而已無復有攻討之計矣〇下道
各官出站于慶州等地中路各官出站于尙州
吾山八營等地全羅各官並力來待時飢饉之
餘供億煩重官儲旣盡民膏繼竭當事者以□
軍需為憂至被責罰扵　天兵衙門者比比〇
覲難之際事多苟且　朝庭凡論賞格以獲馘
首為準勿論兩班雜類公私賤得一首者許登

後劉綎移駐八莒吳惟忠移軍新寧其他諸將

領兵往來者亦多姓名兵數今不可盡記有策

士往來者亦多或能詩或能文往往編緝傳播

頗有可觀有姓名戚金者乃　皇朝戚啓光後

也啓光在昔能禦浙江倭賊有紀效新書令始

行于東方金以廉潔自守甚可嘉嘆吳惟忠亦

然查遊擊大樹乃李提督幕下骁射賊決勝勇

猛鮮匹云是時　天兵兵勢堂堂其於倭賊一

鼓可取而不幸初失於碧蹄大將李提督縶危

而幸免盖棄平壤之勢而易與視賊輕舉見敗

討賊故宋侍郎欲驗其虛實邐一唐官及宣傳
官通事来問兵馬舟師數于巡察使如松退在
京城侍郎在安州惟祖抱兵承訓篤遊擊逢夏
李總兵張遊擊供失其名駐犬灘〇賊兵撤退
之後一陣屯于西生一陣屯于金海金海行長
主之西生清正主之〇天兵追賊南下分駐道
内總兵將軍吳惟忠領兵一萬駐八莒總兵將
軍劉綎領兵一萬五千駐尚州篤遊擊張遊擊
祖抱兵各領兵亦駐尚州劉遊擊領兵駐善山
吳遊擊失其名及駱參軍千斤各領兵駐慶州

巡察使韓孝純以迎候 天兵李欲向聞慶而

尚州賊無退去之意故由間途到犬灘站上道

各官皆従之〇十五日劉遊擊忘其名擧浙江

砲手三千踰鳥嶺到聞慶劉以淸謹嚴密名提

督將軍李如松擧大兵踰嶺到聞慶安保路上

有二獐子李以一矢馳射得之弓馬必才雖古

由基莫能大過 云軍號或六七萬或十萬云大

提學李德馨以接伴使來十七日如松卽旋師

踰嶺向京城人望鉄 李德馨作文請勿班師初

李提督之旋師也托言本國無兵馬不肯前進

辣人甚危之其子家送行于義城公曰吾許身
王室無以報　恩吾死之日汝等即當一死
以為義門足矣神色晏如遂攬轡而行没年五
十六士人吴長哭其文曰凛凛忠信之君子懋
懋社稷之純臣廟廟危言作柱石者十載風塵
使義揭綱常於千春人已全在天何畫長得
幸有素言痛非私師蒼天而獨高念生民之何
禄公病草家中婵來問疾請入謁公曰無門非
女人所入之地遂止之後後聞者痛惜晋人則
至於涸潺以公久於其地故也〇五月初十日

霜臺佐選銓曹暇讀湖堂專對　上國奉節殊
邦噫世路崎嶇雖不展盡其學遭遇之隆亦可
謂千載一時矣至如聞外戎機在公末事而官
無彼此節堅虎險輕裘晉壘大范宋塞使義旅
有泰山倚重之望賊徒有軍容難撼之嘆則男
兒事業此亦足矣真儒無敵豈虛語也惜乎渡
瀘之師未幾嘔血之痛已⬤吾徒起不憗之悲
邦國興殄瘁之憂天乎神乎胡寧至此其氣將
散而為雷霆以破賊膽耶抑結而為山嶽以壯
本朝耶時公還為右巡察使將渡江右時事日

獨免賊稽倉儲及匹物金晬亦令移置同寺守

葟云 ○京中賊撤屯下還蓋用沈遊撃惟敬訃

諭之使去云賊留屯尚州四月二十八日宣傳

官持標信來傳曰 天兵追賊已入京城將尾

撃云南民皆頂盆以待 ○二十九日右巡察使

金誠一在晉州以疫邀江右之事去矣公安東

人也字士純其居鶴駕對山鶴駕乃東南名山

以故取而為號曰鶴峯自火以風節自持従遊

退溪門下其學以戒 中甲子進士丁卯 當子

即住有增廣及等公其一也嘗視草鳳池司直

壽名下一名以故　朝廷特賞盧候陞堂上賞
道陞叔未久爲河陽縣監仁壽許道縣當賞道
斬獲之時虞候則在甘浦未嘗同事而守一偁
啓聞上至於凱極當時諸將中守一頻以廉
謹名而尚且如此其他又何足論哉○大邱府
使尹覘在公山謀討大邱賊未果而移向保寧
農所二十二日將渡洛江遇仁同賊大敗其妻
及婦子三人自投江中死覘自亂初在公山桐
華寺多有措捕之功左右路塞時巡察使金晬
令人從間路通問左道事覘條陳聞報時河陽

接承侍即其名自永柔移駐甫川侍即過後
還駐永柔漸次前進云自此南民日望平蕩腥
塵回・靈故都之慶○左水使李守一率各鎮
邊將駐于甘浦時淼浦萬戶文質道自本浦向
甘浦倭艇一隻自日本來向釜山因風不利誤
到長鬢地貫道與軍官趙仁壽圍捕之舟中無
他兵械以簑衣等伴付火攅賊艇焰煙猝起賊
倉卒不能措斬獲幾三十餘名火藥米布倭衣
眼物件盡數艋運告于李守一以虞候惄
其名全艘捕挺樣襃 啓而貫道名下二名仁

之時土賊蜂起在在屠戮應銖追捕頗多一日
圍山陽塲市得捕二十餘人皆斬之授水是時
應銖務立兵威多所殘戮居久之都元帥金命
元以岘論罷高彦伯代之○長髻縣監李守一
陸拜爲密陽府使未幾陸拜左水使率各浦邊
將結陣於長髻地包伊浦召集漁艇且求艇匠
多造戰艇以待憂會賊艇七隻來犯桃浦守一
等捕斬太多丑山浦萬戶吳士淸中丸死守一
陞嘉善諸將各陞品有差守一慮心頻廬謹軍
民悅服○三月得見　朝報　太駕月初三迎

雜著

亂蹟彙撰下

癸巳　兵中子遺又迫饑饉錐巨室大家亦無

斗粟餓莩盈路憐不忍見加以癘疫熾發十乀

八九或皮肉未寒而被他剝割或孤行道路而

弱為強食甚者骨肉相殘母子相棄如清道人

乳下兒或纍樹根或藏石穴使之自斃者比比

時巡察使韓孝純盡誠救活待士子尤厚賴以

生者甚衆○左兵使朴晉以病乞遞權應銖代

雖經兵火物力不甚殘削右道則賊未犯境若

山陰安陰咸陽丹城居昌三嘉等官若宜寧晉

州則雖經兵火亦有物力如左道之慶州永川

此蓋賴義兵官軍守禦之力得保若干邑兵粮.

罷城多出於此為後日緩急之備○慶州最近

賊窟故州人備嘗賊情勇於捕斬判官朴毅長

乃擇其精銳分為前後隊書精忠二字於衣上

以獎勸哨討故所獲頗多屢其官高自判官陛

拜為府尹後陛為兵使未嘗親入戰場報捷亦多

城隱先生文集卷之二

誤見我國海尺船以為賊船已下于露梁津蒼

黃奔潰虞侯獨在本營聞賊將犯玉浦督出蒲

城老弱恐未易出引弓射之有兩孕女子貫一

矢以死無辜浪殺莫甚於此南海島諸朝士亦

望風潰散縣令奇孝瑾自焚倉儲棄城乃芸米

數萬石鹽稅木數千同全數灰燼其後賊累年

不入當時為將者處事多類此○道內賊未犯

境者左則道榮川豐基奉化真寶青松盈德清

河興海等官賦雖犯免焚蕩稍完者安東禮安

呂川寧海等邑如永川慶州則蒍鞒繁富之邑

然過必巡察使知而益必物議拂欝○十一月

左水使李由義自行在所除職下來聞本營舟

師敗亡更無水路待變必計留安東義城義興

等地為遮截邏賊必計尋移任于慶州安康地

未久適去以邊將逗遛内地雖久在任亦何有

為○昆陽郡守李光岳獨遇賊小舡一隻斬首

五級據金粹啓則此乃四月三十日事誤脫在

此盖光岳遇賊必身先士卒皆力戰以故斬殺

太多 朝廷特陞堂上○右水使 失其名 聞賊

八巨濟令盧侯 失其名 守本營遂馳到百川寺

殘步倭當晝犖牛行向軍威縣人朱孫者勤士
珍射之士珍以為彼賊孤軍行路不是無心不
可輕舉朱孫曰將軍為假將見小賊懼何用將
為士珍即大聲出射四面設伏以賊一時俱發
士珍瑪力射之忻殺甚衆賊亂放鐵丸亦不能
中日暮矢瑪賊突入背後斫去弓絃士珍力盡
被害賊寢肉而去自是仁同此賊往來殺掠
不畏忌　朝廷贈士珍通政○青松府使鄭慎
為政狂虐至於士族婦女亦拘囚牢獄一境空
虛甚於賊過此地人甚苦之而或重臣按界瞭

遂退去云 〇 十月十六日賊將清正八會寧府

王子臨海君順和君及侍臣判書黃廷彧承

旨黃赫前兵使李嶸前領議政金貴榮皆被擒

而貴榮延遲 王子君及諸宰臣皆南下迫八

賊窟 體察使柳成龍時在本道承有 旨書

狀募人要路奪取而卒不得時事至此夫何云

為未久聞平壤捷音雖愚夫愚婦莫不踴躍 〇

初張士珍為其兄士珪遂有復讎之志嘗掌一

起設伏要擊厥後為假將率本縣軍多殺仁同

往來之賊賊一日多設伏兵於麻嵬峴今二三

遂退去時屢日被圍節制嚴密後被擄入解圍

在日本者通書于本道監司詳陳賊情言及本

州守城之事曰倭人不觧華音而惟晉州判官

金時敏業名則居常稱歎嘖嘖其聲與華音無

異云時敏徛春在智異山中金誠一謂身爲大

將當與妻屬同先生城中別設一假家積薪其

上不幸則當付火自燒足矣不可與妻子各處

云亏賊之圍城也郭再祐令精兵十餘人各持

十餘炬伏弩術鄉梭後山致炮鼓噪城中相應後

城中人言賊聞山上大喊之聲兵勢遂分翌日

陰諸郡合勢設伏死傷甚衆遂潰散賊止宿于
富大坪翌日移屯于召村越三日朝渡三灘分
運向晉州一運踰馬峴一運佛還直搗本州踰
時柳崇仁欲入城禦賊牧使金時敏以本
州判官陞為牧使時在城待憂意謂兵使若入
則是易主將此必節制牽方乃曰賊到近境城
門已為設備開此際恐有倉卒必應兵使則
為外援可也遂拒之郭再祐聞時敏此言歎曰
此計是以完城晉人其福矢崇仁在城外力戰
兆扰城下七日力戰賊屢進屢北死傷幾千餘名

賊路旁邑尤甚失農入山者擧爲餓莩在野者
盡被屠戮○九月二十七日釜山金海賊踰自
露峠熊川賊踰自安氏峴將犯昌原兵使柳崇
仁率軍官義兵迎擊不利翌日收散兵迎戰又
敗賊八十餘名眞八本府焚蕩邑居卽退屯于
府南汰火村崇仁與諸將士結陣于馬山浦翌
日賊合兵踰光山屯于咸安邑内巡邊使將進
討知勢不可卽渡鼎津爲壘入晉州討○十月
初一日賊焚蕩東南面仍寧衆眞踰富多峴峴
乃咸晉兩地界也晉州泗川昆陽河東丹城山

賊不得肆行九月賊移向釜山道内討賊知名
者密陽奉事金太虛軍威張士珍義城藍察申
必咸安安信甲為其父遂有復讎之志許身
鋒鏑遇賊必突擊所斬無慮六七十名大功將成
遽先於賊固城崔劉蔚山張梧石星州陶姓皆
表表可稱時以討賊名固不止此此外名實或
異故記之如此云尚州牧使金澥避在山中遇
賊而先澥之被害多有人言且澥嘗馳報巡使
曰我國人造着假紒面為賊嚮導云聞尚州人
以不附賊戮　宵無刃過乎是年穡事金廢如

員鄭冝藩尹就善崔仁濟幼學李得麟等數十
餘人兆之冝藩與其父世雅同入戰場射穀甚
眾世雅失其馬父子只有一馬父讓馬於子子
讓馬於父畢竟世雅騎馬才出冝藩過害當時
父子之情為如何欤冝藩信士儕類重之塗地
一夕竟失其屍世雅求詩於冝藩素所知愛者
欲為詩塚以非古遂寢云是時使一道人心差
強聲勢稍振者永川之捷有以聳動之也及此
大兵一敗人心頓挫何事之不幸至於此耶晉
還軍安康縣令勇士或棄夜㪍炮或要路譏伏

無主張指揮之事從使各陣間令尅期堂非主

將之力也物議恐或過也時永川郡守金潤國

托稱晔容護行棄官乃去　晔容奉安於禮

安潤國走在忠清永川人以安集使令追到忠

清本家潤國得還其任行未踰嶺應銖等已畢

事報捷之日潤國之行始到本郡以太守得叅

切列陞堂上新寧縣監韓偁竄伏山中賴應銖

亦陞堂上其時賞爵之不信類如此物議至今

憤讚○八月兵使朴晉謀討慶州屯賊率中路

兵幾二萬餘名臨戰失機大敗而還舊義士生

卒散逃無統於是義聲一出人知此所懶者有
立懦夫知勇此亦當日之一幸而公家謀議每
相掣肘至於舉事之際反多相礙此固當時之
通患也○義兵將權應銖與鄭大任鄭世雅等
攻永川屯倭盧減殆盡克捷有功軍聲稍振實
權興於此曹珹及申海舉兵來赴義興洪天賚
領兵來援同時夾擊克有濟事之功其後　朝
廷褒賞獨不及於天賚人皆嗟惜○兵使朴晋
陞嘉善人以為非其功時晉在安東傳令應銖
應銖時為晉軍官舉事蓋用應銖大任謀也實

與隣近同志合謀擧義或出其奴之壯健者或
扙官軍之散逸者團結行伍名曰鄉兵或協力
官軍或設伏要擊時義城義興軍威安東禮安
等地人各起鄉兵而聲勢單弱遂期會於一旦
縣里亭一旦人殺牛以待之遂約束以金垓爲
大將分路設伏以左右衛將主之左衛則前監
察申心主之右衛則生員金翌主之頭揷白羽
以別軍容盖義膳雖老弓馬非長而所募之卒
且非組練其於臨賊無克捷之功而是時
西天隔遠濊貊寧及當事者狃於玩愒許多兵

六月八日秀吉着署右邊書羽紫筑前守五字

左邊書鼻井流來守嚴六字疑是秀吉之於筑前

前容處以為符信此物而所斬倭將政是筑前

守云

盖元均艘隻錐小善突擊舜臣舟師如龜

形共上有盖最為堅緻且利於赴戰故賊不得

擊破斬獲太多盖舜臣有節制之功元均有擊

斬之勞元均非舜臣功不能成舜臣非元均計

不得伸而報捷之時舜臣專歸其功於已略不

論及於元均均深啣之相與爭功終以此敗物

議小之〇正字柳宗介進士鄭世雅翰林金垓

船隻登陸將走萬戶李雲龍請留元均遂謀攻

哨請援於全羅左水使李舜臣右水使李億祺

時賊未犯全羅故舜臣等在本營待變令撥金

誠一　啓則言元均鎮之後請全羅左右舟

師云而無李雲龍事舜臣等領兵來援節制號

令多由已出三次水戰並皆大捷斬賊累百級

破船百餘隻燒溺死者無筭有一艘特大其上

有層樓高可三四丈可坐十餘人外垂紅羅帳

中有金銀屏子最為牢固末易撞破乃水軍將

所棄船也艇中得金團扇一柄一面中央書曰

假守善於治官軍民愛戴咸願為真而新郡守

鄭誼不知所在請令起復仍守本郡云誠一此

啓乃為左巡察之後故其狀內首敘曰臣既為

左道監司則右道不宜　啓聞而莫小臣自初

主管義兵今若諉以常規目擊可虞之機不為

啓達則實非人臣之義是用冒陳一二条欵

不避越俎之嫌云而以日次考之則初六日至

河陽已聞　朝廷除改而此　啓則當在二十

七日之後未可詳也意初六日或日之誤也抑

傳之者之失也○右水使元均初遇賦船盡沉

樂院僉正李魯成均館典籍盧欽司圃署別提
郭再祐幽谷道察訪權濚禮賓寺別提李大期
掌院署別提裴德文司宰監正以表獎之金誠
一聽讀　教書淚零如兩俄而論啟其略曰
當和金沔起兵于高靈居昌鄭仁弘起兵于陜
川兩軍各自擊賊軍聲頻振形勢亦張令沔蒙
恩拜陜州郡守仁弘拜濟用監正高靈居昌
陜川三邑之軍各失其師莫不觧體無意討賊
誠非細慮姑待事定間各率其軍仍前擊賊事
定後赴任似合機宜且前郡守郭起今爲草溪

路而當午馳到慶山至河陽聞 朝廷改除為
右道巡察使尋遷向右道以討捕使韓孝純為
左道巡察使其行衣紫袍鳴鑼角盛張兮伯之
儀略無動邑賦登城望之時奉 命諸使常由
間道通衢大道久為荒沒孝純為巡察之後巡
按各邑道路始開人望其行邑有復觀官儀之
慶〇二十七日 教本道士民書 時 行宮阻
憂澳歸罕傳而 教文辭旨惻見者莫不感
激來到本道除鄭仁弘濟用監正金沔陜川郡
守朴惺工曹正郎郭赾禮賓寺副正趙宗道掌

所致左道已為陷沒臣雖越去事無所為在此
則猶可撐拄一分而成　命已下臣義不敢違
留卽已通文于竄伏守令等處使潛伺迎候候
其報至伏鈇渡江死生以之云時右道亦已陷
沒而誠一云甫者自初主管義旅討斬賊徒一
帶江右尚有紀律不至如左道之淪胥故欲姑
留以畢其功云七月初五日金誠一將渡江向
左江右義兵請留挽行甚切誠一外許其請謂
將向陝川而出人不意旋向甘勿倉遂渡洛江
義兵追之不及初六日自琴琴山過梧桐院賊

兵民恐致驚擾令下三道沿海諸郡將此意張
榜曉喻咸使聞知事自此南民有生意金誠一
啓曰伏聞天兵將至恢復有期臣若頂吏無
死及晃迴　鑾平蕩之日則雖坐乏軍興之罪
萬萬滅死無悔云前此上在開城時以柳根
爲諸兵使送遼東　詔使遂出來以招諭使金
誠一爲左道巡察使時誠一在右道聞　命以
不能討賊爲辜　懇負國之大衆而又感方面
之寄乃　啓達云伏審除授日月已久而　敎
書印信尚未來降必是冠賊兀尓道阻難通之

兵召募官博士呂大老假將權應星等為夾攻
同郡賊討〇全羅監司稱獮之賊自昌原直向
咸安欲濟宜寧之㟧巖津為郭再祐所過卽往
金山為金沔所却由知禮茂朱縣興忠清道
賊合入錦山〇有 旨書狀內遼東大發精兵
五萬留駐江邊以為聲援廣寧楊總兵率向義
健子五千前來邀擊祖總兵郭遊擊王遊擊谷
寧數千兵馬已渡鴨綠江史遊擊領精銳千五
百名為先鋒令山東道每師十萬經由水路直
搗倭奴巢穴所過若由本國沿海諸島則海傍

茂朱及江上往來之賊訓錬奉事尸鐸率學諭
朴恣齋所募兵守宜寧晋嚴津及新反縣郭再
祐及訓錬奉事權灤率其所募兵及前牧使吳
澐所聚兵守靈山上下江灘以過昌寧靈山玄
風及江上往來之賊咸安郡守柳崇仁茶原縣
監李邦佐泗川縣監鄭得悅昆陽郡守王光岳
苓各還其住多有戰守之功以故賊不敢肆意
侵犯此其招諭公節制之力也〇義兵將金沔
一率前使牧徐禮元等火攻知禮縣賊燒殺擄倉
之賊餘賊遁還金山金沔更備火具與金山義

禧正字成安義幼學郭䞭等聚軍七百餘名設
伏擊賊連次獻馘保人曹悅及成禧等合兵
千餘人圍昌寧賊終日相戰有一賊騎白馬稱
爲邑宰乃財之立死越二日賊焚柵遁去○義
兵將金沔頒居昌兵守本縣境興本縣縣監鄭
三嶷設弓弩於牛旨峴賊不得入以備金山茂
朱之賊前主簿孫承義前守門將諸沫等分守
高靈以拒星州之賊假守鄭仁弘巨濟縣令金
三俊民等守陝川前郡守郭起假將前萬戶鄭彥
忠領李大期全致遠等所起兵共守草溪以防

原賊欲連屯於東邊潛伺窺覘竊發於寧海等
地孝純使軍官張岦朴彥國等設伏要擊豈死
彥國中矢大敗然賊遂退去人以為二人之功
也如守一等及漆浦萬戸文貫道亦皆有守討
之功前此貫道聞 大駕西遷卽西向再拜痛
笑聞者義之○招諭使金誠一擇其士子之有
識者差召募官武弁此有才者為假將有訓鍊
奉事權應銖聚兵討賊其管下應募者皆一時
武士興永川居鄭大任同事捕斬頗多誠一仍
姜應銖義兵大將○生員辛邦楫忠順衛成天

書則荅曰龜潭非用武之地　前臨長江後阻大
山東西有路輕舉則徒殺兵耳當時以為慚負
今觀之勢或然也　晉常使精兵送龜潭棄夜放
震天雷炮又聞江原賊越犯駒串峴英陽芋境
分軍定將要路過截賊不得任意往來云　義城
前監察申伈團結鄉兵謀討軍威賊旬日之間
得衆數百人具由上書于招諭使　C寧海府使
韓孝純陞拜為討捕使初孝純與長鬐縣監李
守一迎日縣監洪昌世興海郡守崔輔臣清河
縣監鄭應聖盈德縣令安璡芋約束討賊時江

郡守金大鳴為都召募偕生員韓誡鄭承勉召

募東南面民人得六百餘名與固城義兵將崔

堈等合兵或薄城誘引或設伏夜擊賊不能支

不久潰散盡入熊川金海等處金大鳴等遂領

兵待釁于昌原馬山浦初和金誡一以本州危急

移文于左兵使朴晋請箪騎来援○左兵使朴

晋在青松眞寶等地募集散卒人多響應稍有

模樣移軍安東地本府賊移屯豐山未幾退去

晋之駐安也謀討龜潭之賊而諦審形勢終不

舉事遂向下路人望頗缺有二三士人要路上

郭再祐乃敢移檄于道主僅能鎮定湖南則光
州牧使權慄等數罪通文于道內巡察使李洸
不能行公討賊之事付諸相忿之域若於此時
賊乃再犯則萬無可禦之勢云觀李洸檄文則
洸不是無心於賊者而懶不克絡未免譏誚惜

栽○六月固城賊来屯泗川爲迫晋州訐使十
餘城奔突於南江之越邊招使金誠一時在本
州令軍官勇健者十餘人率輕騎一隊渡江追
擊賊狼狽還泗川誠一遂分兵連日薄城使賊
不得樵採賊退還固城南邉之虞遂解又令前

江往來之賊或攻勒昌原之賊丹城士人金景

謹嘗以氣節自負金曄亦以氣節許之及曄入

伽倻景謹擬獻討賊之策由山而進曄對景謹

終夜言無一語及討賊事惟以嶺南士風甚薄

謀害道王抗疏　天門等語吃吃不離口云初

金景訥為金曄軍官移檄郭再祐再祐遂答之

其交冒義賊之分天地知之是非之辨公論在焉

惟曄之黨不得於言末之於秉彝之良心可也

景訥景謹兄也　○招諭使金誠一啓曰兩南

人心以不能勤　王討賊歸咎巡察使此道則

云而且曰臣不幸受命之後再逢此慶四月中
取路雲峰縣湖南之人以巡察使李洸緩於勤
王欲討之或有密言於臣者臣以大義折之
即議于晔欲通于李洸以備之晔曰彼以勤
王之緩欲討之可謂義士也若誅此人則一道
人心益激李洸處不可通也臣從其言而止今
兹再祐之事政頼於彼晔苟以慶湖南之義慶
再祐則事無難慶者云爾即以其難復再祐等
書及金沔戒勒再祐書並為謄書上　聞以故
再祐得伸其志嚴設軍儀臨機策應或撞破洛

民不知其罪一時潰散丁寧故臣欲彌縫鎮定
再三戒勑已為從順而但得罪枚巡察使恐難
自容慈起他褻蓋舟祐之事雖實狂妄心實無
他監司若如金澍之所處則便帖然無事故移
書金晔使之善處則固無可虞之變而但金晔
以叛逆已為 啟聞又以他人指唉為言以此
加罪則非但渠不服罪一道人心恐難收合極
為痛迫渠之忠義奮發之狀奮勇擊賊之功著
於一道兒童走卒皆稱郭將軍且聞其善枚用
兵有將帥之才若火寬狂妄之誅則終必有效

再度移檄于巡察營門歷數其罪聲言欲討巡
察移關於臣令宜寧官捉囚臣竊念再祐實有
逆心則方握精兵非一力士之所捕若無逆心
則一書足以開悟即下帖于再祐譬曉多方金
沔亦貽書戎之再祐翻然聽順聞晋州危惡乃
提兵馳援向前再祐以一介道民欲犯道主至
於聲罪移檄雖自謂爲　國憤憤以至於此迹
涉亂民即爲討除宜當而再祐當舉國陷沒之
餘脫以孤軍奮勇擊賊道內殘民倚爲干城今
以亂言即加誅殺則保存餘城禦賊無計且軍

骶中或於馬上擊鼓徐行以為行陣節度或令
人吹笛鳴箛或山巔數中吹甬鼓謀或處、設伏
寂若無人賊至輒射殺之或逐賊艇臨岸追射
無日不戰戰必獲勝斬馘之多最於諸將射殪
者不知其數賊亦謂之紅衣將軍不敢登岸作
賊宜寧三嘉兩邑人民皆安業力農五穀之盛
無異平日道內餘城保存者再祐之功居多忽
聞三道之師潰於水原有似發狂之人危言妄
語無數發說巡察雖移書襄羨　啟聞上功亦
不回意人或以取禍戒之則必按釼而怒令忽

孝行稱之自髫生之初聞監兵使相繼逃遁慨

然發憤及暐向草溪也再祐憤然曰兵使遁逃

而不爲刑又令賊出左道而退走草溪監司可

斬也乃援鈙欲奔潰諸路鄉人力禁而止厥後兵

使曺大坤等皆奔潰浹旬之間賊犯京城再祐

扼腕慷慨曰此輩護賊八京貽禍　君久皆可

斬也時宜寧草溪皆戰敗空官宜寧官庫則已

經焚蕩再祐兵無見粮乃發草溪及新反縣倉

穀以餇軍時着紅綃具堂止笠餙自號紅衣天

降將軍馳馬掠陣往来倏忽賊齊放鐵九亦不

之苑生恐決於旬日之內云云於是金誠一周
旋兩間移書於晬且引金澍尹箕等故事乙卯
之變全羅監司金澍自靈巖郡出走他境水原
前府使尹箕時以儒生在圍城中欲援鉦斬之
澍不為怒談笑處之論者至今稱箕之勇而多
澍之罷容使之善處且移文於再祐開諭丁寧
而乃具由論　啟其略曰郭再祐起兵討賊事
已曾屢次　啟達而意外之變出於計慮之所
不及到間知所處之宜極為痛慮再祐乃故通
政郭越之子性質朴無文居喪致哀鄉曲頗以

是若有一毫潰散之心則其肯若比乎義兵等

事皆與金誠一離礭處置而火無獨專撓沮之

事則所謂敗衄成之功者其亦誣矣况統率現

存諸將糾合義旅收復郡縣以収粜榆　聖旨

丁寧則所謂義兵者臣豈不可得爲辭令節制

而如彼云云其心不難知也假使馮誤因傳說

之言無知妄作猶末兔叛民之歸渠之討賊之

功終難掩衆矧乎李魯文德粹等皆以一家相

連之人三憾挾勢魯則日在耳祐之側敎誘謀

害不遺餘力冀行函訐在所不疑禍機已發臣

到雲峰縣因金誠一始聞　鑾輿西幸京城已

空李洸亦已退師全州臣牽孤軍獨赴其勢甚

難誠一亦勸還師則其非逃踰也明矣反以托

於勤　王逃踰雲峰為臣之罪領軍勤　王者

謂之逃則渠之興兵討倭終欲何為夫鄭仁弘

金沔之謀起義兵也條陳十策徃復相議軍粮

軍罷之措備章標文移之處置莫不咨及而定

奪焉陝川義兵將孫仁甲乃是臣所差定其處

事從容固非冉祐荒唐者之比臣還道之後几

百小小之事一一文報而他處義兵亦莫不如

西策應之路故聞賊犯本府之鵠院退守靈山
聞密陽之不守又退草溪聞賊已陷金海將指
草溪之路移駐於陜川聞賊犯星州馳到高靈
聞賊向金山馳到智禮欲為在近策應之計賊
犯知禮境始到居昌居昌實是居中之地留屯
於此者欲為上下策應之計而釁生之後足迹
一不及於伽倻山矣賊踰嶺路忠州諸將亦敗
直入京城之勢迫在朝夕思之至此聲淚俱發
念不計他収合燼餘與湖南監司李洸合勢勤
王之意節次狀　啓率軍一千二百餘名行

節制車方使賊闌入爲臣之罪等城一事臣不

頂言也使賊闌入是果臣罪而昇平百年人不

知兵軍卒望風先潰邊將退此者豈皆緣臣節

制乎而然哉變生之後各項節制已具於馳

啓中節制得失皆經　御覽蓋四月十五日

早朝臣在晉州聞倭賊犯境卽具　啓本馳聞

後午時發行路聞釜山東萊兩鎭之連陷同晝

夜兼程十六日夕馳到密陽則是聞東萊之陷

而悤悤走入密陽也非自東萊而退走也欲於

此守城以待變而臣若見圍於其城則無可柬

區之意在於鎭定不形辭邑反爲之　啓聞嘉

奬而渠之積惡未消誘致落榜生聚黨日衆

名稱義兵外示討賊之迹而懷不測之計不知

者以爲義兵知之者慮其應有難圖之患至有

嚴令子弟勿入於其中者亦多臣不早處置者

以其事勢有難故也今則先檄小邑幕下將士

劫行刺客之事又數匣之罪通文列邑之人將

擧兵補亂而守令如有使邑人不從者並與守

令而誅之之意亦及於通文中又移檄於小邑

兇悖之言口不可語而以刻期等城屠民茶毒

寧新反縣倉穀又盡數偷取晉州田稅船四隻
奴入私庫分給不逞之徒以爲施恩之資乃祐
實爲 國家倡率義兵欲討倭賊而無兵粮則
當告守令或報臣處依法受出饋餉而不爲如
是姿行刦奪有同劇賊之事臣明知其兇悖之
心而愚於討賊且冀其革心從善通諭各官使
之來現徐觀其終更爲馳 啓計料而再祐誤
聞兵使書大坤捕挺之令出於臣之所爲兇慘
之語公然發說於金誠一處至欲射殺臣所送
營吏因誠一極力止之而不果爲之云微臣區

息難通　王法不行汝首猶全云而且有欲討

必意睁遂移關於招諭使令以法囚繫乃其由

上啓其略曰内地等城校生沙汰是臣飲恕

之地以此重激物情文德粹之上書一道之人

多以爲其呉姓任李魯之指揮而臣亦前於狀

啓微露其意魯之欲冒小臣者昌嘗斯順忿

敎　國運不幸賊勢猖獗至此臣罪當萬死棄

此機會百端搆捏盖無所不至而妄女堵郭再

祐率無賴人三百餘名取草溪官庫米糒及眞

末油清又破司倉庫門軍粮各穀分給黨類宜

十巳降而田單以莒卽墨復齊之墟唐之兩京
巳陷而郭子儀以孤軍復唐之祀令嶺南一帶
雖陷於賊左右邑尚多完全堂堂　國家勇
士如雲爲監司者誠能一日奮忠烈之心發慷
慨此言感動民心則以義應之者亦必多矣
君父之讐可不日而後也曾莫能巡一邑畫一
策倡起義兵逃踰他境猶恐不及此庚狄禽獸
也心所不忍爲也僕必待閣下上聞而斬睟此
頤鞏之萬街然後倡率勇壯以赴閣下之前遂
上題論列又移檄于睟其略曰
　　行宮阻夐消

賊到束業退縞密陽節制率方使之陷城賊把

密陽走到靈山旋向草溪曰入伽倻賊過尚州

竄身居昌瞭矓　啓狀欺罔　君父謂鳥嶺可

守棄而委之使嶺南一道土崩瓦觧竟為賊窟

賊過鳥嶺　君父消息邈不相聞自知其身無

地可容托於勤　王逃踰雲峯中道狼狽無所

於歸忘著忍耻睪顏再來出舾令發節制使義

旅有潰散之心招諭敗壞成之功已上皆就再

祐上招諭及機內文拔出來遂通文於列邑以

聲其罪上書于招諭使金誠一其略曰齊城七

無馳報之理而　上前啓辭當有所據故俱錄
如此○玄風居品官郭再猷乃趙子也避賊在
山一日見擄賊欲斬之子潔浩清洞等四兄弟
乞以其命代之賊卽斬潔等四兄芽放再猷再
猷無他嗣續潔嘗有孽子令奉其祀云當時竟
鋒所及父子兄弟迫於自活不得相顧甚者或
子而棄父無復人理而潔等代父之死爲孝至
笑而人不得知本縣士林欲作文伸白而未果
至今補嘆云○郭再祐以爲金晬再爲監司而
使民離叛者既往不說等城時大失道內人心

他物稱此自此兵勢益振士氣百倍金睟論啓

以甲胄口及兵器雜物令分興軍卒以爲勸賞

其餘絹段等物輸送南原使之堅藏開路後上

送云○十八日賊船三隻自上流下二般則致

沒一般則縱櫓下去義兵將郭再祐全般捕捉

斬首二十七級盖江右義兵沿江或設木柵或

設弓弩臨機用智故多於江上捕斬觀金睟

啓則曰宜寧假將郭某馳報內云而俱睟十七

日自雲峰到咸陽郭在十八日雖有斬級之功

同日乃睟来還之初政郭移檄毁罪衆之日則決

迎賊者斬遞以書檄賊曰　天子聞汝等將犯

我國預送紅衣將軍領精銳邀擊即著紅衣馳

騁山上又令一人同其服色縱馬上山馳奕於

相望之地能飛越山谷彼隱則此出此隱則彼

出往來倏忽賊甚異之遂驚潰不得渡江由漆

原迎浦歷秋風嶺八忠清劇賊一退軍聲大振

聞者氣倍○義兵將金沔遇下來賊船二隻一

隻則全船捕挺斬賊八十餘名所載之物或有

孥府舊藏而　光廟御諱及祭服二領赤舄一

部亦在其中如麝香青絹等件亦皆世家物也

同志者數人顧與君同之撝謙肯答如響礎曰
顧君與吾同出見某某人相議可也撝謙果出
来勇士等縛致再祐前撝謙扶再祐派連乃伯
叔行也意或見肯再祐乃先斫一臂一脛撝謙
曰若不加刑可以得生云竟斬之人皆快之時
豪悍奴輩不知奴主之分多叛主撗肆甚者或
加刃或相淫穢再祐聞卽捕致通于其主皆斬
之自此人心始定無復有忙上者○賊稱全羅
撿使移檄將渡昌巖津其文曰迎者妄拒者斬
大小遑遑卷議不一再祐乃奮然大罵曰敢言

進鑼炮並作賊驚懼失措盡棄器械遁走遂収
其軍罡等伴而還○靈山居兩班孔撝謙亂初
附賊同向京城致書於其家曰吾當為慶州府
尹若密陽府使則可優為云而豈有犯 上之
言郭再祐聞之憤甚一日撝謙還到其家再祐
欲殺撝謙而難於捉致時其里人皆附賊桂植
於外間行賊不得侵犯我國人久不接足少有
聲息必與賊相通訓鍊奉事辛礎亦靈人素善
撝謙再祐令勇士伏於道傍令礎引出擒来礎
至撝謙家說曰近觀時事萬無恢復之勢吾與

致潰處當受其責云適　再祐把截處地勢有可
乘之隙賊果潰圍直出追擊慧恩放火如雨我
兵一時潰散再祐管下諸兵擁衛再祐使賊兵
不得逼近賊亦遲迎不敢突入再祐乃麾旗回
馬若將向賊會其地形便於用武在賊有易敗
之勢賊意謂再祐佯敗奔潰據此形便有引出
邀擊之計遂退兵遠走以故我兵得全還入栅
其用兵如神得全於已敗且得士情如此云時
行賊數千因日暮結陣於昌寧地再祐夜令諸
兵各抱火具潛行至賊地延地一時舉火鼓譟而

六月十五日自高靈夜到洛江由玄風到密陽

豐角縣召集散民幾數百名轉向青松等地時

賊見官帶人則以為官貪或兩班必竊追捕斬

以故人無大小皆著嚴陽子以其便於避賊也

自晉為兵使後始著黑笠衣冠風彩煥人耳目

以故士人亦著黑笠時李珏旣走兵營印信見

失西路阻絕新印未及下來各官見晉傳令不

以為信訛起問起寧海府使韓孝純到青松見

晉遂送本府布印用之自此人心始定義兵將

郭再祐圍靈山賊與諸將約賊若潰圍而出則

指父老加額時以郭再祐等憤慨之故
陝川郡守田見龍以賊論報右兵使曹大坤下
今捕之以故管下諸兵多有散去之意誠一到
界之日即貽書招見 在丹城拒之再祐乃就拜
深加奬勸軍乃再振一向擊賊 ○忠義衛李逢
起兵於咸昌前佐郎鄭經世爲召募官進士金
覺起兵於尚州正字李埈爲召募官兩軍聲勢
相援逢斬獲頗多 ○以密陽府使朴晉墜拜爲
左道兵使和晉從金睟到溫陽得差兵使祗受
有 旨率軍官李士庚等三十餘人先到江右

頗知兵事臨事布置多有紀律士民爭相應募
自此前掌令鄭仁弘起兵於陝川前佐即金沔
起兵於居昌高靈前牧使吳澐為郭再祐召募
官前縣令趙宗道正字權濟正字尹銑曁全致
遠全兩盧欽權鸄皆有意討賊聲勢相援一時
傍以為干城時副提學金誠一左遷為右道兵
使下來路中遇賊先鋒即下馬踞坐繩床令軍
官志其名射之前賊中尢遂退去誠一到營數
日風彩立異軍民倚以為重既而有　拿命中
道蒙　宥還為本道招諭使先到江右羽旌所

祐不聽聲出家產以爲餉軍之資妻子衣服

亦給戰士之妻乃托其妻子於其妹夫許彥深

家遂許許身戎馬此間率所募將士三十餘人乃

聲言擊賊鄉人聞之以爲發狂時適遇賊船再

祐乃著紅衣書天隊紅衣郭將軍數字於綵鑿

矢以射賊船船中賊爭扣臂喧笑再祐乃射之

果中賊臂賊船遂退鄉人聞之大驚以爲可與

濟事遂相響應不日至百餘人無以爲餉時草

濟宜寧皆戰敗空官再祐取草溪及新反縣倉

輕以爲軍需又取晉州田税船四隻再祐平昔

致大也其中惟尚州大邱永川則賊之留屯日
久而來聞有一人附之者人性之善豈不信哉
賊陷縣人至令痛之時星州僧瓊照與賊將對
坐以書應荅聚民還上分給教授襄德文捕之
送巡使梟首○布衣郭再祐起兵於宜寧初再
朝廷聞而嘉之特加復戶如昌原亦以不附
祐以監兵使節制每方使賊闌入乃發憤欲斬
遂散家財以募壯士得里中居張文長等四五
人結爲先生之約其妻諫曰奈何爲此浪爲計
再祐即大怒拔釰欲斬之其兄亦以滅門止之

一村自昔傍江感居亂初附賊嚮導報其平日
恩惡有一書負八日本磨鍊田稅昌原賊補全
羅監司鄉吏玄希俊自稱陪吏造出先文妓生
等皆八賊中晋州丹城草溪開寧善山仁同東
萊靈山之人是也其者或稱判官或補鄉呀或
為賊嚮導或出稅米倭喜食蛇或曰捕之以代
稅米時客陽府使朴晋峴賊于善山有兩班洪
彥溪者見晋疑為倭將卽跪攢手曰新上典新
上典願生願生晋不答揮釰而出佯示倭状云
卽四月二十九日事也本府人多類此其者金

死昢非有一家素養能如是乎〇義城居孫夢
覺女為軍威居訓導金光瑀妻光瑀死於賊孫
氏即投水而死〇左道邏賊留屯者義城軍威
仁同永川大邱密陽慶州昌寧玄風釜山東萊
等官也右道則善山尚州唐橋開寧金山星州
丹城昌原晉州金海熊川鎮海固城等官也其
中釜山金海等官為賊穴最為雄固以為久據
根本之地如唐橋等列屯則略儉墨栅但抄掠
旁邑示威耀兵以自捍衛而已人或怵禍或
迫飢餓投降苟活者比比有之如金海都要渚

及致罰妻權氏臨絕巖三十丈許致中先隨其

妻申氏與權氏泣曰一死不可免俱青年可惜

遂同隨其婢卜粉挽其主裾曰主典欲去何處

亦從而隨屍積溪邊賊見致中不脫衣冠意其

為將益怒加刃而斬之頭足異處 卽七月初一

日也 權氏身結於藤蔓之中落於淺灘傷折

二遊賊退後救之乃糞奴妻玉令見其夫被害

亦授水而死盖致中早事詩禮持身甚謹嘗往

来扵先生長者之門人多推之聖安東申九鼎

之女臨亂一夕節義成雙至愚如卜粉等亦知

城前此常往来賛噐至是分軍荷九郎二十六

曰此士人金致中間賊八本縣召集里中操弓

著有說伏捍禦之計一日見賊突八其里令四

面吹角一時追射賊棄旗而走明日賊又至又

逐而射之又明日亦如是賊憤其屢退翌日未

明全軍來圍勢甚蒼黄致中以其父母置扑藤

蔓之下顧其妻子曰寧死不願開汚辱之行也

遂與弩致和孽茅致潤從茅致弘致劉等引弓

抗賊致弘致劉各射一賊應弦而倒致潤射中

一賊賊一時致九致和中先致中與其妻申氏

十五日遇賊于龍宮地見敗軍多死焉伏龍等
幾危而幸免翌日賊八體泉安東等地未久又
八體安○時各官守令以安集使分付或抵本
家而還或抵江原忠清而還蓋時　朝廷急於
招集以有寬宥之　旨故也　五月二十三日有
旨書狀內報難之際事多苟且亦其勢使之
然也各邑守令臨亂逃避者一切勿問使之自
現察住云時禮安縣監申之悌龍宮縣監禹伏
龍常守本境伏龍多捕土賊慮被其害曰三處
眼猶不遠去有守土忦賊之心云　軍威賊入義

一門之內死節者如此世所罕
有者也　○安集使金劢以前撿閱金涌為安東
守城將訓鍊奉事權希舜為義城守城將博士
黃曙為豐基守城將前縣令李愈為醴泉守城
將幼學朴淵為義興守城將一邑軍務各令勾
當盖各邑無守令故也　時各邑宰多空官而安
集使因所聞差定如此　安集使金劢遣大將龍
宮縣監禹伏龍及榮川郡守李瀚化縣監黃
是禮安縣監申之悌等率各官軍兵駐于醴泉
李瀚黃是告病還任伏龍之悌領軍待變六月

援小鈒倪首直八中射之賊卽仆地俄而起立
取前昕投之鈒申又射之賊中腦卽死一賊遂
退走軍威去本村乃二十里程遂全軍来掠殺
傷之禍慘不忍言賊撤取人家積置一處取申
昕殺之賊以屍其付火諸賊列立拜哭而去是
日丁敏又射一賊〇右道賊八巨濟島縣令金
俊民粟浦權管李續宗下海游戰賊遂退去〇
開寧居引儀崔縉妻羅氏在山遇賊罵不絕口
死羅氏郎将應奎女也嘗以婦道聞竟死柎烈
云固城有羅應壁與應奎為兄弟也子婦三人

城下川村死者幾七十餘人有品官鄭太乙妻
朴氏與其二女俱被殺朴氏嘗畜一犬時村人
皆斂父子夫婦不得相顧積屍原野群犬磔裂
而食之殆不能全其肢體朴氏犬常守朴氏屍
體群犬至則獨怒而逐之烏鳶至則亦如之太
乙二日始還朴氏屍獨全人異之前此同村居
品官有姓申舉村中大小人約束禦賊是日早
有賊向同村申與數三精兵逐而射之俄而有
二賊馳馬而來申策馬以進至孤山川邊相距
僅十步許賊按釖直入向申投之申僅免賊又

主張時都事金頴男代巡使行 公累郡印者窜

伏於山藪佩兵符者逗留於内地人心渙散士

賊蝟起遂道相殺靡有紀極以此西方消息夏

不相及訛言洶洶人將不知有國久之始聞

大駕西遷即四月晦日四叟也五月初三日賊

八都城報至 上自松都發行宿金郊驛遂轉

向義州自此南民缺望无不知北所矣未幾安

集使金玏来駐上道作文以布諭 教旨收拾

安東等地若干兵馬為設伏遮截之計自是民

間始聞公家號令〇二十九日軍威賊焚蕩義

此○初觀察使金晬聞賊陷東萊退據密陽及
賊犯密陽謂節制之帥不當在圍城之中遂還
靈山旋向草溪後自伽倻山迤到知禮始受都
巡察使之　教旨○二十八日都巡邊使申砬
戰敗于忠州獺川自此廄燼捲地曳無捍禦本
道列屯之賊假稱官噸至有國使之驕橫行道
路了無顧忌而巡察使金晬避在僻地因辜勤
王兵千餘將赴京城　卽五月十六日也與兩湖
巡使會於龍仁地遇賊大敗　卽六月初五日也
而還到本道　卽六月十七日也　道內號令久無

家其無紀律如此 和安東判官尹安性領兵赴
兵營李珏走後安性竭力禦賊其子尋請速避
安性曰男兒死則死矣何可避去及諸將士皆
散還到本府縣績已走而官府無主民居一空
安性躬自擊鼓謀聚軍守城而已散之民無計
復合遂棄官去 龍官縣監禹龍以斬退將行
向下道時河陽軍五百餘名屬防禦使以迎候
防禦事自兵營上來至慶州毛良驛伏龍見之
感於訛言意為賊嚮導皆斬之 無慮四百餘人
禹龍雖心於殺而渠實無罪人之枉死類多如

則江原道寧越郡奉安陵令軍官金忠敏微服
潛行知委云卽四月十六日巴安東府使鄭熙
績領兵至永川聞賊勢鴟張乃曰此賊非倭驚
惶却走至一直縣見一人乘快馬疾馳乃大驚
着鞭而走不入本府寓一品官家促衛屬出城
直走吉州噫安東鎮管府使大官熙績亦名士
而其舉措若此隣近守令聞而欷之或避入山
谷或走還本家以故細民打破倉庫錢穀物件
日就耗損或敗遷將士焚蕩官倉而去是故間
有官軍諸將之團聚過行者無所就食掠取民

瑋從李鎰赴戰兵敗獨騎馬登甲夫山時本州
士女爭攀援馬鬣馬不能前瑋手揮長釰斬之
如麻山高馬倦賊鋒將迫卽棄馬上一茂樹倚
坐於枝上賊多経過而終不見晷菜夜登山迷
失所向厥明行至一寺下見一馬乃昨日所棄馬
也遂馳向慶州路由義城遇知舊有此說仍出
示昕佩釰殷血成痕愴不忍見云初李鎰在尚
州賊兵已近而軍中不知開寧縣人来傳賊報
鎰以為惑眾斬之其人臨死呼寃曰請姑囚我
明朝賊不来則斬之未晩也鎰不聽其夜賊進

直向慶州由永川新寧軍威比安仁同咸昌聞

慶之路踰鳥嶺一陣由靈山昌寧玄風高靈星

州開寧金山之路踰秋風嶺一陣由密陽清道

大邱仁同善山之路亦向鳥嶺二十四日直擣

尚州巡邊使李鎰軍本州北川賊兵猝至蒼黃

失措自相踐躪川之北有一深坎積屍如山沙

斤察訪金宗武遇害從事官弘文修撰朴篪避

八于山谷見咸昌人彦龍曰吾十八壯元及第

厚豪　聖恩今来佐幕受教丁寧戰既不利將

何面目复見　天顏遂自刎云慶州居武人曹

運鎮撫有難色狂怒俄而以犯律斬之自此軍情
大拂其妻子至今言其事有時泣下云梁山官
人黃應貞被擄生還曰賊善以為高麗防戰如
何不過二十日當入京洛云〇十六日賊陷梁
山時左水使朴泓聞釜山東萊敗自焚營壘軍
罷糧餉由東邊棄夜退陣奴谷驛及聞梁山敗
退陣慶州城址見賊兵直向本州仍遁走不知
去處數日之內連陷三城冤鋒昕向列陣自潰
自此賊兵棄利席勝分路長驅如入無人之境
一陣由海路連陷右道沿海諸郡一陣自昆陽

有二妾一被擄一不屈死此乃咸鏡妓生云

賤妓死節此之士夫其亦豫讓類乎之可嘉也

已

珏軍蕪山驛聞東萊敗馳還兵營珏善慹蒼

黃失措軍令不行妄殺軍士士多危懼軍中屢

驚至有欲殺主帥者時虞侯元應斗安東判官

尹安性迎日縣監洪昌世皆有守禦之志珏以

為莫如結陣曠野以應敵仍棄城退走秘其踪

跡不知其所後聞珏行到臨津 朝廷依本道

監司金晬 啟稟首云 先是兵營有一鎮撫頗

伶俐珏嘗信之任臨急自衛出綿布三十馱責

賢死之教授盧盖邦亦死代將宋鳳壽助將
洪允寬安潤獻梁山郡守趙珪等皆被害蔚山
郡守李彦誠佯死伏於積屍中尋生還節度使
李珏初八城中聞釜山陷欲棄城而出象賢謂
珏曰孤城危迫主將不可棄去珏不聽城中失
望士氣頓挫及城陷象賢冠帶獨坐於南樓上
神色不變念及怙恃題扇子曰孤城月暈大陣
不救君臣義重父子恩輕遂付奴子出送本家
云臨死罵賊曰交隣有道我不負汝汝何為此
終不屈或言象賢脫綱巾騎馬立南門被害云

老人席坐衣冠甚偉儀度不凡曄意謂別界神
人欲承下風乃登盍下階抵崇一層下則階級
有截欲上未能乃跪而言曰曄有老父而累居
國試每孫庭至今又忝鄉貢願從大人得將來
来命道八老人回顧微哂不言者久俄而坐末
一老人乃曰壬辰大亂作殺人如麻血流千里
汝句為及第頂積粟深山以避兵塵曄覺来惘
然退坐掩卷長歎傍有一僧請曰進士前日頌
勤苦讀書未嘗放過何今日廢讀如是曄乃陳
其夢至是果驗去十五日賊陷東萊府使宋象

崇山底水告渴憂怪如此人益以疑懼

壬辰夏四月十三日倭賊五十萬兵來把釜山

平行將清正為先鋒藉藉為謀主大將失其名

是日僉使鄭撥率軍出獵于絶影島候艘告倭

艘數百隻直向本浦撥以為歲遣來朝之船初

不為之備俄而再告曰衆船作綜巖海而來撥

急引軍入城城門自開賊已登陸矣十四日城

陷撥宛先是慶州居進士孫曄得中鄉薦在山

堂治經一日有夢若於無使中得到一山其山

頡高峻雄秀攀登至上上有八層階階上有八

雜著

亂蹟彙撰

萬曆戊子春日本使橘康光玄蘇来請成因要
和使庚寅春議送通信使以黃允吉為上使金
誠一為副使許筬為書狀官遂行冠盖遠屆有
識傷之辛卯春還隔節　殊邦消息及惡朝野
深以為慮先是寧海地有蟻蟲巖海出来其半
尤積水邊其半飛散戾天比安衙中亦有羣蟻
分左右有似結陣形相戰久之或斷頭以尤清

我臨我先誰笑我羹誰臨賢乎吾友胡至於斯

翻雲末路朝合暮離君其去矣余將疇依君其

知耶其不知耶其知不知我又何知山花日紅

野烏衰鳴一盃來奠展我微誠

何戚窮約益增芝蘭毓慶詩禮克承今年春首
同我觀國南還日夕寄君消息時丁釋菜君在
黌序憐君有疾握手與語形容非舊　殊昔
一馬與歸謂君勿藥要我重見期以後日闋日
總三人言病萆思將問疾俄報函音顛倒徙笑
有淚盈襟哭君不知呼君不答青春之遊白首
相失天乎命乎胡至此極壬辰之禍喪君賢季
君乎棄我今又長進我善誰喜我過誰戒嗚呼
邑矣慟矣何遽溫良之德諄厚之言欲見不見
欷聞無聞俯伏荒原摧痛增溪子先我哭子葵

不必進步而厮殺旗乎一動百體従令自能清

野而堅壁欽欽然如在行陣惟甫之績整整焉

内守愈安惟甫之力旗乎為我使内姦外究不

得窺覦於赤城則庶與爾朝翔于安宅也

綮徐賮夫天戊申

吾友賮夫而至於斯天乎天乎胡為乎斯命之

窮耶道之非耶嗟吾賮夫知子者誰温良之性

謹厚之姿非今昕見在古亦稀我昔取友托契

膠漆子喜我拙我喜子直學以相勉義在忠告

根基既立枝暢條達然有命焉終賃屈補而又

之來何以能克而得復禮之功此旗非天君則
運用之際何以得其正而有克私之效耶此天
君之僑用乎此旗而此旗之所以為用於天君
而使臍邦膰縣自無窺覦之患者猶歎休矣雖
然操舍之間存亡斯決而操之有要曰敬以將
之是曰為主人翁惺惺乎敢告天君敬守勿失
因以解銘其旗脚曰聖言十六一字其機機牙
餼韓匀石必随夫子論仁顏淵請事惟此一旗
聖學赤幟非禮之視非禮之聽爾其却之非禮
之言非禮之動甬其絕之旗乎一麾三軍退聽

是乎泰然其與南越王黄屋左纛聊自娛者遠

實有克己子於是作而歎曰出入無常莫知其

鄉而外誘攻中遂亡其正者此惟是惟微之機

也今心能使氣而虛靈之全體自全氣能聽命

而應萬之妙用不差四非旣克如敵攻統衛

心官內守静專而一日克己天下歸仁歟之不

外乎方寸此體之所以立也致之彌淪乎六合

此用之所以行也静虛動直之功皆自勿字上

做來則此旗之功用為如何敢云主一身者天

君而用此旗者亦天君也天君非此旗則非禮

交戰之機於是乎決矣瞰室之虬將何以却之
金井之賊將何以制之於是天君禮焉標準而
取禁止之義名其旗之時義遠矣觀其屈伸
在臂反覆惟手不東以西不南以北一庵而氣
卒聽命焉耳庵而志帥整齊焉視聽而非禮之
正則曰勿焉言動而非禮之正則曰勿焉此旗
一庵自然十可而萬當施一將之令整萬夫之
屯雷鈞颭擊莫能干命而意焉不逞情車無通
誠意關中自有惺惺不可動之義則彼自外而
来者自能退聽而浩浩萬善惟一執中天君於

豈有魚蠆首詞兮思何愿

天將吳摁兵惟忠威德碑

旌幢所過威信并行一尼蠆頭永世飛輕

勿字殯銘并序

序云太初元年天君卽位其居則靈臺大一統

焉其名曰勿字旗也嗚呼勿者禁止之謂也主

曰性情也緻見非禮柬便克去之有指麾之義

宰一身應接事物一誠足以消萬偽一敬足以

勝百邪而此旗之又取義於勿者何也盖虛靈

方寸應物無迹投間抵隙者未嘗不膠擾義利

天將遊擊葉公威德碑

萬曆壬辰夏倭入我夫朝鮮亦天子之疆有文
武為憲之臣承 王命來征公其一也公諱思
忠貽仰川浙江金華府義烏縣人也今年春自
邊盡指期掃清此固為將之盛烈而若其整甫
醴泉移鎮于本縣榮戟初臨仁威并著盖經營
兵政保護民居尤之於古亦鮮其匹於是縣民
悅喜咸願劇石以著厥義而時事騷然不遑剗
碣姑就片木聊寓勿剪之思云其辭曰
堂堂陣兮整整旗仁如春兮威如秋渚有鴻兮

勞業遊擊之戊戌　思懋

見元集

嗟惟我東天子之彊彼何匪茹敢肆寇攘聖怒

斯赫曰汝徂征寺叔元老來殿邊城兵威則勢

如山虎民思則爭詠渚鴻生等兵燹餘生田野

賤蹴治平無日幾望岳爺旌旗油幢有曜幸觀

漢官威儀萬竈熊羆昌飲食之惟此臺漿錐無

嘉肴式食庶幾錐無旨酒式飲庶幾嗚呼兵固

有機固難速期縱則不可天討盍加禍且不測

冀謂誰何今夕瞻拜聊伸裏曲他日雲臺共頌

洪伐

而籌畫擇將則閤下之責也馳驅邀擊則武士
之任也閤下之擇將不得其人而武士之邀擊
一失其機則閤下將誰與討滅而紓九重南顧
之憂慰一道生民之望乎生伏願閤下更察將
職之所係特毖擇任之命則仁同善山之賊錐
有長驅闌入之患而臨機應敵者既有其人則
豈不國家之一大事也此説固知出位之
僣而遊擊之任實非慶男之所堪擇將之權不
待朝廷之命而專在閤下之掌握則知而告
此生此志也采而用之閤下之責也願盍察焉

云也若以數邑之率爲國家剋賊之備則閤下
盡亦擇其可代之人以委遊擊之任乎生竊見
張士琭起自亂初臨敵先登射賊已多顯有實
敬而但無慶男之位且乞慶男之兵故挺身而
有衆寡不敵之虞臨戰而無首尾相援之勢今
若以慶男之任委之士琭使掌四邑之兵則獎
辜精卒臨衝突擊未必不在斯人矣鳴呼夏秋
已盡冬亦將半而腥氛尚熾西駕蒼黃爲今日
方面之任者可不擇才而任之以責敵愾之功
乎況自江以左閤下主之此道之賊閤下當討

賊既退伺便乃退其罪六也當此板蕩御膳尚

減為臣子忘食嘗膳之時而曰供四時旬費一

牛里使府摩軍官恣行刑杖民膏已渴膳夫繼

亡其罪七也伏兵摘奸將以備賊而分遣軍官

摘奸各官之時有關軍則懲以毛皮而不必禁

其罪八也几此八罪人有其一尚不可語勇亦

難以將兵今慶男以一身負八罪徒擁軍平淹

延時月討賊此日無期投竄之念曰深則慶男

實今日束閣之一裏物也將焉用彼將我令閭

下若以數邑軍平為慶男自衛之資則不須云

不辜其罪二也仁同留賊來犯歪溪之日在軍
威朴達寺其間相距乃三十里程而聞謀退馳
于義城百丈山善山屯賊長驅比安之時在軍
咸達項峴其間相距緣二十里許而恬不赴急
坐見焚掠其罪三也授任之初以設伏觀勢行
到梨峴望見仁同山城烟氣卽退軍威兒谷下
杖引路之卒曰輕逼賊穴其罪四也軍威大將
張士琬遇賊梨峴挺身進擊而在麻峴高峯無
意應援反促退兵其罪五也軍威縣焚蕩之日
脫身避出則所當辜羣精銳追捕而退在義城聞

後許騎刷馬則田牛得全其他魚酒鹽醬等物
稱其有無不必取盈則無復騷撓必患自底寧
居之樂矣伏願閣下轉此微懇上告軍門申諭
戒於各陳明軍律於諸卒則浙江遼東寧猶教
今馬兵步卒俱為一體誰敢橫肆窮閻擺脫民
居如前日也裁夫然後各安其居爭赴田功則
民天既足軍食以裕矣嗚呼臨機制勝知者得
焉執銳先登勇者能之至如撫安遺民先固邦
本固非智勇之士听可幾及而閣下令日之戎
政特以此為急焉雖古之名將何以加茲將見

騎飢者欲食一則曰杠夫一則曰刷馬此皆我
民之所當辦應而蕩鴉餘生不能支吾加以言
語不達情有所碍對面之際有同楚越暴怒愈
加歐扑或及於是老弱惶惑婦子駭散荷擔束
西莫顧蕩業令閤下令嚴故明申諭丁寧固知
三軍奉命一境樂業而尙盧鴻臚光祿不得相
理彼此牙門各有主張閤下仁威之政或碍於
他陣則他陣之來往道路而不循敎令者何限
況閤下聰明有限其能盡繫其手足耶生以爲
惟將官然後責立杠夫則人力得寬惟擺撥然

臣等嘗聞孟子荅公都子好辯予之問曰予豈好
辯我予不得已也楊墨之道不息孔子之道不
著邪說誣民克塞仁義吾為此懼閑先聖之道
邪說者不得作釋此者曰邪說橫流壞人心術
甚於洪水猛獸之災燦於夷狄篡弒之禍故孟
子深懼而力救之君臣父子之道賴而不隊臣
等每讀至此窃歎聖賢為斯道闢邪之意誠有
昕不得已者而在今休明邪說有作臣等於高
敬復等疏是懼焉盖其疏為成渾訟寃而乃於

仁行如春威行如秋使許多天兵皆圍於綱紀
範圍此中子遺生民并包於含眴此惠澤而主
客兩安遷通同仁則羨凱他日其肯與執一訊
獻一酋者可同日道武赫赫乎洸洸乎功業日
新名聲風流金石不足以頌此竹帛不足以記
此嗟我東人何以畀此如生㳂溥爾此艱虞我
生不辰空歎古詩懷此好音恨無知我未嘗敢
以聞於人幸遇明府敢效狂僭雖孀互鄉此難
言而尚追可教此孺子如賜觀覽足以知其志
此所存豈特為謁見此資而已耶不勝萬幸此至

句之習或雜於異教之行其弊以修己治人者
一出於私智人為之鑿而使其君之德終愧於
三代之盛其民之俗不得躋三代之隆麗氏之
末程朱之書始來于國中而儒道漸明鄭夢周
之後五賢臣相繼而出荀　列聖培養之化為
闕朝道學之儒府以為階級門庭者皆瘝洛諸
賢之餘訣而修已治人者卓然於世俗利害之
私以堯舜君民為其責扶持世道為已任萬古
相傳之道粲然復明於世使我偏邦如衰復朝
固非一種道理出入彼此者所可髣髴而若夫

其疏中歷敘金宏弼鄭汝昌趙光祖李滉四賢

臣之名而以及成渾乃以渾爲緒四賢臣相傳

之統緒者然而無李彥迪名字噫彼以爲今必

一世無能言者乎臣等竊伏思之道統之傳必待

其人非所妄論而僭自取舍無復忌憚政臣熹

所謂掠粗角精據外攻內甚於舉子茅而攻父

兄信枝葉而疑本根者也彼其心術之嚴本不

足與較而不直則道不見是以臣等於此亦有

不得已之下伏惟　聖明垂察焉臣竊惟箕師

化逖僻陋無聞世俗所謂儒者必學或局於章

明道墓表曰學者於道知所向然後見斯人之
為功彼其肖中好惡飢溺於見聞之私則庶迪
此賢彼何知之而視彼成渾有如河朔之聖則
其盻嚮慕而推許者宜無所不至而其在先朝
有銀河滌蕩厚之教故窺觀而不敢發遑今嗣
服之初意　聖上方在閒極之中是非之論有
不暇顧而依例允可則可以濟一已私此之計
而或壞他未遂之事者此其時也於是饒筆舞
術以倖其一中其為訐可謂巧矣其意則亦已
憭矣幸賴天日在上妖鬼凶遁卽命師儒焚于

底迪則先民之稱述其道德者謂之鮮倫於東

亏而大行大王於踐祚之初賜謚曰文元又命

配享於 明宗廟庭而敬復等敢私邪之論謀

舊阿好之詬舜跖之塗不判消長之機豆秉嘻

天其欲喪斯文邪何其不幸之至此也此先賢

所謂洗垢而索孟子之瘢也雖然天地不以人

之毀而損其大則彼輩之邪說何傷於已定之

論乎臣等竊以彼亦儒名者也是非之天固昭

同得而生斯長斯見而聞之者不後於臣則敢

遑異見至瀆 聖覽者抑獨何哉昔程頤之為

世夫天下古今此所以維持而綱紀者果何道
耶嘗聞是非者公論之所在道術乃治亂之攸
繫道術不明是非失真則詖辭邪僻之說作於
心而害於事作於事而害於政若不痛加剖析
使是非邪正判然有歸則吾道將何以得明而
世趨亦何所適從是以孔子為邪說暴行之起
而筆下鉞亂賊以懼續轍盛補苟或為聖人
之徒則朱其以為罪不下王氏而原情定罪不
少假貸夫安石乃誤國小人而軾之罪與之同
科誠以其賊天理害人心者有甚於彼也今悔

大學此文皇帝焚朱友季之書之意也臣等欽

仰 殿下衛道尊賢抑邪扶正之盛心而實興

起斯文之一大會也臣等於此不勝其賀幸之

至而抑恐其所以慶之者猶未盡也何者永樂

之友季即今日之敬馥也文皇帝既焚其書又

斥而罪之故當時之人皆知其邪說之不可作

而以至于今天下文明臣等竊觀今日之勢甚

於永樂敬馥之跋不當友季則斥正之律當百

倍於友季而只焚其書使此妖邪之輩尚安寢

息此人心之所以憤怒而公論之所以終鬱者

也今若因循不寧則後日之為敬履者安保其
必無也伏願　殿下追先王未行之志盡今日
述事之孝則吾道之晦而未明者自此而明士
氣之蔚而未伸者因茲而伸一國臣民咸仰大
聖人之作為高出尋常而所謂正人而世治之
本將自今伊始矣臣芋於此誠有所不能已者
而遲遲至今不卽懷跂者八音初遏因山有期
摧擗之中有難塵瀆思於震哭之後一陳辭闕
之懇而踰嶺西為已浹旬月呼亦晚矣伏願
殿下思孟軻不得已之下察聖門肆諸市之請

賢否正之論旣已得罪於聖賢臣等恐古人復
生則其取舍先後必有在矣豈止於焚其書而
已況令哲命維新百度以貞道術之晦明士趙
之邪正皆係於一轉移之間伏願 殿下遠體
文皇之心以罪友季者罪敬履等道諸絕徵以
黌黜可也然而抑邪衛道之本則恐不但在
於此也臣等聞紹興初胡寅請以兩程從食於
聖廟而以為正人心回世治之本嗚呼以五臣
之賢尚久從享之禮聖廬皇者徒効景行之思
頌張呂者未見縛儀之舉邪說之間作職此由

令閣下委以游擊之任使將四邑之兵兵非不

多責亦至重而遇賊則先懷退縮之計在陣而

但逞衛身之謀人有所獲取為已功將而如此

則雖以百萬貔貅為其率終無獲醜之期實試

以軍情之所共憤懟者槩言其略則多率精兵

徒為偏保之計間賊犯西頜軍走東見賊向南

策騎授北擁衆度日一不交鋒其衆一也仁同

之結附倭賊者　弩開道將以長驅而縱使還

附以招軍威焚蕩之禍誤傳傳令不是大衆而

有一精卒偶犯其律遽置大戮縱二重罪殺一

特命嚴命使▨▨此輩承絕於白日之下則吾

道幸甚國家幸甚

　上巡察使書辭辛純

生伏以討賊之務惟在任將之道不係名

位故古之臨亂制賊者皆以擇將為急務寸非

將兵則錐在顯位而慮以軍律之能威賊則錐

在行伍而擇以付鉞此非透儒之陳談實令禦

敵之長策如蒙采取請以耳目之所詳知者為

閤下陳此生伏見僉使裴慶男怛悃一庸夫也

濫荷薦擢官至頂王所當勤力圖報之不暇況

閭而幹事者舉皆為憲之吉甫而至如慕義而
奔走高談而謹呼者皆以閣下為重焉生固以
藏之胸中矣近閣下受命軍門移駐獎縣旋旗
不感悅而願附於戲丁此兵火之餘得見古人
勤彩父老爭望至奉諮論必文則實出撫恤之
誠烟仁言入人不待戶說雖窮村僻谷之民䖖
之遺風明天特惠我東使閣下先澤于醴民而
次及于獎縣也誠宜各宅甫宅各田甫田而拭
目累日未見其復于蕭居者蓋亦有說焉夫大
軍來征今幾日矣蕭條旅裝備嘗艱若勞者欲

而令日必來以旅軒一說示之且欲粧書一通

偏受知舊之詩文而其尤必首及荒拙余安得

以辭之哉於是乎書

上葉遊擊思忠書

詮齋沐仰陳于欽差遊擊府閤下謹以生外國

人不觧中朝語音請代以筆舌焉生嘗讀史家

至於諸葛孔明行師之律威信并著雖在攻略

之餘尚加綏撫之仁政其所經歷有如時而生

嘗對卷三復恨不同時而歆艷歎慕之意空寫

於紙上之陳迹今　皇威震赫戎府遠啓其專

自加不以有失而自損常存在上之戒自無次
焚之咎者乃旅中之樂也旅中之樂得之心而
窩之軒也是以人之景是軒而仰止者有如高
山而承接之餘謂登龍門愛慕之徒爭願適我
則吾知是軒也當與洛中之行窩同道矣吁何
以得此於梁楚間我嗚呼君子一身抱負重大
有萬間大庇之志而虎殿龍樓無所不可則是
軒之取義於旅也其亦不幸业甚也目今南冬
未解方謀遠還不知此軒又在何處余以潲薄
嘗忝不遑盡室方畏於道邊同車擬得於惠好

若其無人而不自得者豈數尺樓題所可掾哉

觀夫囂然一室黃卷聖賢神遊空中之閣目玩

廬室之白安宅不曠主翁惺惺有以得前人衣

鉢之傳而時有從遊之輩願承開發之盖則謬

以曉之引以辟之此盖古人之所謂一樂而得

之者軒之主也若使是軒得同遊於杏檀之上

而見夫子欷欤之墻則升堂入室之階級寧讓

於一時親灸之徒而用行舍藏之義霤流四亏

之轍當與是軒同之矣若其高出風塵男脫禍

機躬樂飢於衡門住考藥於澗谷不以有得而

旅軒不知何昕在也有以天地為家日月為扃

鷓者聱屈棲棘之翼來尋失侶之雲而兵焰重

酷舉國靡室於是杖屨東西高蹈遠避者盖數

三年于玆矣歲丁酉自聞韶遷逸而東得寓於

青岩之一村卽南中之一桃源也永陽鄭君有

昆季先卜焉風期素合舘遇甚勤禍福憂樂有

以共之盖亦旅遊中一大幸也自是夢斷故山

棲遲異鄉隨寓而安若將終身傚古人軒弊必

義而以旅名焉然則是軒也無方所無定居而

五 書旅軒說後

二 上葉遊擊書

一 請流高敬優仍請五賢從祀疏

三 上巡察使書

四 勞葉遊擊文

七 天將遊擊葉公威德碑

八 天將吳揔兵惟忠威德碑

六 勿字旗銘

九 祭徐資夫文

亂蹟彙撰　影印

여기서부터 영인본을 인쇄한 부분입니다. 이 부분부터 보시기 바랍니다.